Die stumme Ehefrau

WEITERE TITEL VON KERRY FISHER

In deutscher Sprache

Die stumme Ehefrau

In englischer Sprache

The Italian Escape-Serie

The Rome Apartment

Secrets at the Rome Apartment

Escape to the Rome Apartment

The Woman in My Home

Other People's Marriages

Another Woman's Child

The Mother I Could Have Been

The Woman I Was Before

The Not So Perfect Mother

The Secret Child

The Silent Wife

The Island Escape

After the Lie

Kerry Fisher und Pat Sowa

Take My Hand

KERRY FISHER

Die stumme Ehefrau

Übersetzt von Saskia Draxler

bookouture

Die Originalausgabe erschien 2017 unter dem Titel
„The Silent Wife“
bei Storyfire Ltd. trading als Bookouture.

Deutsche Erstausgabe herausgegeben von Bookouture, 2024
1. Auflage März 2024

Ein Imprint von Storyfire Ltd.
Carmelite House
50 Victoria Embankment
London EC4Y 0DZ

deutschland.bookouture.com

ISBN: 978-1-83525-482-0
eBook ISBN: 978-1-83525-481-3

Für meine Familie

EINS

MAGGIE

Standesamt Brighton, 15. Januar 2016

»Bitte erheben Sie sich für die Braut.« Als ich diese Worte hörte, konnte ich kaum glauben, dass damit wirklich ich gemeint war.

Meine Hochzeit fand an einem stinknormalen Nachmittag Mitte Januar statt, mit genügend Abstand zu den größeren Feierlichkeiten wie Weihnachten oder Valentinstag. Ich war fünfunddreißig und hatte noch nie mit einem Mann zusammengelebt. Nicht etwa, weil ich die letzte Klosterschwester vor dem Herrn gewesen wäre – mein zehnjähriger Sohn Sam war da der beste Gegenbeweis – sondern, weil ich mich schon immer auf magische Art und Weise zu den falschen Männern hingezogen gefühlt hatte. Jene Sorte Mann, deren eigene Väter ihre Töchter im Keller einsperrten und brennendes Öl aus dem Fenster kippten.

Ich selbst hatte nie einen Vater gehabt, nur meine Mum, mit ihrem unerschütterlichen Glauben an das Gute im Menschen. Egal wie gebrochen, gedankenverloren oder geisteskrank die Männer in ihrem Leben waren – bei Mum gab es

Käsetoast und einen Platz auf unserem Sofa, wo sie es sich mit ihrem nutzlosen Hintern bequem machen konnten. Wo andere Frauen schon längst das Weite gesucht hätten, sagte sie nur mit einem Lächeln: »Ach, Liebes, er hat das Herz am rechten Fleck. Er ist vielleicht ein wenig wild, aber das wächst sich aus.«

Was natürlich nie passierte. Und dann lernte ich Nico kennen. Er hatte keine Phase, aus der er erst herauswachsen musste. Nach so vielen Jahren, in denen ich mir nur Idioten am Männer-Wühltisch herausgepickt hatte, war da endlich ein Exemplar, mit dem alles stimmte. Jemand, der morgens aufstand und zur Arbeit ging, der Enttäuschungen und Frustration ertragen konnte, ohne eine Spur der Verwüstung in Form von Bierdosen und Schulden zu hinterlassen. Ein Mann, der pünktlich war, nie nach Alkohol oder zwielichtigen Geschäften stank, und der meinen Sohn Sam nicht einfach nur »den Jungen« nannte. Und – ein großer Pluspunkt – er fand mich großartig. Manchmal auch *»incredibile«*, wenn er seinen italienischen Wurzeln besonderen Ausdruck verleihen wollte.

Statt mich mit der Zeit immer weniger *»incredibile«* zu finden, hatte er um meine Hand angehalten. Was für eine Frau bei den Parkers noch seltener war, wie die Gewissheit darüber, wer der eigene Vater war.

Deshalb war ich mehr als bereit, Nico das Jawort zu geben, als ich an der Seite meines Sohnes den Saal des Standesamtes betrat. Eigentlich sollte ich mich fühlen wie ein Bergsteiger, der endlich den felsigen Gipfel erklomm, nachdem er jahrelang im Tal gestanden und sich gefragt hatte: »Wie zum Teufel soll ich es da hoch schaffen?« Stattdessen war mir eher wie einem Fußballtrainer zumute, der den gesammelten Zorn der Fans abbekam.

Als ich den Gang entlangschritt, versuchte ich, Francescas Blick zu erhaschen. Ich wollte sie wissen lassen, dass ich volles Verständnis hatte und ihr gleichzeitig ihre Sorgen nehmen – wir würden das Ding schon schaukeln. Doch Nicos dreizehnjährige Tochter hatte den Blick starr auf den Boden gerichtet. Ihre angespannte Körperhaltung verriet, was in ihr vorging, ein ständiges Schwanken zwischen Feindseligkeit und Angst.

Ich wollte am liebsten stehenbleiben und die wenigen Gäste bitten, sich für eine Minute nach draußen zu begeben, um meine Arme um diese trotzigen nach vorne gekrümmten Schultern zu legen und ihr zu sagen, dass ich auf ihrer Seite war. Nicht zum ersten Mal fragte ich mich, ob Nico die richtige Entscheidung getroffen hatte. Die Hochzeit ließ seiner Tochter keine andere Wahl, als mich in ihrem Leben zu akzeptieren.

Jetzt war es zu spät für einen Rückzieher.

Ich umgriff Sams Arm ein wenig fester. Ich tat das hier nicht nur für mich, sondern auch für ihn. Meine Mutter Beryl vergötterte Sam. Doch damit mein Sohn es später mal zu etwas bringen würde, brauchte er ein Umfeld, in dem die wertvollste Lektion nicht darin bestand, wie man sich am Monatsersten vor dem Vermieter versteckte.

Während der letzten fröhlichen Takte von *Chapel of Love*, versuchte ich, meine Aufmerksamkeit ganz auf Nico zu lenken. Ich wollte diesen Moment voll auskosten. Dieser Mann, der mich nicht nur ergänzte, sondern auch vervollständigte, wollte den Sprung ins kalte Wasser wagen und mich *heiraten*. Nach drei Generationen alleinerziehender Frauen eine Premiere bei den Parkers.

Ich betrachtete die unordentlichen dunklen Locken in seinem Nacken, die sich auch unter großem Aufwand nicht bändigen ließen, und eine Welle der Glückseligkeit schwappte über mich. Für einen kurzen Moment hatte ich den Impuls, die letzten Meter zwischen mir und der Standesbeamtin mit einem Radschlag zu überbrücken. Aber ich wollte es mir an meinem ersten Tag als frischgebackene Mrs Farinelli nicht mit Nicos Familie verscherzen. Wenn ich mir die Gesichtsausdrücke der Farinellis so ansah, waren die meisten von ihnen mit ihrem gediegenen Lebensstil nicht einmal zu einem verhaltenen Freudensprung imstande. Noch hatte ich die Hoffnung, dass Nico, ich und unsere Kinder mit ein bisschen Glück und Geduld zu einer annähernd »normalen« Familie zusammenwachsen würden. Andererseits, was für den einen normal war, war für den nächsten plemplem.

Unser ganz persönliches »normal« müsste erst einmal reichen.

Die letzten Takte des Liedes verstummten, und mein Wunsch, die Hüften zu schwingen und mit den Fingern zu schnippen wich der Aufregung über diesen großen, verantwortungsvollen Schritt, den ich gleich gehen würde. Die Standesbeamtin lispelte während der gesamten Zeremonie. Bei der Frage, ob jemand Einwände gegen unsere Ehe hätte, hielt ich kurz die Luft an und machte mich innerlich auf ohrenbetäubendes Teenagerkreischen gefasst, so laut, dass es bis ins Pub nebenan zu hören wäre. Ich stellte mir schon vor, wie eine Schar an Menschen augenblicklich ihre Pints zurücklassen und ins Standesamt stürmen würde, um nachzusehen, was hier los war, doch es blieb still. Trotzdem spürte ich eine gewisse Unruhe hinter mir. Ich versuchte, das Gefühl auszublenden. Unter keinen Umständen wollte ich mich umdrehen und mir Gedanken darüber machen müssen, was die Gesichter von Nicos Familie wohl zu bedeuten hatten - die hochnäsigen, vor Spott und Abscheu verzogenen Gesichtszüge seiner Mutter Anna, das breite Grinsen seines Bruders Massimo, mit seiner diebischen Freude darüber, dass sein Bruder gleich einen richtig dummen Fehler begehen würde ... schon wieder. Ich hatte gehofft, dass der offizielle Akt der Eheschließung Nicos Familie dazu bringen würde, sich für ihn zu freuen, wenn auch widerwillig. Nach allem, was er durchgemacht hatte, war er endlich glücklich und zufrieden. Stattdessen erweckte die »freudige« Stimmung im Saal den Eindruck, als warteten alle auf eine Darmspiegelung mit Gruppenrabatt.

Auf der Suche nach moralischer Unterstützung riskierte ich

doch einen kurzen Blick in die Reihen. Meine Freundinnen aus unserer Hochhaussiedlung zeigten mir einen aufgeregten Daumen hoch. Schnell sah ich wieder weg, damit sie nicht auf die Idee kamen, mich anzufeuern wie ein Pferd, das beim Wettrennen gerade die Führung übernahm. Mir war nicht entgangen, wie abfällig meine zukünftige Schwiegermutter ihre tief geschnittenen Paillettenkleider beäugt hatte, und weiß Gott, was sie von dem Hut hielt, der wie ein luftiger Windbeutel auf dem Kopf meiner besten Freundin balancierte. Um mich aufzumuntern, schaute ich stattdessen zu meiner Mum. Wie immer enttäuschte sie mich nicht. Mit ihrem breiten Lächeln wirkte sie wie ein farbenfroher Rhododendron in einem Meer voller biederer Buchsbäume. Ich dachte zurück an die Worte, die sie mir vor der Zeremonie mitgegeben hatte: »Geh mit erhobenem Kopf da rein, mein Schatz. Du bist das Beste, was dieser Familie passieren konnte. Liebe und Stabilität ist genau das, was Nicos Tochter braucht.«

Und ein einziges Mal in meinem Leben wollte ich mich auf die Liebe mit all ihren romantischen, leuchtenden, aufregenden Facetten einlassen, und fest daran glauben, dass sie mehr war als ein Grund dafür, den Kopf über die eigene Dummheit zu schütteln.

Während ich mein Ehegelübde aufsagte, sah ich Nico tief in die Augen und verlor mich fast in seinem warmen, gütigen Blick. Doch ich spürte, wie Francesca mir Löcher in den Rücken starrte. Als Folge verhaspelte ich mich bei der Aussprache von Lorenzo, Nicos zweitem Namen. Bestimmt wurde sofort kollektiv mit den Augen gerollt. Nico drückte meine Hand. Wir hatten im Vorfeld darüber gesprochen, dass ich an dieser Stelle stolpern könnte und waren darauf vorbereitet. Die kleine Geste war eine Erinnerung daran, dass wir, wie Politiker so schön zu sagen pflegten, »an einem Strang zogen«. Doch es stand spürbar zwischen uns, was Francesca davon hielt, dass ihr Vater zwei Jahre nach dem Tod ihrer Mutter wieder heiratete. Wie ein Schatten, der nur darauf wartete, dass sich der kleinste Riss bildete, in dem er seine aufgestaute Wut abladen konnte.

Trotz meiner Bemühungen, Francesca besser kennenzulernen, begegnete sie mir entweder mit eiskaltem Schweigen oder hemmungsloser Unhöflichkeit. Manchmal konnte ich ihr ein Lächeln entlocken, wenn ich vorschlug, zusammen ins Kino oder ins Restaurant zu gehen. Doch es verblasste schon einen Moment später, als wäre auch nur der kleinste Funke an Begeisterung für meine Ideen ein Verrat an ihrer Mutter. An unserer Hochzeit teilzunehmen, stand auf der Liste der Vertrauensbrüche sicher ähnlich weit oben. Also hatte ich Nico vorgeschlagen, ihr die Wahl zu lassen, ob sie mitkam oder nicht. Doch er war hart geblieben. »Das Leben ist kein Wunschkonzert. Wir sind eine Familie und wir müssen an einem Strang ziehen. Letztendlich wird ihr genau das die Sicherheit geben, die sie braucht.«

Aber wieso sollte die zweite Hochzeit des eigenen Vaters ein Grund zur Freude sein? Für eine Dreizehnjährige war es vermutlich eher die unmissverständliche Botschaft, dass die Erinnerung an ihre Mutter immer weiter in Vergessenheit geriet. Während ihr Vater, der ihren unbeschreiblichen Schmerz einst geteilt hatte, ein neues Kapitel aufschlug, musste Francesca die Trauerfahne nun allein hochhalten.

Hinter mir ertönte ein gellender Schrei und mein Herz setzte einen Schlag aus. Nun hatte Francesca endgültig die Kontrolle verloren. Auch die Standesbeamtin verstummte, als der Schrei durch den Saal hallte. Im nächsten Moment ertönten leise Fußstapfen auf dem Marmorboden, die eindeutig zu Nicos siebenjährigem Neffen Sandro gehörten. Darauf folgte das Klackern von High Heels und die Tür fiel krachend ins Schloss.

Ich widerstand dem Drang, mich umzudrehen, und konzentrierte mich auf die Standesbeamtin, die den Faden wieder aufgenommen hatte und nun langsam zu dem Teil kam, den ich am meisten fürchtete: »In Gesundheit wie in Krankheit«. Ich bekam kaum mit, was gerade gesagt wurde, und konnte nur daran denken, dass Nico dieses Versprechen gleich zum zweiten Mal geben würde. Hatte er bei seiner ersten Hochzeit die Last dieser Worte bedacht? Hatte er einen Gedanken daran verschwendet, dass sie Wirklichkeit werden könnten? Hatte Nico wirklich erwartet, dass sich »in Krankheit« ausgerechnet an Caitlins Seite bewahrheiten würde, dieser kerngesunden Frau mit den durchtrainierten Oberarmen und dem glänzenden Haar, und er irgendwann nur noch hilflos dabei zusehen konnte, wie sie ihm mit jeder Woche weiter entglitt? Hatte er sich sein Familienleben so vorgestellt – ein für zwei gedeckter Tisch, an dem er fröhlich mit seiner Tochter plauderte, während er versuchte, die schockierende Leere des bis vor kurzem noch besetzten dritten Platzes zu ignorieren?

Nico versagte die Stimme, als er das Versprechen gab. Ich legte ihm sanft die Hand auf den Arm, um ihm zu versichern, dass ich nicht vorhatte, in den nächsten fünfzig Jahren ernsthaft krank zu werden. Vielleicht bekam ich Plattfüße, wenn überhaupt.

Als er meine Hand fest umfasste, wurde mir klar, dass seine Erfahrungen mit Caitlin auch unsere Ehe prägen würden. Zum Glück war ich sowieso zu alt, um an Märchen zu glauben.

ZWEI

LARA

Eine kleine Welle der Missbilligung ging durch die Reihen - ein einhelliges Stirnrunzeln der Familie Farinelli -, als Maggie barfuß und mit einer einzigen Sonnenblume in der Hand den Saal betrat. Ihr Gang hatte etwas Tänzelndes, als sie zusammen mit ihrem Sohn Sam den Mittelgang entlang schritt, fast so, als ob der Rhythmus von *Chapel of Love* durch ihre Fußsohlen kroch und ihren ganzen Körper mit Freude erfüllte. Als Sam mit seinem kleinen Zylinder und dem Frack in Kindergröße an uns vorbeihüpfte, hoffte ich inständig, dass nur ich meinen Mann Massimo gehört hatte: »Sieh mal, der Zirkus ist in der Stadt!« Ich warf einen verstohlenen Blick auf meine kerzengerade dastehende Schwiegermutter Anna, deren Pillbox-Hut wie ein Raubadler auf ihrem Kopf thronte. Die Verachtung stand ihr ins Gesicht geschrieben, als müsste sie mit aller Macht verhindern, nicht loszuschreien: »Kann jemand diesen Krach abstellen?«

Der Netzschleier ihres Hutes zitterte leicht, als Anna den Kopf zur Seite neigte und meinen Blick erwiderte. Vor den anderen Gästen würde sie keine Miene verziehen, dazu war sie viel zu kultiviert. Aber ich wusste aus Erfahrung, dass der

Vergleich zwischen ihren Schwiegertöchtern bereits in vollem Gange war. Vielleicht würde ich diesmal sogar als Siegerin hervorgehen, nach Jahren voller Bemerkungen wie: »Caitlin hatte ihre alte Figur nach Francescas Geburt sofort wieder. Nun ja, dein Kaiserschnitt ist da vermutlich keine große Hilfe«, gefolgt von Vorschlägen, mein »Bäuchlein« doch einfach mit einem Schal zu kaschieren und strategisch auf dem Esstisch platzierten Zeitungsausschnitten aus der *Daily Mail* mit Titeln wie »10 Tage, 1 Kleidergröße weniger!«. Meine Fähigkeiten im Gärtnern, Kochen und »Haushaltsmanagement«, wie Anna es nannte, ließen ebenfalls zu wünschen übrig. Ich hoffte also inständig, dass Maggie keine geheimen Superhausfrauenkräfte auf Lager hatte, die mich noch weiter in den Schatten stellten.

Doch meine zukünftige Schwägerin machte nicht den Eindruck, als wäre ihr die Meinung anderer besonders wichtig. Mit ihrem kleinen Rosentattoo am Knöchel, den knallblau lackierten Zehennägeln und den langen Korkenzieherlocken schien sie eher auf dem Weg zu einem heidnischen Neumondritual als zu ihrer eigenen Hochzeit zu sein. Die Hindernisse, die ihre zukünftige Familie schon jetzt vor ihr aufgetürmt hatte, schien sie gar nicht zu bemerken. Maggie bräuchte eine gehörige Portion Selbstvertrauen, um dem Druck von Anna und ihrem »Farinelli-Verhaltenskodex« standzuhalten.

So wie ich meine Schwiegermutter kannte, hatte sie alle Register gezogen, um Nico die Hochzeit auszureden. »Zwei Jahre sind zu kurz. Du bist noch in der Trauerphase.« »Es ist Francesca gegenüber einfach ungerecht. Sie braucht keine neue Mutter, sondern einen Vater, der sich ganz auf sie konzentriert.« »Willst du wirklich den Bastard eines anderen Mannes großziehen?« Vermutlich in genau diesem Wortlaut. Was nicht in Annas Weltbild passte, hatte keine Daseinsberechtigung.

Offensichtlich war es ihr trotzdem nicht gelungen, Nico von Maggie abzubringen. Sein Blick strahlte, als könnte er es kaum fassen, dass dieses unbekümmerte Wesen in sein Leben getreten war, um die kargen Räume der Farinellis mit Farbe zu füllen. Unglaublich, dass Maggie so alt war wie ich – fünfunddreißig. Sie wirkte so jung und unbekümmert, als wäre das Erwachsensein keine Last, sondern ein Mantel, den man nur anlegte, wenn es absolut notwendig war. Lediglich eine kurze Unterbrechung vom Spaß des Lebens und der Unbekümmertheit darüber, was der nächste Morgen bereithalten würde. Ich hingegen, mit meinem akkuraten Bob, den zartrosa lackierten Fingernägeln und dem schlichten knielangen Kleid, das Massimo so sehr mochte, könnte ohne weiteres als fünfundvierzig durchgehen.

Hinter vorgehaltener Hand hatte Anna die Ehe schon im Vorfeld als gescheitert bezeichnet und doch hatte ich kein Mitleid mit Maggie. Ich war neidisch. Neidisch auf die intensive Leidenschaft junger Liebe, auf ihren Optimismus und ihre Hoffnungen und Träume für die Zukunft.

Ich stellte mir vor, wie Nico lachte, wenn Maggie laut zu einem Lied im Radio mitsang und wie er sie auf die Stirn küsste, bevor sie ihren Schal einpackte und sich auf den Weg zur Arbeit machte. Wehmütig erinnerte ich mich an die Tage zurück, an denen Massimo in mein Büro kam, alle sorgfältig zurechtgelegten Papiere von meinem Schreibtisch fegte, und seine ungestümen Küsse auch die letzten Gedanken an die Bilanzprüfung aus meinem Kopf verbannten. All die Abendessen zu »Arbeitszwecken«, bei denen wir völlig die Zeit vergaßen und erst gingen, als die Kellner die Stühle auf die Tische stellten. Ich hatte Sehnsucht nach dieser Verbundenheit, die mir einst das Gefühl gegeben hatte, Teil einer Familie zu sein.

Ich wünschte, Dad wäre hier. Massimo hatte es gut gemeint: Dad würden die vielen fremden Gesichter nur verwirren. Aber mein Vater liebte Musik, und dieses Lied aus den 1960ern hätte genau seinen Geschmack getroffen. Wann immer er etwas wiedererkannte, versüßte es mir den Tag. So gerne hätte ich ihn in seinem Anzug gesehen, elegant und charismatisch wie früher.

Wie früher ...

Als Nico und Maggie ihr Ehegelübde aufsagten, fiel mein Blick auf Francescas versteinerte Miene. Trotz Annas Schwarzmalerei war ich der Meinung, dass die erneute Heirat von Nico Francesca guttun würde. Ich hatte meine Mutter verloren, als ich noch ein Kleinkind war, und mein geliebter Vater verblasste immer mehr wie ein altes Schwarz-Weiß-Foto. Ich hätte alles für eine warmherzige, fröhliche Stiefmutter gegeben, die mir durch diese schweren Zeiten half. Wer weiß, vielleicht wäre mein Leben ganz anders verlaufen, hätte ich nur jemanden zum Reden gehabt, anstatt andere beschützen zu müssen.

Bevor ich noch tiefer in meine Gedanken über die Verbindung zwischen Vergangenheit und Gegenwart versinken konnte, wurde ich von meinem siebenjährigen Sohn Sandro ins Hier und Jetzt zurückgeholt. Er stupste mich in die Seite und deutete unter den Stuhl vor sich. Eine Spinne. Seit unsere Katze Misty vor ein paar Tagen verschwunden war, schien Sandro noch sensibler und anhänglicher als sonst zu sein. Sein blasses Gesicht hatte etwas von einem Flugzeugpassagier, der die Notfallanweisungen auswendig gelernt hatte und nur noch auf die eintretende Katastrophe wartete. Er war das genaue Gegenteil von Maggies Sohn Sam, für den das Unterdrücken eines verschmitzten Grinsens zu den alltäglichen Hürden zu gehören schien. Sandro wurde unruhig. Ich flüsterte ihm ins Ohr, dass es nur eine kleine Spinne sei, die ihm nichts tun würde, doch als das Tier sich vor Beryls Schuh wiederfand, krabbelte es plötzlich zurück und auf uns zu. Mein Sohn stieß einen spitzen Schrei aus und sprang auf.

Stirnrunzelnd drehte Anna sich um. Zweifellos würde ihr diese Situation neues Feuer für eine ihrer tadelnden Ansprachen bieten: »Lara gibt ihr Bestes, aber sie hat dieses Kind nicht unter Kontrolle«. Massimo beugte sich über mich und versuchte, Sandro zu sich zu ziehen, aber zu spät. Unser Sohn lief an den leeren Stühlen vorbei Richtung Mittelgang. Ich eilte ihm hinterher, nahm ihn an die Hand und führte ihn aus dem Saal. Insgeheim war ich dankbar, die vorwurfsvollen Blicke der Farinellis hinter der reich verzierten Tür zurücklassen zu können, auch wenn sich das unterschwellige Schamgefühl nicht ganz abschütteln ließ. Ich nahm Sandro in den Arm und wartete, bis seine Tränen abgeklungen waren.

»Ist schon gut. Es war nur eine kleine Spinne«, sagte ich bemüht ruhig.

»Aber ich weine gar nicht wegen der Spinne. Ich vermisse Misty.«

»Ich weiß, mein Schatz. Sie taucht bestimmt bald wieder auf, du wirst sehen.«

Hoffentlich war Sandro noch zu jung, um die Zweifel in meiner Stimme zu hören.

DREI

MAGGIE

Unsere »Hochzeitsreise« führte Nico und mich für eine wundervolle Übernachtung in einen alten Gasthof aus dem fünfzehnten Jahrhundert. Eine längere Reise wollten wir erst dann unternehmen, wenn sich unsere Kinder an die neue Situation gewöhnt hatten. Nach zwei Wochen des Zusammenlebens war klar: Ginge es nach Francesca, wäre es in hundert Jahren noch nicht so weit.

Nico hatte das ganze letzte Jahr über versucht, Francesca schrittweise an mich zu gewöhnen. Von Kinoabenden bis zu Curry vom Lieferdienst, wir hatten alles Mögliche ausprobiert, um eine familiäre Atmosphäre zu schaffen. Ich konnte an einer Hand abzählen, bei wie vielen Treffen ich keine schnippischen Kommentare zu hören bekommen hatte, wie viel besser, dünner, sportlicher und witziger Caitlin gewesen war. Selbst wenn ich die Weltbeste im Wingwalking wäre – Caitlin hätte es ohne Zweifel mit einem Pogo-Stick hinbekommen. Letztlich war Nico der Meinung gewesen, Francesca müsse in den sauren Apfel beißen, ob sie wolle oder nicht. Dennoch hatten wir beschlossen, dass Sam und ich frühestens eine Woche vor der Hochzeit einziehen würden. Somit stand ein Datum fest, bis zu dem wir uns wohl oder übel zusammenraufen mussten.

»Stört es dich wirklich nicht, im gleichen Haus zu leben wie Caitlin?«, hatte er schon vor Monaten kurz nach unserer Verlobung gefragt.

Ich wollte nicht undankbar erscheinen, also hatte ich seine Bedenken abgewiegelt. Jeder Zweifel daran, aus der klitzekleinen Sardinendose von einer Wohnung, in der Sam und ich zusammen mit meiner Mutter lebten, in Nicos viktorianisches Reihenhaus mit zwei Bädern und vier Schlafzimmern einzuziehen, wirkte irgendwie deplatziert. Doch ich fand nicht die richtigen Worte, um ihm zu sagen, dass ich nicht im gleichen Bett schlafen wollte wie seine verstorbene Ehefrau, ohne wie ein unsensibles Trampel zu wirken.

Als könnte Nico direkt in die dunkelsten, gemeinsten Winkel meines Verstandes sehen, hatte er nur gesagt: »Wir kaufen ein neues Bett.« Und ich war unglaublich dankbar, dass ich mich nicht ständig fragen müsste, welche Kuhle in der Schaumstoffmatratze zu Caitlin gehörte.

Doch leider half mir auch das nagelneue Bett nicht dabei, mich in meinem neuen Zuhause einzuleben. Selbst zwei Wochen nach der Hochzeit hatte ich noch immer jeden Morgen das Gefühl, ich wäre inmitten eines Fotoshootings für ein Hochglanz-Einrichtungsmagazin aufgewacht: Graue Kissen mit türkisgrünen Tupfern, die den dezent gestreiften Stoffbezug des Sessels zur Geltung brachten, Kleiderschränke im Shabby-Chic-Look mit handbemalten Keramikgriffen aus der Toskana, und alles hatte seinen Platz. Selbst die Backbleche wurden in einem eigenen Fach in der Küche aufbewahrt. Nicht so wie ich es kannte, eingepfercht neben dem Kühlschrank, wo sie einem jederzeit die Knöchel aufkratzen würden, wenn man die Tür zu unsanft zuknallte.

Irgendwie erweckte diese klinische Ordnung den Eindruck,

als würde in Nicos Haus überhaupt niemand leben. Es war das krasse Gegenteil zu Mums Wohnung, in der überall etwas herumstand oder -lag, von Sams Fahrrad im Flur über die wuchernden Zimmerpflanzen, die sich wie im Gewächshaus durch das Wohnzimmer schlängelten, bis zum Käfig von Sams Hamster, der mit seinem immer komplizierter werdenden Labyrinth aus Rohren und Leitern mehr Platz brauchte als wir drei zusammen. Egal in welcher Situation – ein Geschenk musste verpackt, eine Sicherung ausgetauscht, eine Sonnenblume gestützt werden – ich war sicher, würde ich Nico fragen, wo ich nach den richtigen Utensilien suchen müsste, lautete seine Antwort irgendetwas mit »in dieser Schublade«. Ich war da eher wie ein Hund, der ein Loch für seinen Knochen ausbuddelte: Ich warf alles in den Schrank unter der Spüle und kramte auf gut Glück darin herum, wenn ich etwas suchte. Caitlin hatte wiederum anscheinend ein rigoroses Regime geführt, bei dem für jedes neue Teil ein altes weichen musste.

Trotzdem war es höchste Zeit gewesen, aus Mums Wohnung auszuziehen. Drei Jahre lang hatten Sam und ich auf ihrem Sofa geschlafen, weil ich mir die Miete für unsere alte Wohnung nicht mehr hatte leisten können. Bei Mum fühlte man sich inmitten der Lichterketten, bunten Patchworkdecken und Kissen mit Regenbogenmuster wie in einer Kasbah in Marokko. Doch obwohl sich nun all meine geheimen Wohnträume erfüllt hatten – keine Sportschuhe, die mitten im Weg lagen und über die ich nachts stolperte, stets griffbereite Heizentlüftungsschlüssel, eine echte Sauciere – fühlte ich mich wie ein Gast, der sich am besten unsichtbar durch dieses fremde Haus bewegen sollte.

Eigentlich wäre es für alle Beteiligten besser, gemeinsam an einem anderen Ort neu anzufangen. So könnte Nico selbst entscheiden, in welcher Form er die Erinnerung an Caitlin aufrechterhalten wollte. Hier lauerte ihr Geist hinter jeder

Ecke und zwängte sich auf den unbequemen französischen Sofas zwischen uns. Manchmal stellte ich mir vor, wie Caitlins dünne Finger dieselben Türklinken umfassten, nach denen ich gerade griff. Wie sie die Vorhänge zurückzog, einen Blick auf den schlafenden Nico warf und seine dichten Wimpern betrachtete. Ich griff absichtlich weit nach oben oder unten, damit ich nicht den gleichen Stoff berühren musste wie sie. Ich könnte – und sollte – einfach neue Vorhänge nähen, aber es war kompliziert. Hätte Nicos erste Frau ihn nach einem erbitterten Scheidungskrieg verlassen, wäre es ein Leichtes gewesen, ihren ganzen Krempel – den alten Dampfgarer, nicht zusammenpassende Porzellanteller und angebrochenes Makeup – in einem gemieteten Container zu entsorgen. Aber für Francesca wäre alles, was ich wegwarf, ein kleiner Teil ihrer Mutter, den sie niemals zurückbekäme. Und ein weiterer unumstößlicher Beweis dafür, dass ihr Vater eine neue Frau an seiner Seite hatte, mit anderen Vorlieben was Vorhänge, Geschirr und das Leben ganz allgemein anging.

Nico und ich hatten kurz über einen möglichen Umzug gesprochen, aber beschlossen, nichts weiter zu unternehmen, bis Francesca sich an die neue Situation gewöhnt hatte. Doch es machte nicht den Eindruck, als würde sich daran in der näheren Zukunft etwas ändern. Selbst die kleinste Veränderung löste ein Riesentheater aus. Heute Morgen hatte Francesca am Pullover ihrer Schuluniform gerochen und dramatisch das Gesicht verzogen. »Warum stinkt das so? Womit hast du den gewaschen?«

Es war mir etwas peinlich, aber jetzt, wo ich nicht mehr ständig pleite war, wollte ich etwas Gutes tun und hatte das normale Waschpulver gegen eine umweltfreundliche Variante getauscht. Statt meine neu entdeckten moralischen Ansprüche an die große Glocke zu hängen, stammelte ich irgendetwas vom Einfluss von Waschmittel auf die Population der Kreuzkröten. Prompt kam die wütende Antwort. »Mum hat immer Persil verwendet und es ist mir scheißegal, was das für irgendwelche Kröten, Molche und ganz besonders für *dich* bedeutet«, giftete Francesca, als hätte sie insgeheim die Hoffnung, ich würde bald unabsichtlich einen großen Schluck von dem Waschpulver trinken.

»Du bist so still«, sagte Nico ein paar Stunden später, als wir gemeinsam beim Abendessen saßen. »Ist alles in Ordnung?« Er legte seine Hand auf meine, und ich zog sie schnell weg.

Es war seltsam, aber sobald Francesca in unserer Nähe war, konnte ich Nico nicht berühren, auch wenn mein Körper sich nach seiner beruhigenden Nähe sehnte.

Francesca hatte ihren wachsamen Blick auf uns gerichtet, in dem sich purer Hass widerspiegelte. Nur mit Mühe konnte ich mich davon abhalten, in Tränen auszubrechen und zu antworten: »Alles bestens, was soll schon los sein? Ach ja, deine Tochter hasst mich. Könnte nicht besser laufen!« Dieses Abendessen entsprach nicht ganz meiner Vorstellung vom gemeinsamen Familienleben, das ich mir für mich und Sam ausgemalt hatte.

Wie aufs Stichwort warf Francesca ihre langen dunklen Haare zurück und schob ihren vollen Teller von sich weg. »Ich mag keine Spaghetti Carbonara.«

Nico schüttelte den Kopf. »Das stimmt nicht, du hast sie immer gern gegessen ...« Das unausgesprochene »... als deine Mum noch am Leben war« hing in der Luft, wie mit einer Wunderkerze geschriebenen Worte am Nachthimmel.

»Okay. Ich mag keine Spaghetti Carbonara von *Maggie*.«

Ich betete, dass Sam nicht auf die Idee kommen würde, seine eigenen pingeligen Essgewohnheiten unter Beweis zu stellen und versuchte, die Situation zu entschärfen. »Vielleicht können wir nächstes Mal gemeinsam etwas zaubern, das dir besser schmeckt?«

Francesca sah mich an, als hätte ich vorgeschlagen, schnell

in einen provisorischen Raumanzug zu schlüpfen und zusammen auf den Mars zu fliegen. Plötzlich nieste Sam, der gerade einen Schluck Wasser getrunken hatte, und ein Mundvoll halb zerkauter Spaghetti landete auf Francescas Teller. Perfektes Timing. Francesca stieß den Stuhl zurück und polterte nach oben. Fünf Sekunden später fiel die Tür mit einem solchen Krachen ins Schloss, dass die von Caitlin perfekt arrangierten pastellfarbenen Kännchen auf dem Sideboard gefährlich wackelten.

»Sam! Du musst dir beim Niesen die Hand vorhalten und dich vom Tisch wegdrehen!«

Doch Sam hatte alle Mühe, sein für zehnjährige Jungs so typisches, schelmisches Gelächter zurückzuhalten. Halbzerkaute Speckwürfel, Pilzstückchen und Nudeln drohten, ihm gleich aus dem Mund zu fallen.

»Mensch, Sam, mach gefälligst den Mund zu. Das ist widerlich«, zischte ich. Mein Ton war schärfer als sonst, aber Nico sollte nicht denken, dass ich eine Horde wildgewordener Tiere in sein Haus gelassen hatte.

Doch Nico reichte Sam ein Stück Küchenrolle. »Hier, kleiner Frechdachs. Geh dich mal saubermachen.«

Als Sam sich auf den Weg ins Gästebad machte und Nico und ich uns gleichzeitig mit einem »Entschuldige bitte« ansahen, mussten wir beide lachen.

Nico zog mich zu sich. »Es tut mir wirklich leid. Sie darf nicht in diesem Ton mit dir reden. Aber ich weiß nicht, was ich tun soll: Ihr eine ordentliche Standpauke halten oder ihr Verhalten einfach ignorieren.«

Allein vom Gefühl seiner Wange auf meiner Stirn wurde mein Herz spürbar leichter. Ich fragte mich, ob er es bereute, mich geheiratet zu haben. Ob er wünschte, wir hätten unsere Beziehung weitergeführt, ohne die Kinder zu involvieren. Wenn ich von dem mit Spaghetti übersäten Tisch und dem wütenden Trampeln im Zimmer über uns ausging, wollte ich die Antwort lieber nicht hören. Stattdessen schmiegte ich mich an ihn und genoss diesen stillen Moment der Zweisamkeit, in dem wir einfach nur ein Paar sein konnten, und versuchte, alle strategischen Überlegungen für ein glückliches Patchwork-Familienzusammenleben auszublenden.

Aus dem Wohnzimmer ertönte das Startgeräusch von Sams X-Box. Nico löste sich aus der Umarmung und zupfte an dem ausgefransten Ärmel seines Pullis herum. Am Anfang unserer Beziehung hatte er sich oft für seinen nachlässigen Kleidungsstil entschuldigt – »Hat Caitlin in den Wahnsinn getrieben« –, aber ich liebte es, wie viel wohler er sich in zerrissenen Jeans und ausgewaschenen T-Shirts fühlte. Nie im Leben könnte ich mit einem Typen wie Massimo zusammen sein, der ständig in dunkelblauen Anzügen und Hemden mit Manschettenknöpfen herumlief.

Einige lose Fäden und ein relativ großes Loch später sah Nico endlich auf. Er öffnete den Mund, um etwas zu sagen, aber rang offensichtlich um die richtigen Worte. »Ich weiß nicht, wie ich es sagen soll, aber in zwei Wochen ist Caitlins Todestag. Meine Mutter will, dass wir alle gemeinsam zum Friedhof gehen und danach bei ihr zu Mittag essen.«

Da sollte noch einer behaupten, meine Freizeitgestaltung sei langweilig. Fröhliche Friedhof-Familienfeier am Grab meiner Vorgängerin.

»Aber ohne mich, oder?«

»Du wärst natürlich herzlich willkommen.«

Natürlich. Wenn ich mitkäme, wäre es vor allem eins: verdammt seltsam. Außerdem brauchte ich wirklich keinen weiteren Beweis dafür, dass die gesamte Familie Farinelli, inklusive meines Ehemanns, sich wünschte, Caitlin wäre noch am Leben und die Lücke, die sie hinterlassen und in die ich geschlüpft war, wäre nie entstanden. Es gab einiges, was ich lieber tun würde. Chilipulver schnupfen, zum Beispiel. Oder Voltaren und Canesten verwechseln. Mir mit einem Käsedraht die Gliedmaßen abtrennen war auch ein heißer Kandidat.

»Ich glaube, das wäre für alle Beteiligten unangenehm. Und Francesca will mich ganz bestimmt nicht dabeihaben.«

Die Anspannung fiel sichtbar von ihm ab. »Danke für dein Verständnis. Ich weiß, die Situation ist etwas seltsam. Hoffentlich kann ich Francesca davon überzeugen mitzukommen. Bis jetzt hat sie sich stur geweigert, Caitlins Grab zu besuchen. Aber vielleicht würde sie dadurch begreifen, dass Caitlin nicht zurückkommt. Sie muss lernen, im Hier und Jetzt zu leben und ihre Wut zu begraben.«

»Und was ist mit dir?«

Er gab mir einen Kuss auf die Stirn. »Ich kann mich glücklich schätzen. Nicht jeder bekommt eine zweite Chance. Ich habe aufgehört, wütend zu sein. Ich bin nur traurig, dass manche Menschen viel zu früh gehen müssen und all die schönen Dinge, die das Leben bereithält, nicht mehr erleben können. So wie die vielen wundervollen Stunden mit meiner gut gelaunten Tochter«, scherzte er.

Ich wusste noch immer nicht, wie ich damit umgehen sollte, wenn Caitlins Name fiel. Ich war hin- und hergerissen zwischen Rechtfertigung und Schuldgefühlen. Obwohl Nico und ich uns erst lange nach Caitlins Tod angenähert hatten, glaubte uns niemand. Ironischerweise hatte ich Nico überhaupt erst *wegen* Caitlin kennengelernt. Als Nicos erste Frau krank geworden war, hatte meine Mum das Putzen und Einkaufen übernommen und sie bis zum Schluss begleitet.

Manchmal, wenn ich Mum mit dem Auto abgeholt hatte und sie noch nicht ganz fertig war, hatte Nico mich hineingebeten. Doch weil ich mich jedes Mal so sehr darauf konzentrieren musste, keine Frage zu stellen, deren Antwort eigentlich nur »Mist«, »Scheiße« oder »Was denken Sie denn?« lauten konnte, blieb ich beim nächsten Mal einfach im Auto sitzen und schickte Mum eine Nachricht, statt zu klingeln. Leider nutzte meine Mutter ihr Handy eher als Übungsgerät zur Batterieschonung als zu Kommunikationszwecken. Und so kam es, dass Nico und ich uns ohne jeden Hintergedanken während der schlimmsten Zeit seines Lebens kennenlernten und unsere Treffen zu meinem Tageshighlight wurden. Ein Jahr nach Caitlins Tod waren wir uns zufällig in der Stadt über den Weg gelaufen und auf einen Kaffee gegangen. Da war uns klar geworden, wie sehr wir die Gesellschaft des anderen vermisst hatten.

Mir war klar, dass die Umstände unseres Kennenlernens nicht unbedingt ideal waren, aber ich musste endlich damit abschließen. Sonst würde Caitlins Name für immer zwischen uns stehen wie ein übelriechender Gestank, den niemand ansprechen wollte.

»Lade doch alle zu uns ein. Ich kann das Mittagessen vorbereiten. Damit setzt du ein Zeichen, dass Caitlin ein Teil unseres Lebens ist und niemand sich dafür schämen muss, sie zu vermissen.«

Nico lehnte sich vor und küsste mich. »Du bist einfach wundervoll. Womit habe ich dich verdient? Das würdest du wirklich tun?«

»Klar! Ich frage Mum, ob sie helfen kann. Sie würde sich bestimmt freuen, alle wiederzusehen. Ihr könnt euch ganz auf Francesca konzentrieren und niemand muss sich Sorgen machen, dass das Mittagessen angekokelt ist. Ihr braucht sicher was Warmes, oben auf dem Friedhof ist es immer so furchtbar windig. Sagst du deiner Mutter Bescheid?«

Er nickte. »Natürlich. Oder du nimmst all deinen Mut zusammen und schaust morgen selbst bei ihr vorbei? Sie ist netter als es scheint, versprochen. Und sie freut sich bestimmt, dich zu sehen.«

Ich war mir da nicht so sicher. Anna wohnte gegenüber von uns, was meine Lust, das Haus zu verlassen, erheblich schmälerte. Zum ersten Mal in meinem Leben sah ich in den Spiegel, bevor ich außer Haus ging. Und was spontane Besuche anging: »Komm doch für ein Croissant und einen Cappuccino hinein« wirkte nicht wie ein Satz, der Anna leicht über die Lippen käme.

Mein neuer glänzender Ehering würde nicht ausreichen, damit meine Schwiegermutter mich plötzlich unter der Kategorie »Familie« verbuchte. Für Anna gehörte meine Mutter vermutlich immer noch zum »Personal«, wie in den Zeiten, als Mum noch für Caitlin gesorgt und Anna ihr als Hausherrin Anweisungen erteilt hatte. Und meine kleine Schneiderei sah neben Nicos Gartencenterimperium ziemlich alt aus. »Erstaunlich, wie viel Geld manche Leute für einen kleinen Lorbeerbaum ausgeben. Das Geschäft mit Pflanzen ist eine echte Goldgrube. Bringt ein Vermögen.« Doch die wahren Lobeshymnen waren ihrem erstgeborenen Lieblingssohn Massimo vorbehalten, um den sie sofort herumscharwenzelte, sobald er den Raum betrat, und ihn inständig bat, sich nach der harten Arbeit doch auszuruhen. »Als Wirtschaftsprüfer in einem der renommiertesten Unternehmen des Landes hat er wirklich ausgesorgt.« Auf der sozialen Leiter sah sich Anna zweifellos ganz oben, wo sie auf Gesindel wie mich und meine Familie herabschauen konnte. Und nun, wo wir uns auf dieselbe Stufe gezogen hatten, schäumte sie vor Wut.

Aber in ihrer Welt würden wir niemals gleich sein. Sie kannte meinen abgerockten alten Ford Fiesta, mit dem ich Mum von Caitlin abgeholt hatte, und sie wusste, dass wir in einer Sozialbauwohnung lebten. Aus ihrer Sicht war es also nicht ganz abwegig, dass ich beim ersten Blick auf Nico und sein zweistöckiges Haus mit Hauswirtschaftsraum und Gästebad beschlossen hatte, mir ihren Sohn zu angeln.

Dafür konnte ich ihr kaum einen Vorwurf machen. Manchmal fragte ich mich, ob ich diesen Plan unterbewusst tatsächlich so ausgeheckt hatte. Doch selbst in diesen emotional herausfordernden Zeiten erfüllte mich die Nähe meines Ehemannes mit einer unbeschreiblichen Leichtigkeit, als hätte er ein großes Loch in meinem Leben gefüllt, das ich davor nicht bemerkt hatte. Nico gab mir das Gefühl, etwas Besonderes zu sein, ohne etwas im Gegenzug zu verlangen. Allen widrigen Umständen zum Trotz bereute ich es keine Sekunde, dass wir uns kennengelernt hatten – daran konnte nicht einmal Francescas Feindseligkeit etwas ändern. Hastig stimmte ich zu, Anna am nächsten Tag einen Besuch abzustatten.

Leider war ich am nächsten Morgen noch immer nicht fertig, als sich alle Richtung Schule oder Arbeit verabschiedeten. Die umfangreichen Vorbereitungen darauf, gleich die Höhle der furchteinflößenden Matriarchin höchstpersönlich zu betreten – Augenbrauen zupfen, Zähne gründlich putzen, meinen Eyeliner suchen und ihn – wo sonst – auf dem Griff des Hamsterkäfigs finden – dauerten eine halbe Ewigkeit. Als ich gerade auf dem Klo saß, hörte ich, wie der Schlüssel in der Haustür herumgedreht wurde. Wie peinlich. Ich hatte die Tür der Toilette nicht geschlossen. Bestimmt hatte Nico – oder schlimmer noch, Francesca – etwas vergessen und würde gleich mir und meinen bis zu den Knöcheln heruntergelassenen Hosen gegenüberstehen. Doch zu meinem großen Entsetzen marschierte Anna durch die Tür. Sie trug ein Outfit aus schwarzen Schlaghosen, einer Seidenbluse und einem elegant geknoteten Tuch, mit dem ich vermutlich ausgesehen hätte wie ein Pirat auf Schatzsuche.

Meine Güte. Eigentlich war ihr Ersatzschlüssel für Notfälle gedacht, aber sollte ich keine riesige Rauchwolke auf unserem Dach übersehen haben, war es ein stinknormaler Freitagmorgen. Anna erstarrte und trat einen theatralischen Schritt zurück, als hätte sie mich und den Hamster bei etwas Unaussprechlichem erwischt.

»Einen Augenblick noch!«, rief ich.

Ich war vermutlich nicht so schockiert wie sie. Hätten wir

Mums Badezimmer nur einzeln benutzt, wäre niemals irgendwer rechtzeitig aus dem Haus gegangen.

Als ich fertig war, zog ich mir schnell die Hose hoch und ging in die Küche. Anna saß am Küchentisch und betrachtete das Gemetzel aus gebuttertem Toast, das Sam hinterlassen hatte. Als ihr Finger unabsichtlich einen Klecks Marmelade berührte, zuckte sie angewidert zurück, als hätte eine Kakerlake vor ihren Augen einen Paarungstanz aufgeführt. Ich trocknete mir betont auffällig die Hände an einem Geschirrtuch ab, damit »unhygienisch, wäscht sich nicht die Hände« nicht als weiterer Punkt auf Annas Vergleichsliste zwischen mir und Caitlin landete.

»Tut mir leid, Anna. Ich war etwas in Eile.«

Ich wartete auf eine Entschuldigung dafür, dass sie unangekündigt hereingeplatzt war, aber vergeblich. So wie sie ihren Blick durch die Küche schweifen ließ, war ihr Besuch auch nicht freundlicher Natur, sondern eher eine Überprüfung meiner Kompetenzen in der Haushaltsführung. Die waren nur leider nicht so offensichtlich wie zum Beispiel meine Fähigkeit zu atmen oder geradeaus zu gehen. Sie schaute so missbilligend drein, dass ich fast lachen musste.

Ich zog mir den Gürtel zurecht. »Möchtest du einen Tee?«

»Ich trinke ausschließlich Kaffee.«

»Dann ... vielleicht einen Kaffee?«

»Nein, danke.«

Wie gerne wollte ich es an die Spitze treiben. Wollte sie vielleicht einen Brennnesseltee? Einen grünen Smoothie? Oder heiße Schokolade mit einem Schuss Brandy? Aber ich hielt mich zurück und schaltete trotzdem den Wasserkocher ein. Kein Grund, selbst zu verdursten. Ich nahm mir die hässlichste, klobigste Tasse aus dem Küchenschrank, um auszuschließen, dass »das aber Caitlins Lieblingstasse war«, denn dann hätte ich vermutlich damit nach ihr geworfen.

Ich hatte den Entschluss gefasst, tief in die Charme-Trickkiste zu greifen. Wenn ich die nächsten Jahre nicht wie ein Einbrecher mit einem Dutzend gestohlener Laptops aus meinem eigenen Haus huschen wollte, musste ich Anna auf meine Seite bringen. Ich war noch nie der Typ gewesen, der seinen Gästen kleine Tabletts mit Mandelkeksen reichte oder über das beste Produkt zur Entfernung von Kalkablagerungen philosophierte. Doch vielleicht konnte ich sie davon überzeugen, dass ich für ihren Sohn nur das Beste wollte und nicht auf sein Geld aus war.

Es war kein Wunder, dass sie mir gegenüber misstrauisch war. Aus Respekt für Caitlin hatten Nico und ich unsere Beziehung anfangs geheim gehalten. Eigentlich hatte ich jeden Moment damit gerechnet, dass er mich abservieren würde. »Danke, dass du mir über den Tod meiner Frau hinweggeholfen hast und so weiter, aber ich glaube, ich bin jetzt bereit für eine Frau mit mehr Klasse, Grips und dünneren Schenkeln.« Deshalb hatte ich mir auch nie großartig Gedanken darum gemacht, mich als zukünftige Schwiegertochter zu präsentieren. Dementsprechend kannte ich Anna nur flüchtig, als Nico sie vor vollendete Tatsachen gestellt hatte: Er würde die Tochter der Pflegerin seiner verstorbenen Frau heiraten. Nun waren wir verheiratet – und ich würde Anna beweisen, dass ich auch ohne schicke Klamotten eine fantastische Ehefrau abgab.

Zu gerne hätte ich gewusst, was sie von ihrer anderen Schwiegertochter hielt. Bis jetzt hatte ich Lara nicht oft zu Gesicht bekommen, aber sie schien mir kein besonders offener oder warmherziger Mensch zu sein. Mit ihrem akkuraten Haarschnitt und den Blusen voller kleiner Schleifchen wirkte sie furchtbar spießig. Ich war nicht besonders zuversichtlich, dass sie mir Anna gegenüber den Rücken freihalten würde.

Und genau das brauchte ich dringend. Eine Verbündete.

Doch anstatt Anna einfach von all den schönen Freizeitaktivitäten zu erzählen, die wir »als Familie« geplant hatten, oder ihr eine Lüge darüber aufzutischen, welche großen Fortschritte ich und Francesca machten, bekam ich Panik. Und erwähnte direkt das einzige Thema, bei dem Nico und ich uns einig gewesen waren, dass wir es erst ansprechen würden, wenn es an der Zeit war. Es war das große Tabu, ein absolutes No-Go und musste eigentlich mit genauso viel Taktgefühl angesprochen werden, als wollte man die Möglichkeit eines Pappsarges mit seinen betagten Eltern bereden.

Während ich mir heißes Wasser eingoss – den Teebeutel ließ ich als kleinen Akt des Widerstands in der Tasse – platzte es aus mir heraus. »Nico und ich haben kürzlich über einen Umzug gesprochen. Ein Neuanfang würde uns allen guttun.« Die darauffolgende Stille füllte ich mit einem nervösen Monolog, in dem ich erklärte, dass Francesca einen Ort brauche, der sie nicht so sehr an ihre Mutter erinnere. Natürlich trotzdem in Brighton, in der Nähe ihrer Schule und nah am Meer ...

Anna hörte schweigend zu, und irgendwann fühlte ich mich wie im schlimmsten Vorstellungsgespräch aller Zeiten, bei dem ich ständig nur das Gegenteil von dem sagte, was mein Gegenüber hören wollte, aber trotzdem unaufhörlich weiterplapperte, weil es kein Zurück gab.

Erst als sich Annas Gesichtsausdruck langsam von Überraschung zu Wut wandelte, hörte ich auf zu reden. Sie stützte den Ellenbogen auf den Tisch und legte das Kinn betont langsam in die Hand.

»Unmöglich. Die Farinellis leben hier seit fast fünfzig Jahren. Mein Ehemann hat die Häuser – dieses und Massimos nebenan – gekauft, damit unsere Söhne für den Rest ihres Lebens gegenüber von uns wohnen können. Nico wird nicht ausziehen. Das ist sein Zuhause. Als die Farinellis in den 1970ern nach Brighton kamen, sind sie in die Siena Avenue gezogen und dort geblieben. Unsere Familie stammt aus Siena, deshalb war der Straßenname ein gutes Omen.«

Bevor ich antworten konnte, rückte sie den Stuhl zurück

und stand auf. »Aber ich schätze, manchen ist ihre Familie nicht wichtig genug.«

Ich ruderte zurück. »Tut mir leid Anna, ich hab's nicht böse gemeint. Es ist eine schöne Gegend und das Haus ist wundervoll, aber ich glaube, es wäre das Beste für Francesca. Vielleicht würde es ihr leichter fallen, mich zu akzeptieren, wenn wir alle gemeinsam neu anfangen und sie nicht alles in ihrem Zuhause an Caitlin erinnert. Wir würden auch nicht gleich morgen unsere Sachen packen. Oder im nächsten Jahr.«

»Hättest du wirklich Francescas Interessen im Sinn, hättest du Nico niemals dazu gezwungen, dich zu heiraten«, antwortete sie mit italienischem Akzent und rollte dabei die Zunge, als klebte ein Karamellbonbon hinter ihren Schneidezähnen. Die Feindseligkeit in ihrer Stimme kam so unerwartet, dass mir die Tränen in die Augen stiegen. Mir war klar gewesen, dass Anna nicht gerade darauf brannte, mich in der Familie willkommen zu heißen, und ich hatte mich auch damit abgefunden, dass es seine Zeit brauchen würde, bis sie mich akzeptierte. Ich passte schon rein äußerlich nicht dazu – die Figur zu pummelig, die Haare zu unordentlich und, egal wie sehr ich es auch versuchte, der Stil mit meiner angeborenen Vorliebe für Batik, Rüschen und Fransen zu ausgefallen. Doch ich hatte nicht erwartet, dass sie mich so sehr hasste. Langsam bekam ich wieder Luft. »Ich habe ihn nicht gezwungen.«

Anna schnaubte abfällig. »Natürlich. Vielleicht hast du ihm nicht die Pistole auf die Brust gesetzt, aber Nico war schon immer leicht zu beeinflussen. Zu sensibel. Sein Bruder ist da schon schlauer. Hat sich von seiner ersten Ehefrau getrennt, weil sie keine Kinder wollte. Völlig absurd. Seine jetzige Frau weiß hingegen, was es bedeutet, eine Farinelli zu sein.«

Damit erstarb auch der letzte Funken Hoffnung, dass ich in Lara eine Verbündete finden würde. Die Idee war genauso brillant gewesen, wie mein Plan, ein neues Zuhause für unsere kleine, bunt zusammengewürfelte Familie zu finden. Da hatte ich es also: Alle Karten lagen auf dem Tisch und verkohlten unter dem Scheinwerferlicht der brutalen Wahrheit. Anna akzeptierte mich nicht. Sie war der Meinung, ich hätte nach Caitlins Tod sofort die Gelegenheit ergriffen und den willensschwachen Nico dazu genötigt, mich zu heiraten. Noch nie hatte ich mich so sehr nach meiner Mum, ihrem Schlafsofa und ihren spontanen Gesangseinlagen mit einer Ketchupflasche als Mikrofon gesehnt wie in diesem Moment.

VIER

LARA

Vier Wochen warteten wir nun schon vergeblich auf die Rückkehr unserer Katze. Doch es fiel mir schwer zu akzeptieren, dass Misty entweder ein neues Zuhause mit einem größeren Makrelenvorrat gefunden hatte oder schlimmer noch, irgendwo tot unter einer Hecke lag. Ich gab mein Bestes, vor Sandro die Tapfere zu spielen, aber schließlich musste ich Mistys Futterschüsseln im Schrank verstauen, damit ich nicht jedes Mal in Tränen ausbrach, wenn ich daran vorbeiging.

Ich hatte Misty vor drei Jahren von meinem Vater übernommen, als er ins Pflegeheim gezogen war. Bei ihrem Anblick musste ich unweigerlich an Dad und die Zeit denken, als ich noch zuhause gewohnt hatte. Wie er der Katze sanft übers Fell gestreichelt hatte, während im Fernsehen eine Diskussionssendung auf BBC lief oder er im Radio *The Archers* hörte. Damals war er völlig anders gewesen als heute: ein verwirrter, alter Mann, der von Knöpfen überfordert war und der mich bei jedem Besuch erst lange und konzentriert musterte, bevor er mich breit anlächelte.

Vom ersten Tag an hatte die Katze Massimos Annäherungsversuche ignoriert. Ganz gleich, wie viele Thunfischhappen er ihr zuwarf, wie sanft er sie hinter den Ohren kraulte oder wie hektisch er mit der Katzenangel vor ihr herumfuchtelte, sie kuschelte sich ausschließlich in Sandros Schoß, als gehörte ihr graues Hinterteil nirgendwo anders hin. Zuerst nahm Massimo es mit Humor. »Die undankbare Miezekatze weiß gar nicht, wie gut sie es hat. Was glaubt sie denn, wer ihren Hühnerlebervorrat aufstockt? Zum Glück sieht mich wenigstens meine eigene Ehefrau nicht als selbstverständlich an.«

Ich lachte und gab zurück, Misty sei wohl das einzige weibliche Wesen, das ihm nicht völlig verfallen war. Er nahm die Herausforderung an und versprach, dass Misty ihn in ein paar Monaten mehr lieben würde als mich, sobald er sie mit seinem unwiderstehlichen Charme um den Finger gewickelt hatte.

Alle paar Monate hatte er einen neuen Versuch gestartet, Misty für sich zu gewinnen. Es schien sein Weltbild zu erschüttern, dass auch nur ein einziges Lebewesen völlig unempfänglich gegenüber der Naturgewalt namens Massimo Farinelli war. Doch alles war vergebens. Anlocken mit Makrelen, Wedeln mit Wollfäden oder ein sanftes »Miez Miez Miez«: Massimo konnte Misty kaum mehr als verächtliche Blicke entlocken, bevor sie zurück in Sandros Schoß hüpfte.

Sandro hatte sogar versucht, Mistys Herz für seinen Vater zu erwärmen und sie so lange mit kleinen Stückchen Hühnerfleisch angelockt, bis sie auf Massimos Knie saß. Doch sobald der Leckerbissen verschlungen war, hüpfte sie seelenruhig wieder hinunter und ließ Massimo halb lachend, halb fluchend zurück. Insgeheim freute sich Sandro, dass es wenigstens eine Sache gab, in der er besser war als sein Vater.

Seit Misty vor vier Wochen verschwunden war, bildete ich mir nachts ein, ihr Glöckchen an der Katzenklappe oder ihr klagendes Miauen auf dem Dach der Garage gehört zu haben. Jedes Mal schlich ich nach unten, um nachzusehen, aber keine Spur von ihr. Wenn ich vorsichtig zurück ins Bett kroch, nahm Massimo meine Hand und zog mich an seine Brust, wo ich bittere Tränen weinte. Aber ich konnte sie noch nicht loslassen. Erst heute hatten Sandro und ich noch einmal Zettel mit einem Foto von Misty, auf dem sie mit ihren wunderschönen bernsteinfarbenen Augen in die Kamera schaute, in der Nachbarschaft aufgehängt, mit der Bitte, in Garagen und Gartenschuppen nach ihr Ausschau zu halten.

Mistys Verschwinden verstärkte nur meinen Schmerz über die fortschreitende Demenzerkrankung meines Vaters, und es fiel mir immer schwerer, meine Gefühle unter Kontrolle zu halten. Jeder Reißnagel, den ich in einen Zaunpfahl drückte, jeder Zettel, den ich in ein Schaufenster klebte, bestärkte mich in meinem Gefühl, dass ich nicht nur auf der Suche nach unserer Katze war – ich war auch auf der Suche nach mir selbst. Genauer gesagt, nach meinem Selbst von vor zehn Jahren. Bevor Massimo mein Herz mit seinem viktorianischen Haus, seiner Führungsposition und seinem Kinderwunsch erobert hatte. Damals mit fünfundzwanzig, als ich noch mit Dad in unserer unscheinbaren Doppelhaushälfte gewohnt hatte, hatte mir Massimo gezeigt, wie ich leben könnte: Als Teil einer Familie, die spontane Grillfeste ausrichtete und die für den kleinsten Anlass die Champagnerkorken knallen ließ. Das Gegenteil von meinem bescheidenen Zuhause mit seinen Tüllgardinen und Schubladen voller Tupperware, und meiner eingeschränkten Sichtweise auf das Leben, dank Dads gut gemeintem Ratschlag: »Sei zufrieden mit dem, was du hast.«

Natürlich war ich auch ein wenig geschmeichelt gewesen, als Massimo mich immer wieder beschwor, ich sei die einzige Frau, mit der er Kinder haben wolle.

Es hatte so einfach und unkompliziert geklungen.

Doch damals war mir noch nicht klar gewesen, dass sich Massimo ein ganz bestimmtes Kind wünschte: ausdauernd, sportlich, selbstbewusst – kurzum, ein Abbild seiner eigenen Vorlieben und Eigenschaften. Sandro hingegen war ein nachdenklicher, verträumter Junge und oft schien Massimo von seinem eigenen Sohn eher irritiert als bezaubert zu sein.

Mistys Verschwinden war ein ungeahnter Lichtblick am Horizont. Seither war Massimo Sandro gegenüber viel verständnisvoller, als hätte er endlich durchschaut, wie unser kleiner sensibler Junge tickte. Seit Wochen hatte Massimo wegen liegengelassener Schokoriegelverpackungen auf dem Sofa oder einzelner dreckiger Socken auf der Treppe schon nicht mehr die Stimme erhoben. In mir machten sich zaghafte Hoffnungen breit – vielleicht war Massimo beim Anblick seines völlig verzweifelten Sohnes klar geworden, wie sehr er Sandro eigentlich liebte.

Im Gegenzug fühlte ich mich nun ausgeschlossen, wenn die beiden zusammen Lego spielten und ins Kino oder zum Eisessen gingen, um Sandro »auf andere Gedanken zu bringen«. Massimo kam gar nicht auf die Idee, mich mitzunehmen. Stattdessen zwinkerte er mir zu und sagte, dass Sandro ein wenig Vater-Sohn-Zeit brauche.

Ich sah ihnen nach, als sie nebeneinander die Straße hinuntergingen, Sandros zierliche Figur neben Massimos muskulöser Statur, völlig unterschiedlich was Körperbau und Aussehen anging. Doch Sandros Gang wirkte aufrechter als sonst, als baute die unerwartete Aufmerksamkeit seines Vaters sein Selbstbewusstsein in einer Weise auf, wie ich es nie könnte. Zuvor hatte sich Sandro immer zurückgezogen, sobald Massimo von der Arbeit nach Hause gekommen war. Jetzt suchte er seine Nähe, schlug ihm DVDs für gemeinsame Filmabende vor, und erzählte ihm selbst von seinen guten Noten, anstatt mich leise zu fragen, ob ich das machen könne.

Massimo war der Einzige, der mit Sandro über Misty reden konnte, ohne dass unser Sohn in Tränen ausbrach. Ich versuchte, das Thema zu vermeiden, um nicht selbst loszuheulen. Als Sandro zuletzt die Katze erwähnt hatte, hatte Massimo ihm die Haare aus der Stirn gestrichen und zu sich gezogen.

»Weißt du, mein Junge, Katzen sind seltsame Tiere. Manchmal sind sie eine Zeitlang weg und kommen irgendwann zurück. Und manchmal finden sie ein neues Zuhause, in dem es ihnen besser gefällt, obwohl ihre alten Besitzer sie sehr lieben. Außerdem ist Misty schon stolze elf Jahre alt. Sie hatte ein sehr schönes Leben. Vielleicht ist sie irgendwo eingeschlafen und nicht mehr aufgewacht.«

Sandros Unterlippe begann zu zittern. »Misty kommt zurück. Sie würde sich nie eine neue Familie suchen. Auch wenn jemand anderes sie füttert, sie würde uns viel zu sehr vermissen. Und elf ist überhaupt nicht alt. Außerdem war sie gesund.«

Massimo hob Sandro hoch, drückte ihn an sich und streichelte ihm über den Rücken. »Keine Sorge, es ist ganz normal, dass man traurig ist, wenn ein geliebter Mensch – oder ein geliebtes Tier – stirbt. Wenn sie nicht wiederkommt, kaufen wir dir ein neues Haustier.«

Sandro lächelte schwach, dankbar für Massimos aufmunternde Worte. Obwohl ich selbst traurig über Mistys Verschwinden war, überwog die Freude darüber, dass Massimo seinem Sohn erlaubt hatte, seine Gefühle auszudrücken, anstatt wie sonst zu sagen, er solle aufhören zu heulen und sich zusammenreißen. Ein verständnisvolles Wort, ein Hauch von Zustimmung, ein väterliches Kompliment – was von Massimo kam, übertrumpfte jeden meiner eigenen Versuche, Sandros Selbstvertrauen aufzubauen. Doch ich schob den Gedanken beiseite. Endlich waren wir an einem Wendepunkt angelangt, an dem Massimo sich für seinen Sohn interessierte und ihn nicht mehr als reine Belastung wahrnahm, die mich nur von meinen Pflichten als Ehefrau ablenkte.

Es war erstaunlich, wie naiv ich doch sein konnte.

FÜNF

MAGGIE

Nachdem Anna auf unsere Umzugspläne mit einer oscarreifen Darbietung von *Der Pate* reagiert hatte, gab ich mich geschlagen und überließ es Nico, sie darüber zu informieren, dass das Mittagessen an Caitlins Todestag bei uns stattfinden würde. Zum Glück hielt er an seiner bewundernswerten »Ob es dir gefällt oder nicht«-Einstellung fest. »Meine Güte! Mum ist manchmal so irrational. Wenn wir entscheiden, dass ein Umzug das richtige für unsere Familie ist, wird sie darüber hinwegkommen müssen. Und wenn sie am Samstag nicht zum Mittagessen kommen will, muss sie wohl allein zu Hause sitzen und an einem hart gekochten Ei knabbern. Es ist schwierig genug, Francesca zum Mitkommen zu überreden. Ich werde mich bestimmt nicht auch noch den Launen meiner Mutter beugen. Und du solltest es auch nicht.«

Am zwanzigsten Februar brach schließlich der Jahrestag, an den niemand erinnert werden musste, kalt und mit wolkenverhangenem Himmel an. Wieder einmal war mir meine bloße Existenz unangenehm, als wäre ich nur eine wandelnde Erinnerung an das, was Francesca verloren hatte, ohne irgendeinen Mehrwert für ihr Leben zu bieten. Francesca hatte ihr dunkles

Haar und den goldenen Teint zwar von Nico geerbt, aber sie war unverkennbar Caitlins Tochter. Mit ihren markanten Gesichtszügen und dem schlanken Körperbau hätte meine Mum sie sicher sofort auf dem Schirm gehabt. »Das Kind muss mehr essen!« Ich bot an, ihr ein Rührei zu machen.

»Ich hab keinen Hunger.«

»Du brauchst etwas Warmes im Bauch. Es ist kalt auf dem Friedhof.«

»Ich *weiß*, dass es kalt ist«, erwiderte sie und stopfte sich eine Handvoll Chips in den Mund.

Nico sah mich entschuldigend an. Ich ließ es gut sein. Heute war kein Tag für einen Schlagabtausch. Es tat mir im Herzen weh, Francesca so zu sehen. Das fahle Gesicht stumm auf ihre Hände gerichtet, pulte sie nervös an ihren Nagelhäutchen herum, die schon ganz wund und blutig waren.

Selbst mit fünfunddreißig konnte ich mir eine Welt ohne meine Mum kaum vorstellen. Sie hatte zum Glück zugestimmt, mir mit dem Mittagessen zu helfen und kam genau in dem Moment die Straße entlang, als sich der gesamte Farinelli-Clan am Gartentor versammelte, um gleich Richtung Friedhof aufzubrechen. Ich beobachtete das Schauspiel von der Haustür aus, wo ich die anderen soeben verabschiedet hatte. Mum plapperte sofort drauf los. Was für ein hübscher Junge aus Sandro geworden war und schon so groß! Ganz schön kalt, selbst für Februar, nicht wahr? Und mein Gott, warum hatte Francesca keine Handschuhe an! Woraufhin sie erfolglos versuchte, ihr die eigenen fingerlosen Handschuhe anzudrehen. Es schien ihr egal zu sein, dass die Farinellis steif wie Kegel dastanden und sie wie ein Bowlingball in ihre Mitte raste; sie quasselte einfach weiter, bewunderte den Strauß weißer Rosen, den Francesca hielt, tätschelte Sandro und drückte ihm ein paar Toffees in die Hand.

So wie ich Lara einschätzte, würde sie die Süßigkeiten sofort gegen gesunde Kakao-Nibs oder getrocknete Aprikosen austauschen, sobald Mum ihr den Rücken zukehrte. Sandro trug ein steifes Hemd und darüber einen kratzigen Pullover, und versteckte sich halb in Laras Poncho aus Mohairwolle. Der arme Junge. Mir juckte schon vom bloßen Hinschauen der Nacken. Als ein Teenager mit einem Schäferhund vorbeispazierte, lehnten Mutter und Sohn sich beide schnell gegen die Hecke.

Sandro sah so blass aus. Er war erst fünf Jahre alt gewesen, als Caitlin gestorben war, und erinnerte sich bestimmt kaum an sie. Ich hatte vorhin angeboten, auf ihn aufzupassen, während die anderen zum Friedhof gingen. Doch Anna hatte Lara sofort das Wort abgeschnitten. »Nein, Sandro kommt mit. Es ist ein Tag für die ganze Familie.« Es klang fast so, als warteten auf dem Friedhof statt eines schwarzen Grabsteins aus Granit und unendlicher Traurigkeit eine Wildwasserbahn und lustige Karussells. Ich hatte den Verdacht, Anna benutzte diesen Tag der Trauer, um mich noch weiter auszuschließen.

Ich war erleichtert, als Mum hereinkam, und ich die Farinellis und ihre komplizierten zwischenmenschlichen Beziehungen vor der Tür zurücklassen konnte. Sie umarmte mich. »Schon komisch, wieder hier zu sein, und nicht zu Caitlin raufzugehen.«

Zugegebenermaßen war ich etwas genervt, dass selbst meine Mutter Caitlins Abwesenheit nicht unkommentiert lassen konnte, aber ich ließ es gut sein.

Ich half ihr aus dem Mantel aus zotteligem Schaffell, der auch gut zu einem mongolischen Ziegenhirten gepasst hätte, und hängte ihn gerade in die Garderobe, als Sam auf der obersten Treppenstufe erschien. »Grandma!«, rief er und stürzte nach unten. Er warf Mum fast um, als er von der letzten Treppenstufe in ihre Arme hüpfte. Er freute sich so ehrlich sie zu sehen, dass mir schwer ums Herz wurde. Mum zauberte sofort ein Twix aus ihrer Handtasche.

»Na, hast du mich vermisst?«

Sam nickte eifrig und ging mit Mum nach oben, um ihr sein neues Zimmer zu zeigen.

Als sie wieder herunterkam, meinte sie: »Ich hab's schon immer gesagt, dieses Haus ist wie ein Luxushotel. Das Gästezimmer hat sogar ein eigenes Bad. Ihr solltet wirklich an Gäste vermieten. Ich könnte mich ums Frühstück kümmern.«

Mum sah überall Möglichkeiten zum Geldverdienen. Reparieren, selber machen, verkaufen, tauschen: Oft fand sie Dinge im Müll, die sie dann auf dem Flohmarkt weiterverkaufen konnte. Es war ihre Überlebensstrategie. Doch für jede alte Nähmaschine, die ein neues Zuhause gefunden hatte, wanderten leider ein Dreibein, ein Klappsessel und ein neues flauschiges Kissen in ihre Wohnung.

»Ich würde nur zu gern Annas Gesicht sehen, wenn wir hier ein Bed & Breakfast eröffnen. Geht es dir finanziell besser, seit wir ausgezogen sind? Ich hab ein bisschen Geld zur Seite gelegt, falls du es brauchst.«

»Ach was! Alles bestens. Hab einen neuen Job, bei einer älteren Dame. Armes Ding. Glaubt, die Deutschen kommen jeden Moment, und versteckt ihren ganzen Schmuck im Porridge. Hab letztens fast die Mikrowelle in die Luft gejagt, weil ihre Ohrringe in der Schüssel waren.«

Mum war wirklich ein Engel. Sie hatte immer irgendwelche Geschichten auf Lager und Abenteuer zu erzählen. Ihre Jobs als Alltagshelferin fand sie ausschließlich durch Mundpropaganda, und die Familien waren dankbar, dass sich jemand um ihre Verwandten kümmerte.

»Wie geht es Nico? Hast du dich schon an dein Leben als Ehefrau gewöhnt? Hat er sich dran gewöhnt, dass er wieder eine Ehefrau hat?« Sie lachte hustend, eine Begleiterscheinung ihrer Liebe zu Benson & Hedges.

Ich erzählte ihr von meinem Gespräch mit Anna.

»Alte Hexe. Zum Heiraten gezwungen, geht's noch? Er kann sich glücklich schätzen! Du hast ihr hoffentlich gesagt, dass es in den letzten drei Generationen unserer Familie ausschließlich alleinerziehende Mütter gegeben hat? Die Farinellis haben vielleicht ihre Siena Avenue – aber die Parker-Frauen residieren seit sechzig Jahren in den Wohnblocks der Mulberry Towers, und sind bis dato auch ohne Ehemann klargekommen.«

Sie lehnte sich triumphierend in ihrem Stuhl zurück, als hätte sie damit den unwiderlegbaren Beweis geliefert, dass Anna völlig bekloppt war. Eins musste man Mum lassen, sie schaffte es auch mit den unlogischsten Argumenten zu überzeugen.

Ich konnte mir das Lachen nicht verkneifen. »Ich glaube, mit dem historischen Scheitern unserer Familie auf dem Heiratsmarkt kann ich Anna auch nicht für mich gewinnen.«

Mums Blick wurde sanfter. »Ich bin trotzdem froh, dass du einen Mann gefunden hast, Liebes. Nico ist ein netter Kerl. Bisschen seltsame Essgewohnheiten, aber ganz in Ordnung für einen Italiener.«

Mum war noch immer nicht über das erste und einzige Mal hinweg, als Nico sie zum Abendessen eingeladen und Wachteln serviert hatte. Während der gesamten Heimfahrt war sie mir in den Ohren gelegen, dass sie für das Geld, das eines der »mickrigen Minihähnchen« gekostet hatte, vier ganz Hühner vom Discounter bekommen hätte.

»Er ist Brite, Mum. Er ist hier geboren.«

»Wie auch immer. Es freut mich zu sehen, dass du glücklich bist.« Sie sah mich mit zusammengekniffenen Augen an. »Du bist doch glücklich, oder?«

Ich atmete tief durch und bemühte mich, nicht emotional zu klingen. Mum sollte auf keinen Fall denken, ich hätte etwas von meinem typischen Parker-Schneid verloren, weil das Eheleben mich weich gemacht hatte. »Natürlich! Nico ist ein wundervoller Ehemann. Jetzt muss ich nur noch die restliche Mafia von mir überzeugen. Dann können wir alle gemeinsam auf dicken kleinen Ponys in den Sonnenuntergang reiten.«

Mum tätschelte meine Hand. »Oh, Liebling, es ist noch so früh. Francesca hat vor zwei Jahren ihre Mutter verloren, aber Caitlin war schon davor ein Jahr lang krank. Ganz schön viel für ein Kind. Armes Ding. Gib ihr noch ein wenig Zeit. Das wird schon.«

Ich nickte. »Hoffentlich.«

Mum schnaubte. »Und mach dir keine Sorgen wegen Anna. Die hat zwar immer besorgt getan, aber kein einziges Mal die Ärmel hochgekrempelt und geholfen, wenn's um die Drecksarbeit ging. Und die andere Schwiegertochter, wie heißt sie nochmal, Lara? Die war auch nicht viel besser. Haben es beide schön mir überlassen, Caitlins Hand zu halten und ihr zu versprechen, dass es Francesca gut gehen wird, damit sie in Frieden gehen kann.«

Ich schämte mich. Wie oft war ich zusammengezuckt, weil Mum Anna mit einem unangebrachten »Hallo, Liebes!« begrüßt hatte oder hatte mir insgeheim gewünscht, sie würde ein wenig abnehmen und ihre altmodische Wollmütze endlich im Schrank lassen? Dabei war ihre freundliche und dabei trotzdem sachliche Gelassenheit so viel mehr wert, als die Fähigkeit, einen Schal auf möglichst kunstvolle Weise binden zu können.

»War Nico während dieser Zeit sehr traurig?« Ich wollte die Frage im selben Moment zurücknehmen.

Mum runzelte die Stirn. »Das ist kein Wettbewerb, wen Nico mehr geliebt hat, Maggs. Er liebt dich, das weiß ich. Zum Schluss war es wirklich schwer für ihn. Für alle. Caitlin war noch so jung. Nico hat viel Unterstützung von seinem Bruder bekommen. Massimo hat oft vorbeigeschaut, um ihn abzulenken. Hab mich immer ganz schuldig gefühlt, dass du keine Geschwister hast, auf die du dich verlassen kannst, wenn ich nicht mehr bin.«

»Oh Gott, Mum! Themenwechsel, bitte.«

Ich holte das Gemüse für die Suppe aus dem Kühlschrank, um das Gespräch sofort im Keim zu ersticken. Schnell fanden wir einen gemeinsamen Arbeitsrhythmus. Während wir schälten und hackten, kam Sam immer wieder in die Küche, um Mum aus seinem Leben zu berichten: von seiner neuen Position als Torhüter in der Schulfußballmannschaft, dass Nico bald mit ihm ins Stadion gehen würde und wie froh er war, dass er nun zu Fuß zur Schule gehen konnte.

Die Suppe köchelte vor sich hin und ich deckte den Tisch. Ob Anna wohl in Ohnmacht fallen würde, wenn ich statt Stoffservietten die einlagigen aus Papier nahm? Mum verstrich Butter auf den Brötchen und Sam erzählte ihr lang und breit von den verschiedenen Autos, die Sandro für seine Carrerabahn hatte. »Mir gefällt der Ferrari am besten. Der ist aus Italien. Und ich bin ja jetzt Halb-Italiener, oder?«

Ich gab ihm einen Kuss auf die Stirn. »So funktioniert das leider nicht, mein Schatz. Trotzdem ist es sehr nett von Lara, dass du zu Besuch kommen und mit der Rennbahn spielen darfst.« Auch wenn ich ihre Einladungen mit festen Zeitfenstern etwas überheblich fand. »Möchte Sam von 15:30 bis 17:00 zu uns kommen?« In unserer Hochhaussiedlung gingen die Kinder bei ihren Freunden ein und aus, bis es Zeit zum Abendessen war.

»Sie lädt mich ein, weil Sandro den Dreh bei der Carrerabahn noch nicht ganz raus hat. Er schafft die Kurven nicht. Ich soll ihm zeigen, wie es richtig geht. Aber Lara hat gesagt, ich darf nicht vorbeikommen, wenn Massimo zuhause ist.«

»Warum nicht?«, fragte Mum.

Sam zuckte mit den Schultern. »Keine Ahnung. Ich glaube, ich bin ihm zu laut.«

»Ach was! So ein kleines, stilles Mäuschen wie du!«, rief Mum. »Aber neben ihrem kleinen Jungen wirkt jeder wie der reinste Krawallmacher. Hab noch nie ein so stilles Kind erlebt.«

Ich wollte sie gerade weiter über Lara ausfragen, als die Haustür aufging. Ich trocknete mir die Hände an einem Geschirrtuch ab. »Das ging aber schnell«, flüsterte ich Mum zu.

Ich wollte nicht sofort in den Flur stürmen und nachfragen, wie es denn auf dem Friedhof gewesen war, als käme die Familie gerade von einem Picknick mit Tee und Scones, also blieb ich in der Küche.

Ich hörte, wie jemand die Treppe nach oben ging, und einen Moment später kam Nico herein. Seine Wangen waren gerötet vor Kälte und er machte einen erschöpften Eindruck.

»Alles in Ordnung? Wo sind die anderen?«

»Noch auf dem Friedhof. Francesca hatte schon am Eingangstor einen Nervenzusammenbruch und hat in ihrer Wut heulend die Rosen zertrampelt.« Er seufzte. »Sie kann einfach nicht akzeptieren, dass Caitlin nicht zurückkommt. Ich dachte, es würde ihr helfen, das Grab zu besuchen, aber vielleicht braucht sie immer noch etwas Zeit.«

Ich spürte Mums Blick im Rücken, als erwartete sie, dass ich als Ehefrau alle Probleme auf magische Art und Weise wegzaubern könnte, und umarmte ihn. Nico ließ den Kopf schwer auf meine Schulter sinken. Ich fragte mich, ob ich je mehr sein würde als »die Frau danach«. Würde den anderen »Nico und Maggie« jemals genauso leicht über die Lippen gehen wie »Nico und Caitlin«?

»Soll ich mal nach Francesca sehen?«, fragte Mum. Wenn jemand ein aufgewühltes Kind beruhigen konnte, dann sie.

Nico nickte dankbar, als wäre ihm endgültig die Kraft ausgegangen, mit der Situation umzugehen. Als Mum aus der Küche gegangen war, sagte er: »Es ist eine Katastrophe. Ich weiß einfach nicht mehr weiter. Francesca kann nicht vor und nicht zurück. Caitlin wüsste genau, was zu tun ist. Sie war in diesen Dingen immer besser als ich.«

Mir rutschte das Herz in die Hose, als bedeutete jedes Lob für Caitlin unweigerlich Kritik an mir. Eigentlich wusste ich, dass Nico sich über sich selbst ärgerte, weil er seiner eigenen Tochter nicht helfen konnte. Doch als ich mir unser gemeinsames Leben vorgestellt hatte, war ich diejenige gewesen, die Francesca zur Seite gestanden und der sie sich anvertraut hatte. Eine Freundin, die eine Brücke zwischen ihr und ihrem Vater schlug, und die Nico half, die typischen Probleme einer Teenagerin besser zu verstehen. Stattdessen war ich in Francescas Augen ein Feind, den man schnellstmöglich beseitigen musste, damit sie an ihrem früheren Leben und der Erinnerung an ihre Mutter festhalten konnte.

Nico ging nach oben, vermutlich, um an der Kinderzimmertür zu lauschen, ob Mum das Unmögliche vollbracht und Francesca beruhigt hatte.

Nur das Eintrudeln der restlichen Farinellis hinderte mich daran, noch tiefer in düstere Gedanken abzutauchen.

Massimo kam als erstes in die Küche. Er rieb sich die kalten Hände und legte mir einen Arm um die Schultern. »Und, wie geht's Francesca?«, flüsterte er.

Ich verzog das Gesicht. »Meine Mum und Nico sind gerade bei ihr.«

Er nickte. »Das wird schon.«

Hoffentlich hatte er damit verdammt nochmal recht.

Er schnupperte am Topf. »Riecht fantastisch. Ist das Gemüsesuppe? Perfekt. Wir brauchen etwas Warmes, auf dem Friedhof war es eiskalt.«

Ich war Massimo unendlich dankbar. Zumindest eine Person wusste meinen Beitrag zu schätzen. »Es dauert nicht mehr lang. Setz dich, ich mache uns allen Tee«, sagte ich etwas verlegen, als hätte ich kein Recht dazu, Gäste in Nicos Haus zu empfangen.

»Weißt du was, ich gehe kurz rüber und hole eine Flasche Wein. Ich glaube, das hätten wir alle bitter nötig.«

Ich zögerte. Einerseits wollte ich das Angebot nicht ausschlagen, andererseits befürchtete ich, dass es mich gierig oder wie eine schlechte Gastgeberin erscheinen ließ. Unser eigenes Weinregal im Wohnzimmer war gut gefüllt. Aber ich wollte weder unabsichtlich einen sündteuren Jahrgang entkorken noch eine Flasche Billigwein erwischen, der gerade gut genug für einen Schmorbraten wäre. »Warte noch einen Moment, Nico kommt bestimmt gleich runter, dann holt er eine Flasche aus unserem Regal.«

Massimo grinste. Sein strahlendes Lächeln sah dem seines Bruders zum Verwechseln ähnlich, auch wenn sich in Nicos Lächeln immer ein Hauch von Zurückhaltung widerspiegelte. »Ist schon gut, bewahrt ihn euch lieber für eine andere Gelegenheit auf. Wir haben mehr als genug. Magst du Piquepoul?«

Ich war nicht sicher, ob es noch um Wein ging oder um eine neue Billard-Variante. Während ich innerlich abwog, wie ich antworten sollte – dass ich am liebsten Weißwein mochte oder dass ich ein ziemliches Händchen für den Queue hatte –, kam Anna mit Lara und Sandro hereingeschneit und ich konnte mich elegant aus der Affäre ziehen. Als ich zur Begrüßung ansetzte, reichte Anna mir wortlos ihren Trenchcoat. Fehlte nur noch, dass sie im Gegenzug eine Garderobenmarke erwartete.

Ich atmete tief durch. Nico hatte auch ohne Showdown zwischen seiner Frau und seiner Mutter genug am Hals. Meine leisen Flüche sparte ich mir für den Garderobenschrank auf, wo ich einen übertriebenen Hofknicks machte und einen Mittelfinger in Annas Richtung zeigte.

Nachdem ich meine geheime Schimpftirade beendet hatte, trat ich gerade aus der Garderobe, als Nico, Mum und Francesca die Treppe herunterkamen. Das arme Mädchen sah todunglücklich aus. Ich fragte mich, ob man wirklich an der Tradition festhalten sollte, Todestage mit betrübten Pilgerreisen auf den Friedhof zu zelebrieren. Kein Wunder, dass Francesca die Nerven verloren hatte. Irgendwann hatte ich von David Bowies Entscheidung gelesen, keine richtige Beerdigung zu haben. Seitdem stand für mich fest, dass ich Sam bitten würde, meinen Körper der Wissenschaft zu spenden, wenn es so weit war. Er sollte die zufälligen Erinnerungen an mich feiern, wann immer sie in seinem Kopf aufpoppten, statt jedes Jahr auf diesen einen düsteren Tag zu warten.

Ich wollte am liebsten sofort zu Francesca eilen und sie trösten, aber sie sollte nicht denken, dass ich glaubte, ich könne ihre Mutter in irgendeiner Form ersetzen. »Möchtest du eine heiße Schokolade, Francesca?«, fragte ich stattdessen behutsam.

Sie nickte und Nicos Lippen formten ein stummes »Danke«.

Ich bat Mum, die heiße Schokolade zu übernehmen, und rief nach Sam, damit er mit Sandro zum Spielen nach oben ging. Sam lud Sandro nicht gerne zu uns ein, und der Hauptgrund für Sams Besuche nebenan war sicher Sandros Carrerabahn. Als ich Sandro dabei zusah, wie er sich auf dem Weg nach oben vorsichtig an der Wand entlangschob, verstand ich auch den Grund. Sandro war ein furchtbar schüchterner Junge und hatte scheinbar nichts von der überschwänglichen Art seines Vaters geerbt. Wäre Massimo ein lebendiges und farbenprächtiges Gemälde, wirkte sein Sohn daneben wie ein Aquarell in ausgewaschenen Pastellfarben.

Als ich gerade Tee für alle aufsetzte, kam Massimo mit einer Kiste Wein in die Küche und ließ sie triumphierend auf den Tisch knallen. »Heute trinken wir auf Caitlin.«

»Das wäre nicht nötig gewesen, wir haben genug Wein!«, protestierte Nico.

»Oh, aber der hier ist besonders gut. Hat mir ein dankbarer Klient zukommen lassen, nachdem ich ihm ein kleines Steuerschlupfloch verschafft habe.«

Nico zuckte mit den Schultern und Massimo klatschte in die Hände. »Also wer möchte? Maggie, meine allerliebste Schwägerin, wärst du so freundlich und würdest ein paar Gläser bringen?« Heute war eigentlich kein Tag, um mit dem Begriff der Schwägerin um sich zu werfen, aber da Anna und

Lara mich weitgehend ignorierten, solange ich sie nicht gerade bediente, war ich überglücklich, dass wenigstens eine Person mich als Teil der Familie wahrnahm. Als ich die Weingläser aus dem Schrank holte, verzog Massimo das Gesicht. »Zum Glück bist du auf der Bildfläche erschienen, Maggie. Du musst meinem Bruder unbedingt richtige Gläser besorgen. Ein Verbrechen, darin einen Piquepoul zu servieren.«

Zum Glück hatte er nie miterlebt, wie Mum und ich den ekligen Rotwein, den es bei Bestellungen vom Chinesen gratis dazugab, mit Limo mischten und aus einfachen Tassen tranken.

Nico bat alle ins Esszimmer nebenan und ich servierte die Suppe. »Ist das in Ordnung für Sandro oder soll ich ihm lieber ein Sandwich machen?«, fragte ich Lara.

Bevor sie antworten konnte, widersprach Massimo. »Du hast genug zu tun, Maggie. Mach dir keine Umstände.«

Als Sandros Blick auf die Suppe fiel, sprang er von seinem Stuhl auf und vergrub das Gesicht in Laras Schoß. »Ich mag keine Suppe. Ich will ein Schinkensandwich.«

Massimo kitzelte Sandro kurz über den Nacken, dann zog er ihn hoch und schob ihn zurück auf seinen Stuhl. »Komm schon, setz dich hin.« Sandro saß mit verschränkten Armen da und schaute drein, als müsste er sich gleich durch eine Portion Innereien kämpfen.

Ich sah das ganze eher locker. »Es ist wirklich kein Problem, Massimo. Ich kann schnell ein paar Sandwiches schmieren.« Ich beugte mich zu Sandro hinunter. »Gemüsesuppe ist was für Große, nicht für Siebenjährige, stimmt's?«

Bevor er etwas sagen konnte, ergriff Massimo das Wort. »Du bist wirklich ein Schatz, Maggie, aber in Italien bekommen Kinder keine Sonderwünsche erfüllt. So etwas wie Kindergerichte gibt es bei uns nicht. Die Kinder haben dasselbe zu essen wie die Erwachsenen.«

Sandro sah aus, als würde er gleich in Tränen ausbrechen. Mein Gott, da hatte ich wohl einen Nerv getroffen. Ein kleiner

Teil von mir bewunderte Massimo für seine Unnachgiebigkeit. Andererseits, wäre es in zwei Wochen nicht völlig egal, ob Sandro nun ein Sandwich oder Suppe gegessen hatte? »Nicht stehlen« und »nicht fluchen«: Das waren so ungefähr die einzigen Regeln, die ich Sam eingebläut hatte. Ob er nun sein Gemüse – oder seine Gemüsesuppe – aß oder nicht, war nichts, worüber ich mich sonderlich aufgeregt hätte.

Nico kam mir zu Hilfe. »Komm Maggie, setz dich neben mich.«

Zu Sandro sagte er: »Hier hast du etwas Brot zum Tunken. Das macht dich groß und stark!« Aber Sandro hielt den Blick starr auf seinen Teller gerichtet, wo ich so wenig Suppe wie möglich eingegossen hatte.

Nach jedem Löffel Suppe trank Sandro einen großen Schluck Wasser und ich wünschte, ich hätte einfach Fischstäbchen, Götterspeise und Eiscreme serviert.

Das restliche Mittagessen verging schleppend. Zwischen Löffelgeklapper, Laras Versuchen, Sandro zum Essen zu bewegen, Francescas einsilbigen Antworten auf Nicos Fragen und dem Geplapper meiner Mutter, die sich über die horrenden Preise für frische Blumen beschwerte, von denen man ja »nur ein paar Tage was hatte«, breitete sich immer wieder unangenehme Stille aus. Ich versuchte, nicht an die kaputtgetretenen weißen Blütenblätter und zerbrochenen Stängel von Francescas Rosenstrauß zu denken.

Als Anna mit ihren langen Fingernägeln gegen ihr Glas klimperte, hatte ich insgeheim die Hoffnung, sie würde irgendetwas sagen, um die Friedhofsstimmung zu vertreiben.

»Heute ist der Todestag meiner geliebten Schwiegertochter. Ich schlage vor, dass jeder reihum seine liebste Erinnerung an Caitlin teilt.«

Es verlangte mir alles ab, nicht in schallendes Gelächter auszubrechen. Das war das Ende der Fahnenstange. Die allseits unerwünschte zweite Ehefrau sollte sich die Lobreden auf die großartige erste Ehefrau anhören? Ich stand auf. »Macht ihr nur«, sagte ich, während die anderen in betretenes Schweigen verfielen. »Mum, hilfst du mir beim Abräumen?« Meine Mutter, die Sandro gerade mit in Suppe getunkten Brotstückchen dazu überlistet hatte, ein wenig von seiner Suppe zu essen, schob seinen Teller schnell unter ihren eigenen und erhob sich.

Nico wandte sich auf Italienisch an seine Mutter. Obwohl ich die Worte nicht verstand, konnte ich den zurechtweisenden Ton deutlich heraushören.

Ich räumte weiter auf. »Schon gut. Ist doch schön, sich gemeinsam an die gute alte Zeit zu erinnern. Mum und ich sind dann in der Küche.« Ganz ruhig stapelte ich weiter Teller aufeinander, obwohl ich sie am liebsten gegen die Wand gedonnert und gebrüllt hätte, dass Caitlins Tod verdammt nochmal nicht meine Schuld war. Doch diese Genugtuung würde ich Anna niemals geben.

Als Massimo aufstand, um die Runde zu eröffnen, erkannte ich die quälende Unentschlossenheit in Nicos Blick. Ich versuchte, meine Gedanken zu ordnen. Es tat mir leid, dass er zwischen den Stühlen stand, völlig vereinnahmt von seiner Tochter auf der einen und seiner Mutter auf der anderen Seite. Trotzdem wollte ich ihm ordentlich die Meinung geigen. »Zeig mal ein bisschen Rückgrat! Sag deiner Mutter, dass sie dir den Buckel runterrutschen kann und ich nirgendwo hingehe, ob es ihr gefällt oder nicht. Vorausgesetzt, sie schafft es nicht, unsere Beziehung mit ihrem unmöglichen Verhalten zu zerstören.«

Es war wirklich kein gutes Zeichen, dass ich nur einen Monat nach unserer Hochzeit so dachte.

SECHS

LARA

Typisch Anna. Jetzt, wo Caitlin nicht mehr da war und sie nicht mehr wegen der kleinsten Kleinigkeit mit ihr aneinandergeriet – angefangen von der Art, wie sie Nicos Hemden bügelte, bis zur richtigen Salzmenge für Nudelwasser –, erhob sie ihre frühere Schwiegertochter in den Status einer Heiligen. Massimo absolvierte als erster seinen Auftritt in dieser Farce, natürlich nicht, ohne sich in alle Richtungen abzusichern. »Zuerst möchte ich das Glas auf Maggie und ihre Mutter erheben, die uns heute so herrlich bekocht haben. Vielen Dank.« Er sah Sandro eindringlich an. Zum Glück war Beryl beim Abräumen seines Suppentellers so flink gewesen.

Am liebsten wäre ich zu Maggie und Beryl in die Küche gegangen. Allein bei dem Gedanken, eine schöne Erinnerung an Caitlin aus meinem Gedächtnis hervorkramen zu müssen, bekam ich Schweißausbrüche. Nichts, das ich zu erzählen hatte, würde die restlichen Anwesenden zufriedenstellen.

Massimo richtete seine Ansprache an Francesca und konzentrierte sich darin auf Caitlins unbändige Energie und Lebensfreude. »Deine Mutter war einfach unglaublich.

Standen wir morgens gerade erst auf, kam sie schon frisch und munter von ihrer Joggingrunde zurück.«

Mit einer frischen Welle Selbsthass zupfte ich mir das Top über dem Bauch zurecht, beschämt über jeden Teller Nudeln, jeden heimlich stibitzten Keks und jedes von Sandro übriggelassene Fischstäbchen, das ich verschlungen hatte.

Massimo fuhr fort. »Wie kann es sein, dass jemand, der so sehr auf gesunde Ernährung und ausreichend Bewegung geachtet hat, trotzdem so früh von uns gehen muss? Ich verstehe es einfach nicht.« Er nahm einen großen Schluck Wein. »Und du, liebste Francesca, bist ganz ihre Tochter. Caitlin wäre unfassbar stolz auf dich. So ein hübsches, sportliches Mädchen. Ich wünschte, sie wäre dabei gewesen, als du die Bezirksmeisterschaft im Schwimmen gewonnen hast.«

Natürlich fokussierte sich Massimo auf Caitlins sportliche Leistungen – was sonst? Die Farinellis rühmten sich mit ihrer angeborenen athletischen Überlegenheit: die Wahnsinns-Rückhand, mit der sie jeden Ball zurückschmetterten, das Schwimmen im gottverdammten Schmetterlingsstil, die Fähigkeit, jede Art von Schläger einfach in die Hand zu nehmen und die dazugehörige Sportart sofort perfekt zu beherrschen.

So waren die Farinellis. Alle, außer Sandro.

Während Massimo seine Rede hielt, rupfte Francesca ihre Serviette in kleine Schnipsel. Sie brauchte vermutlich keine Erinnerung an all die Ereignisse in ihrem Leben, die ihre Mutter schon verpasst hatte. Ihre Nasenflügel bebten und ihre Wangen waren gerötet, als müsste sie sich mit aller Macht zusammenreißen, uns nicht alle zum Teufel zu jagen. Doch es war Francescas gutes Recht, wütend über den frühen Tod ihrer Mutter zu sein. Kein Geburtstag verging, an dem ich nicht mit einer Mischung aus Trauer und Wut darüber nachdachte, warum meine Mutter vor meinem fünften Lebensjahr gestorben war. Kein Kompliment der Welt konnte das Gefühl des Alleinseins aufwiegen. Während meiner gesamten Schulzeit war ich nur »die ohne Mum« gewesen, das seltsame Mädchen, deren Vater viel älter war als der anderer Schüler, auf Schulfesten eine bärtige Anomalie zwischen High Heels und Handtaschen.

Massimos Toast riss mich aus den Gedanken über meinen eigenen Verlust. »Auf Caitlin. Du bist fort, aber nicht vergessen.«

Als nächstes war Anna an der Reihe. Maggie und ihre Mutter waren noch immer in der Küche beschäftigt und konnten bestimmt jedes Wort mithören. Maggie fragte sich vermutlich längst, in welchem Irrenhaus sie hier gelandet war, und ich konnte es ihr nicht verübeln. Doch wenn Annas Behauptungen stimmten, war es ihr durchaus schon vorher bewusst gewesen: Angeblich hatte sie bereits vor Caitlins Tod eine Affäre mit Nico gehabt.

Ich hatte zufällig aufgeschnappt, wie Anna sich darüber ausgelassen hatte. »›Niemand glaubt uns, aber wir sind erst Monate später zusammengekommen.‹ Schwachsinn! Und ihre Mutter ist nicht viel besser. ›Arme Caitlin, komm, ich schüttle dir die Kissen auf, Liebes‹«, hatte sie Beryl nachgeäfft. »Dabei hatte sie doch nur den Hauptgewinn im Sinn: einen Goldesel für Tochter und Enkelsohn. Ziemlich großer Erfolg für jemanden, der seinen Lebensunterhalt mit dem Annähen von Knöpfen verdient.«

Ich fragte mich, ob Beryl Annas wahre Natur durchschaute. Sie war nicht blind – bestimmt war ihr nicht entgangen, dass Anna beinahe in Ohnmacht gefallen war, weil Beryl den Unterschied zwischen Penne und Fusilli nicht kannte: »Pasta ist Pasta, oder?«

Doch im Gegensatz zu mir ließ sich Beryl nicht verbiegen. Sie bemühte sich gar nicht erst, belesen oder gebildet zu wirken oder all die anderen Schritte zu lernen, um nach der Pfeife der Farinellis tanzen zu können. Nein, sie fand die Eigenheiten der Familie *unterhaltsam* und ließ sich auch nicht von Annas hochtrabender Art aus der Fassung bringen. Wahrscheinlich verzog sie beim Abwasch gerade amüsiert das Gesicht, während Anna einen Vortrag über Caitlins herausragende Hausfrauenqualitäten hielt und von einer »entzückenden« viktorianischen Traubenschere erzählte, die Caitlin einmal auf einem Antiquitätenmarkt entdeckt hatte. Wäre ich jemals einer solchen Totenfeier würdig, hoffte ich sehr, dass Anna mich für etwas Bemerkenswerteres in Erinnerung behalten würde als für meine Fähigkeit, ein Paar antike Scheren in einer Kiste voller Krempel zu finden. Anna wandte sich an Francesca.

»Du bist an der Reihe, *amore.*«

Ich wollte aufspringen und diesem makabren Schauspiel ein Ende setzen. Francesca sollte nicht dazu gezwungen werden, etwas beizutragen. Es musste doch möglich sein, dass sie in aller Stille ihre Gefühle verarbeiten und Trost in ihren Erinnerungen finden konnte, ohne dass die gesamte verdammte Familie eine Inszenierung ihrer Trauer zu sehen bekam. Doch Francesca sah uns reihum an und stand entschlossen auf, als hätte sie uns etwas Bedeutungsvolleres mitzuteilen als ein paar lose zusammenhängende Erinnerungen.

Für einen kurzen Moment entspannte sich ihr Gesichtsausdruck und ließ das kleine, sanfte Mädchen unter der kratzbürstigen Teenagerfassade erkennen.

Doch gleich darauf starrte sie Nico wütend an, die Augen gerötet, das Gesicht versteinert. »Mum war immer zu einhundert Prozent für mich da. Niemand war ihr wichtiger als ich. Und das vermisse ich.« Dann versagte ihr die Stimme.

Nico zuckte zusammen und streckte die Hand nach ihr aus. »Ich bin für dich da, Cessie. Das weißt du hoffentlich.«

Er versuchte, ihr den Arm um die Schultern zu legen, aber sie schüttelte ihn ab. »Aber ich muss dich mit Maggie teilen.«

Nico sackte in seinem Stuhl zusammen. Obwohl er erst vierzig Jahre alt war, fünf Jahre jünger als Massimo, konnte er mit seiner abgearbeiteten und müden Ausstrahlung und den grau melierten Schläfen leicht als der ältere von beiden durchgehen. Er wirkte völlig entkräftet, als hätte ihm der andauernde Konflikt mit Francesca den letzten Tropfen Lebensenergie ausgesaugt. Es war ein Kampf, den er nur verlieren konnte.

Ich fühlte mit ihm. Dieses Gefühl, trotz aller Bemühungen immer nur das Falsche zu tun, kannte ich nur zu gut. Ich hatte immer gedacht, eine Mutter zu sein würde mir leicht von der Hand gehen. Vor allem mit einem Mann wie Massimo an meiner Seite. Er hatte es kaum erwarten können, eine Familie zu gründen und obwohl ich zwiegespalten gewesen war, ob ich meinen Job in der Wirtschaftsprüfung wirklich so kurz nach dem Berufsstart an den Nagel hängen sollte, willigte ich ein, in dem Wissen, dass er sich von seiner ersten Frau Dawn getrennt hatte, weil sie keine Kinder gewollt hatte. Seitdem war ich nicht mehr arbeiten gegangen und es hatte nie den richtigen Zeitpunkt gegeben, um wieder in den Beruf einzusteigen. Zumindest nicht, wenn es nach Massimo und seiner Mutter ging, die immer strikt dagegen gewesen war, dass ich Sandro in einer Kita betreuen ließ: »Diese jungen Dinger haben selbst noch keine Kinder, wie wollen sie dann auf andere aufpassen?«

Wehmütig dachte ich daran, wie optimistisch ich dem Muttersein entgegengefiebert hatte und zu welcher enormen Belastung es geworden war.

Wie aufs Stichwort flüsterte mir Sandro ins Ohr, dass ihm übel war und er Bauchschmerzen hatte. Solange wir noch am Tisch saßen, wollte ich nicht nachfragen, ob das Problem eher am oberen oder unteren Körperende lag. Die Farinellis diskutierten zwar immer gerne über die Schwächen anderer, aber sobald es um Körperfunktionen ging, waren sie furchtbar prüde. Ich stand auf und wollte mit Sandro hinausgehen, doch Massimo griff nach meiner Hand.

»Sandro kann warten. Du musst noch deine Erinnerung an Caitlin teilen. Francesca ist es sehr wichtig, von allen zu hören, wie viel uns ihre Mutter bedeutet hat. Nicht wahr, Francesca?«

Francesca war unverkennbar Caitlins Tochter. Sie hatte den gleichen abfälligen Blick wie einst ihre Mutter, als könnten sich die Anwesenden glücklich schätzen, mit ihrer Gesellschaft beehrt zu werden, und sie musterte mich, als wären meine Worte eine reine Verschwendung von Sauerstoff.

Ich setzte mich wieder und murmelte Sandro ins Ohr, dass er auf die Toilette gehen solle und ich gleich nachkommen würde. Doch er schüttelte nur den Kopf und zog an meiner Hand. Meine Schultern verkrampften sich und meine Gedanken rasten. Ich musste schnell reagieren, bevor die Situation eskalierte. Sonst hieße es wieder einmal Massimo gegen Sandro, und ich wäre die Marionette, an der von beiden Seiten gezogen wurde, bis sie schließlich wahnsinnig wurde. Auf der einen Seite spürte ich die lähmende Angst vor dem sich anbahnenden Konflikt, auf der anderen Seite musste ich dringend etwas unternehmen.

Massimo klopfte Sandro auf die Schulter. Nur ich konnte sehen, dass er die Finger der anderen Hand fest in Sandros Arm vergraben hatte, um ihn von mir fernzuhalten. »Lass Mummy in Ruhe ihre Geschichte über Tante Caitlin erzählen.« Für Außenstehende klang der Ton freundlich, doch Sandro hatte genug Übung darin, den drohenden Unterton herauszuhören.

Sandro lehnte sich zu mir. Er hielt die Luft an und sein Bauch wölbte sich gefährlich. Ich betete, dass wir nicht gleich ein modernes Gemälde aus Suppenspritzern auf dem Tisch betrachten durften.

Ich tippte Massimo auf den Arm. »Ich glaube, es geht ihm nicht gut. Könntest du vielleicht mit ihm rausgehen?«

Massimo schnaubte ungeduldig, aber für die anderen setzte er eine Show auf. »Zeig mal, wo tut's denn weh?«

Ich musste Anna nicht ansehen, um zu wissen, was sie dachte. »Lara gibt sich Mühe, aber Massimo muss sie oft unterstützen. Der Junge ist so kränklich, bestimmt bekommt er von ihr nichts Richtiges zu essen.«

Sandro wich vor Massimo zurück und lehnte sich steif wie ein Brett gegen meinen Oberkörper. Seine knochigen Schultern bohrten sich in meine Rippen. Ich schob die Hände unter meine Beine, um mich davon abzuhalten, ihn auf den Schoß zu heben und ihm über den Bauch zu streicheln, bis alle Ängste und Schmerzen verflogen wären.

Ich hätte Beryl um den Hals fallen können, als sie mit einer Eistüte in der Hand hereinkam. »Das ist für dich, Sandro. Kommst du mit? Dann können die Erwachsenen in Ruhe reden.«

Sie führte ihn an der Hand zurück in die Küche, bevor Massimo etwas erwidern konnte. Ansonsten hätte er sicher darauf bestanden, dass sich Sandro von ihm abtasten ließ, bevor er unweigerlich zu dem Schluss käme, dass alles in bester Ordnung war.

Als Sandro an Beryls Hand in die Küche lief, beruhigte ich mich etwas. Mein Sohn kuschelte sich dicht an Beryls üppige Statur, als stünde er hinter einem Windschutz, sicher vor dem tobenden Sturm.

Für einen kurzen Moment wirkte Massimo irritiert, doch dann lehnte er sich mit verschränkten Armen in seinem Stuhl zurück und sah mich erwartungsvoll an. »Dein Auftritt, Lara. Ich weiß, wie sehr du Caitlin vermisst.«

Fieberhaft suchte ich nach den richtigen Worten. Ich musste irgendetwas sagen, egal was. Hauptsache nicht den Gedanken aussprechen, der sich in mein Hirn gebrannt hatte und der alles andere in den Hintergrund rückte. Wie immer, wenn ich nervös war, begann die Narbe von einem alten Hundebiss, die meinen Handrücken zierte, höllisch zu jucken. Ich spürte, wie Massimo neben mir unruhig wurde. Mein Blick huschte durch den Raum und blieb an einer Vase mit Schneeglöckchen hängen. »Gärtnern«, presste ich hervor, als wäre es die Antwort auf die Eine-Million-Pfund-Frage in einem Fernsehquiz. »Caitlin war die geborene Gärtnerin.« In meinem

Kopf ging ich verschiedene Frühlingsblüher durch, als Vorbereitung darauf, meine Trauerrede Caitlins prächtigen Osterglocken, Hyazinthen und Krokussen zu widmen.

All das war besser als die Wahrheit. »Woran ich mich erinnere, wenn ich an Caitlin denke? Dass ich sie und ihr perfektes Leben gehasst habe.«

SIEBEN

MAGGIE

Seit ich die Vormittage in meiner Schneiderei nicht mehr damit verbrachte, fieberhaft nachzurechnen, wie viele Kleider ich ändern müsste, um ein Paar neue Fußballschuhe für Sam besorgen zu können, hatte ich meine Liebe für das Nähen wiederentdeckt. Und als Francescas Feindseligkeit Mitte März ein neues Level erreichte – aus dem Raum stürmen, sobald ich ihn betrat, mich praktisch vom Sofa drängen, damit sie neben Nico sitzen konnte, Sam zu unmöglich frechen Antworten anstiften – bot mein kleiner Laden einen sicheren Hafen. Hier konnte ich einfach existieren, ohne mich praktisch fürs Atmen entschuldigen zu müssen. Bei der Arbeit wusste ich, was zu tun war. Die Kundschaft schätzte meine Arbeit und niemand kam auf die Idee, mir auf Teufel komm raus zu widersprechen, wenn ich eine Lösung gefunden hatte. Während der vielen Stunden, die ich über Knöpfe, Säume und Ösen gebeugt verbrachte, vergaß ich fast das nagende Gefühl, nicht gut genug zu sein. Doch sobald ich mich dem Ort näherte, den ich immer noch nicht als Zuhause betrachtete, drängte es sich wieder in den Vordergrund.

Eines Abends stand mein Vermieter unangekündigt auf der Matte. Er druckste etwas herum, bevor er endlich mit der Sprache herausrückte. Es täte ihm schrecklich leid, aber er habe das Gebäude verkauft. Ich hätte vier Wochen Zeit, um den Laden zu räumen. Dicke Tränen kullerten mir über die Wangen und tropften auf den Seidenrock, den ich gerade reparierte. Ich hatte meinen kleinen Laden vor Ewigkeiten zu einem Spottpreis gemietet, und würde nie wieder etwas Ähnliches finden, das ich mir leisten konnte. Aber ohne Laden kein Einkommen. Damit wäre ich endgültig als Mitgiftjägerin abgestempelt. Die hämischen Kommentare aus bestimmten Häusern an der Siena Avenue würden nicht lange auf sich warten lassen: »Hat ja nicht lange gedauert, bis die Gute sich durchfüttern lässt.«

Zu gern hätte ich meine Freundinnen aus dem Wohnblock angerufen und mit ihnen im Pub so lange Wodka getrunken, bis ich darüber hätte lachen können. Oder wäre für die alkoholfreie Alternative zu Mum geflüchtet, wo Sam jeden Mittwoch nach dem Fußballtraining übernachtete. Wie schön wäre es jetzt, durch meine alte Wohnungstür zu spazieren und mich auf das verbeulte Sofa fallen zu lassen, während Mum den Tee aufsetzte und eine Packung Kekse holte? Bei Nico waren alle Sitzgelegenheiten darauf ausgelegt, dass man möglichst schnell wieder aufstehen wollte. Nur ein einziges Mal wollte ich Curry vom Lieferdienst direkt aus der Aluschale essen und die Soße mit Naan-Brot auftunken, und kein Abendessen, bei dem ich erst mit Knoblauch, frischen Kräutern und echter Hühnerbouillon herumhantieren musste.

Aber ich war jetzt verheiratet, also fuhr ich pflichtbewusst nach Hause. Nico war schon aus dem Gartencenter zurück. Er sah von dem Topf mit Risotto auf, in dem er gerade rührte, und lief zu mir, als er mein Gesicht sah. »Maggie! Ist alles in Ordnung? Was ist passiert?« So lange hatte ich die Zähne zusammengebissen und war optimistisch geblieben, doch jetzt fing meine tapfere Fassade an zu bröckeln. Nico nahm mich in den Arm und Francesca, die ihre Hausaufgaben am Küchentisch erledigt hatte, stapfte aus der Küche.

Ich ließ den Tränen freien Lauf. Nico wünschte sich vermutlich, er hätte heute einen Großeinkauf an Taschentüchern und Küchenrolle erledigt. Es sprudelte nur so aus mir heraus. Der Verlust meines Ladens. Caitlins Kleidung im Schrank des Gästezimmers, ein stummer Vorwurf in Beige, Schwarz und Blau. Francesca, die einen Krieg führte – und gewann – der uns keine Sekunde für uns als Paar ließ. Ich wünschte wirklich, ich könnte ihr helfen und ihr den Schmerz und die Wut abnehmen.

Aber ich konnte es nicht.

Was bedeutete, dass wir uns nie völlig fallen lassen konnten, schließlich könnte Francesca ihren Vater jederzeit brauchen. Sogar, wenn wir schon im Bett lagen, stand sie oft vor unserer Tür: »Dad, in meinem Zimmer ist ein Ohrenkneifer. Dad, ich hab unten ein Geräusch gehört. Ich kann nicht schlafen. Ich hab Kopfschmerzen.« Ich war in einer Sozialwohnung aufgewachsen, in der die Wände so dünn waren wie Papier. Vom Furzen übers Vögeln bekam man von den Nachbarn so gut wie alles mit. Trotzdem war die Angst vor Francescas Schritten auf dem Treppenabsatz der größte Lustkiller, den ich mir vorstellen konnte.

Nico sah fast schon erleichtert aus. »Ich hatte schon Angst, du liebst mich nicht mehr.« Er streichelte mir über den Kopf. »Es tut mir leid. Ich wünschte, es wäre schöner, mit mir verheiratet zu sein.«

»Sei nicht albern. Ich liebe es, mit dir verheiratet zu sein. Ich habe nur das Gefühl, dich ständig zu enttäuschen. Natürlich kann ich Caitlin nicht ersetzen, das will ich auch nicht. Aber niemand hat mich jemals so gehasst wie Francesca.«

»Sie hasst dich nicht. Wie könnte sie auch? Du bist ein

wundervoller Mensch. Du erinnerst sie nur an das, was sie verloren hat. Also, Mrs Farinelli, wollen Sie wissen, was ich denke?«, fragte er und rückte einen Stuhl für mich zurecht.

Er klang fröhlich und aufgeregt, aber mir rutschte sofort das Herz in die Hose. Auch zwei Monate nach unserer Hochzeit rechnete ich jeden Moment damit, dass er mir sagen würde, er habe einen riesigen Fehler begangen.

Die Angst musste mir ins Gesicht geschrieben stehen, denn er beugte sich zu mir und küsste mich. »Wir richten im Dachboden eine Werkstatt für dich ein. Es ist wirklich gemütlich da oben. Bevor Caitlin krank wurde, wollte sie ein Yogastudio eröffnen, deshalb ist alles so gut wie fertig. Elektrik, gestrichene Wände, alles da. Das Fenster in der Dachschräge macht es schön hell. Wir können ein paar Tische und Schränke in Auftrag geben – was auch immer du zum Arbeiten brauchst. Natürlich maßgefertigt, damit du das meiste aus dem Platz herausholen kannst.«

Möbel nach Maß, dass ich das noch erleben durfte. Bis jetzt hatte ich mich mit zusammengeschusterter, gebrauchter Einrichtung beholfen. Ein kleiner Funken Hoffnung erfüllte mein Herz. Mein eigenes kleines Atelier. Vielleicht könnte ich richtige Kleidung schneidern, statt nur Änderungen und Reparaturen anzubieten.

»Und das Beste: Du musst keine Miete zahlen!«

»Sicher? Ich will nicht, dass du dich ausgenutzt fühlst.«

»Unsinn! Ich bin dein Mann, nicht dein Vermieter. So macht man das als Ehepaar. Man teilt seine Probleme und findet gemeinsam eine Lösung.«

Ich musste wieder losheulen. So viele Jahre war ich auf mich allein gestellt gewesen und hatte darum gekämpft, dass ich mich nicht bei der kleinsten Schwierigkeit auf Mums finanzielle Unterstützung verlassen musste oder schlimmer, dass es Sam an etwas fehlte. Nicos Worte waren wie magischer Feenstaub, der alle Probleme wie von Zauberhand verschwinden ließ.

»Allerdings müssten wir noch aufräumen.« Er verzog das Gesicht. »Und wahrscheinlich brauchen wir Francescas Hilfe. Auf dem Dachboden sind noch viele von Caitlins Sachen. Weiß Gott, was. Lehrbücher aus dem Studium, ihre Walking- und Tauchausrüstung, Reitkleidung, Fotoalben und Erinnerungsstücke. Konzertkarten, Flugtickets und all sowas hat sie immer aufbewahrt. Manches davon will Francesca vielleicht behalten.«

Ich versuchte, mir nicht auszumalen, welche Erinnerungen das Aussortieren von Caitlins Habseligkeiten in Nico hervorrufen würde. Sie war so sportlich gewesen, kaum zu glauben, dass er mit einem Pummelchen wie mir zusammen war. Ich war noch nie in meinem Leben auf einem Pferd geritten und bevorzugte generell Fortbewegungsmittel mit einer sicheren Bremse. Eigentlich wollte ich lieber nicht dabei sein, wenn Nico seiner Tochter erzählte, welche Orte er mit Caitlin besucht, welche Konzerte sie zusammen gesehen und an welchen Stränden sie den Sonnenuntergang bestaunt hatten. Ich wollte mich nicht bei jeder gemeinsamen Aktivität mit Nico fragen müssen, ob er mit Caitlin gerade mehr Spaß hätte. Außerdem brauchte ich wirklich keine Auflistung jener Orte, an denen Nico eventuell mit seiner ersten Frau Sex gehabt hatte.

Ich wollte nicht undankbar wirken, also versuchte es mit einem diplomatischen Ansatz. »Ich helfe natürlich gern, aber vielleicht solltet ihr das lieber zu zweit machen? Ich sollte kein Mitspracherecht dabei haben, was entsorgt wird. Wenn genug Platz ist, könntet ihr die Sachen auf einer Seite des Dachbodens aufbewahren und ich nutze einfach die andere.«

»Wenn es für dich in Ordnung ist, hätte ich dich gerne dabei. Sonst schieben wir es nur vor uns her. Und ich kann nicht von dir erwarten, dass du dir den Raum mit Caitlins Sachen teilen musst. Ich will schließlich auch nicht die Unterwäsche von deinen Exfreunden in meinem Schreibtisch haben. Die Zeit ist reif. Die Dinge, die Francesca haben will, kann sie in ihrem Zimmer aufbewahren.«

Ich umarmte Nico. Jetzt mussten wir nur noch Francesca von unserem Plan überzeugen.

ACHT

LARA

Es war Ende März, kurz vor Ostern, und ich musste der Wahrheit ins Auge sehen. Ich hatte Dad das letzte Mal an Neujahr gesehen. Seitdem hatte Massimo keine Zeit gehabt, mit mir zum Pflegeheim zu fahren, das abgeschieden in den Hügeln von Sussex lag.

Ich wollte diesen letzten Nachmittag mit Dad aus meinem Gedächtnis löschen. Er hatte sich Massimo gegenüber unmöglich benommen, unverständliches Zeug über »violette Fenster« geschrien und ihm gedroht, ihm eins mit seinem Gehstock überzuziehen. Den ganzen Nachhauseweg über hatte ich gezittert und geweint, während Massimo sich über meinen Vater, den »undankbaren alten Knacker« ausgelassen hatte, für dessen Pflege er schließlich bezahle. »Weißt du, wie viel ich abdrücken muss, damit ihm die Haare geschnitten werden, obwohl er nur noch fünf Strähnen auf dem Kopf hat? Siebzehn Pfund!«

Danach hatte Massimo nie Zeit gehabt, um mich zu fahren – immer war er zu gestresst, zu abgelenkt, zu eingespannt. Ironischerweise war es mein Dad gewesen, der mich davon abgehalten hatte, den Führerschein zu machen, aus Angst, ich würde wie meine Mutter bei einem Autounfall ums

Leben kommen. Nun war ich auf fremde Hilfe angewiesen, um ihn zu besuchen. Früher hatte ich noch ein paar Freunde gehabt, die mich bereitwillig nach Sussex gefahren hätten. Doch mit der Zeit hatte Massimo sie alle vergrault. Bei uns fühlten sie sich nicht willkommen und wenn ich sie besuchen wollte, machte mir Massimo so eine Szene, dass ich es bleiben ließ. Irgendwann waren alle Beziehungen im Sand verlaufen. Wer hatte schon Lust auf eine Freundschaft, die sich nach einseitiger Arbeit anfühlte? Und ich wollte lieber nicht daran denken, was beim letzten Mal passiert war, als ich Unmengen für ein Taxi ausgegeben hatte.

Somit gab es für mich keine Möglichkeit, Dad allein zu besuchen.

Doch in letzter Zeit wirkte Massimo etwas umgänglicher. Vielleicht hatte er einfach nur weniger Stress bei der Arbeit, aber plötzlich stand morgendlicher Tee im Bett auf der Tagesordnung, ich bekam spontane Massagen und wir konnten sogar vernünftig über meinen Wiedereinstieg in den Beruf sprechen. »Lass uns nach dem Sommer nach etwas suchen, sobald Sandro zurück in der Schule ist.« Es war eine erfrischende Abwechslung zu seiner üblichen Reaktion: »Die Firma ist mittlerweile ein gnadenloses Haifischbecken. Ganz anders als zu deiner Zeit. Du bist nicht dafür gemacht.«

Auch heute Abend war er äußerst gut gelaunt. Nach einer Gute-Nacht-Geschichte für Sandro hatte er einen herrlichen Sauvignon Blanc aus der Sancerre geöffnet, den wir zu dem gebratenen Seeteufel mit Knoblauch tranken, den ich extra für ihn zubereitet hatte. Der perfekte Abend also, um das Thema mit Dad anzusprechen.

»Ich weiß, es entspricht nicht deiner Vorstellung von einem schönen Ausflug, aber ich muss Dad über Ostern besuchen. Ich möchte wirklich nicht, dass er allein mit einem traurigen Osterei im Aufenthaltsraum sitzt, während alle anderen Patienten mit ihren Familien feiern.«

Massimo nahm einen Bissen von seinem Fisch und tupfte sich den Mund mit seiner Stoffserviette ab. »Und ich möchte nicht, dass du während der Feiertage völlig neben dir stehst. Du weißt doch, wie sehr dich diese Besuche belasten. Ich habe nur vier Tage frei und die will ich genießen. Vielleicht könnten wir ein Wochenende in London verbringen? Mit Sandro in den Tower of London oder in den Dungeon?«

Ich starrte ihn entgeistert an. In den London Dungeon, das Gruselkabinett? Sandro hätte monatelang Albträume. Ich bemühte mich, nicht abfällig zu klingen. »London klingt fantastisch. Vielleicht könnten wir uns ein Musical oder ein Theaterstück ansehen, wenn du Lust hast. Wäre es denn in Ordnung, zumindest Donnerstagabend bei Dad vorbeizuschauen? Nur, falls du früh genug Feierabend hast.«

»Ich bin am Donnerstag voll eingespannt, damit ich alles rechtzeitig erledigt bekomme und nicht über die Feiertage arbeiten muss. Dein Dad weiß sowieso nicht, ob gerade Ostern ist oder nicht. Besuch ihn doch einfach ein oder zwei Wochen später.«

Massimo faltete seine Serviette, nahm einen großen Schluck Wein und klopfte mit seinem Messer rhythmisch gegen den Tellerrand.

Ich hatte Dad drei Monate nicht gesehen. Ich musste einfach zu ihm. Ich bemühte mich, nicht bettelnd oder fordernd zu klingen, und fragte mit betont ruhiger Stimme: »Was hältst du davon, wenn ich nächste Woche mit dem Bus nach Worthing fahre und mir von dort aus ein Taxi nehme?«

»Das wäre eine ganz schön kostspielige Fahrt. Gerade erst kam ein Brief vom Pflegeheim. Die Gebühren werden schon wieder erhöht. Wir sollten wirklich auf solche unnötigen Ausgaben verzichten.«

Ich nahm einen tiefen Atemzug. »Es ist sehr großzügig von dir, Dads Pflegekosten zu übernehmen. Vielleicht ist es an der Zeit, uns rechtlich beraten zu lassen, damit der Erlös aus dem

Verkauf von Dads Haus dafür aufgewendet werden kann. So müsstest du die finanzielle Last nicht allein tragen.« Am liebsten hätte ich noch hinzugefügt: »Und wir hätten vielleicht auch die fünfzig Pfund übrig, damit ich ihn besuchen kann.«

Massimo seufzte ungeduldig, als spräche er mit einem Kleinkind. »Du hast ja keine Ahnung, wie teuer das Ganze ist.« Er tätschelte meine Hand. »Wer weiß, vielleicht wird er fünfundneunzig. Würde ich aufhören, für seine Pflege zu bezahlen, wäre sein ganzes Geld ziemlich schnell futsch. Und dann verbringt er seine letzten Tage in einem billigen staatlichen Heim, das nach Kohl stinkt und in dem sie ihn den ganzen Tag in vollen Windeln vergammeln lassen.«

Mir wurde mulmig. Das konnte ich meinem Dad nicht antun, der nie ohne Manschettenknöpfe und einen Spritzer Aftershave aus dem Haus gegangen war und sogar jetzt noch mit zittrigen Knien aufstand, sobald eine weibliche Pflegerin den Raum betrat. Ich hätte schon nach dem Verkauf des Hauses angemessene Vorkehrungen für Dads Pflege treffen sollen, anstatt mich blind auf Massimos Gunst zu verlassen. Doch es war mir immer schon schwergefallen, meinem Mann zu widersprechen. »Du hast genug zu tun. Lass das Finanzielle meine Sorge sein. Dein Dad würde es so wollen. Immerhin verdiene ich in meinem Job ein Vermögen damit, mich um die finanziellen Angelegenheiten anderer zu kümmern. Lass mich dir etwas Arbeit abnehmen. Sonst musst du am Ende wieder Antidepressiva nehmen.«

Massimo hatte mich immer weggescheucht, wenn ich die Unterlagen hatte sehen wollen. »Kein Problem, ich mach das schon.« Selbst wenn ich es irgendwie schaffen sollte, Massimo die Kontrolle über die Finanzen zu entziehen und an Dads Geld heranzukommen: Ich hatte keinen blassen Schimmer, wie lange es ausreichen würde, um den Heimplatz zu finanzieren.

Forscher als nötig zerdrückte Massimo den Fisch mit der

Gabel. Ich lief Gefahr, den Abend zu ruinieren. Morgen würde ich einen neuen Versuch wagen.

Er sah mich an. »Es scheint ja so, als hättest du gerade viel Freizeit. Wie wär's, wenn du dich beim Arzt durchchecken lässt, um herauszufinden, warum du nicht schwanger wirst? Für die verdammte Katze schickst du ein ganzes Suchkommando los, aber warum Sandro noch kein Geschwisterchen hat, interessiert dich anscheinend nicht besonders.«

Ich hätte es wissen müssen. Doch das war typisch Massimo. War mir etwas wichtig, beschäftigte er sich nur so lange damit, bis er sich langweilte, bis er sich nicht mehr damit rühmen konnte, niemand da war, der sagen konnte: »Du hättest sehen sollen, wie wundervoll er sich um den Jungen gekümmert hat, als die Katze verschwunden ist!«

»Ich werde mich um einen Termin kümmern. Aber die Ärztin, die auf Fruchtbarkeit spezialisiert ist, war schon eine ganze Zeitlang nicht mehr in der Praxis.« Ich stand auf und holte mir ein Glas Wasser, damit er nicht sehen konnte, wie ich rot wurde. »Sobald sie zurück ist, werde ich in ihre Sprechstunde gehen. Sie wird uns allerdings beide untersuchen wollen.«

Massimo knallte sein Besteck auf den Tisch. »Bei den Farinellis gibt es keine Fruchtbarkeitsprobleme! Francesca ist nur deshalb Einzelkind, weil Caitlin kein zweites wollte. Warten wir ab, was bei dir gefunden wird.«

Ich nickte, um anzudeuten, dass ich natürlich so schnell wie möglich einen Termin buchen würde.

Aber Massimo konnte nicht alles kontrollieren.

Noch nicht.

NEUN

MAGGIE

Zum ersten Mal seit ich zu Nico gezogen war, fühlte ich mich in meinem neuen Zuhause willkommen, statt kleinlaut durch die Gänge zu huschen. Mit meinem Atelier würde ich einen Bereich des Hauses zu meinem eigenen kleinen Reich machen, anstatt nur Gast bei einer anderen Frau zu sein. Beflügelt von dem Gedanken hüpfte ich auf dem Weg zum Frühstück die Treppe hinunter, als ich ein merkwürdiges Geräusch hörte. Es klang wie ein verletztes Tier und erinnerte mich an einen angefahrenen Fuchs, den ich einmal vor Schmerz klagend am Straßenrand vor der Hochhaussiedlung gefunden hatte. Ich eilte zum Treppenabsatz. Das Geräusch kam aus Francescas Zimmer. Ich zögerte, bevor ich hineinging. Vermutlich würde sie mich sofort kreischend rauswerfen. Aber was, wenn es ein Notfall war? Ich rief nach Nico und stürmte durch die Tür. Die Vorhänge waren noch zugezogen und ich brauchte einen kurzen Moment, um Francesca auf dem Bett zu erkennen. Sie saß vornübergebeugt und weinte bitterlich in ihre zusammengeknüllte Bettdecke.

»Francesca!«, rief ich und rannte zu ihr. Ich strich ihr über den völlig verschwitzten Rücken. »Was ist los?« Ich versuchte, sie zu mir zu drehen, aber sie vergrub sich noch tiefer in die Decke.

Da bemerkte ich die Blutflecke auf dem Bettlaken.

»Ach Gottchen, du Arme. Ist das deine erste Regel?«

Sie nickte stumm.

»Hast du Binden? Oder Tampons?«

»Nein«, antwortete sie mit einem Schluchzen.

Nico erschien im Türrahmen. »Was ist passiert?«

Ich deutete ihm, leise zu sein und machte eine scheuchende Handbewegung. Nico, dem schon beim Gedanken an »Frauensachen« übel wurde, wäre hier keine große Hilfe. Er wirkte etwas irritiert, aber verließ ohne Anstalten das Zimmer. Ich liebte ihn dafür, dass er mir einfach vertraute.

Ich holte Francescas Bademantel vom Kleiderhaken an ihrer Zimmertür und setzte mich zurück aufs Bett. »Okay, Liebes. Hüpf mal unter die Dusche, danach wird es dir schon viel besser gehen. Ich hole dir ein paar von meinen Binden.«

Völlig überraschend fiel sie mir um den Hals und legte ihr heißes, tränenüberströmtes Gesicht an meine Schulter. »Ich will zu meiner Mum. Ich wünschte, sie wäre hier.«

Ich wollte gar nicht daran denken, wie es Sam gehen würde, wenn ich morgen einfach tot umfallen würde. Selbst mit fünfunddreißig konnte ich mir eine Welt ohne meine Mum nicht vorstellen. Wie allein hätte ich mich an meinem Hochzeitstag gefühlt, hätte sie nicht in der ersten Reihe gesessen und nach ihrem gefälschten Chanel-Parfüm vom Wochenmarkt gerochen? Seit über drei Jahrzehnten sagte mir meine Mutter, dass ich etwas ganz Besonderes sei, obwohl ich in Wahrheit ganz gewöhnlich war. Doch in Mums Augen war ich so außergewöhnlich, wie es sonst nie jemand sein könnte. Noch heute nannte sie mich manchmal im Scherz ihr »kleines Baby«. Und sogar in meinem Alter fühlte es sich wundervoll an, jemandes Baby zu sein – sicher und geborgen und in dem Wissen, da war jemand, der alles dafür tat, dass es mir gut ging, ohne etwas als Gegenleistung zu erwarten.

Francesca hatte so wenig Zeit gehabt, dieses unnachahmliche Gefühl der Wertschätzung zu verinnerlichen. Nun stand sie am Anfang ihres Weges vom Mädchen zur Frau, nicht ganz Kind und nicht ganz erwachsen, voller verwirrender Gefühle und Hormone – und die eine Person, die ihr damit helfen konnte, war nicht mehr da.

Fast kamen mir selbst die Tränen.

Noch nie hatte ich mich so nutzlos gefühlt wie in diesem Moment. Als Francesca weinte, verblasste ihre übliche wütende, ruppige Art unter der Wucht ihrer Trauer. Ich hielt sie fest und streichelte ihr sanft über den Rücken, so wie Mum es bei mir immer gemacht hatte, wenn ich traurig war. »Alles wird gut«, flüsterte ich und strich ihr die Haare aus dem Nacken, um ihr in ihrem wallenden Gefühlsausbruch etwas Luft zu verschaffen.

Langsam klang ihr Schluchzen ab. Sie lehnte sich zurück, ohne mich anzusehen. Ich wollte diesen Moment der Verbundenheit zwischen uns festhalten, der so fragil war wie eine Seifenblase. Ich legte meine Hand auf ihre.

»Ich kann dich verstehen. Wirklich. Wenn ich du wäre, würde ich auch zu meiner Mum wollen. Und nicht zu der Frau, die mein Vater nach ihr geheiratet hat.«

Francesca biss sich auf die Lippe und rührte sich nicht. Frische Tränen traten ihr in die Augen. Wie oft hatte sie sich wohl in den Schlaf geweint, nachdem sie beleidigt nach oben gestürmt war, während Nico und ich weintrinkend im Wohnzimmer sitzengeblieben waren? Während wir besprochen hatten, wie wir mit ihrem »inakzeptablen Verhalten« umgehen sollten, hatte Francesca da die Nasenspitze in Caitlins Oberteilen vergraben und verzweifelt den vertrauten Geruch eingeatmet? Hatte sie Caitlins Schmuck durchwühlt, alte Ketten entwirrt und Ringe anprobiert, um irgendwie die Aura ihrer Mutter heraufzubeschwören? Und die ganze Zeit über hatte ich nur an mich gedacht, ganz darauf versteift, dass mir diese Dreizehnjährige vermeintlich im Weg stand, und mich gefragt, wie ich Nico darum bitten könnte, ein Schloss an unserer Schlafzimmertür anzubringen.

Endlich verstand ich. Ich war die Erwachsene.

Und die Stiefmutter eines Mädchens, das seine Mutter verloren hatte.

Es war höchste Zeit, nicht mehr in Selbstmitleid zu versinken und darüber hinwegzusehen, dass mein fabelhaftes neues Leben ein paar kleine Stolpersteine bereithielt. »Ich hole dir ein paar Binden. Benutz gerne das Gästebad, dort hast du deine Ruhe. Ich wechsle in der Zwischenzeit die Bettwäsche. Schmeiß deinen Pyjama später einfach in den Wäschekorb, ich kümmere mich darum.«

Francesca nickte. »Danke.« Dann umarmte sie mich noch einmal.

Nur Francescas traurige Miene hielt mich davon ab, vor Freude auf dem Bett herumzuspringen. Trotz dreckiger Bettwäsche.

ZEHN

LARA

An Karfreitag stand Massimo um sieben Uhr auf und drückte mir einen Kuss auf die Wange. »Bleib ruhig im Bett, mein Engel. Ich muss noch dein Ostergeschenk abholen.« Ich wollte erwidern, dass wir schon um halb neun bei Dad sein könnten, aber ich hielt mich zurück.

Zumindest hatte ich es vermeiden können, Sandro am Wochenende mit einem Besuch in Londons gruseligster Touristenattraktion zu traumatisieren, indem ich Massimo daran erinnert hatte, dass wir unsere Ausgaben »etwas zügeln« mussten.

Ich ließ mich zurück ins Kissen fallen und grübelte über das völlig widersprüchliche Verhalten meines Mannes nach. Jeder aufmerksamen Geste folgte unumgänglich ein verletzendes Wort. Das kannte ich bereits aus unseren anfänglichen Flirts bei der Arbeit. Erst hatte er mir den Tag mit einem Kompliment über meine neue Bluse versüßt, nur um mein Selbstbewusstsein gleich darauf mit einem spöttischen Blick auf meinen Haarschnitt zu zerstören. Er brachte mir Kaffee an den Schreibtisch, wenn ich mir keine Mittagspause nehmen konnte und fuhr nach der Arbeit einfach ohne mich davon, wenn ich fünf

Minuten zu spät aus der Firma kam. Aber immer, wenn ich mit ihm zusammen war, fühlte ich mich lebendig, als würde seine Energie – positiv wie negativ – auf mich abfärben. Endlich war ich mehr als nur eine Zuschauerin meines eigenen Lebens. Und all ihren Fehlern zum Trotz wäre ich ohne die Farinellis nun völlig allein in meiner kleinen Welt, abgesehen von meinem Dad, der mir immer weiter entglitt. Ich war noch immer enttäuscht, ihn heute nicht besuchen zu können, aber ich tröstete mich damit, dass Massimo sich den Aufwand gemacht und ein Ostergeschenk für mich besorgt hatte. Im ständigen Wechsel aus Zuneigung und Verachtung war das definitiv ein kleiner Pluspunkt zu meinen Gunsten.

Doch als Massimo um elf Uhr noch immer nicht zurück war, wurde ich langsam unruhig. So wie mein Vater konnte ich es schwer ertragen, wenn jemand mit dem Auto unterwegs war und länger brauchte als gedacht. Als Massimo schließlich mit einem rotbraunen Welpen auf dem Arm durch die Tür spazierte, war ich zuerst erleichtert. Dann verwirrt. Und schließlich starr vor Angst.

In Massimos Gesicht, so attraktiv und arrogant zugleich, spiegelte sich pure Freude wider. »Schau mal, wen ich mitgebracht habe!«

Ich wich zurück. Wahrscheinlich hatte er den Hund auf der Straße gefunden und wollte nur verhindern, dass er überfahren wurde. Ich wünschte, er hätte ihn draußen angeleint.

Massimo kam auf mich zu. Der Welpe wand sich wie wild hin und her, und als er ihn mir entgegenhielt, entfuhr mir fast ein Schrei.

»Als kleiner Trost für Misty. Ein Rhodesian Ridgeback, der letzte aus seinem Wurf. Er ist fast sechs Monate alt. Eigentlich sollte er für die Züchtung eingesetzt werden, aber er hat einen kleinen Knick im Schwanz. Ich habe die Besitzer davon überzeugen können, dass er bei uns ein wundervolles Zuhause finden wird.«

Ich lächelte gequält, obwohl ich eigentlich die Flucht ergreifen und mich im Schlafzimmer einschließen wollte, bis er dieses Tier aus unserem Haus geschafft hatte. Das konnte unmöglich sein Ernst sein. Massimo wusste, dass ich panische Angst vor Hunden hatte, seit ich als Kind von einem Border Collie gebissen worden war. Ich hatte sogar aufgehört, mit Sandro in den Park zu gehen, weil ich mich in der Gegenwart von Hunden so unwohl fühlte. Selbst wenn sie angeleint waren, hatte ich ständig Angst, sie könnten sich aus ihrem Halsband befreien und uns angreifen.

Zu meinem Entsetzen rief Massimo nach Sandro. Unser Sohn kam angelaufen, sein Gesichtsausdruck halb neugierig, halb ängstlich.

»Tadaaa! Das ist Lupo. Dein neues Haustier. Lupo bedeutet ›Wolf‹ auf Italienisch, weißt du.«

Sandro warf mir kurz einen bestürzten Blick zu. Massimo winkte ihn aufgeregt herbei, doch Sandro blieb regungslos auf dem Treppenabsatz stehen.

»Ist er nicht niedlich? Der beste Freund des Menschen. Du wirst ihn bestimmt schrecklich liebhaben. Vielleicht sogar lieber als Misty. Hunde sind die besten Begleiter.«

Als weder Sandro noch ich etwas darauf erwiderten, verfinsterte sich Massimos Miene. Ich konnte ihm schlecht Vorwürfe dafür machen, dass er uns nur eine Freude hatte machen wollen. Vermutlich hatte er gedacht, ein eigener Hund wäre etwas ganz anderes als ein fremdes Tier und deshalb in Ordnung für mich. Rational betrachtet wusste ich auch, dass einem die meisten Hunde nichts taten. Außerdem hatten wir schon oft darüber gesprochen, dass Sandro nicht sein Leben lang vor Angst erstarren sollte, wenn ihm ein Hund entgegenkam. Also unterdrückte ich meine Angst und zwang mich dazu, Lupo über den Kopf zu streicheln.

»Schau mal Sandro, er ist ganz freundlich!«, rief ich und presste mich mit dem Rücken gegen die Wand, als Lupo an mir schnupperte und mir mit seiner langen, schlabbrigen Zunge über die Hand lecken wollte. Todesangst kroch durch jede Faser meines Körpers und meine Knie wurden weich.

Ich setzte die hohe Babystimme auf, mit der manche Hundebesitzer mit ihren Tieren sprachen. »Ja, du bist ein ganz Feiner!«

»Rhodesian Ridgebacks sind eine Hunderasse aus Afrika, Sandro. Ich habe ihn heute extra aus Whitstable abgeholt«, sagte Massimo mit wachsender Ungeduld.

Sandro hatte einige meiner schlechtesten Eigenschaften geerbt – schiefe Eckzähne, einen überlangen zweiten Zeh, trockene, rissige Lippen – und leider auch meine lähmende Angst vor Hunden. Massimo durfte auf keinen Fall merken, dass Sandro sich auf der Treppe gerade sehr langsam rückwärts statt vorwärts bewegte. Also klatschte ich fröhlich in die Hände, als wäre ich eine Kindergärtnerin, die mit den Kindern gleich *Old MacDonald* anstimmen wollte.

»Komm schon, Sandro. Wir zeigen Lupo den Garten. Nach der langen Fahrt muss er sicher sein Geschäft erledigen. Am besten nicht im Haus.« Ich winkte ihn zu mir.

Massimo setzte Lupo auf den Boden. Sofort sprang er an mir hoch und scharrte aufgeregt mit den Pfoten an meinen Waden. Mir war zum Heulen zumute.

Massimo beäugte mich argwöhnisch. »Und? Wie gefällt dir dein Geschenk?«

Ich zwang mich zu einem breiten Grinsen. »So eine Überraschung! Ich hatte ja keine Ahnung, dass du einen Hund willst.«

»Ich habe ihn für Sandro gekauft. Es wird ihm guttun, ein neues Haustier zu haben. Lupo wird einen großartigen Wachhund abgeben und euch beschützen, wenn ich nicht zuhause bin.«

Es war wirklich bezeichnend, dass ich eher einen Hund in

meinem Haus tolerieren würde, vor dem ich panische Angst hatte, als meinen Ehemann mit meiner Undankbarkeit zu verärgern. Mein Leben war völlig aus den Fugen geraten.

ELF

MAGGIE

Auch wenn Francesca mich vielleicht nur als Quelle für Menstruationsprodukte benutzte, damit sie ihren Vater nicht darum bitten musste, welche zu besorgen, war ihr Verhalten mir gegenüber in den letzten zwei Wochen sehr viel freundlicher geworden.

Deshalb schob ich es immer wieder auf, mit ihr über das Ausmisten des Dachbodens zu sprechen. Auf der einen Seite brauchte ich den Platz, um richtig arbeiten zu können. Auf der anderen Seite wollte ich dieses zerbrechliche Band des Friedens, das sich aufgrund ungewöhnlicher Umstände zwischen uns geformt hatte, keinesfalls zerstören. Plötzlich war es Mitte April und das Räumungsdatum des Ladens stand kurz bevor. Nico blieb hartnäckig. »Du brauchst einen Arbeitsplatz und wir brauchen ein Zuhause, keinen Totenschrein.«

Leider hatten seine Worte einen gegenteiligen Effekt auf mich: Ich interpretierte seine Bereitschaft, Caitlins Sachen wegzugeben nicht als Beweis für seine tiefe Liebe zu mir, sondern als klares Anzeichen einer panischen Bindungsangst. Sollte ich morgen tot umfallen, würde er mich hoffentlich nicht einfach so aus seinem Leben fegen und meine in Müllsäcke gestopften Habseligkeiten in den nächsten Altkleider-Container werfen.

Ich wartete in der Küche, während Nico mit Francesca in ihrem Zimmer über die Sache mit dem Dachboden sprach, und machte mich auf lautes Geschrei gefasst, doch als Francesca herunterkam, lehnte sie sich an den Türrahmen und sah mich schüchtern an.

»Ich hab mich gefragt ... Könntest du mir vielleicht ein Kleid für das Schulabschlussfest nähen, sobald deine Werkstatt fertig ist? Nur wenn du Lust hast.«

Ich war so aufgeregt, dass ich ihr auch fünfundfünfzig verschiedene Kleider in unterschiedlichen Farben geschneidert hätte. Jede Gelegenheit, Francesca besser kennenzulernen, die nicht künstlich durch Nico herbeigeführt wurde, gab mir Hoffnung für die Zukunft. Davon hätte ich vor zwei Wochen noch nicht einmal zu träumen gewagt.

Am Samstag luden Massimo und Sandro Sam zu einem gemeinsamen Besuch im Park ein. Mein Sohn hatte sich schon gut in die neue Seite der Familie integriert. Wahrscheinlich würde er sogar in Nullkommanichts zu Massimo ziehen, allein schon wegen Lupo und seiner und Massimos gemeinsamer Leidenschaft – Fußball. Nur vom Zusammenleben mit Lara wäre er vermutlich wenig begeistert. Sie machte immer ein Gesicht wie drei Tage Regenwetter, wie Mum sagen würde. Als wartete sie nur darauf, dass der Platzregen losging, obwohl am Himmel nur strahlender Sonnenschein zu sehen war. Doch Massimo war offenbar ganz verrückt nach ihr. Ständig legte er den Arm um sie und flüsterte ihr Liebesschwüre ins Ohr, selbst wenn sie ihm einfach nur eine Tasse Tee gebracht hatte.

Ich beobachtete die drei, wie sie Richtung Park gingen.

Sandro trottete hinter Massimo und Sam her, ließ seine Hand über die gemauerten Zäune schleifen und hob zwischendurch eine Feder auf. Ich hegte den leisen Verdacht, dass Massimo froh war, seine Leidenschaft mit meinem fußballverrückten Sam teilen zu können. Jedes Mal, wenn ich die beiden zusammen sah, diskutierten sie gerade über irgendwelche Premier-League-Spieler, von denen ich noch nie gehört hatte. Nico interessierte sich nicht wirklich für diese stereotypisch männlichen Dinge – er schaute viel lieber Gartensendungen als den Sportkanal. Ich freute mich also, dass Sam in Massimo einen Gesprächspartner gefunden hatte, der ehrliches Interesse an Fußball zeigte, statt es so wie ich nur vorzutäuschen. Und ich versuchte, nicht darüber nachzudenken, was Sam ohne Vaterfigur alles verpasst hatte. Dean schickte zwar ab und zu eine Postkarte, hatte uns ansonsten aber nie mit seiner Anwesenheit beehrt. Zugegebenermaßen hatte mir Sams Erzeuger nie etwas vorgespielt: Er war ein Lebenskünstler, der auf Baustellen anheuerte, bis er genügend Geld zusammengespart hatte, um ein paar Monate lang in einer Strandhütte auf einer exotischen Insel zu leben. Immer wieder hatte er mir gesagt, dass ich zu ernst sei. »Maggs, du musst das Leben genießen. Eine Flasche Bier in der Hand, ein bisschen Sonnenschein und ich bin der glücklichste Mann der Welt.« Trotzdem hatte es wehgetan, als er uns einfach verlassen hatte.

Ich tröstete mich damit, dass ich mit Sams Vater zwar einen Versager erwischt hatte, am Ende aber wenigstens einen großartigen Stiefvater für Sam gefunden hatte.

Heute war es so weit – der Tag, an dem wir den Dachboden ausmisten wollten, war gekommen – und mal wieder schaffte es Nico, mich mit seiner rücksichtsvollen Art zu verzaubern. Es schien ihn gar nicht zu kümmern, wie schlimm die Erfahrung für ihn sein würde, stattdessen war er ernsthaft besorgt, wie sehr es mich belasten müsste, die Sachen seiner verstorbenen

Frau zu durchforsten. Ich umarmte ihn. »Wir stehen das zusammen durch.«

Ich selbst machte mir mehr Sorgen um Francesca. Nervös wartete ich auf dem Treppenabsatz, während Nico sie aus ihrem Zimmer holte. Doch die Anspannung verflog, als ich vergeblich versuchte, den Haken in die Öse der Dachbodenklappe zu manövrieren, was fast so schwierig war wie Entenangeln auf dem Jahrmarkt, nur doppelt so frustrierend. Hoffentlich wäre ich bald geübter darin, sonst ginge mir mein täglicher »Arbeitsweg« ziemlich schnell gehörig auf die Nerven. Doch ich war froh, dass wir alle drei etwas zu lachen hatten, bevor es an die Mammutaufgabe ging.

Ich zog die Leiter nach unten und wir kletterten hinauf. Es war wundervoll. Ich sah alles schon vor mir, den Nähtisch unter dem Dachfenster, die Schränke in den Nischen, mit genügend Platz für Stoffe und Zubehör, und meine Vorfreude wuchs ins Unermessliche. Im Gegensatz zu Mums Abstellraum, in dem man für den Fall, dass eine Maus in einem alten Fußballschuh sesshaft geworden war, lieber nichts verrückte, hatte dieser Ort nichts von einer Rumpelkammer. Er war hell und einladend, und Caitlins Kartons waren fein säuberlich nebeneinander aufgereiht und mit rotem Marker beschriftet worden: »Reithosen/Reithelme«, »Hanteln/Fitnessbänder«, »Kassetten – A-J«. Beim Anblick von Caitlins dicken Großbuchstaben wurde mir etwas mulmig zumute. Die Schrift beschwor das Bild einer selbstbewussten Frau herauf, die vielleicht Klassensprecherin, Angreiferin beim Netball oder Mittelstürmerin beim Eishockey gewesen war. Ich fragte mich, ob die Kisten schon lange hier oben standen oder ob sie die Sachen erst nach ihrer Diagnose sortiert und verstaut hatte, damit niemand hinter ihr herräumen müsste.

Hoffentlich fände ich für meine letzten Tage auf Erden schönere Beschäftigungsmöglichkeiten, als meine Musiksammlung alphabetisch zu sortieren. Doch vielleicht hatte es Caitlin gerade in dieser Zeit, in der die Krankheit ihr Leben bestimmt hatte, ein Gefühl von Sicherheit gegeben, ABBA neben Aerosmith einzusortieren.

Ich konnte mir nicht vorstellen, in dem Wissen zu leben, dass die eigenen Tage gezählt waren. Doch wenn es jemals so weit käme, würde ich dann plötzlich einen Fallschirmsprung wagen, die Chinesische Mauer besuchen oder im Great Barrier Reef tauchen – obwohl mich diese Aktivitäten auch dann nicht die Bohne interessiert hatten, als ich dachte, ich hätte noch gut fünfzig Jahre? Die traurige Wahrheit war, dass ich meine letzten Wochen damit zubringen würde, versiffte T-Shirts, ausgewaschene Slips und löchrige Socken auszusortieren, damit ich nicht als die Frau mit den ausgebeulten Unterhosen und ausgeleierten BHs in die Annalen einging.

Außerdem müsste ich all meine alten Fotoalben durchblättern und das ein oder andere fragwürdige Foto vernichten. Schließlich wäre ich nicht mehr da, um den Leuten zu erklären, dass es »gar nicht so schlimm war, wie es aussieht«. Es sollte Sam definitiv erspart bleiben, nach meinem Tod auf Bilder zu stoßen, auf denen ich halb ohnmächtig über einer Flasche Tequila hing, neben einem mannsgroßen aufblasbaren Penis tanzte oder mit einem der vielen, vielen Versager rumknutschte, die vermutlich trotzdem alle einen besseren Job gemacht hätten als Sams leiblicher Vater, der nur durch seine Abwesenheit glänzte.

Nico hatte die Hände in die Hüften gestemmt und Francesca sah ihn fragend an. Ich blieb neben der Bodenluke stehen, um sie in diesem emotionalen Moment nicht zu stören.

»Womit willst du beginnen?«, fragte Nico Francesca. »Vielleicht mit den Kassetten?«

Nico hätte ebenso gut fragen können, ob Francesca zur Schulabschlussfeier einen Reifrock tragen würde. Kassetten waren schon in meiner Jugend out gewesen. Für Francesca mussten sie ähnlich aus der Zeit gefallen wirken wie eine Wäschemangel. Mum hatte sich keinen CD-Player für mich leisten können, und so hatte ich noch immer mühsam Kassetten mit dem Bleistift aufgezogen, als meine Freunde schon längst zu CDs übergegangen waren. Aber da ich für Francesca so etwas wie eine Freundin auf Augenhöhe sein wollte, würde ich ihr nicht unter die Nase reiben, dass ich alt genug war, um mich an ein Leben ohne iTunes zu erinnern.

Nico würde schon selbst zu dem Schluss gelangen, dass die Kassetten als erstes rausfliegen würden.

Ich musterte die restlichen Kisten und suchte nach einer mit möglichst neutralem Inhalt. Auf keinen Fall wollte ich alte Fotos in die Finger bekommen, auf denen Nico und Caitlin vielleicht gerade ihre Hochzeitstorte anschnitten, selig lächelnd auf ihr Neugeborenes blickten oder vor dem Weihnachtsbaum mit Champagner anstießen. Auf der Suche nach etwas mit einem ähnlich emotionalen Wert wie Werkzeug zur Abflussreinigung, ließ ich den Blick über die Etiketten schweifen.

Also definitiv nicht der Karton mit der Aufschrift »Francesca«.

Ich deutete darauf. »Schau mal, da steht dein Name drauf. Vielleicht wäre das ein guter Anfang?«

Francesca zögerte und ich konnte sie ehrlich gesagt gut verstehen. Wenn ich daran dachte, was ein »Maggie«-Karton beinhalten würde ... wahrscheinlich zwanzig angebrochene Flaschen Anti-Frizz-Pflege, die ich gekauft hatte, um mir meinen verzweifelten Wunsch nach glattem, seidigem Haar zu erfüllen, bevor ich schließlich aufgegeben hatte. Gegen die lockige Macht der Natur kam ich einfach nicht an.

Ich sah Nico eindringlich an, was ihn aus seinem tranceartigen Zustand wachrüttelte.

Er schnappte sich den Karton und entfernte das Klebeband. »Komm, mein Schatz. Schauen wir mal, was drin ist.«

Während sie die Köpfe zusammensteckten, um den Inhalt

zu begutachten, sah ich mich weiter nach einer Kiste um, die ich auspacken könnte.

»Outdoorkleidung«? War Caitlin wirklich so organisiert gewesen, dass sie jedes Jahr im April ihre Schals, Mützen und Handschuhe hier oben verstaute, damit sie sich im Sommer nicht erst durch einen Haufen wolliger Accessoires wühlen musste, bis sie endlich ihre Flipflops gefunden hatte?

Nein, Kleidung war zu persönlich. Bei jedem schlammbespritzten Stiefel würde ich mir vorstellen, wie Nico und Caitlin Hand in Hand spazieren gingen und dann aneinander gekuschelt das Sommergewitter abwarteten, das sie überrascht hatte …

Zielstrebig ging ich auf eine Kiste mit der Aufschrift »Fachbücher« zu. Hier bestand keine Gefahr, Erinnerungsstücke von hohem emotionalem Wert auszugraben. Ich öffnete sie und überflog die obersten Titel. Caitlins Bücher zu Ernährung und Fitness. Ich holte ein paar Bücher heraus, damit ich nicht versehentlich eine wertvolle Erstausgabe von »Fit oder Fett?« oder ein Standardwerk darüber, wie man »den Stoffwechsel ankurbelt«, »die Bauchmuskeln trainiert« oder zu irgendeinem der anderen leidigen Themen, die mir seit fünfunddreißig Jahren völlig egal waren, wegwarf.

»Du hast nicht vor, Sport- oder Ernährungswissenschaften zu studieren, oder?«, rief ich Francesca zu.

Sie schnaubte. »Auf keinen Fall. Ich will nicht den Rest meines Lebens damit verbringen, alten pummeligen Frauen erzählen zu müssen, wie sie wieder in Form kommen.«

Instinktiv zog ich den Bauch ein und griff mir einen riesigen, illustrierten Wälzer über die Bedeutung von Sport in der Psychotherapie aus dem Stapel. Er erinnerte mich an die dicken französischen Wörterbücher, die Mum einmal nach einer Entrümpelung der Stadtbücherei, in der Hoffnung, sie noch verhökern zu können, mit nach Hause geschleppt hatte. Als sich kein Abnehmer fand, stapelten wir sie einfach aufeinander und nutzten sie als Tisch für Sams Hamsterkäfig. Neben Caitlin, die im Gegensatz zu mir verstanden zu haben schien, dass Seilspringen jemanden vor dem Irrenhaus bewahren konnte, wirkte ich wahrscheinlich ziemlich beschränkt.

Ich schaute rüber zu Nico, der mit Francesca auf der anderen Seite des Dachbodens saß und gerade den Inhalt einer weißen Korbtruhe durchging. Hoffentlich würde er nicht irgendwann denken, dass ich nicht gut genug für ihn war. Mit leiser Entzückung holte er nacheinander winzige Babyschuhe, einen Strampler mit Tulpenmotiv und einen blauen Stoffhasen, der nur noch ein Ohr hatte, aus der Truhe. Ich war mir nicht sicher, ob Sams Vater überhaupt dazu in der Lage wäre, seinen eigenen Sohn aus einer Reihe zehnjähriger Jungs mit blonden Haaren und Sommersprossen herauszupicken. Und selbst wenn er jemals Teil unseres Lebens gewesen wäre, könnte er sich bestimmt nicht an Sams Babyspielzeug erinnern. Francesca strich andächtig über die Gegenstände und drückte sie an ihr Gesicht. Es tat mir im Herzen weh, wie fieberhaft sie nach einer Erinnerung an Caitlin suchte, nach dem Überbleibsel eines Geruchs oder dem Hauch einer Berührung, die vermeintlich in diesen Gegenständen steckten, die wahrscheinlich eher nach Staub und modriger Luft rochen.

Francesca hielt ein altes Schulheft hoch. »Schau mal Dad, meine alten Aufsätze!« Nico nahm ihr das Heft ab und blätterte darin. Als er Francescas Geschichte über ihren neuen Hund namens Polly-Dolly vorlas, quiekte sie verlegen. »Das war alles gelogen! Ich durfte keinen Hund haben.« Sie deute auf eine Zeichnung unter dem Text. »Und wie dick ich Mum gezeichnet hab! Sieht ihr nicht einmal ähnlich.«

Ich wühlte weiter in meinem Karton voller Bücher und versuchte wegzuhören. Neben Vater und Tochter, die diesen emotionalen Moment teilten, fühlte ich mich wie das fünfte Rad am Wagen.

»Ich hab schon Halskratzen von dem ganzen Staub. Ich gehe kurz nach unten und koche uns eine Kanne Tee.«

»Ich mach das schon!« Nico sprang auf, als wäre er dankbar für die Möglichkeit einer kurzen Verschnaufpause.

Ich ließ ihn gehen, obwohl ich selbst gerne für einen Moment dem Dunstkreis der Trauer und Reue entflohen wäre, und kniete mich wieder vor meinen Karton.

Unter dem nächsten Buch, das ich zur Seite räumte, lag eine goldene Schmuckschatulle. Zum Glück war ich den Inhalt der Kiste durchgegangen und hatte sie nicht gleich beim Anblick des ersten staubigen Wälzers über Beckenbodengymnastik für den Müll zur Seite gestellt. Ich nahm die Schatulle in die Hand und strich über den mit herzförmig gesetzten rubinartigen Steinen verzierten Deckel. Dann öffnete ich den Verschluss. Plötzlich erfüllte laute klassische Musik den Dachboden und ich erschrak. Ansonsten war die Schatulle bis auf ein samtenes Schmuckkissen leer. Francesca reckte den Kopf, um zu sehen, was ich gefunden hatte. Ich stand auf, zwängte mich an Caitlins Hometrainer vorbei, hüpfte über ein paar Yogamatten und einen halb aufgeblasenen Gymnastikball, und hielt ihr die Schmuckschatulle hin.

Sie öffnete sie und strich über den blauen Samt. »Ich kann mich nicht daran erinnern, dass Mum so etwas gehabt hätte. Ist auf jeden Fall sehr hübsch.« Sie schloss und öffnete sie noch einmal. Wieder erklang die Musik. »Was ist das für ein Lied?«

»Ich weiß es leider nicht. Da musst du deinen Vater fragen. Ich habe keine Ahnung von klassischer Musik.« Mit meinem »Wie werde ich eine tolle Stiefmutter?«-Aktionsplan im Hinterkopf, ergriff ich sofort die Gelegenheit für ein mögliches neues Gesprächsthema. »Magst du diese Art von Musik?«, fragte ich sie in der Hoffnung, sie würde nicht sofort einen umfangreichen Vergleich zwischen irgendwelchen klassischen Komponisten ziehen, von denen ich noch nie gehört hatte. Die gesamte

Familie Farinelli schien den Kulturteil der Zeitung mit dem Frühstück zu inhalieren.

Francesca kräuselte die Nase. »Nicht wirklich. Mum hat Opern geliebt, aber das ist nicht so mein Ding.«

»Vielleicht ändert sich das, wenn du älter bist. Soll ich die Schatulle für dich zur Seite legen? Sie ist aus echtem Gold, wenn man der Punze glauben darf, also ziemlich wertvoll.«

Francesca nickte. »Ja, bitte. Für meine Ohrringe.« Dann wandte sie sich wieder ihren Schulheften zu.

Das war es wohl mit meinem kurzen Moment der Nützlichkeit. Ich bahnte mir den Weg zurück und überlegte gerade, ob ich als nächstes lieber die Kiste mit Bettlaken oder eine antike Holztruhe öffnen sollte, die weiß Gott welche neuen selbstzweifelschürenden Erinnerungsstücke enthielt, als ich plötzlich niesen musste und die Schatulle fallen ließ.

Sie landete mit geöffnetem Deckel auf einem Stapel Wanderrucksäcke und erneut tönten Geigen- und Flötenklänge durch den Dachboden.

»Sorry!«, rief ich. »Der Staub hat mich in der Nase gekitzelt.« Ich hob die Schatulle schnell wieder auf und betete, dass ich nicht gerade ein kostbares Familienerbstück zerstört hatte.

Als ich die Schatulle auf der Suche nach Kratzern oder Dellen hin und her drehte, fiel das blaue Schmuckkissen heraus und mit ihm ein Haufen kleiner Zettelchen, die darunter verborgen gewesen waren: Eintrittskarten, eine Postkarte, handgeschriebene Notizen, ein Flyer der National Portrait Gallery in London. Ich sammelte alles auf und wollte es gerade wieder zurücklegen, als mir die Gravur im Boden der Schatulle ins Auge fiel:

Meine geliebte Caity-Cat,

immer, wenn ich dieses Lied höre, denke ich an dich und wünschte, wir hätten uns anders entschieden.

In ewiger Liebe, P

Ich runzelte die Stirn und sah genauer hin. Doch, da stand ganz sicher ein »P«. Ich wollte wirklich nicht wissen, welchen Kosenamen Caitlin für Nico gehabt hatte. Prinz? Puschel? Pupsibär? Ich stöhnte genervt. Zum Glück hatte Nico für mich kein Pendant zu Caity-Cat gefunden. Maggie-Maus. Wohl eher Moppel-Maggie, wenn ich mein Gewicht nicht bald in den Griff bekam. Seit einer meiner Exfreunde mich Schokopo getauft hatte, waren Kosenamen für mich ein No-Go.

»Ich wünschte, wir hätten uns anders entschieden«. Was meinte er damit? Welche Entscheidung? Ich warf einen Blick auf Caitlins Souvenirs in meiner Hand. Sie hatte so viel verpasst. Hätte sie all die Konzerte, Ausstellungen und Abendessen ein wenig mehr genossen, und jede Minute ihres Tages ein wenig mehr ausgekostet, wenn sie gewusst hätte, wie begrenzt ihre Zeit war? Hätte sie sich noch ein Glas genehmigt, noch ein Stück Kuchen gegönnt und sich gesagt: »Scheiß auf morgen, genieß das Heute«?

Francesca blätterte immer noch konzentriert durch ihre alten Schulhefte. Obwohl ich genau wusste, dass weitere Einzelheiten zu Nicos Beziehung mit seiner ersten Frau die reinste Folter für mich wären, blätterte ich durch den Papierstapel. Eintrittskarten für die Oper. *Pelléas et Mélisande* im Royal Opera House in Covent Garden. *La Traviata* im London Coliseum. *Così Fan Tutte* im Theatre Royal in Bath. Ich legte die Tickets zusammen mit einem Flyer für die William-Turner-Ausstellung im Tate Britain auf den Boden der Schatulle.

Nico hatte in meiner Gegenwart noch nie über Opern gesprochen. Er hatte mich sicher als einfältigen Hohlkopf abgestempelt, mit dem man sich lieber nur über einfache Themen wie *Ich bin ein Star, holt mich hier raus!*, den letzten James-Bond-Film oder die Farbauswahl für das Esszimmer – »Cremeweiß oder Magnolie?« – unterhielt. Das tat weh. Wäre ich in einer kultivierten italienischen Familie aufgewachsen, die sich am Wochenende mit Museumsbesuchen, klassischer Musik und Kochkunst beschäftigte, wüsste ich auch über Dinge wie Kunst und Opern Bescheid. Mum hatte zwar viele wundervolle Eigenschaften, aber ihre Vorstellung eines gelungenen Abends war es eher, mit einem Eimer voller Chicken Wings vor dem Fernseher zu sitzen und *Coronation Street* zu schauen, als sich mit Kultur und »ausländischer« Küche zu beschäftigen. Hoffentlich erwartete Nico nicht von mir, dass ich ihn zu Veranstaltungen begleitete, die anspruchsvoller waren als ein Konzert von Adele. Ich könnte mir wenig Schlimmeres vorstellen, als mir von den Farinellis einen Abend lang den Plot von *Turandot* erklären lassen zu müssen, während sie die Arien auf Italienisch mitsangen.

Ich ging die anderen Zettel durch. Ein Abendmenü aus dem Ritz. Meine Güte, für mich war ein Frühstücksbuffet in einem Premier Inn schon die Definition von Luxus. Eigentlich hatte ich immer den Eindruck gehabt, dass Nico lieber einfache, rustikale Lokale besuchte und mit piekfeinen Restaurants wenig anfangen konnte. Aber vielleicht war er nur meinetwegen mitgekommen. Vermutlich dachte er, in einem teuren Restaurant würde ich ihn nur blamieren, indem ich Wein in mein Wasserglas kippte oder die kostenlosen Bonbons, die man zusammen mit der Rechnung bekam, einpackte. Zugegebenermaßen würde mir das ähnlich sehen, als Tochter einer Mutter, die von jedem Besuch im Café ein paar Papierservietten und Zuckerpäckchen mitgehen ließ und an keinem kostenlosen Plastiklöffel vorbeigehen konnte, ohne dass er »für später« in ihre Handtasche wanderte.

Als nächstes hielt ich eine Geburtstagskarte in den Händen, auf deren Vorderseite ein anstößiger Witz abgedruckt war. Es war die Art von Humor, die Sams Dad witzig fand. So kannte ich Nico gar nicht. Beim Gedanken an Nicos und Caitlins Sexleben drehte sich mir der Magen um.

Ich blätterte weiter durch den Stapel. Konzertkarten für Andrea Bocelli in Leeds vom November 2013 und für Il Divo in Rotterdam, April 2012. Mein erstes und einziges Live-Konzert war One Direction mit Sam gewesen.

Als nächstes kam eine Postkarte, die die Abteikirche in Bath zeigte. Ich wollte schon immer mal für ein Wochenende nach Bath. Ein einziges Mal hatte Dean eine Übernachtung in Dudley springen lassen, wo er sich im Pub mit Cider halb bewusstlos getrunken hatte. Spätestens da hätte ich ahnen können, dass es zwischen uns nichts Langfristiges werden würde.

Ich drehte die Postkarte um.

Juni 2012

Meine liebste Caitlin,

wann immer ich in Bath bin, denke ich an unser wundervolles Wochenende. Ich werde einen Weg finden, damit für immer und ewig zusammen sein können!

In ewiger Liebe, P.

Juni 2012, vor vier Jahren. Was sollte das bedeuten, »für immer und ewig zusammen sein«? Im Jenseits? Hatte er ernsthaft Suizid in Betracht gezogen? Hatte er da überhaupt schon von Caitlins Krankheit gewusst? Mum hatte mir erzählt, dass Caitlin kerngesund gewesen war, rund um Ostern 2013 plötzlich Bauchschmerzen bekommen hatte, und im darauffolgenden Februar verstorben war. Nun gut, was auch immer die Worte auf der Postkarte zu bedeuten hatten, es ging mich eigentlich nichts an.

Ich hörte Nico vom Fuß der Leiter rufen. Schnell stopfte ich alles zurück in die Schatulle und legte das Samtkissen darauf. Mein Herz klopfte wie wild vor Schuldgefühlen, weil ich in den intimen Schnipseln aus Nicos Leben vor mir herumgekramt hatte.

Bevor der Krebs es für immer verändert hatte.

Ich ging zur Luke und nahm Nico die Teetassen ab, damit er die Leiter nach oben klettern konnte.

Die kleine Pause hatte ihm sichtlich gutgetan, und er wirkte viel entspannter. Er ging zu Francesca hinüber. »Und, wie geht es voran?«

»Ganz okay. Ich sollte die alten Schulhefte wahrscheinlich entsorgen. Aber irgendwie habe ich das Gefühl, ich werde Mum nie wieder zeichnen oder über sie schreiben und ich hätte gerne die Zeichnungen von ihr, die ich gemalt habe, bevor sie krank war.«

»Du kannst alles behalten, was du möchtest, mein Schatz.«

»Oh, und Maggie hat eine wunderschöne Schmuckschatulle gefunden! Sie spielt klassische Musik, wenn man sie öffnet.«

Nico sah mich irritiert an. Ich hielt sie hoch und machte mich auf seine Antwort gefasst. »Oh ja, die habe ich während unseres fantastischen Wochenendes in Wien/Verona/Paris für Caitlin gekauft.«

Doch er runzelte die Stirn. »Sehe ich zum ersten Mal.«

Ich öffnete den Deckel.

Nico rollte mit den Augen. »Es gibt wirklich Schmuckkästchen, die Opernmusik spielen?«

»Aus welcher Oper ist das?«, fragte Francesca.

Nico lachte. »Keine Ahnung. Ich kann nichts mit Opern anfangen. Meistens habe ich deine Großmutter gebeten, Caitlin zu begleiten. Weiß der Kuckuck, wo die Schatulle herkommt.«

In meinem Fall wäre eine gemeinsame Leidenschaft für die

Oper also auch keine Möglichkeit, um eine Beziehung zu Anna aufzubauen. Ich sollte den vielen Details, die ich heute über Caitlin erfahren hatte, nicht zu viel Bedeutung beimessen. Ansonsten würde ich noch fünfzigtausend weitere Möglichkeiten entdecken, um mich minderwertig zu fühlen. Zum Glück lenkte Francesca Nicos Aufmerksamkeit mit einem Paar winziger Marienkäfer-Gummistiefel auf sich.

»An die erinnere ich mich noch gut! Einmal bist du damit in eine so tiefe Pfütze gehüpft, dass das Wasser hineingelaufen ist. Ich musste dich auf den Schultern nach Hause tragen – barfuß natürlich.«

Einerseits war ich froh, dass Nico die Schatulle nicht an sich genommen hatte. Den melancholischen Ausdruck vergessen geglaubter Erinnerungen auf seinem Gesicht hätte ich nur schwer ertragen. Aber welcher Ehemann ließ einen so wertvollen Gegenstand gravieren und konnte sich nicht daran erinnern? Wollte er mich vor der Wahrheit beschützen, um meine Gefühle nicht zu verletzen?

Doch ich konnte schlecht zu ihm marschieren, den Inhalt der Schatulle auf den Boden leeren und vorwurfsvoll auf die Gravur tippen – »Schau, du hast sie sogar gravieren lassen!« –, ohne völlig irre zu wirken, auch wenn ich dem flauen Gefühl im Magen nach zu urteilen auf dem besten Weg dahin war.

Francesca stand auf und reckte sich. »Okay Dad, wo machen wir weiter?«

»Such dir was aus.« Nico drehte sich zu mir um. »Wie ist die Lage bei dir, Maggie?«

Es war zwar verlockend zu antworten, dass ich mich mit jeder Minute mehr wie eine Versagerin fühlte, aber ich brachte eine relativ fröhliche Antwort zustande. »Alles bestens, hier sind nur Lehrbücher von der Uni, die wir vielleicht der Bibliothek spenden können?«

»Gute Idee. Oder der gemeinnützigen Buchhandlung neben Morrisons.«

Wir sortierten noch ein paar Kartons aus. Die Fotoalben stapelten wir in einer Ecke des Dachbodens, und ich schwor mir, niemals in Versuchung zu geraten, auch nur einen Blick hineinzuwerfen. Stattdessen konzentrierte ich mich darauf, dass ich mich nicht länger wie ein Hochstapler fühlen müsste, der mit aufgeklebtem Schnurrbart durch ein fremdes Haus schlich, sobald wir Caitlins Angelegenheiten endlich ein für alle Mal geklärt hatten. Doch trotz meiner guten Absichten schweifte ich gedanklich immer wieder zu der Postkarte ab. Die tiefe Hingabe in Nicos an Caitlin gerichteten Worten hatten mich völlig aus der Bahn geworfen. Vielleicht war ich für Nico doch eher eine Haushälterin mit gewissen Vorzügen als eine zweite Chance auf ewige Liebe.

»Können wir es für heute gut sein lassen?«, fragte Francesca schließlich.

Auch ich war ziemlich platt, aber da wir den Dachboden hauptsächlich wegen mir ausmisteten, wollte ich nicht jammern. »Mir ist alles recht. Nico?«

»Der Großteil ist geschafft. Machen wir Schluss für heute und morgen den Rest.«

Ich deutete auf einen altmodischen Aktenkoffer. »Sollen wir den Papierkram mitnehmen und nachsehen, ob du noch etwas davon brauchst?«

Nico lachte. »Mein Gott, die Unterlagen sind älter als Francesca.« Er stupste sie liebevoll in die Seite. »Vor deiner Geburt hatte ich noch Zeit, meine Dokumente fein säuberlich zu beschriften und abzuheften. Die Zeiten sind vorbei, was?«

Ich fragte mich gerade, wer abends wirklich Zeit und Muße hatte, kleine Etiketten in Neonfarben mit »Autoversicherung«, »Garantieurkunden« und »Krankenversicherung« zu beschriften, als mir das Herz in die Hose rutschte. Plötzlich war glasklar, warum keines der Andenken aus der Schatulle mit meinem Bild von Nico zusammenpasste. Nicos großes »I« war geschwungen und das kleine »g« hatte eine halboffene Unterlänge, die aussah wie die Hälfte eines Schnurrbarts.

Die Postkarte war nicht in Nicos Handschrift geschrieben worden.

Doch wer hatte dann seiner Frau eine kostbare gravierte Schmuckschatulle voller Liebesbotschaften geschenkt?

ZWÖLF

LARA

Im Mai war Lupo auf eine beachtliche Größe herangewachsen. Mit seinem wilden, ungestümen Temperament versetzte er mich und Sandro regelmäßig in Angst und Schrecken. Sobald Massimo aus dem Haus war, ließ ich Lupo nicht mehr in die Nähe unseres Sohnes. Zu Massimos großem Ärger fing Sandro jedes Mal an zu kreischen und fuchtelte hektisch mit den Armen, sobald ihm der Hund zu nahekam. Ich war nicht viel besser – wann immer möglich, lockte ich Lupo mit einem widerlich riechenden Stück Trockenfisch in den Hauswirtschaftsraum und schloss das Hundegitter, das wir im Türrahmen installiert hatten. Massimos Interesse an Lupo beschränkte sich darauf, mit ihm durch den Park zu stolzieren und ihn wie ein teures Spielzeug vorzuführen. Die Schickimicki-Mamis überschlugen sich fast vor Begeisterung, in dem Glauben, in ihm einen neuen Gesprächspartner gefunden zu haben: Wie sollten sie nur ihre Hunde in den Griff bekommen, damit sie aufhörten, an anderen hochzuspringen, das Haus zu zerstören oder mit ihrem Gebell die halbe Nachbarschaft aus dem Bett zu holen?

Massimo ging völlig auf in seiner Rolle, schwafelte über

unzerstörbare Hundebetten und Rückruftraining und erzählte nur zu gern alle möglichen unangenehmen Geschichten.

Dabei vergaß er zu erwähnen, dass er noch nie eine Dose Hundefutter geöffnet oder je eines der kleinen Missgeschicke weggewischt hatte, die Lupo in seiner Freude über Massimos Ankunft zu Hause oft passierten.

Doch Massimo schien sich noch aus einem anderen Grund für den Hund zu interessieren: Dank Lupo hatte ich eine »Beschäftigung«. Damit war die Ankunft unseres neuen Familienmitglieds der Todesstoß für meine mögliche Rückkehr an den Arbeitsplatz. »Wir können Lupo schließlich nicht den ganzen Tag wegsperren.«

An schlechten Tagen wünschte ich, ich hätte meinen Job niemals aufgegeben und Sandro lieber in die Kita oder zu einer Tagesmutter gebracht. Vielleicht hätte er dann heute mehr Selbstbewusstsein – und ich auch. Ich hatte ein Händchen für Buchhaltung und war so stolz darauf gewesen, als »aufstrebender Nachwuchs« zu gelten. Alle hatten Massimo damit aufgezogen, dass ich ihm auf der Karriereleiter dicht auf den Fersen war und bei unserer Hochzeit war öfter als einmal darüber gewitzelt worden, dass Massimo absichtlich die Konkurrenz geheiratet hatte. Doch nach Sandros Geburt hatte Massimo aufgehört, mit mir über die Arbeit zu reden und mich dazu ermutigt, mit dem Baby zuhause zu bleiben und es ruhig angehen zu lassen.

Ich wollte nicht darauf bestehen, sofort wieder arbeiten zu gehen, während so viele Mütter aus meiner Krabbelgruppe verzweifelt versuchten, einen Wochentag bei ihren Kindern zu bleiben, sich über die Kosten für die Kinderbetreuung aufregten und bei ihren komplizierten Wochenplänen immer auf die Hilfe von Schwiegereltern und Tagesmüttern angewiesen waren. Trotzdem war das Verlangen danach nie ganz verschwunden – nach ein paar Stunden, in denen ich mich in geordnete Zahlenreihen flüchten konnte, in denen alles vorhersehbar war. Ein paar Stunden, in denen ich gut darin war, was ich tat. Statt mich in dem alltäglichen Wahnsinn wiederzufinden, der zu meinem Gefängnis geworden war, an ein Baby gekettet, das nicht schlief und vor lauter Wut auf die Welt nicht trinken wollte, die kleinen Hände zu winzigen Fäusten geballt, während ich umherging, schaukelte, vorsang, beruhigte – und scheiterte.

Jedes Mal, wenn ich auf das Thema zu sprechen kam, legte Massimo behutsam den Arm um mich. »Du bekommst erst seit kurzem mehr als fünf Stunden Schlaf. Am Ende wärst du nur überfordert und ausgelaugt. Außerdem ist Sandro noch immer untergewichtig. Vielleicht sollten wir warten, bis er ein Jahr alt ist.« Als es so weit war: »Sandro hat so oft Lungeninfekte. Es ist doch sinnlos, wieder arbeiten zu gehen, wenn du dir ständig freinehmen musst, weil er krank ist.« Und immer so weiter, bis zu Sandros Einschulung. Zu diesem Zeitpunkt war ich mir nicht einmal mehr sicher, wie ich den Geschirrspüler »richtig« einzuräumen hatte, um Massimo nicht zu verärgern, geschweige denn, wie ich einem Raum voller Vorstandsmitglieder erklären sollte, warum ein Unternehmen seine Bilanzprüfung nicht bestanden hatte.

Nun war es dank Massimo und seinem »großzügigen und aufmerksamen« Geschenk nicht nur unwahrscheinlicher denn je, dass ich jemals an meinen Arbeitsplatz zurückkehren würde – mit Lupo hatte ich eine weitere Aufgabe zu bewältigen, damit ich mir am Ende des Tages keine gereizten Vorwürfe anhören musste.

Heute hatte ich auf ganzer Linie versagt. Kurz nachdem ich die Eier für Massimos Frühstück in den Topf geschlagen hatte, hatte Lupo eine Pfütze auf dem Fußboden hinterlassen. Während ich das Missgeschick nach Massimos strikten Anweisungen wegwischte – Küchenrolle, Plastiktüte, Bleichmittel auf den Boden, Tüte nach draußen in die Mülltonne und zum Schluss meine Hände mit der Nagelbürste schrubben – hüpfte

Lupo wild umher und versuchte ständig, mir das Gesicht abzulecken. Ich stellte mir vor, wie der Hund plötzlich aggressiv wurde, mir die Wange zerfleischte oder in die Nase biss und mich für immer entstellte. Vor Panik fingen meine Hände an zu zittern und ich brauchte länger als üblich, um alles sauberzumachen. Obendrein vergaß ich die Zeit und übersah die dreieinhalb Minuten, die die verdammten Eier für Massimo höchstens kochen durften, damit das Eigelb perfekt weich war.

Ich starrte in den Topf und überlegte, was eine schlimmere Grundstimmung für den restlichen Tag zur Folge hätte: Eier, die zu hart waren oder weiche Eier, die zu spät auf dem Tisch standen? Durch mein Zögern gingen wertvolle Sekunden verloren, bis es zu spät war. Massimo sah von seiner Zeitung auf. »Wo bleiben die Eier?«, rief er.

»Unterwegs. Noch Kaffee?«

Massimo nickte und wand sich wieder der *Times* zu, während er Lupo geistesabwesend hinter den Ohren kraulte. Schnell entsorgte ich die zerkochten Eier, setzte neues Wasser auf und beschwor den Wasserkocher, schneller fertig zu werden.

Glücklicherweise ließ sich Massimo von einem Artikel über Gleichberechtigung am Arbeitsplatz ablenken. »So ein Schwachsinn! Warum sollten Frauen genauso viel verdienen wie Männer? Die Frauen in unserem Büro müssen ständig früher gehen, weil ihre Kinder Ohrenschmerzen haben oder bei einem verdammten Schulkonzert auftreten.«

Ich nickte zustimmend, als würde ich seinen völlig überholten Ansichten beipflichten, und grinste innerlich beim Gedanken an den Kandidaten der Grünen Partei, für den ich bei der letzten Kommunalwahl abgestimmt hatte. Solche kleinen rebellischen Aktionen bewahrten mich davor, völlig den Verstand zu verlieren.

Bevor ihm aufgefallen war, wie lange ich dafür gebraucht

hatte, stellte ich Massimo seinen Teller hin, perfekt pochierte Eier auf Blattspinat mit einem Spritzer Sahne und etwas Knoblauch, genauso wie er es mochte.

In diesem Moment kam Sandro in die Küche geschlichen. Er warf einen kurzen Blick auf Lupo, der unter dem Esstisch lag, dann auf Massimo, um sicherzugehen, dass er mit seiner Zeitung beschäftigt war, und zeigte mir schließlich die Zeichnungen, die er mit seinem Spirograph gemacht hatte. Ich nickte lächelnd, gab ihm einen Kuss auf die Stirn und sagte laut: »Okay, dann pack mal deine Hausaufgaben weg und setz dich zum Frühstück.«

»Aber ich will kein Frühstück. Ich will weiter zeichnen.«

Massimo sah auf. »Beeil dich lieber. Heute Vormittag ist doch deine Judo-Schnupperstunde im Freizeitzentrum.«

Sandro senkte den Kopf und starrte auf den Boden. »Das ist heute?«

Ich drehte mich weg und wischte die Küchenflächen sauber, um meine wachsende Angst zu verbergen. »Das wird sicher lustig, du wirst sehen. Wie wär's mit einem Rührei? Das gibt dir ganz viel Energie.«

Sandro ließ die Schultern hängen und flehte mich mit Blicken an, ihm zu helfen.

Aber ich durfte ihm nicht weiter entgegenkommen. »Und am Nachmittag können wir die neuen Farben ausprobieren, die du zum Geburtstag bekommen hast. Was sagst du?«

Sandro schlurfte zurück ins Spielzimmer.

Massimo knallte sein Besteck auf den Tisch. »Er will also lieber allein sein und mit Farben herumkleckern, anstatt rauszugehen und mit Jungs in seinem Alter zu toben? Ich werde ein Wörtchen mit ihm reden.«

Mein Herz raste, als Massimo den Stuhl zurückschob. »Sandro!«, brüllte er und ging Richtung Flur.

Ich hörte das Geräusch von Kinderfüßen in rutschigen Socken, die das Parkett im Spielzimmer entlangschlitterten.

Wahrscheinlich las Sandro schnell seine kostbaren Stifte vom Boden auf – Caran D'Ache Wachsmalkreiden, mit denen Nico ihn vor kurzem überrascht hatte. Ich hörte das leise Klicken der Tür zum Spielzimmer, aber keine hastigen Schritte auf der Treppe. Er war zu langsam gewesen. Ich schloss die Augen.

Massimos Gebrüll drang bis in die Küche vor. »Wann kapierst du endlich, dass es viele verschiedene Fähigkeiten braucht, um es im Leben zu etwas zu bringen? Mit diesem sinnlosen Gekritzel in deinem Zimmer zu hocken, bringt dich nicht weiter. Du musst raus und was erleben! Und jetzt geh gefälligst nach oben und zieh dir deine Sportsachen an.«

Ich hörte, wie Sandro nach oben schlurfte. Es tat mir im Herzen weh, dass ich ihm nicht helfen konnte – meinem armen Jungen, dem hoffnungslosen Versager, wenn es nach den Maßstäben der Farinellis ging.

Ich trocknete mir die Hände und ging zu Massimo ins Spielzimmer. Ich merkte sofort, dass er jeden Moment explodieren könnte. Aber noch war es nicht zu spät. Noch könnte ich das Ruder herumreißen.

Ich bemühte mich um einen neutralen Gesichtsausdruck. »Mir ist gerade eingefallen, dass ich Sandros Trainingsanzug gewaschen habe. Er ist noch im Trockner. Iss du in Ruhe dein Frühstück zu Ende und ich bringe ihm seine Sachen, damit ihr nicht zu spät seid.« Für den Bruchteil einer Sekunde war ich nicht sicher, ob meine Ausrede funktioniert hatte oder ob ich gleich einen lautstarken Vortrag zu hören bekäme, dass ich gefälligst aufhören solle, unseren Sohn »mit gottverdammten Samthandschuhen« anzufassen.

Massimo gab nur ein Knurren von sich, was ich als Zustimmung deutete, und ich hastete nach oben. Was war nur aus mir geworden? Ich konnte mich zwar nicht mehr daran erinnern, ob meine eigene Mutter besonders liebevoll oder sanftmütig gewesen war, aber ich erinnerte mich, dass ich mich bei ihr sicher und geborgen gefühlt hatte, weil ich mich auf sie verlassen konnte. Und ich schämte mich, dass Sandro nie das gleiche über mich sagen könnte.

Vorsichtig betrat ich Sandros Zimmer. Er hatte den Kopf tief über den Schreibtisch gebeugt und malte gerade ein Haus. Ich wollte nicht wissen, welche verkorkste Familie er darin einziehen lassen würde. Ich ging zu ihm und umarmte ihn. Sandro schmiegte sich an mich, als könnte ich ihn vor allem beschützen. Wie sollte er mit seinen sieben Jahren verstehen, dass jedes Mal, wenn ich ihn verteidigte, seinem Vater die Stirn bot und Grenzen setzte, Massimo dadurch nur eine ganze Palette an neuen Möglichkeiten fand, um mir seinen Willen aufzuzwingen? Ich wollte nicht darüber nachdenken, was passiert war, als ich Massimo darum gebeten hatte, Sandro vom Fußballtraining abzumelden. Ich hatte ihm erklärt, dass ich es nicht ertragen konnte, Sandro so zu sehen – seine vor Kälte blau angelaufenen dünnen Beine, sein angsterfülltes Gesicht, wenn eine Schar von Jungs auf ihn zustürmte, seinen beschämten Blick, wenn er den Ball wieder einmal verfehlte und die anderen Mitspieler frustriert losgrölten. Ich hatte erwartet, Massimo würde es zu schätzen wissen, dass ich erkannt hatte, wie unglücklich Sandro war, und überlegen, wie wir eine Sportart finden könnten, die unserem Sohn wirklich Spaß machte.

Ich hatte nicht erwartet, dass er Sandro zu einem Rugby-Coach schicken würde, damit er »endlich aufhörte so ein Weichei zu sein«.

Ich gab Sandro einen Kuss auf die Wange und versprach ihm, dass Daddy es nicht böse gemeint habe. Aber es sei ihm sehr wichtig, dass Sandro gleichaltrige Freunde fand, weil er ein Einzelkind war. Und weil Daddy schon ganz lange kein Kind mehr war, fiel es ihm schwer zu verstehen, dass Sandro vielleicht allein, aber nicht einsam war. Sandro nickte nur stumm.

»Verstehst du, was ich meine?«

Er sah mich an und nickte wieder, das Gesicht ausdruckslos und abgeschlagen.

Ich wusste nicht, was in ihm vorging. Doch bestimmt war es viel zu kompliziert für einen Siebenjährigen. Er sollte sich für Disneyfilme, Lego und Modellbaukästen interessieren und nicht versuchen, die Grundlagen der Machtpolitik zu verstehen, während er noch nicht einmal aufgehört hatte, an den Weihnachtsmann zu glauben.

Wie sollte er eine Welt verstehen, in der einer die Anweisungen gab und der andere sich fügte? In der niemand dem anderen zuhörte? Wo der Grundsatz »Wir geben aufeinander acht«, den Massimo uns einbläute, wenn es ihm in den Kram passte, mit Füßen getreten wurde? Wie sollte Sandro je verstehen, warum ich nicht dazwischen ging, wenn Massimo sich wieder in einer Tirade darüber verlor, dass Sandro seine Zeit mit Zeichnen verplempere? Warum ich seinem Vater nicht in die Augen sah, ihm den Finger in die Brust rammte und sagte, jetzt reicht's, ich verlasse dich und Sandro kommt mit mir?

Vielleicht würde er es besser verstehen, wenn er älter war. Denn wenn ich ging, müsste ich Sandro zurücklassen. Massimo hatte mir unmissverständlich klar gemacht, dass er mich verfolgen würde, bis er mich gefunden hätte. Mittlerweile kannte ich die Farinellis gut genug, um zu wissen, dass Anna und Massimo niemals eine Niederlage akzeptieren würden. Für sie bestand der Sieg nicht nur darin, das zu bekommen, was sie wollten, sondern dafür zu sorgen, dass ihr Gegner auf dem Boden lag und sein letztes Gebet sprach. Selbst wenn Massimo sich wie durch ein Wunder auf ein geteiltes Sorgerecht einließ, wäre Sandro die *Hälfte* der Zeit mit seinem Vater allein. Ohne mich, die ständig auf der Hut war, die die Wogen glättete und sich opferte, wenn es notwendig war. Das bedeutete ein halbes Leben voller Zweifel, ob neun von zehn Punkten im Diktat, die letzte Woche noch akzeptabel waren, diese Woche einen Wutanfall auslösen würden. Es bedeutete Fisch zum Abendessen, obwohl er Fisch nicht mochte, und dass er abwägen müsste, ob es schlimmer wäre, das Essen zu verweigern oder es wieder hoch zu würgen. Und es bedeutete, nachts in seinem eigenen Urin zu liegen, weil er sich nicht traute, seinen Vater zu wecken.

Und was würde erst mit Dad passieren? Noch war mein armer verwirrter Vater sicher in dem privaten Pflegeheim, das sich auf Alzheimerpatienten spezialisiert hatte und für das mein großzügiger Ehemann bezahlte, weil er »für uns alle nur das Beste wollte«.

Anstatt also meinen geliebten kleinen Jungen an mich zu drücken, der noch immer tief in Gedanken darüber versunken schien, warum seine Mutter nicht einfach mit Daddy sprach, um alles besser zu machen, holte ich seinen Trainingsanzug und sah zu, wie er sich quälend langsam anzog.

Ich klopfte ihm auf die Schulter. »Ich bereite dir unten einen Snack vor. Lass dir nicht zu lange Zeit, Daddy wartet schon auf dich.«

Als ich nach unten ging, spähte ich durch das Treppengeländer ins Spielzimmer, wo Massimo umhertigerte. Hunderte kleiner Papierschnipsel mit Kreisfragmenten lagen verstreut auf dem Fußboden. Einen Moment später hörte ich das unverwechselbare Geräusch von splitterndem Holz und Sandros geliebte Buntstifte landeten in einem Regenbogen des Wahnsinns ebenfalls auf dem Boden.

Eine Strafe für Sandro, weil er ruhig und künstlerisch war statt sportlich; nicht Manns genug für Massimo.

Und eine Strafe für mich.

DREIZEHN

MAGGIE

Nico hatte mir einen wundervollen Arbeitstisch mit eingebauten Lampen und vielen kleinen Schubladen geschenkt. Und damit nicht genug, hatte er auch die Maßanfertigung – an diesem Wort würde ich mich niemals satthören – eines Schranks mit einer extra hohen Kleiderstange in Auftrag gegeben, damit ich auch lange Kleider sicher verstauen konnte. Die meisten von Caitlins Sachen waren wir losgeworden und jene Kisten, die Francesca aufbewahren wollte, standen gestapelt in einer Ecke. Die goldene Schatulle hatte ich unter einem Haufen Meterware in einem meiner Arbeitsschränke versteckt. Manchmal holte ich sie hervor und fragte mich, ob alles ein großes Missverständnis war. Dank Francescas und Annas Darstellungen war Nicos erste Frau in meinem Kopf eine Heilige, die ihr Haus, ihr Hab und Gut, ihr ganzes *Leben* fein säuberlich in Kategorien aufgeteilt hatte. Ein Leben, in das kein spontanes Stück Kuchen passte und schon gar keine verstohlenen Telefonate oder heimlichen Treffen mit einem anderen Mann. Niemals wäre mir in den Sinn gekommen, dass Caitlin so verrucht gewesen sein könnte, Nico anzulügen und sich Ausreden einfallen zu lassen, damit sie sich heimlich nach Bath davonstehlen könnte, um sich mit ihrem Liebhaber zu treffen. Würde sich eine Frau, die verklemmt genug für Sockentrenner in ihrer Kommodenschublade war, wirklich für einen anderen als ihren Ehemann nackig machen? Irgendwie passte Caitlin, die einen eigenen Staubwedel für den Spalt zwischen Heizkörper und Wand besaß, in meinem Kopf nicht zu wilden Sexabenteuern. Ich fuhr mit dem Finger über die Gravur, studierte immer wieder die unbekannte Schrift auf den Postkarten und Notizen. Aber wie man es auch drehte und wendete – und da gab es nicht viel Spielraum – Caitlins Heiligenschein war genauso wenig vorhanden wie ihr Höschen.

Eigentlich sollte ich keinen Gegenstand behalten, der meinem Mann nur Schmerz bereiten würde. Ich sollte mich erbarmen und die Schatulle einfach wegwerfen, damit sie auf der Müllhalde landete und das Geheimnis zusammen mit vollen Windeln, löchrigen Turnschuhen und alten Videokassetten für immer begraben wurde. Vielleicht würde sie in hundert Jahren einen Sammler mit Metalldetektor sehr glücklich machen, aber heute würde der Inhalt der Schatulle nur einen Haufen schmerzvoller Fragen für Nico aufwerfen, auf die er niemals eine Antwort bekäme. Und es wäre weiteres Öl für das Feuer der Emotionen, das Francesca versuchte zu bändigen.

Trotzdem bewahrte ich die Schatulle auf. Ich wusste nicht, warum, aber ich konnte oder wollte mich einfach nicht davon trennen. Als Sicherheit, wenn Anna mir mal wieder das Gefühl gab, Nico wäre mit Caitlin viel glücklicher gewesen als mit mir? Als Beweis, dass ich mir das alles nicht nur ausgedacht hatte und ich nicht die verbitterte »zweite Ehefrau« war, die überall Lug und Betrug witterte, obwohl es nicht stimmte?

Ich hatte überlegt, Nico die Schatulle zu zeigen. Vielleicht gab es eine ganz simple Erklärung, auch wenn ich mir das nicht vorstellen konnte. Doch ich wollte ihn nicht vorführen oder verletzen. Wie sollte ich ihn trösten, wenn er herausfand, dass

Caitlin eine Affäre gehabt hatte? Es war einfacher zu akzeptieren, dass er noch immer traurig über ihren Tod war, als ihm nur neue Wunden zuzufügen.

Es war wirklich Ironie des Schicksals. Die zweite Ehefrau musste den Ehemann davor schützen, dem Betrug der ersten Ehefrau auf die Schliche zu kommen. Das fiel mir nicht sonderlich schwer – doch die Versuchung, Anna brühwarm zu erzählen, dass die perfekte Caitlin mit einem mysteriösen Liebhaber ins Bett gehüpft war, nur um ihren Gesichtsausdruck zu sehen, war ziemlich groß.

Je näher der Juni rückte, desto weniger dachte ich daran. Seit ich ein paar Kleider für Francesca genäht hatte, war sie ein wandelndes Werbemodell für meine kleine Schneiderei. Als sie eines meiner Kleider zu einer Party angezogen hatte, hatte sie so bezaubernd ausgesehen, dass ich am liebsten Sam als ihre Begleitung mitgeschickt hätte, um aufdringliche Jungs von ihr fernzuhalten. Dass sie von den hunderten Outfits, die auf dem Boden ihres Zimmers verteilt lagen, genau mein Kleid ausgewählt hatte, gab mir solche Hoffnung, dass ich aufpassen musste, den Moment nicht mit meinem überbordenden Enthusiasmus kaputtzumachen. Es sprach sich schnell herum, dass »Francescas Stiefmutter echt coole Klamotten näht«. Ein paar Eltern hatten mich schon wegen Kleidern für den Abschlussball Ende Juli angerufen und ich hatte einiges zu tun. Ich hatte sogar einen Auftrag für ein maßgeschneidertes Abendkleid mit einem Mieder aus Pfauenfedern angenommen, das die neue Besitzerin zu einem runden Geburtstag tragen wollte. Immer, wenn ich daran arbeitete, fühlte ich mich wie eine Promi-Schneiderin aus Hollywood.

Was ich an meinem Atelier besonders liebte, waren die beiden Mansardenfenster, aus denen ich über die gesamte Nachbarschaft blicken konnte. Nachdem ich mich stundenlang auf kleine Haken und Ösen konzentriert oder so wie heute hunderte Pailletten händisch angenäht hatte, fokussierte ich meinen Blick gerne auf ferne Baumwipfel, um meine Augen zu entspannen. Ich konnte direkt in den Garten von Lara und Massimo sehen, der mit Baumhaus, Reifenschaukel und Trampolin wirkte wie ein exklusiver Kinderspielplatz. Sam gab vor, dass er ja viel zu alt dafür war, aber ich hatte schon oft beobachtet, wie er bei seinen Besuchen waghalsige Vorwärts- und Rückwärtssaltos zum Besten gab, bei denen ich lieber wegschaute.

Heute lag Sandro auf dem Trampolin. Er setzte sich sofort auf, als Lupo, ihr majestätischer Rhodesian Ridgeback, aus der Terrassentür stolzierte. Massimo hatte mir erzählt, dass die Rasse aus Afrika stammte und ursprünglich für die Jagd eingesetzt worden war. Der arme Lupo war vermutlich nicht begeistert davon, sein Revier auf einen Vorstadtgarten in Brighton beschränken zu müssen.

Etwas in Sandros Bewegungsablauf ließ mich stutzig werden. Vorsichtig krabbelte er über das Trampolin, als würde er einem Scharfschützen ausweichen. Dann sprang er plötzlich hinunter und rannte über den Rasen zum Baumhaus, wo er panisch die Strickleiter hochkletterte. Als Lupo ihm mit einem lauten Bellen, das durch die ganze Nachbarschaft hallte, hinterherjagte, wusste ich auch, wieso. In seiner Eile trat Sandro auf der Leiter daneben und baumelte kurz gefährlich, bevor er oben im Baumhaus verschwand. Der Hund stellte sich auf die Hinterbeine und kratzte an der Strickleiter.

Ich riss das Fenster auf und rief so laut ich konnte. »Lupo! Lupo!« Aber das Tier war völlig fixiert darauf, die Leiter zu erklimmen, als wartete oben ein kleiner Snack in Form einer verletzten Gazelle. Ich hörte Sandros panische Schreie. Wo zum Teufel steckte Lara? So schnell ich konnte, ohne selbst einem Unfall zum Opfer zu fallen, kletterte ich die Leiter vom Dachboden nach unten und eilte aus dem Haus. Für Erklärungen, warum ich fremde Gärten beobachtete, war später genug Zeit. Ich lief nach nebenan und hämmerte gegen die Haustür, doch niemand kam. Ich klopfte weiter, bis Lara schließlich verdutzt die Tür aufmachte. Sie hielt einen Staubwedel aus Straußenfedern in der Hand. Wäre ich nicht so außer Atem, hätte ich vermutlich einen schlüpfrigen Witz gerissen.

»Maggie?« Sie bat mich nicht hinein und starrte mich nur weiter an, als irritierten sie unangekündigte Besucher aus Prinzip.

»Sandro ist vor Lupo ins Baumhaus geflohen. Er hat wirklich Angst vor dem Hund. Ich glaube nicht, dass er die Leiter nach oben klettern kann, aber er ist auch nicht besonders freundlich, so viel ist sicher.«

»Oh Gott! Ich habe oben gestaubsaugt und nichts gehört. Lupo muss über das Türschutzgitter im Hauswirtschaftsraum gesprungen sein.«

Sie lief den Flur entlang Richtung Küche und stürzte durch die Terrassentür in den Garten. Ich folgte ihr, auch wenn sie mich theoretisch nicht hineingebeten hatte. Wir liefen zu Lupo, der noch immer auf den Hinterpfoten tanzte und verzweifelt an der Leiter scharrte. Sandro saß weinend gegen die Wand gelehnt im Baumhaus.

Lara wollte den Hund packen, aber Lupo knurrte gefährlich und sie wich zurück. Mein Herz klopfte wie wild. Was, wenn wir in seinen Augen nur Frischfleisch waren? Lara schrie Lupo an, aber vor Angst versagte ihre Stimme. Ich nahm meinen Mut zusammen. Bei den Parkers hatten wir vor nichts Angst. Schon gar nicht vor irgendeinem Köter, der auf dem falschen Kontinent lebte.

Ich rannte zurück ins Haus und bereitete mich mental darauf vor, gleich das Kratzen von vier riesigen Pfoten hinter mir auf dem Küchenboden zu hören. Ich wollte mir lieber nicht ausrechnen, wie viel Prozent meines Hinterns in Lupos Maul passten, falls er zur Attacke ansetzte. Ich riss den Kühlschrank auf und schnappte mir das Erstbeste, was mir ins Auge fiel – Hähnchen-Saltimbocca, typisch Lara – und eilte wieder nach draußen.

»Schau mal, Lupo! Was ist denn das?«

Der Hund hörte auf zu bellen, stellte sich zurück auf alle viere und schnüffelte ein bisschen herum. Dann galoppierte er so schnell auf mich zu, dass ich mich ihm mit Bratensoße überträufelt ergeben wollte, Hauptsache es war schnell und schmerzlos vorbei. Doch statt zu einem tödlichen Sprung anzusetzen, wedelte Lupo aufgeregt mit dem Schwanz und hechelte mit heraushängender Zunge. Ich hielt die flache Hand hoch und betete, dass ich am Ende der Fütterung noch alle fünf Finger hatte.

»Sitz. Sitz!« Ich baute mich vor ihm auf, in der verzweifelten Hoffnung, es würde mich groß und dominant erscheinen lassen.

Erstaunlicherweise setzte sich der Jagdhund tatsächlich hin. Ich riss ein Stück vom Schinken ab und deutete Lara, Sandro aus dem Baumhaus zu holen. Nach einem Augenblick hatte sie ihn so weit, dass er vorsichtig auf die oberste Stufe der Strickleiter krabbelte. Von dort hob sie ihn schnell herunter und lief zurück ins Haus, Sandros dürre Ärmchen um ihren Hals geschlungen.

Ich zerteilte das Hühnchen in Stücke und Lupo schien mit seinem glücklichen Jaulen fast vor Verzückung zu singen.

Sobald ich hörte, dass Lara die Terrassentür geschlossen hatte, warf ich die Fleischstücke von mir weg in den Garten und flitzte zurück zum Haus.

Lara öffnete mir die Tür und ließ sich erschöpft auf einen der Hocker vor der Kücheninsel sinken.

»Danke, Maggie. Dieser verdammte Dreckskôter. Ich hasse dieses Scheißvieh.«

Der Adrenalinschock zusammen mit der ungewohnten Erfahrung, Lara fluchen zu hören – eine Frau, der nicht einmal ein verhaltenes »Herrje« über die Lippen käme, nachdem ihr ein Ziegelstein auf den Zeh gefallen war – brachte mich so sehr zum Lachen, als hätte ich eine Flasche Wodka und einen Joint intus.

Sandro saß auf der Arbeitsfläche und hatte die Knie unters Kinn gezogen.

»Hat Lupo so etwas schon mal gemacht?«

Lara seufzte. »Massimo wollte einen richtigen Wachhund, der uns beschützt, wenn er nicht zu Hause ist. Aber Lupo braucht eine strenge Hand und ich glaube, wir haben ihn nicht richtig erzogen. Mir wäre ein Wellensittich tausendmal lieber gewesen.« Sie versuchte zu lachen, doch es kam nur ein Schluchzen heraus und auch Sandro fing wieder an zu weinen.

»Vielleicht solltet ihr ein neues Zuhause für ihn finden? Massimo kann unmöglich wollen, dass Lupo euch terrorisiert.«

Lara schüttelte den Kopf und ihre Stimme wurde lauter. »Nein. Auf keinen Fall. Massimo liebt Lupo über alles. Er wäre am Boden zerstört, wenn wir ihn abgeben.«

»Und wenn Lupo eurem Sohn das Gesicht zerfetzt, würde er sich besser fühlen, ja?«

Sandro ließ sich von der Arbeitsplatte auf den Boden sinken und sah hinaus in den Garten. Seine dünne Stimme hallte in der Küche wider. »Dad sagt, Mum ist selbst schuld, dass Lupo sie gebissen hat, weil sie ihn nicht richtig erzieht.«

»Er hat dich gebissen?«

»Ach, es war nicht so schlimm. Welpen sind eben verspielt und sie haben ganz schön spitze Zähne. Und Massimo hat recht, ich habe Lupo zu viel durchgehen lassen.«

»Es hat sogar geblutet, Mum.« Sandro sah sie mit sorgenvollem Blick an.

Lara lachte auf. »Ach, das waren nur kleine Kratzer, mein Schatz. Die Zähne von Welpen sind wie winzige Nadeln. Wie dem auch sei, wie wär's, wenn du ein Bild für Tante Maggie zeichnest?«

»Lupo hat dich wirklich gebissen?«, fragte ich sie, als Sandro im Spielzimmer verschwunden war.

»Nein, nicht wirklich. Er hat nur ein bisschen herumgeknabbert, wie Welpen das nun mal so machen. Und dann hat er einmal zu fest zugebissen.«

»Was sagt Massimo dazu? Macht er sich keine Sorgen über Lupos Verhalten?«

Lara lächelte. »In Massimos Augen ist Lupo ganz brav und folgsam. Eigentlich ist der Hund auch völlig harmlos. Nur etwas aufgekratzt, wenn Sandro ihn ärgert.«

»Lara, ich habe alles aus dem Fenster beobachtet.« Ich hielt kurz inne. Ich wollte nicht wie eine Stalkerin oder neugierige Nachbarin rüberkommen. »Also nur deshalb, weil ich ein Bellen gehört habe. Jedenfalls hat Sandro nichts gemacht, er hat einfach nur dagelegen. Du hast mit eigenen Augen gesehen, wie aggressiv Lupo war. Daran war nichts Verspieltes. Sogar du hattest Angst vor ihm.«

»Das kommt nur daher, weil ich kein Hundemensch bin. Ich wurde als Kind von einem gebissen«, antwortete sie und zeigte mir eine Narbe auf ihrem rechten Handrücken. »Ich bin eher ein Katzenmensch, aber nachdem Misty verschwunden ist, haben wir beschlossen, dass ein Hund besser in unsere Familie passt. Lupo wird ein gutes Haustier abgeben, sobald er versteht, wer das Sagen hat.«

Ich starrte sie entgeistert an. Dieselbe Frau, die ihre Zeit damit verbrachte, die perfekte Portionsgröße für Sandros Tomaten-Gurken-Paprika-Mix zu ermitteln, die ihrem Sohn Makrelen wegen der Omega-3-Fettsäuren vorsetzte (»Gut für die grauen Zellen!«) und zum Knabbern wegen des Selens – wofür auch immer das gut war – ausschließlich Paranüsse servierte, machte sich offenbar keinerlei Sorgen darüber, dass ihr eigener Hund mit einer saftigen Auswahl von Sandros Gliedmaßen im Maul über den Gartenzaun entwischen könnte.

Lara wuselte geschäftig durch die Küche und wischte die ohnehin schon makellos sauberen Arbeitsflächen. »Jedenfalls tut es mir leid, dass du deine Arbeit wegen unseres kleinen Missgeschicks unterbrechen musstest. Ich habe gehört, wie viel du in deinem Atelier zu tun hast.«

Sie klang abweisend, und hatte wieder ihre distanzierte und kühle Fassade aufgesetzt. Vielleicht dachte sie, ich verurteilte sie dafür, dass sie im oberen Stockwerk geputzt hatte, statt auf ihren Sohn aufzupassen.

Ich startete einen neuen Versuch. »Es ist ja zum Glück nichts passiert. Und du kannst Sandro auch nicht jede Sekunde im Blick haben, stimmt's? Soll ich ihm vielleicht zeigen, wie er dem Hund gegenüber etwas selbstbewusster wird? In meiner Jugend hatten wir einen Jack Russell Terrier aus der Hölle. Aber sobald wir ihm die Rangordnung klar gemacht hatten, hat er sich brav untergeordnet.«

Lara hörte auf, die Schrankgriffe zu polieren, als wäre die ganze Küche mit Kolibakterien verseucht, und sah mich benommen an, als hätte ich sie gebeten, ein paar Brüche zu multiplizieren und das Ergebnis in Prozent von dreihundertneunzehn auszudrücken. Irgendwie fand ich sie sympathischer, wenn sie fluchte und schimpfte, statt ihr Talent für großflächiges Desinfizieren zur Schau zu stellen. Sie nickte nur stumm.

Ich fuhr fort. »Lupo muss lernen, dass er in der Hierarchie unter Sandro steht.« Ich umriss kurz die wichtigsten Punkte, wie Sandro sich als überlegenes »Rudelmitglied« etablierte, von der Fütterung über das Training mit der Hundepfeife bis hin zur Bedeutung der Frage, wer zuerst durch die Tür ging.

»Das würdest du wirklich tun?« Lara klang immer so, als ob das Positive in ihrem Leben nur mit dem Mikroskop zu erkennen wäre. Doch für mein Empfinden gab es bis auf einen Sohn mit geringem Selbstbewusstsein wenig Anlass dafür. Es fiel mir schwer, nicht neidisch zu werden, wenn ich sah, wie viel Aufmerksamkeit Massimo seiner Frau schenkte. Ein Kuss hier, eine Berührung da, ständige Nachfragen, ob er ihr einen

Tee, Kaffee oder Drink bringen könne. Die beiden wirkten mehr wie ein frisch verheiratetes Ehepaar als wir.

»Klar! Wir können gleich heute Abend anfangen. Ich bringe Sam mit, sobald er vom Fußballtraining zurück ist. Vermutlich ist es sogar besser, wenn Sandro gar keine Gelegenheit hat, zu lange über den heutigen Nachmittag nachzudenken.«

»Nein! Heute geht es nicht.«

Ich wich zurück. Ziemlich drastische Worte dafür, dass Sandro noch immer mit schlotternden Knien oben im Baumhaus hocken würde, wäre ich nicht gewesen.

»Tut mir leid, es ist nur so, dass Massimo heute früher von der Arbeit kommt«, erklärte sie. »Und er verbringt mit Sandro gerne etwas Zeit zu zweit, sobald er zuhause ist. Darauf legt er sehr viel wert.«

Ich widerstand der Versuchung, ihr weiterhin viel Spaß beim Staubsaugen zu wünschen. »Kein Problem. Sag mir einfach, wann es passt, dann komme ich rüber. Geh ruhig und sieh nach Sandro, ich finde schon allein raus.« Außer Lara gab mir niemand aus meinem Umfeld feste Zeitfenster für Besuche. Im Gegenteil, wenn ich mit meinen Freundinnen unterwegs war und vor Mitternacht nach Hause wollte, war der Aufschrei immer groß.

Ich stapfte aus dem Haus und murmelte gerade »undankbare blöde Kuh«, als Massimo in die Einfahrt abbog. Er sprang aus dem Auto und umarmte mich überschwänglich. »Wie geht's meiner wundervollen Schwägerin? Komm doch für einen Kaffee rein! Wir sind zwar später bei euch, um unseren Sommerurlaub zu besprechen, aber ich möchte hören, wie es dir geht, ohne dass mein Bruder dich völlig für sich vereinnahmt.«

Ich zögerte. Einerseits wollte ich nicht unhöflich wirken, andererseits war ich ziemlich sicher, dass Lara mich nicht schon so bald wiedersehen wollte. Ich wollte ihm erklären, dass ich gerade schon bei ihnen gewesen war, aber er ließ mich nicht zu Wort kommen. Lara musste uns durchs Fenster beobachtet haben, denn sie stand plötzlich in der Tür. Massimo hüpfte die Stufen zum Eingang nach oben und küsste sie lang und innig. Ich verzog das Gesicht so wie Sam, wenn wir uns Liebeskomödien im Fernsehen ansahen. Zum Glück war Nico in dieser Hinsicht nicht so hemmungslos wie Massimo. Auch wenn ich ein bisschen neidisch darauf war, dass Massimos und Laras Beziehung auch nach zehn Jahren anscheinend noch immer so leidenschaftlich war wie am Anfang. Nico hatte mir erzählt, dass niemand gedacht hätte, die Beziehung würde so lange halten – der Klassiker, älterer Vorgesetzter krallt sich die unerfahrene Berufseinsteigerin – aber für mich schien Massimo noch immer ganz vernarrt in Lara zu sein.

Er deutete in meine Richtung. »Maggie schaut nur für einen Kaffee vorbei.«

»Eigentlich will ich nicht weiter stören. Ich habe Laras Zeit heute schon genug in Anspruch genommen«, erklärte ich, in der Erwartung, Lara würde sich einschalten, ihm vom Drama des heutigen Nachmittags berichten und ehrlich gesagt auch ein wenig ihre Dankbarkeit zum Ausdruck bringen. Doch sie blieb stumm.

»Ach was! Wir freuen uns immer, dich zu sehen. Komm rein, dann könnt ihr mir alles erzählen.« Er winkte mich zu sich.

Lara blieb in der Tür stehen und schien unentschlossen, ob sie mich hineinlassen oder mir den Zutritt verweigern sollte. Ich fragte mich, wie die beiden zueinander gefunden hatten. Mit ihrer verklemmten, unterkühlten Art passte Lara überhaupt nicht zu Massimos warmherziger Offenheit. Von Nico wusste ich, dass Massimos erste Frau Dawn sehr aufgeschlossen und kontaktfreudig gewesen war. Vielleicht war er zum anderen Extrem übergegangen und hatte eine Vorliebe für unergründliche, verschlossene Frauen entwickelt. Oder die Erklärung war viel einfacher als das und Massimo erfüllte nur das alte

Klischee vom älteren Mann, der sich nach dem makellosen Körper einer Jüngeren gesehnt hatte. Aber sollte Lara Massimo damals hauptsächlich mit ihrem Größe-38-Hintern rumgekriegt haben, wäre auch ihre Zeit irgendwann abgelaufen.

Massimo zog mich an Lara vorbei durch die Tür ins Haus. »Ich ziehe mich nur schnell um. Kochst du uns eine Kanne Kaffee, La?«

Ich folgte Lara in die Küche. Ihr ganzer Körper schien angespannt, und ihre Bewegungen waren steif. Sogar bei einer Karaokedarbietung vor einem Schweigekloster voller Nonnen hätte ich mich weniger unerwünscht gefühlt als hier. Vielleicht hatte Lara ihre eigene Vorstellung von »Zeit zu zweit« mit Massimo?

Dabei wollte ich natürlich nicht stören. »Ich bleibe nicht lang. Sam kommt bald vom Fußball nach Hause.«

Lara schielte kurz in den Flur und flüsterte: »Könntest du die ganze Sache mit dem Hund vor Massimo bitte nicht erwähnen? Er ist so gestresst von der Arbeit und soll nicht denken, dass ich die Dinge zu Hause nicht im Griff habe.«

Ich hielt überhaupt nichts von dieser blödsinnigen Einstellung, dass »der Herr des Hauses« nicht mit »Haushaltsangelegenheiten« belästigt werden durfte. Schon gar nicht, wenn es um ein knurrendes, bissiges Tier ging. Massimo schien mir auch nicht besonders erschöpft zu sein, so putzmunter wie er immer spätestens um achtzehn Uhr durch die Tür spazierte. Anders als Nico, der um zwanzig Uhr mit gebeugtem Rücken nach Hause kam, weil er den ganzen Tag Steinstatuen durch das Gartencenter geschleppt hatte. Doch Lara wirkte so nervös, dass ich zustimmend nickte. »In Ordnung. Aber du solltest ihn wissen lassen, wie schwer du es mit dem Hund hast. Er wäre bestimmt entsetzt.«

Nach kurzem Zögern lächelte Lara. »Lupo wächst sicher bald aus dieser Phase des Ungehorsams heraus. Ich lasse ihn auch nie mit Sandro allein, nur heute ist er über das Hundegitter gehüpft. Und je älter Sandro wird, desto weniger Angst wird er vor allem haben. Das letzte, was ich gebrauchen kann, ist, dass Anna von der Geschichte erfährt. Sonst wird sie mir sofort die Schuld in die Schuhe schieben und es mir als völliges Versagen auslegen.«

Sie schaute erschrocken, als wäre ihr etwas herausgerutscht, dass sie normalerweise zuerst in einen nichtssagenden, emotionslosen Satz umformuliert hätte.

Ich wollte jubeln. Seit wir uns kannten, hatte Lara nie ausgesprochen, was sie wirklich dachte. Im Gegensatz zu ihr musste ich mich erst seit verhältnismäßig kurzer Zeit mit Annas ungefragter Meinung auseinandersetzen. Meistens fing es mit unschuldigen kleinen Bemerkungen an, die sich aber schnell aufbauschten, wie Plastiktüten im Wind durch den Raum wehten und überall Gelegenheiten für Kritik aufsammelten. Lara ertrug die niederschmetternden Kommentare seit einem guten Jahrzehnt und damals war sie um einiges jünger und damit auch verwundbarer gewesen als ich es heute war. Ich wollte unbedingt mehr herausfinden – zum Beispiel, ob Anna auch einen Schlüssel zu Laras Haus hatte –, doch dann kam Massimo in die Küche und der Moment war verpufft. Er roch nach Aftershave und trug ein tief aufgeknöpftes hellgrünes Hemd, mit dem er auch gut auf eine Yacht vor der sardischen Küste gepasst hätte. Lara legte ein paar Kekse auf einen edlen Porzellanteller, während Massimo die Terrassentür öffnete und nach dem Hund rief. Als Lupo auf ihn zugestürmt kam, zwängte sich Lara hinter die Barhocker an der Küchentheke. Meine Güte. Würde mir mein eigenes Haustier so viel Angst machen, hätte ich es längst ins Tierheim gebracht, bevor jemand »Geh zurück ins Körbchen« sagen könnte. Massimo blaffte ein knappes »Lieg!« und Lupo legte sich sofort flach auf den Boden, als wartete er ganz artig den ganzen Tag nur darauf, von jemandem gefüttert zu werden.

»Und, was hast du heute getrieben?«, fragte Massimo, als sich Lupo auf den Rücken rollte.

Lara warf mir schnell einen Blick zu. »Oh, nichts Besonderes. Sandro hat draußen gespielt. Ich habe die Zeit genutzt, um oben sauber zu machen.«

Lara war so unergründlich wie ein leeres Sudoku ohne vorausgefüllter Zahlen. Ich wollte das Rätsel um sie lösen, aber ich hatte keine Ahnung, wo ich anfangen sollte. Massimo war so offen und freundlich, während Lara den Eindruck erweckte, sie hätte sich selbst eine tägliche Begrenzung ihrer Redezeit auferlegt. Ich fände es schrecklich, so sehr von Unsicherheiten geplagt zu sein, dass ich meinem eigenen Ehemann gegenüber nicht ehrlich sein konnte. Wenigstens musste ich mir keine Sorgen machen, dass Sam ein tragisches Ende finden würde, nur weil ich zu sehr in die Hausarbeit vertieft war. Vielleicht, weil die Nähmaschine zu laut war, aber sicher nicht der Staubsauger.

Die Farinellis waren schon ein komischer Haufen.

VIERZEHN

MAGGIE

Der Abend fing schon mal gut an. Als wäre es nicht genug, dass Massimo und Anna gleich zu uns kamen, um den jährlichen Farinelli-Familienurlaub zu besprechen, fragte mich Francesca nach der goldenen Schmuckschatulle, weil sie darin ein paar selbstgemachte Ohrringe aus dem Werkunterricht präsentieren wollte.

Ich zögerte. »Ich weiß nicht mehr genau, wo ich sie hingelegt habe. Aber sie ist sowieso viel zu wertvoll, um sie in die Schule mitzunehmen.«

Francesca stemmte die Hände in die Hüften und sah mich mit der für Teenager so typischen Erwartungshaltung an, dass ich sofort alles stehen und liegen lassen sollte, um danach zu suchen. Ehrlich gesagt lag sie damit nicht unbedingt falsch. Wann immer sie die leisesten Andeutungen machte, dass sie etwas von mir brauchte, spurte ich. Wahrscheinlich fragte sie sich, warum ich weiter Kartoffeln schälte, anstatt wie sonst auch wie ein Aufziehspielzeug sofort durchs Haus zu flitzen. Alles für ein kleines bisschen Zustimmung.

Mir fiel auf Anhieb keine gute Ausrede ein. »Ich sehe mal nach, sobald ich mit dem Kochen fertig bin. Okay?« Während ich weiter Kartoffeln schälte, überlegte ich, was die beste Lösung für alle wäre. Behaupten, dass ich die Schatulle unabsichtlich entsorgt oder verlegt hatte? Oder sollte ich sie ihr überlassen – ohne die Notizen und Zettelchen – und einfach hoffen, dass sie niemals die Gravur unter dem Kissen entdeckte?

Die letzten Monate waren relativ friedlich verlaufen. Zwar war Francesca noch weit davon entfernt, mir einen Gutenachtkuss zu geben, aber manchmal setzte sie sich zu mir in die Küche, wenn Nico noch bei der Arbeit war, und erzählte mir etwas aus der Schule oder zeigte mir ein witziges Video auf YouTube. Jedenfalls hatten wir die Zeit des wütenden Trampelns und der knallenden Türen hinter uns gelassen. Und ich würde nicht zulassen, dass die verdammte Schmuckschatulle diese Fortschritte wieder zunichte machte.

Ich grübelte noch immer über eine Lösung nach, als es an der Tür klingelte. Nico hatte mir schon lange vor unserer Hochzeit von der Tradition des Farinelli-Familienurlaubs erzählt. Jedes Jahr verbrachte die Familie die ersten zwei Augustwochen in einem Schloss in der Toskana. Damals, als ich noch damit gerechnet hatte, dass Nico mich bald abservieren würde, weil ich ihn zwar zum Lachen brachte, aber kein »Heiratsmaterial« war, hatte ich ihn um die familiäre Nähe, die lebhaften Abendessen unter dem Sternenhimmel, das Herumalbern zwischen Sonnenliegen und regelmäßige Wettschwimmen im Pool beneidet. Und mich für meine einzige vergleichbare Erfahrung geschämt: Vier Tage, die Mum, Sam und ich in einem Wohnwagen mit viel zu schmalen Betten und einem Gaskocher als einzige Wärmequelle auf der Isle of Sheppey verbracht hatten.

Heute jagte mir der Gedanke daran, zwei Wochen lang unter Annas ständiger Beobachtung zu stehen, einen kalten Schauer über den Rücken. Wie die Queen höchstpersönlich saß sie auf unserem Sofa und erteilte Anweisungen, wie wir das

Kochen, Putzen und die Kinderbetreuung unter uns aufteilen müssten.

»Der Küchenboden muss *mindestens* einmal täglich gewischt werden. Keine Wiederholung vom letzten Jahr, als alle mit nassen Füßen herumgelaufen sind. Widerlich. Nico, du musst Maggie beim Einkaufen begleiten. Wirklich schade, dass sie kein Italienisch kann, so wie Caitlin. Lara kommt zurecht, sie hat in den letzten Jahren die Grundlagen aufgeschnappt.«

Nico nahm meine Hand in seine. »Mum, sei nicht so hart zu Maggie. Sie war noch nie in Italien und wir fahren seit Jahren hin.« Er seufzte. »Aber kein Problem. Maggie und ich werden alle Aufgaben zusammen erledigen.«

Er wandte sich an mich. »In Italien Lebensmittel einkaufen zu gehen ist immer ein Erlebnis. Frische Tomaten und Basilikum, und alles duftet herrlich nach Sonnenschein. Gleich am Anfang kaufen wir immer ein großes Parmesanrad, das wir während des Urlaubs verputzen. Ich kann's kaum erwarten, dir alles zu zeigen.«

Ich war Nico unendlich dankbar, dass er mich in Schutz nahm. Ich bot an, das tägliche Wischen der Küche zu übernehmen, um nicht völlig als unnötiger Ballast abgestempelt zu werden. Vielleicht könnte ich meine mangelnden Sprachkenntnisse mit meinen Wischkünsten aufwiegen. Und so lange ich im Haus das Aschenputtel spielte, müsste ich mich wenigstens nicht mit meiner Schwiegermutter unterhalten.

Ein Hauch der Enttäuschung huschte über Annas Gesicht, als hätte ihre spitze Bemerkung ihr eigentliches Ziel verfehlt.

Als Nico eine Flasche Wein holen ging, zwinkerte Massimo mir zu. »Du wirst eine tolle Zeit haben, Maggie. Die umliegenden Dörfer veranstalten im Sommer oft kleine Feste und Open-Air-Konzerte. Und wir müssen mit dir unbedingt auf die Festungsmauer. Sonnenblumenfelder und Weinberge, so weit das Auge reicht. Sandro freut sich bestimmt, mit Sam jemanden zum Spielen zu haben. Wir können mehrere Wettschwimmen organisieren …«

Massimo erzählte ausschweifend davon, was wir alles erleben würden. Ich hätte ihm um den Hals fallen können. Endlich gab mir jemand das Gefühl, nicht unerwünscht zu sein wie ein sperriger Koffer, für den man beim Check-in extra blechen musste. »Sam findet es bestimmt toll, nicht mehr das einzige Kind zu sein. Im Urlaub mit mir und Mum wird ihm meistens schnell langweilig.«

Nico kam mit einem Tablett voller Weingläser und einer Flasche Wein zurück. »Sag das nicht zu laut. Massimo ist der König der Urlaubsaktivitäten. Herumplanschen im Pool kannst du vergessen. Stattdessen gibt's eine verdammte Mini-Schwimmolympiade. Du weißt, dass Massimo im Schwimmteam von East Sussex war? Wir müssen für ihn ein Handicap festsetzen. Ansonsten schwimmt er fünf Längen in der gleichen Zeit, die ich für eine einzige brauche.«

»Apropos, mir ist zu Ohren gekommen, dass Francesca beim Auswahltraining sehr gut abgeschnitten hat?«

»Ja, den sportlichen Ehrgeiz hat sie von dir.«

Massimo verzog das Gesicht. »Hat wohl nicht auf Sandro abgefärbt.«

Nico nahm einen Schluck Wein. »Mein Lieber, du musst wohl einsehen, dass er meine künstlerischen statt deiner Superhelden-Gene geerbt hat.«

Massimo runzelte die Stirn. »Das hat nichts mit Genen zu tun. Man muss es nur genug wollen und Zeit investieren.« Er wandte sich an mich. »Ihr absolviert im Urlaub alle ein hartes Training. Das Farinelli-Bootcamp. Du hast nicht etwa echten Urlaub erwartet, oder Maggie?«

Es war nur Spaß, aber trotzdem wurde mir etwas flau beim Gedanken daran, das unsportliche Moppelchen zu sein. Nico gab Massimo einen Klaps auf die Schulter. »Hör auf meine Frau zu ärgern.« Er legte mir die Hand aufs Knie. »Egal was

Massimo vorschlägt, sag einfach nein. Du denkst, er will spazieren gehen, aber bevor du es dich versiehst, hetzt du im Laufschritt den Berg rauf und runter. Und die Spielkarten lässt du am besten im Koffer. Eine so hart umkämpfte Partie Mau-Mau hast du noch nie erlebt.«

Massimo zog die Brauen hoch. »Es geht immer ums Gewinnen. Warum mittelmäßig bleiben, wenn man der Beste sein kann?«

»Für mich sind Kartenspiele kein Wettbewerb«, sagte Nico kopfschüttelnd. »Massimo kann nicht einmal gegen Sandro verlieren. Er erträgt es nicht, dass ein siebenjähriges Kind besser ist als er.«

»Ganz genau. Gewinnen ist Einstellungssache, Bruderherz. Deshalb fährst du einen Volvo und ich einen BMW.«

Nico lachte auf. »Warum sollte ich ein teures Auto mit Kompost aus dem Gartencenter einsauen? Wenigstens bin ich nicht so geizig, dass ich kein Geld für die Fahrstunden meiner Frau lockermachen will.«

Massimo warf die Hände in gekünstelter Aufregung hoch. »Maggie, du gibst mir Recht, oder? Ich kann nichts dafür, dass meine Frau so umweltbewusst ist, dass sie sich weigert, den Führerschein zu machen? Ich würde ihr *sofort* ein Auto kaufen, aber sie will nicht.«

Ich bewunderte Lara dafür, dass sie an ihren Prinzipien festhielt, auch wenn ich nicht ganz verstand, wie sie dann ihr Gewissen mit Heizstrahlern auf der Terrasse und einem Gasherd vereinbaren konnte. Aber vor allem war ich neidisch darauf, dass sie die Zeit hatte, alles zu Fuß und mit öffentlichen Verkehrsmitteln zu erledigen, während ich das Gefühl hatte, den ganzen Tag mit quietschenden Reifen von A nach B zu jagen.

Massimo zwinkerte mir zu. »Wenn wir schon von Geizkragen sprechen, sollte Nico nicht auch mal ein besseres Auto für dich springen lassen?«

Ich sah vorsichtig zu Nico, aber die spitzen Bemerkungen, die für die Farinellis offenbar als Humor durchgingen, schienen an ihm und seinem gutmütigen Wesen abzuprallen.

»Ich will gar kein neues Auto. Ich liebe meinen Ford Fiesta. Um den muss ich mir keine Sorgen machen – die alte Karre wird ganz sicher nie gestohlen.«

»Es hat keinen Sinn, mein Schatz. Massimo wird nie verstehen, wie man mit dem zufrieden sein kann, was man hat. Für ihn ist das Beste gerade gut genug«, sagte Nico.

Ich wollte Nico wissen lassen, dass ich auf seiner Seite war. »Zum Glück warst du nicht mit mir im Sportunterricht, Massimo. Ich habe immer ganz gedankenverloren meiner Mum in den Zuschauerrängen gewunken und dabei ganz vergessen beim Startschuss loszusprinten.«

Er lachte. »Aber du bist eine Frau, Maggie. Du kommst mit so etwas durch.«

Herrgott nochmal. Die Klischeevorstellung vom tapferen Ritter, der die Prinzessin retten musste – das gefiel den Farinellis. Zwei Wochen voller Schwanzvergleiche wären ziemlich ermüdend. Ich hoffte, dass Nico und ich auch ein bisschen Zeit allein verbringen könnten und es kein Beinbruch wäre, an einem Abend nur zu zweit ins Restaurant zu gehen. Ich wagte einen Vorstoß. »Falls du und Lara mal ein Abendessen allein genießen wollt, kann ich gerne auf Sandro aufpassen.«

Massimo grinste. »Das ist sehr nett von dir, danke. Mal sehen, ob ich Lara davon überzeugen kann. Sie lässt Sandro ungern allein.«

Sofort mischte Anna sich ein. »Aber Sandro kennt dich noch nicht besonders gut, oder Maggie?«

»Nein, aber gegen Ende des Urlaubs hat er bestimmt ein wenig mehr Vertrauen zu mir aufgebaut. Außerdem versteht er sich gut mit Nico.«

Anna schien es nicht gewohnt zu sein, dass man ihr widersprach. Sie lehnte sich mit einem Seufzen in ihrem Stuhl zurück, als wäre sie überrascht, dass andere Menschen auch eine Meinung hatten. Kurz schien sie zu überlegen, wie sie mich in die Schranken weisen konnte, ließ es aber bleiben, und nahm ihre Handtasche. »Komm, Massimo. Zeit zu gehen.«

Noch hatte ich mich zurückgehalten, aber egal, wie viele Vorträge Anna mir über die Gepflogenheiten der Farinellis hielt, vergaß sie dabei eins: In meinem Kopf war ich immer noch Teil der Familie Parker. Und die war noch nie besonders gut darin gewesen, blinden Gehorsam zu leisten.

Als sie weg waren – Anna hatte den Kopf bei unserem Verabschiedungsküsschen so weit abgewandt, dass sie praktisch über die eigene Schulter geschaut hatte – nahm mich Nico in den Arm. »Der Urlaub wird toll, versprochen. Sobald wir in Italien angekommen sind, wird Mum sich auch wieder etwas entspannen.«

Ich ließ mich in einen Ohrensessel plumpsen und schwang die Beine über die Lehnen, jetzt wo Anna nicht mehr da war. Sie hatte die Angewohnheit, alle in ihrem Umfeld zu ermahnen: Sandro solle gefälligst aufrecht sitzen, Sam die Schuhe ausziehen und nicht einmal Nico war davor gefeit, dass sie ihm in den Ohren lag, wenn er es wagte, in seinem eigenen verdammten Haus die Jacke über den Stuhl zu hängen.

Nico schenkte mir ein Glas Wein ein und massierte mir die Schultern. »Du bist ganz angespannt.«

»Tut mir leid. Ich will nicht undankbar klingen. Als Einzelkind bin ich es einfach nicht gewohnt, in einer großen Familie zu leben. Ich habe mir immer Geschwister gewünscht, aber ich hatte ja keine Ahnung, dass man dann ständig im Konkurrenzkampf steht.«

»Massimo ist schon in Ordnung, aber er ist gern das Alphatier. Als Kind war es ein Albtraum. Egal was ich hatte, er wollte es. Mein Fahrrad, meinen Action Man, sogar meine Freunde. Und wenn wir exakt das gleiche hatten – er wollte meins.«

»Und das macht dir nichts aus?«

»Ich habe mich daran gewöhnt. Das meiste ist sowieso nur Gerede. Mittlerweile sind wir füreinander da. Als er und Dawn sich getrennt haben, weil sie keine Kinder wollte, hat ihn das tief getroffen. Zum ersten Mal musste er die Erfahrung machen, nicht das zu bekommen, was er wollte. Er hat sich verloren gefühlt und wir haben ihn oft zu uns eingeladen.«

Bei den Worten »wir« und »zu uns« zuckte er kurz zusammen.

Ich lächelte tapfer. »Schon gut. Ich weiß, dass du schon einmal verheiratet warst.«

Er zog mich zu sich. »Ja, aber manchmal ist es mir unangenehm. Du sollst nicht denken, dass ich dich weniger liebe als ... nun ja ...«

»Oh nein, das würde ich niemals denken«, versicherte ich ihm schnell und wurde leicht rot, weil er meine Gedanken gelesen hatte.

Nach einem kurzen Moment fuhr er fort. »Jedenfalls kümmert sich Massimo wundervoll um Francesca und unterstützt sie bei ihren Schwimmwettkämpfen. Natürlich interessiere ich mich auch dafür, aber mit den Einzelheiten des Trainings kennt er sich einfach besser aus.«

Ich konnte mich nicht zurückhalten, auch wenn es sich vielleicht gemein anhörte. »Es ist klasse, dass er so in Francescas Leben involviert ist, aber vielleicht sollte er seinem eigenen Sohn auch ein bisschen Aufmerksamkeit schenken.«

Ich erzählte Nico alles über das Drama des heutigen Nachmittags und von meinem Hundetrainingsplan für Lupo.

»Sei nur vorsichtig. Lara sollte nicht riskieren, dass jemand gebissen wird. Warum tut sie so, als würden wir sie verurteilen? Ich habe keine Ahnung, was in dieser Frau vorgeht. Dawn war so freundlich und offen und Lara ist eine richtige Kratzbürste.«

Er streichelte mir über den Kopf.

»Du würdest es mir sagen, wenn du ein Problem hättest,

oder? Du sollst auf keinen Fall etwas runterschlucken, nur weil du Angst hast, was ich davon halten könnte.«

Ich sah betreten zu Boden und dachte an die Schmuckschatulle auf dem Dachboden. Aber es ging nicht darum, was Nico von *mir* denken könnte.

Nun lag die Entscheidung bei mir, welche Ehefrau schlecht dastehen würde. Schönen Dank auch, Caitlin.

FÜNFZEHN

LARA

Maggie hielt ihr Versprechen. Ausgerüstet mit Hundeflüsterer-Ratgebern, ziemlich streng riechender Wurst und einer schrillen Trillerpfeife, die mich jedes Mal fast zu Tode erschreckte, nahm sie Lupos – und Sandros – Hundetraining in Angriff. Gleich nach der Schule, jeden Tag. Ich war zugegebenermaßen etwas eifersüchtig darauf, wie leicht es Maggie fiel, meinen Sohn aus der Reserve zu locken. Ließe ich Sandro auch nur einen Bruchteil ihrer Übungen machen, würde er sich sofort mit Stift und Papier in sein Zimmer verkriechen und mich damit in eine Sackgasse manövrieren, in der ich Massimo bei Laune halten müsste, indem ich sein Leibgericht *Spaghetti alle vongole* kochte, seine Anzüge in die Reinigung brachte und alle zwei Tage die Bettwäsche wechselte. Alles, um seine Aufmerksamkeit von Sandro abzulenken.

Maggie hatte ein echtes Händchen für Sandro. Sie blieb stets gelassen und machte ihm deutlich, dass sie an ihn glaubte und es ganz normal war, Fehler zu machen, bis man etwas gelernt hatte. Ihre ruhige, sachliche Art schien auf Sandro abzufärben. Nachdem er sich anfangs kreischend hinter Maggie und Sam versteckt hatte, sobald Lupo auf ihn zugelaufen kam, überzeugte Maggie ihn davon, den Hund mit der Pfeife zu sich zu rufen und ihm ein Leckerli zu geben. Nach zwei Monaten, in denen ich penibel darauf geachtet hatte, Lupo niemals mit Sandro alleine zu lassen, verlangte es mir alles ab, nicht dazwischenzugehen und »Vorsicht!« zu rufen.

Schließlich war ich immer noch die Tochter meines Vaters.

Im nächsten Schritt sollte Sandro das abendliche Füttern übernehmen. Die Zeiten, in denen ich die Futterschüssel im Hauswirtschaftsraum füllte und aus dem Zimmer hechtete, sobald ich den Hund hineinließ, waren vorbei. Maggie beschloss, dass Lupo ab sofort nur auf Kommando an sein Futter durfte.

Ein Pfiff, Sitz, Bleib, Friss – das war die neue Routine. Beim Spielen im Garten sollte Sandro den Ball exakt zehn Mal werfen und dann wegpacken, auch wenn Lupo weiterspielen wollte. »Du hast das Sagen, Sandro. Du allein bestimmst, wann und wie lange der Hund spielen darf.« Eine weitere ihrer eigenwilligen Regeln besagte, dass der Mensch immer vor dem Hund durch die Tür gehen musste.

Doch es schien zu funktionieren. Nach einem Monat war das Hundetraining keine reine Überlebensstrategie mehr, sondern machte wirklich Spaß. Sam schmiedete sogar schon Pläne, Lupo zum nächsten Gewinner von *Das Supertalent* zu machen.

Trotzdem spürte ich, dass Maggie nicht verstand, warum ich Massimo nicht gebeten hatte, den verdammten Hund loszuwerden, obwohl er eine Gefahr für unseren Sohn darstellte. Manchmal, wenn wir Sam und Sandro dabei beobachteten, wie sie Lupo neue Kommandos beibrachten, bohrte sie nach. »Hat Massimo wirklich nie etwas von Lupos aggressivem Verhalten bemerkt? Hast du ihm erzählt, dass er Sandro praktisch ins Baumhaus gejagt hat?«

Maggie war so aufrichtig besorgt, dass ich ihr fast die Wahrheit anvertraut hätte: Wenn ich es wagte, Massimos Entscheidungen zu hinterfragen, würde er mir das Leben zur Hölle machen. Ihm zu widersprechen war eine unverzeihliche Respektlosigkeit, die schreckliche Konsequenzen nach sich ziehen würde.

Statt Lupo abzugeben, könnte er beschließen, dass Sandro einfach mit unterschiedlichen Hunderassen in Berührung kommen musste. Das sähe ihm ähnlich. In meinen schlimmsten Albträumen malte ich mir aus, wie Massimo mit einer Schar kläffender Hunde aus dem Tierheim durch die Tür spazierte. Die Mitarbeiter würden sich überschlagen vor Begeisterung über diesen herzensguten Mann, der sich nicht davor scheute, auch den »schwierigsten Problemhunden« ein Zuhause zu geben, obwohl er mich und Sandro in Wahrheit nur bestrafen wollte, weil wir zu ängstlich waren.

Maggie würde mir nicht glauben. Wer würde das schon? Wer würde so etwas von Massimo denken, der einem jeden Wunsch von den Augen ablas, der Frauen die Tür aufhielt und ihnen den Stuhl zurechtrückte, dem die neue Frisur oder der Gewichtsverlust sofort auffiel, der sich an die Namen aller Kinder, Sommerreiseziele und Eltern erinnerte? Von dem liebenden Schwiegersohn, der ein Vermögen für die bestmögliche Pflege meines Vaters bezahlte und immer abwinkte, wenn er dafür Bewunderung erntete? »Das ist doch das Mindeste. Ich würde alles dafür tun, damit Lara es nicht so schwer hat.«

Man würde mich für verrückt erklären. Die Zweifel stünden den Leuten ins Gesicht geschrieben. »Also ich kann mir das beim besten Willen nicht vorstellen, du etwa? Bestimmt hat sie sich das alles nur ausgedacht.«

Würde ich nicht selbst jede verdammte Sekunde in dieser Scheinwelt leben, würde ich es vermutlich auch nicht glauben. Keine Frau mit einem Funken Verstand würde mit so einem Mann zusammenbleiben.

Das hatte ich zumindest früher gedacht.

Als Maggie mich vor einiger Zeit gefragt hatte, warum wir

uns einen Hund statt einer neuen Katze geholt hatten, wäre mir fast herausgerutscht, was wirklich mit Misty geschehen war. Ein Teil von mir wollte herausfinden, wie unbegreiflich die Wahrheit für andere Leute wirkte, während sie mich kaum erschütterte. Nach all den Jahren des Irrsinns war mein moralischer Kompass so durcheinander, dass ich mittlerweile Dinge normal fand, für die andere einen Termin beim Psychiater vereinbart hätten.

Ich stellte mir vor, wie sich Maggies Gesichtsausdruck von leichter Verwunderung zu purem Entsetzen wandelte, wenn ich ihr von jenem Tag erzählte. Massimo war zu spät für ein Treffen mit einem Klienten gewesen und ich sollte sein Auto waschen. »Soll ich dort etwa aufkreuzen wie ein Bauer mit seinem Scheißtraktor?«

Ich spritzte gerade die Reifen mit dem Gartenschlauch ab, als ich etwas unter der Radkappe entdeckte. Ich zog es heraus und rollte es zwischen den Fingern hin und her. Weiches, graues Fell. Ich beugte mich hinunter und inspizierte den Reifen genauer. Auf der Felge klebte getrocknetes Blut.

Ich ließ mich auf den Asphalt sinken. Schmutziges Wasser durchtränkte meine Jeans, aber es war mir egal. Massimo hatte mich glauben lassen, dass er mit mir fühlte und sich auch Sorgen um Misty machte. Dabei hatte er die ganze Zeit über gewusst, dass sie nicht zurückkommen würde.

Dann dachte ich an Massimos abfälligen Blick, wenn Misty ihn angefaucht oder gekratzt hatte.

Ich stürmte ins Haus und rannte die Treppe nach oben ins Schlafzimmer. Massimo packte gerade seine Hemden in den Koffer und strich mit präzisen Bewegungen die Ärmel zurecht.

Ich brachte es kaum über die Lippen. Wie sollte ich etwas in Worte fassen, das so unaussprechlich war, dass mein Verstand es nicht einmal als vage Vermutung zulassen konnte?

»Du hast Misty überfahren, stimmt's? Ich habe etwas von ihrem Fell an deinem Reifen gefunden.«

Ich hoffte, dass Massimo es bestreiten, vielleicht sogar über meinen Vorwurf lachen würde. Doch er sah mich ausdruckslos an. »Das blöde Vieh ist mir weiter oben an der Straße direkt vors Auto gelaufen.«

»Du Mistkerl. Du verdammtes Arschloch. Das hast du mit Absicht gemacht! Weil sie dich nicht ausstehen konnte und uns geliebt hat. Und du ... du hast es nicht ertragen.«

Ich hatte Massimo noch nie beschimpft. Bei jedem Streit hatte ich einfach so lange geschwiegen, bis Massimo sich wieder beruhigt hatte.

Innerhalb weniger Augenblicke verblasste sein leicht amüsiertes Lächeln über den Wutanfall seiner sonst so kleinlauten Ehefrau, und er verzog das Gesicht zu einer spöttischen Fratze, unter der man das attraktive Äußere, das er der Welt so gerne präsentierte, nur noch erahnen konnte. Doch mir war alles egal. Ich würde ihn verlassen. Zusammen mit Sandro.

Massimo kam einen Schritt auf mich zu. »Wie war das?«

»Ein Arschloch, ein gottverdammtes Arschloch.« Ich merkte, wie mein Mut nachließ. Statt der Wut, die vorhin noch in meiner Stimme mitgeschwungen war, machte sich nun Angst breit.

Er kam noch näher. Ich zwang mich dazu, den Blickkontakt zu halten. Meine Knie wurden weich, aber ich würde nicht nachgeben. Ich musste an Dad denken. Bei jedem gemeinsamen Spaziergang ging er außen an der Straßenseite entlang und ich innen, für den unwahrscheinlichen Fall, dass eine Pferdekutsche durch eine Pfütze an uns vorbeibrausen und mich nassspritzen würde. Ich dachte an seine Hand auf meinem Rücken und diese kleine, unscheinbare Geste, die mir so viel Geborgenheit gegeben hatte. Daran, wie er bis weit in meine Zwanziger die Außenbeleuchtung angelassen hatte, wenn ich unterwegs war und erst ins Bett ging, wenn ich sicher wieder zu Hause war. Und trotz seines Zustands nahm er noch heute bei jedem Besuch meine Hand und bat mich, auf mich aufzupassen.

Die Wahrheit würde ihn umbringen.

Es war an der Zeit, mir klarzumachen, dass Massimo sich niemals ändern würde. Ich stellte mir vor, wie Misty schwerverletzt um ihr Leben kämpfte und eine neue Welle der Wut schwappte über mich. »Die ganze Zeit hast du zugelassen, dass wir nach Misty suchen, obwohl du wusstest, dass sie tot ist? Wo ist sie? Was hast du mit ihr gemacht? Wie ist sie gestorben?«

»Ich hab sie am Kopf erwischt. Sie war sofort tot. Hab sie in den Sammelcontainer am Ende der Straße geworfen.« Er sagte es so unbefangen, als ginge es um eine Packung Cornflakes, die er unabsichtlich umgeworfen und den Inhalt auf dem Küchenboden verstreut hatte.

Ich zitterte am ganzen Körper und Tränen stiegen mir in die Augen. Und dann äußerte ich jenen Satz, den ich mir so lange immer wieder innerlich vorgesagt hatte, in dem Glauben, niemals den Mut aufzubringen, ihn tatsächlich auszusprechen.

»Ich verlasse dich.«

Massimo lachte kalt, ein grauenvolles, kehliges Lachen.

Plötzlich packte er mich und warf mich aufs Bett. Während ich mich wild strampelnd unter ihm wand, hielt er meine Arme über meinem Kopf fest und beobachtete selbstgefällig meine verzweifelten Befreiungsversuche. Er genoss es sichtlich, der Stärkere zu sein.

»Nein, das wirst du nicht. Du liebst mich zu sehr«, sagte er und führte meine rechte Hand zu seinem Schritt. Vor Schock vergaß ich einen Moment meinen Kampfgeist. Massimo öffnete mit der einen Hand meine Jeans, während er mir mit der anderen sanft eine Haarsträhne aus dem Gesicht strich.

Ich sammelte so viel Speichel, wie ich konnte und spuckte ihm ins Gesicht. Dann richtete ich mich auf und vergrub die Zähne tief in seinem Kinn. Wutentbrannt schrie er auf und ließ von mir ab. Ich hechtete Richtung Treppe, aber ich war zu langsam. Massimo sprang auf und knallte die Tür zu.

Er lehnte sich dagegen, wischte sich die Spucke von der Wange und betastete sein Kinn, auf dem kleine halbrunde Bissspuren zu erkennen waren. »Du Miststück. Du kannst mich nicht verlassen. Egal wohin du gehst, ich werde dich finden. Und wenn du auch nur den leisesten Versuch startest, schnappe ich mir Sandro und ziehe mit ihm nach Italien. Die Firma will seit Jahren, dass ich die italienische Zweigstelle leite. Ein Anruf und wir sind für immer weg. Ich habe Sandros Reisepass versteckt, wo du ihn niemals finden wirst.«

Ich starrte ihn an und überlegte verzweifelt, ob der Pass im Safe gewesen war, als ich zuletzt meine Diamantkette zurückgelegt hatte. Massimo bestand darauf, dass ich sie zu Firmenveranstaltungen trug: »Oder willst du wie die Frau eines Hausmeisters aussehen?«

Ich versuchte verzweifelt, mich an irgendetwas zu klammern. »Sandro wird niemals mit dir gehen. Ich werde um ihn kämpfen. Und wenn ich mir einen Anwalt suchen und vor Gericht gehen muss.«

Massimo fuhr sich übers Kinn. »Du hast wirklich keine Ahnung, wie die Behörden in Italien arbeiten, oder? ›Oh, tut mir wirklich leid, ich habe die Frist verschwitzt, ich brauche noch mehr Zeit für die Unterlagen.‹ Eine strategisch platzierte Bemerkung, ein kurzes Gespräch mit meinem Freund, der am Gericht arbeitet, Verzögerungen, Verfahrenseinstellung. ›Sandros Mutter ist labil, sie hat nach der Geburt jahrelang Antidepressiva genommen ... sie ist handgreiflich geworden, ich habe Angst um die Sicherheit meines Sohnes.‹ Sandro sitzt im Flieger, bevor du deinen lächerlichen kleinen Sorgerechtsantrag überhaupt stellen kannst.«

Es verschlug mir die Sprache. Dieser Mistkerl wollte die Antidepressiva gegen mich verwenden, die ich überhaupt erst auf seinen Wunsch hin genommen hatte. Er war derjenige, der mich zum Arzt geschleppt und dort behauptet hatte, ich wäre der Situation nicht gewachsen. Damals war ich bereit gewesen, alles zu tun, damit Massimo nicht mehr so wütend auf mich war, weil mir das Muttersein so schwerfiel. Im Nachhinein betrachtet hätte es wahrscheinlich ausgereicht, einfach ein paar Nächte durchzuschlafen.

Verzweifelt stürzte ich Richtung Safe. Ich brauchte Gewissheit. Würde der Kampf um Sandros Reisepass die nächsten Jahre unseres Lebens bestimmen?

Doch Massimo packte mich und hielt mich fest. Er sah mich mit einem Ausdruck an, den ich noch nie an ihm gesehen hatte: Schock. Er schien fassungslos, dass ich mich gegen ihn auflehnte und er meinen Kampfgeist nicht völlig gebrochen hatte. Ich nahm all meine Kraft zusammen, und setzte dazu an, die scharfen Kanten meiner Wut wie giftige Stachel in seinem Herzen zu versinken.

»Was würde deine Familie wohl von dir denken, wenn sie dein wahres Gesicht sehen könnten? Du solltest Anna hören, wenn sie beim Einkaufen ihren Freundinnen von dir erzählt. ›Mein Massimo würde alles für seine Familie tun. Als mein Mann gestorben ist, war er mein Fels in der Brandung. Und er ist so ein toller Vater. Hilft mit, wo er nur kann.‹ Was sie wohl sagen würde, wenn sie herausfindet, was für ein Tyrann ihr geliebter Sohn in Wahrheit ist? Denkst du etwa, Nico würde dich noch in die Nähe von Francesca lassen, wenn er wüsste, dass du ein völlig Irrer bist, der Katzen überfährt, weil sie ihn nicht leiden können?«

Er verzog den Mund zu einem höhnischen Grinsen. Doch seine anfängliche Siegessicherheit wich schnell einem unsicheren, fast ängstlichen Ausdruck.

»Das würdest du nicht wagen. Niemand würde dir glauben. Blut ist dicker als Wasser.«

Plötzlich riss er schwungvoll die Schlafzimmertür auf. »Nach dir, meine Liebe. Ich werde gleich ein paar Fotos von meinem Kinn schießen. Falls ich vor Gericht Beweismaterial brauche.«

Oh ja, ich fragte mich wirklich, was Maggie von einem Mann halten würde, der zuerst unsere Katze überfuhr und dann einen Hund kaufte, um seiner eigenen Frau Angst einzujagen.

SECHZEHN

LARA

Die Woche verging zu schnell. Ehe wir uns versahen, war es schon wieder Donnerstag, jener Tag, der wie eine dunkle Gewitterwolke über meinem und Sandros Kopf schwirrte. Ich dachte an Maggie. Sie wäre niemals schon am Dienstag zusammengezuckt, weil übermorgen wieder Donnerstag war – und damit Zeit für die gefürchteten Schwimmstunden. Ich wünschte, ich wäre mehr wie sie. Aufgeweckt. Optimistisch. Selbstbewusst. In der Lage, für jedes Problem eine unkomplizierte Lösung zu finden.

Lupo hatte dank Maggie große Fortschritte gemacht. Sie stattete uns noch immer regelmäßig Besuche ab, und half Sandro dabei, den Hund zu bremsen, wenn er mal wieder etwas zu wild wurde. Aber ich wollte ihre Hilfe nicht schon wieder in Anspruch nehmen. Sie hatte wirklich genug zu tun, musste sich an das Leben mit einer neugierigen Schwiegermutter und einer jugendlichen Stieftochter gewöhnen, sich um ihre Ehe und ihren Sohn kümmern und nebenbei ihr Geschäft am Laufen halten.

Selbst wenn ich sie um Rat fragte, könnte sie mir vermutlich nicht helfen. Denn niemand auf der Welt könnte

Sandros Angst vor Wasser auf magische Weise einfach wegzaubern.

Es war nicht besonders hilfreich, dass die Wände des Gästezimmers mit Schwimmmedaillen und Fotos von Preisverleihungen tapeziert waren, auf denen Massimo in die Kamera grinste und triumphierend die Arme in die Luft riss.

Sandro hatte schon als Baby bei jedem Bad einen Schreikrampf bekommen und Massimo hatte mir vorgeworfen, meine eigenen Ängste auf unser Kind zu projizieren. »Das ist deine Schuld. Du bist immer so ängstlich, das überträgt sich auf ihn.« Er war davon überzeugt, dass Sandro ohne meine negative Ausstrahlung irgendwann eine Olympiagoldmedaille im Schwimmen gewinnen würde.

Als Sandro drei Jahre alt war, nahm Massimo die Sache selbst in die Hand und beschloss, dass unser Sohn Schwimmunterricht brauchte.

»Er muss es lernen, bevor er komplett den Mut verliert.« Und wie immer war Massimo der Mann der Stunde. Ganz der fürsorgliche Familienvater und ehemalige Profischwimmer, meldete er Sandro für den Kleinkinder-Schwimmunterricht an, den er ab sofort jeden Samstagmorgen mit ihm besuchen würde. Ich begleitete sie zur ersten Einheit – ein großer Fehler. Als ich Massimo mit Sandro durchs Schwimmbad schlendern sah, war ich zunächst schon etwas stolz darauf gewesen, einen so gutaussehenden Mann zu haben. Muskulös, braun gebrannte Haut und das krasse Gegenteil zu den anderen Männern im Erwachsenenschwimmbereich mit ihren Bierbäuchen und Tattoos. Ich beobachtete, wie die anderen Mütter in der Schwimmgruppe ihre Badeanzüge zurechtzupften und den Bauch einzogen, als Massimo zu ihnen stieß. Sie waren sichtlich begeistert von diesem Prachtexemplar eines modernen Mannes, der sich mit Schwimmflügeln herumschlug, damit seine glückliche Ehefrau sich mit Freundinnen zum Kaffeetrinken treffen könnte.

Doch meine Stimmung schlug schnell in Panik um, als Sandro das Wasser berührte. Sofort fing er an zu brüllen. Massimo gab sich wirklich Mühe und versuchte, Sandro abzulenken – »Guck-guck! Hier kommt das Vögelchen!« –, aber es half nichts. Während die anderen Zwei- und Dreijährigen fröhlich mit den Beinchen strampelten und manche sogar erste Sprünge vom Beckenrand wagten, schrie unser Sohn wie am Spieß. Mit jeder Minute versteinerte sich Massimos Miene mehr.

Immer wieder warf er mir böse Blicke zu, als brachte ich Sandro mittels Telepathie dazu, lauter zu kreischen. Schließlich schlug die Schwimmlehrkraft vor, dass sie es einfach nächste Woche noch einmal versuchen sollten. Also kletterte Massimo mit Sandro aus dem Pool und winkte den Damen zum Abschied lächelnd zu, die sofort lange Gesichter machten. Ich hatte es schon oft beobachtet: Ohne Massimo, der nun stirnrunzelnd Richtung Fußdusche ging, fehlte ihnen das Zentrum der Aufmerksamkeit. Ziellos schwirrten sie umher wie ein Haufen wuselnder Ohrenkneifer, die nach Jahren unter einem Blumentopf plötzlich dem Sonnenlicht ausgesetzt wurden.

Massimo wollte sich die Niederlage nicht eingestehen, obwohl Sandro sich schon an mich klammerte, sobald Massimo ein Handtuch in eine Tasche packte. »Kein schwimmen, Mummy, nein, zuhause bleiben.« Doch Massimo kannte kein Erbarmen und blieb zuversichtlich, dass Sandro schon bald seine ersten Schwimmabzeichen in der Hand halten würde.

Drei Monate und ein schreckliches Kaka-Missgeschick später verschwand Massimos gutgelaunte Stimmung zusammen mit Warzenpflastern und Haaren in der Filteranlage des Schwimmbads. Stattdessen warf er mir vor, Sandro zu sehr verwöhnt zu haben. Es läge nun also allein in meiner Verantwortung, dass er schwimmen lernte. Während der nächsten Jahre versuchte ich immer wieder, Massimo mit Zeitungsartikeln über Olympiasieger, die erst im Schulalter Schwimmen gelernt hatten, zu besänftigen. Besondere Erwähnung fand ein britischer Goldmedaillengewinner, der so große Angst vor Wasser gehabt hatte, dass er nicht einmal in eine volle Badewanne hatte steigen können. Doch, wie Massimo so gerne betonte: Farinellis waren keine Angsthasen. Sie waren mutig, zielstrebig und die geborenen Sieger. Sobald Francesca ihm ihren neuesten Pokal zeigte, sah er sich nach seinen ersten Glückwünschen dazu bemüßigt, ihr zu erzählen, dass Sandro den perfekten Körperbau für einen professionellen Schwimmer hatte und er und Francesca ein tolles Team wären, wenn er älter war.

Doch mittlerweile war Sandro sieben Jahre alt und Massimo verlor endgültig die Geduld.

Trotzdem hatte ich mich noch nicht an die traumatischen Donnerstagnachmittage im Schwimmbad gewöhnt. Es brauchte jedes Mal viel Überzeugungsarbeit, um Sandro zum Mitkommen zu bewegen. Je näher wir dem Gebäude kamen, desto ängstlicher wurde er. Wenn er es überhaupt ins Wasser schaffte, klammerte er sich mit aller Kraft an den Beckenrand und keuchte panisch, während der Lehrer Anweisungen für den Beinschlag brüllte. Viel öfter kam er jedoch gar nicht mit dem Wasser in Berührung und blieb draußen am Rand stehen, während ihm stumme Tränen über die Wangen liefen. Mir blieb nichts anderes übrig, als hilflos von meinem Platz im oberen Stockwerk aus zuzusehen. So oft war ich kurz davor gewesen, Sandro zu Hilfe zu eilen und dem ganzen Schauspiel ein Ende zu setzen. Aber ich wusste genau, dass die Erleichterung nur von kurzer Dauer wäre, sobald Massimo davon erfuhr.

Beim nächsten Gespräch über den jährlichen Familienurlaub schlug ich Massimo also vor, den Schwimmunterricht bis dahin auf Eis zu legen und den nächsten Versuch im August zu wagen, wenn wir im sonnigen Italien waren. Vielleicht wäre Sandro dann motivierter, mit der Aussicht darauf, zusammen mit Francesca und Sam im Meer schwimmen gehen zu können.

Massimos gute Laune verschwand sofort. Gerade hatte er noch vorgeschlagen, Karten für das Palio di Siena zu besorgen, jetzt schlug er mit der Faust auf den Tisch. »Weißt du, wie ich schwimmen gelernt habe? Mein Vater hat mich einfach ins Becken geworfen. Ich habe schnell gelernt, wie man den Kopf oben hält, um nicht die ganze Zeit Wasser zu schlucken. Glaube mir, wenn Sandro nicht bald anfängt, sich Mühe zu geben und weiter keine Fortschritte zeigt, werde ich im Urlaub das gleiche mit ihm machen.«

Wie immer hatte ich also alles nur noch schlimmer gemacht. Nun musste ich Sandro weiterhin jede Woche zum Schwimmunterricht schleppen und irgendwie dafür sorgen, dass er es bis zum Urlaub lernte.

Als Maggie diesen Donnerstag rüberkam, saß Sandro auf der Bordsteinkante und vergrub das Gesicht in seiner Sporttasche. »Bitte, bitte, ich will nicht, bitte zwing mich nicht.«

Ich kniete mich neben ihn und zermarterte mir das Hirn, welcher magische Satz ihn dazu ermutigen konnte, in das von ihm verhasste Schwimmbecken zu steigen. Würde ich nicht darauf bestehen, dass er zum Unterricht ging, würde sich Massimo bestimmt eine grauenvolle Strafe ausdenken, die den Nachmittag im Schwimmbad wie einen Ausflug auf den Rummelplatz erschienen ließ. »Der Junge hat zu tun, was man ihm sagt!«

Maggie schlenderte zu uns. »Lara? Alles in Ordnung?«

Ich lächelte gezwungen. »Alles bestens. Sandro hat heute nur keine große Lust auf seine Schwimmstunde. Er ist ein bisschen müde.« Ich spürte, dass er sich an mich kuscheln wollte, aber noch zögerte, falls ich ihn reinlegen und von der Bordsteinkante hochziehen wollte.

Maggie hockte sich neben ihn. »Hey, Sandro. Kannst du Fahrrad fahren?«

Er nickte.

»Schwimmen ist ein bisschen wie Rad fahren. Am Anfang

fühlt es sich so an, als würdest du es niemals ohne fremde Hilfe schaffen. Und dann, boom! Macht es Klick und du fährst einfach.«

Sandro ließ den Kopf wieder hängen. Und auch ich sackte innerlich zusammen. Ich wusste, dass Maggie es nur gut meinte. Aber seit Sandros Geburt war ich nur von Menschen umgeben, die glaubten, einen Zauberspruch parat zu haben, der Sandro auf magische Weise in das verwandelte, was sie wollten. Was Massimo wollte. Jeder hatte eine einfache Lösung auf Lager, wie Sandro stärker, mutiger, kontaktfreudiger und sportlicher werden würde. Wie er seine Ängste vor Insekten, vor anderen Menschen, vor dem Leben überwinden könnte. Aber was, wenn er einfach so war? Und er niemals dem Ideal entsprechen würde, das die Gesellschaft von ihm verlangte?

Ich zwang mich zu einem Lächeln und verdrängte den quälenden Gedanken, dass *ich* Sandro, beeinflusst durch meine eigene Erziehung und die gut gemeinten Warnungen meines Vaters, zu dem übervorsichtigen Jungen erzogen hatte, der er war. Sogar während meines Studiums hatte ich den Rat meines Vaters beherzigt und weiter zuhause gewohnt, obwohl ich deshalb jeden Tag zur Uni nach London pendeln musste. Seiner Ansicht nach war es eine Schnapsidee, mich hoch zu verschulden, um dann erst recht in einer Bruchbude leben zu müssen. »Außerdem ist London nachts nicht sicher.« Wie immer war ich die Außenseiterin, die abends zum Bahnhof hetzte, während der Spaß für die anderen gerade erst losging.

Ich wollte Sandro gerade vom Gehsteig hochziehen, als mein Handy klingelte. Sicher Massimo, der sich vergewissern wollte, ob wir schon unterwegs waren.

Aber auf dem Bildschirm leuchtete die Nummer von Dads Pflegeheim. Ich sprang auf. Mein Herz raste. Das konnte nichts Gutes bedeuten.

»Mrs Farinelli? Ihr Vater ist gestürzt und hat sich am Knöchel verletzt. Der Arzt ist bei ihm, aber wir wissen noch nicht, ob etwas gebrochen ist. Jedenfalls zeigt sich Ihr Vater nicht besonders kooperativ und fragt ständig nach Ihnen.«

»Um Gottes Willen.« Mir wurde schwindelig und ich hatte die böse Vorahnung, dass mir die Zeit davonlief. Ich hatte Dad noch so vieles zu sagen, bevor das wenige, das von ihm übrig war, völlig verschwand. Ich hatte Massimo so oft gebeten, mit mir zum Pflegeheim zu fahren, aber er war immer zu beschäftigt gewesen. Ich musste hin. Jetzt. Ich überlegte, wie weit ich mit meinen zehn Pfund im Portemonnaie käme, und sah rüber zu Maggie. Sie saß noch immer neben Sandro. Vielleicht könnte sie mir Geld leihen.

Sie schaute hoch. »Gibt's ein Problem?«

Ich erzählte ihr alles. »Ich muss den Bus nehmen. Kannst du vielleicht ein paar Stunden auf Sandro aufpassen, während ich weg bin?«

»Mit dem Bus? Ist das Heim nicht mitten im Nirgendwo, in der Nähe von Worthing? Das dauert doch Ewigkeiten!«

»Ja, aber Massimo ist heute in London. Er kann mich nicht fahren. Es wird schon klappen mit dem Bus.«

Ich kannte weder den Fahrplan, noch wusste ich, wie weit ich mit zehn Pfund käme. Ich überlegte, wie ich ihr erklären sollte, warum ich nicht einfach zum Geldautomaten ging. Die Wahrheit könnte ich ihr jedenfalls nicht sagen: Als ich das letzte Mal ein Taxi genommen hatte, um Dad zu besuchen, hatte mir Massimo meine Kreditkarten weggenommen, zerschnitten und mir mit einer der scharfen Kanten das Wort »Schlampe« in den unteren Rücken geritzt, bis ich blutete. Danach wollte ich ihn endgültig verlassen, doch dann bekam Sandro eine Bronchitis. Massimo war so besorgt gewesen, hatte Sandro jeden Tag zusammen mit mir gepflegt, einen Luftbefeuchter gekauft und mit Ärzten telefoniert, und in der Aufregung hatte ich den richtigen Moment verpasst. Als es Sandro endlich besser ging, hatte ich keine Kraft mehr, um mich gegen Massimos Entschluss aufzulehnen, mir ein tägliches Taschengeld auf dem Frühstückstisch zu hinterlassen, geschweige denn, meine Sachen zu packen und neu anzufangen.

Meine Gedanken rasten. Ich müsste so tun, als hätte ich meine Handtasche verloren. Ich spürte Panik in mir aufsteigen, als ich mir vorstellte, wie aufgebracht und verwirrt Dad sein musste, weil sich seine eigene Tochter nicht einmal dann um ihn kümmerte, wenn er Schmerzen hatte. Doch bevor ich mich und meinen Mangel an Geld erklären konnte, ergriff Maggie das Wort. »Ich kann dich gerne fahren, wenn dir eine Fahrt in meiner alten Schrottkarre nichts ausmacht. Sandro bringen wir zu meiner Mum. Dann holen sie Sam gemeinsam vom Fußballtraining ab und kommen wieder hier her.«

»Nein, nein, das ist doch viel zu umständlich.«

Maggie legte mir die Hand auf den Arm. »Ist gar kein Problem. Komm, los geht's.«

Sandro schaute drein, als sei der Knöchelbruch seines Großvaters das beste Weihnachtsgeschenk seit langem.

Ich wusste, was Massimo davon halten würde. Ich spürte förmlich, wie sich seine Finger in meinen Oberarm bohrten und dort fünf runde blaue Flecken hinterließen. Er würde mir so nahekommen, dass ich riechen könnte, was er zu Mittag gegessen hatte. »Es ist dir also wichtiger, deinen scheiß Vater zu sehen, der sich nicht mal daran erinnern kann, dass du da warst, als unserem Sohn beizubringen, nicht zu ersaufen?«

Und ich würde schweigen. Genauso wie Sandro.

»Lara?«, fragte Maggie sanft, aber leicht irritiert. »Wollen wir los?«

Ich zögerte. »Ich will dir keine Umstände machen. Vielleicht sollte ich mit Sandro wie geplant ins Schwimmbad und danach einfach warten, bis Massimo nach Hause kommt. Dann fahren wir eben später. Mein Vater ist bei den Ärzten gut aufgehoben.«

»Es ist wirklich kein Problem«, sagte sie etwas entnervt. »Mach es mir zuliebe.« Sie wandte sich an Sandro. »Und du hast bestimmt auch nichts dagegen, mit Beryl fleißig Kekse zu futtern, statt Hundepaddeln zu üben, oder?«

Ich konnte kaum einen klaren Gedanken fassen und fühlte mich hin- und hergerissen. Sandro richtete sich auf und schaute mich mit Rehaugen an, während Maggie eine rationale Entscheidung von mir erwartete, obwohl ich ein Leben fernab jeder Logik führte. Und zu allem Übel hatte ich das schreckliche Bild vor Augen, wie mein Vater sich mit Händen und Füßen gegen die Pfleger wehrte, während sein verwirrter Geist sich verzweifelt an die Erinnerung an seine Tochter klammerte und er nicht verstand, warum sie nicht bei ihm war.

Doch nichts davon übte eine größere Macht aus als meine Angst vor Massimo und seiner Reaktion, wenn er erfuhr, dass wir eine *Schwimmstunde* verpasst hatten.

Maggie fuhr sich durch die lockigen Haare, sodass sie noch mehr abstanden als sonst. Sie sah aus, als hätte sie ein paar Nächte unter der Brücke geschlafen. Ihr Blick wanderte zwischen mir und Sandro hin und her. Ich nickte nur und ging Richtung Auto. Maggie half Sandro auf. »Komm, vielleicht finden wir im Auto noch ein KitKat.«

Sandros Schultern lockerten sich.

Kein Wunder, dass Nico sich in Maggie verliebt hatte.

SIEBZEHN

MAGGIE

Lara auf der Straße vor ihrem Haus zu treffen, war genau die Ablenkung, die ich brauchte. In den letzten Wochen hatte Francesca, als spürte sie, dass ich etwas zu verbergen hatte, immer wieder nach der verdammten Schmuckschatulle gefragt. Ihre mürrische Grundhaltung mir gegenüber war wieder aufgeflammt und auch die Sticheleien nahmen zu. Gestern Abend hatte sie mich sogar angeschrien. »Du hast dir nicht einmal die Mühe gemacht, danach zu suchen. Sag mir einfach, wo du sie das letzte Mal gesehen hast, dann kümmere ich mich schon selbst drum. Was ist eigentlich dein Problem?«

Mein Problem war, dass ich wünschte, ich hätte das verdammte Ding nie gefunden. Diesen Nachmittag hatte ich mich zum hundertsten Mal gefragt, was schlimmer wäre: Sollte ich Francesca die Schatulle geben und riskieren, dass sie die Wahrheit über ihre Mutter herausfand, nur um dann mitansehen zu müssen, wie sie Nico nach der Gravur fragte und damit das makellose Bild seiner glücklichen ersten Ehe zerbrach und einen emotionalen Scherbenhaufen hinterließ? Oder sollte ich die Schatulle einfach wegwerfen und darauf hoffen, dass Francescas Ärger über ihr Verschwinden schon irgendwann verfliegen würde? Ich kam zu dem Schluss, dass ich auf mein Herz hören musste. Francesca und Nico hatten genug gelitten. Ich müsste einfach damit klarkommen, dass meine Stieftochter noch eine Zeitlang sauer auf mich wäre.

Ich spickte aus dem Fenster, um mich zu vergewissern, dass Annas Auto nicht in der Einfahrt gegenüber parkte. Es würde mir gerade noch fehlen, dass sie ähnlich einem allwissenden, aus seiner Kiste katapultiertem Springteufel plötzlich vor mir stand und mich auf frischer Tat ertappte. Was ich vorhatte, war im Grunde genommen Diebstahl.

Aber es musste sein.

Ich packte die Schatulle mitsamt Inhalt in eine Plastiktüte und marschierte zum großen Sperrmüllcontainer am Ende der Straße. Je näher ich kam, desto aufgeregter wurde ich. Das Herz schlug mir bis zum Hals. Ich fragte mich, woher Einbrecher die Ruhe nahmen, in fremde Häuser einzusteigen.

Ich schaute schnell nach links und rechts und musste dabei so suspekt aussehen wie jemand, der gerade ein Päckchen Kokain verstecken wollte. Ich hatte keine Ahnung, wie viel die Schatulle wert war, aber ich schätzte irgendetwas zwischen sechs- und siebenhundert Pfund. Mein Gott, mit so viel Geld könnte ich Mum einen neuen Kühlschrank kaufen. Und ihren uralten Fernseher ersetzen, der noch nicht einmal HD-Auflösung hatte. Noch nie in meinem Leben hatte ich etwas so Wertvolles in den Händen gehalten, und gleich würde es im Müll landen. Ich könnte ebenso gut einen Haufen Geldscheine anzünden. Kurzzeitig hatte ich überlegt, die Schatulle an einen gemeinnützigen Second-Hand-Laden zu spenden. Aber die Gefahr war zu groß, dass Francesca sie bei einem ihrer Shoppingtrips im Schaufenster entdeckte.

Ich warf einen zögerlichen Blick in den Container. Mit Geld konnte man nicht alles kaufen. Francescas glückliche Erinnerungen gaben ihr Halt. Das war mehr wert als ein paar hundert Pfund. Am Ende wären die Therapiestunden, die sie definitiv brauchen würde, wenn sie die Wahrheit über ihre Mutter herausfand, teurer als das verdammte Schmuckkästchen.

Ich sah mich noch einmal rasch um, dann ließ ich die Tüte in einen Spalt zwischen einem kaputten Schaukelpferd und einem alten Sofa fallen. Ein letztes Mal hörte ich das vertraute Streichorchester, wenn auch gedämpft, als die Schatulle auf dem Boden des Containers aufschlug. Sofort wurde ich in einen Strudel aus Sorgen und Schuldgefühlen gezogen, und stellte mir alle möglichen Was-wäre-wenn-Szenarien vor. Ganz zu schweigen von der leisen Stimme in meinem Kopf, die verdächtig nach meiner Mutter klang und sich fragte, wie viel ich wohl auf Ebay dafür bekommen hätte.

Doch das seltsame Aufeinandertreffen mit Lara vor unserem Haus gab mir gar keine Zeit, mir weiter den Kopf darüber zu zerbrechen. Ich hatte auch meine komischen Eigenheiten – Nico zog mich immer damit auf, dass ich beim Nähen Selbstgespräche führte – »Vielleicht silberne Pailletten neben den roten? Schwarze Spitze, das braucht es!« –, aber Lara war eine andere Hausnummer.

Mal abgesehen von ihrer schwachsinnigen Ausrede – »Wir sind zwar reich, aber ich habe nie den Führerschein gemacht« – wirkte sie seltsam unschlüssig, ob sie zu ihrem Vater fahren sollte oder nicht und schwafelte ununterbrochen irgendetwas von Sandros gottverdammten Schwimmstunden, obwohl vollkommen offensichtlich war, dass es Sandro nicht die Bohne interessierte, ob er sie verpasste. Wäre es mir wichtiger, dass Sam seinen Kraulstil perfektionierte, bevor ich sicherging, dass meine Mum nicht für den Rest ihres Lebens im Rollstuhl landete, würde sie mir die Hölle heiß machen.

Als ich Lara endlich davon überzeugt hatte, mit mir zu kommen, fuhren wir zuerst zu Mum, um Sandro abzuliefern. Ihre Reaktion, als sie ausstieg und die Sozialbauten der Hochhaussiedlung sah, erinnerte mich an das erste Mal, als ich Nico hierher mitgenommen hatte. Alles an ihr schrie »Mittelklasse« und wirkte so deplatziert wie vegane Bratwurst in einer heruntergekommenen Imbissbude. Ihr glänzendes Haar, der kunstvoll um den Hals gewickelte dunkelblaue Schal, der ganz klar keinen praktischen Zweck erfüllte, dazu der hellgrüne Cardigan mit herzförmigen Knöpfen – Lara hatte nichts von der schroffen Art der meisten Menschen, die hier lebten.

Aber ich wusste es sehr zu schätzen, wie sehr sie sich bemühte, ihr offensichtliches Entsetzen über den Uringeruch, die angeketteten Fahrradleichen und den abblätternden Lack auf den Türen zu verbergen. Es war definitiv etwas anderes als die viktorianischen Reihenhäuser, in denen wir wohnten, mit den pastellfarbenen Fassaden und dem einladenden schummrigen Licht der automatischen Außenbeleuchtung.

»Wie lange hast du hier gelebt?«, fragte Lara, als wir die Treppe zu Mums Wohnung hinaufgingen.

»Bis zu Sams Geburt. Und die letzten drei Jahre, bevor ich zu Nico gezogen bin, weil ich mir die Miete für unsere alte Wohnung nicht mehr leisten konnte.«

Ich merkte, dass es sich so anhören musste, als hätte ich Nico wegen seines Geldes geheiratet. Aber mittlerweile kannte mich Lara hoffentlich gut genug, um zu wissen, dass das nicht stimmte. Auch wenn sie es mir vermutlich nicht verübelt hätte, wenn ich nur darauf aus gewesen wäre, Sam aus der Wohnanlage zu schaffen: Sie umklammerte Sandros Hand etwas fester, als wir im Treppenhaus an ein paar Jugendlichen vorbeigingen, die der unverkennbare Geruch von Cannabis umgab.

Nur Margaret Thatchers Handtasche hätte Lara noch konservativer aussehen lassen. Sie wirkte wie jemand, der nicht wusste, ob er von diesem Abenteuer wieder heil nach Hause zurückkehren würde.

Ich drängte sie zu Mums Eingangstür, bevor wir die Grenzen

ihrer Abenteuerlust zu sehr ausreizten. Auf der anderen Seite wirkte Sandro selbstbewusster denn je. Ob es die Aussicht auf Schokoladenkekse war oder das unerwartete Entkommen vor dem Schwimmflügeltraining, wer wusste das schon.

Mum öffnete die Tür. Um den Kopf hatte sie ein Handtuch geschlungen, obwohl ich ihr extra geschrieben hatte, dass wir unterwegs waren.

Lara schaute drein, als wollte sie sich Sandro schnappen und zurück in die Vorstadt abhauen, wo es üblicher war, seine Gäste mit hausgemachten Rote-Bete-Brownies und glutenfreien Muffins zu begrüßen.

Mum machte kurzen Prozess und zog Sandro in die Wohnung, damit Lara gar nicht die Chance hätte, ihr besorgte und detailreiche Anweisungen zu geben. Wenn es nach Mum ginge, würde Sandro auf dem Sofa herumspringen und Fritten von der Pommesbude essen, wenn wir zurückkamen. »Der arme Junge. So viele Regeln, da wäre mir schon der Kopf explodiert. Wie jetzt schon darüber geredet wird, wo er studieren soll! Und dann erst die Anzahl an Seiten, die er täglich lesen muss. Wenn das so weitergeht, wird er irgendwann drogenabhängig und haut von zuhause ab.«

Ich scheuchte Lara schnell zurück zum Auto, damit sie es sich ja nicht anders überlegen konnte.

Auf halber Strecke zum Pflegeheim wirkte Lara so angespannt, als hinge sie an einem Kleiderbügel. Ständig checkte sie ihr Handy. Ich fragte mich, worüber sie sich mehr Sorgen machte: Darum, dass sie Sandro alleine mit meiner Mutter in einer ranzigen Absteige zurückgelassen hatte oder um ihren verletzten Vater. Ich versuchte, sie aufzumuntern. »Nicht mehr lang. Dein Dad hat sich wahrscheinlich schon ein bisschen beruhigt.«

»Hoffentlich. Am Telefon sagten sie, er wäre leicht aggressiv. Früher war er immer besonnen. Wahrscheinlich hat er nur höllische Schmerzen«, erklärte sie, bevor sie wieder in Schweigen verfiel.

Davor hatte ich das Quietschen, Rattern und Knarzen meines alten Ford Fiestas nicht wirklich wahrgenommen, aber in dieser unangenehmen Stille wirkte es ohrenbetäubend. Lara machte nicht den Eindruck, als wolle sie über etwas Intimeres als ihr letztes Frühstück sprechen, aber mein Bedürfnis, die Geräusche des Autos zu übertönen, ließ mich jedes Taktgefühl über Bord werfen.

»Seit wann ist dein Vater krank?«

»Ich weiß nicht genau.« Sie sah aus dem Fenster. »Er war bei meiner Geburt schon dreiundvierzig und viel älter als die anderen Väter. Meine Mum war zwölf Jahre jünger als er. Nach ihrem Autounfall hatte Dad solche Angst um mich, dass er komische kleine Ticks entwickelt hat. Zum Beispiel hat er vor jeder Autofahrt den Reifendruck überprüft. Zuhause gab es in jedem Zimmer einen Feuerlöscher und einen CO-Melder. Lächerlich große Vorhängeschlösser an Türen und Fenstern, solche Dinge. Jede Gesundheits- und Sicherheitsvorkehrung, die man sich vorstellen kann.«

Ich wollte lieber nicht wissen, was er zu Mums Angewohnheit sagen würde, ihre Kippen auf dem Gasherd anzuzünden und die Lüftungsschächte abzudichten, damit die warme Heizungsluft im Zimmer blieb.

Lara rutschte auf dem Sitz herum. Ich wartete ab. Wenn ich mich nicht irrte, war sie meiner eigentlichen Frage ausgewichen. Die Hinterreifen machten ein surrendes Geräusch. Das war neu. Lara warf einen vorsichtigen Blick nach hinten.

»Und das ist mit der Zeit schlimmer geworden?«, fragte ich etwas lauter.

Lara klammerte sich an ihrem Sitz fest, als ein Lkw vorbeizog. Ein Glück für sie, dass sie keine Ahnung vom Autofahren hatte, sonst würde ihr vom instinktiven Mitbremsen der rechte Fuß wehtun, bevor wir überhaupt an Worthing vorbei wären.

»Er hat sich im Haus verbarrikadiert. Bei jedem Besuch waren mehr Schlößer und Riegel an der Haustür als davor. Irgendwann konnte er sie nicht mehr richtig öffnen. Eines Tages, als ich mit Massimo vorbeischauen wollte, mussten wir die Feuerwehr rufen und die Tür aufbrechen lassen. Da haben wir beschlossen, dass er nicht mehr alleine zu Hause leben kann und ihm einen Platz im Pflegeheim besorgt.«

Für mich war es unvorstellbar, Mum in ein Heim zu stecken. Wenn es jemals so weit käme, würde Nico sie hoffentlich bei uns wohnen lassen.

»Wie oft besuchst du ihn?«

»Nicht so oft, wie ich gerne würde. Dad hat sich schon wahnsinnige Sorgen gemacht, wenn ich nur in ein Auto eingestiegen bin. Er wollte nicht, dass ich Autofahren lerne. Also bin ich darauf angewiesen, dass Massimo mich fährt. Aber er ist beruflich viel unterwegs und wenn er doch hier ist, dann ist er meistens zu beschäftigt. Jetzt wünschte ich natürlich, ich hätte trotzdem den Führerschein gemacht.«

Ich warf ihr einen überraschten Blick zu. »Massimo hat gesagt, du willst nicht fahren lernen, weil du so umweltbewusst bist und die Luft nicht verschmutzen willst.«

Sie runzelte die Stirn und lachte dann schallend auf. »Es ist ihm wahrscheinlich nur peinlich, dass ich mit meinen stolzen fünfunddreißig Jahren nicht einmal Gokart fahren könnte. Mache ich auf dich etwa den Eindruck, eine große Umweltaktivistin zu sein? Ich bitte dich! Ich trenne aus Sorge vor Maden nicht einmal den Biomüll.«

Ich liebte es, wenn Lara spontan herausrutschte, was sie wirklich dachte. Meistens schien sie solche Angst davor zu haben, irgendetwas zu sagen, das aus dem Farinelli-Raster fiel. Es war schön zu sehen, dass sie doch nicht so nachgiebig war, wie ich anfangs gedacht hatte.

»Es ist nie zu spät für den Führerschein. So könntest du

deinen Vater besuchen, wann du willst und wärst nicht von Massimo abhängig.«

Sie machte wieder dicht. »Oh, ich wäre sicher nicht gut im Fahren. Und außerdem hält es mich fit und schlank, alles zu Fuß zu erledigen.«

Die humorvolle Lara war wieder verschwunden. Ich verstand einfach nicht, warum sich intelligente Frauen wie sie, die einen Studienabschluss in der Tasche hatten und sich beruflich durch Zahlenreihen wühlten, um den besten Steuervorteil zu finden, so sehr von einem Mann abhängig machten und glaubten, ihre einzige Lebensaufgabe wäre es, hübsch und schlank zu sein, um ihre Ehemänner glücklich zu machen. Wie in den 1950er-Jahren. Ich hatte schon beobachtet, wie Massimo in der Mittagspause nach Hause kam und Lara ihn in einer Schürze an der Haustür begrüßte, als hätte sie den ganzen Vormittag einen Sheperd's Pie für ihn vorbereitet. Ich fragte mich, ob sie ihm Pantoffel und Hausmantel reichte, sobald er zur Tür hereinkam. Vielleicht war Nico ja insgeheim enttäuscht von seinem Schinkenbrötchen mit einer Handvoll Kirschtomaten, die es für ihn zum Mittagessen gab, wenn er von zu Hause aus arbeitete.

Nach einer halben Ewigkeit auf engen, kurvigen Landstraßen bogen wir endlich in die Einfahrt des Pflegeheims ab.

»Soll ich im Auto auf dich warten?«

Ein Schatten legte sich über ihr Gesicht. »Wäre es zu viel verlangt, wenn du mitkommst? Nur wenn er nicht schwer verletzt ist. Es würde Dad sicher guttun, mal ein neues Gesicht zu sehen. Und jemanden zum Reden zu haben, während ich das Organisatorische kläre.«

»Natürlich, kein Problem.«

Eine Mitarbeiterin des Pflegeheims, die sich als Pam vorstellte, führte uns durch die Eingangshalle. Sie versicherte Lara, dass der Knöchel nur verstaucht und nicht gebrochen sei, sie die Verletzung aber weiter beobachten würden. Lara klapperte eine beeindruckende Liste von Dingen ab, die sie wissen wollte, während Pam nickte und ihr versprach, dass sie sich sofort darum kümmern würde. Ich wäre niemals auf die Idee gekommen, nach dem Blutdruck zu fragen oder um Spezialschuhe für den Knöchel und Vitamine zur Stärkung des Immunsystems zu bitten.

Obwohl ich dank Nicos Erzählungen wusste, wie clever Lara war, hatte ich sie mir nie als knallharte Karrierefrau vorstellen können, die Flüge in der Business Class, Hotelrestaurants und einen Parkservice als selbstverständlich ansah. Diese bestimmende, pragmatische Autorität war eine völlig neue Seite an ihr, die überhaupt nicht zu der unsicheren Lara von vorhin passte: »Aber was ist mit Sandros Schwimmunterricht?«

Auch das Pflegeheim selbst war eine Überraschung für mich. Ich hatte braune Teppiche, Krankenbetten und jede Menge Schläuche erwartet, die an alten Menschen in viel zu kurzen Nachthemden hingen. In Wahrheit wirkte der Eingangsbereich eher wie die Lobby eines hochpreisigen Luxushotels, mit Vasen voller Lilien und Hochglanzmagazinen mit Werbung für teure Uhren. Trotzdem hing der unverkennbar abstoßende Geruch von Verwesung in der Luft, da half auch kein Lufterfrischer. Wieder einmal hatte ich großen Respekt vor Mum und ihrer Unempfindlichkeit diesen Dingen gegenüber, mit der sie es schaffte, auch in unangenehmen Situationen immer das Richtige zu sagen.

Pam führte uns den Flur entlang und öffnete die Tür zu einem der Zimmer. Ein kleiner älterer Herr saß in einem Ohrensessel, das einbandagierte Bein hochgelagert auf einem Hocker. Die Reaktion, als Laras Vater seine Tochter sah, hätte eigentlich gefilmt werden sollen. Er sah auf und musterte sie, dann lächelte er breit und streckte den Arm nach ihr aus. Die Szene erinnerte mich an die YouTube-Videos, die Sam sich so gerne anguckte: Wiedersehen von Hundebesitzern und ihren Hunden, die auf der Suche nach ihrem Herrchen gerade halb Australien durchquert hatten oder Babys, die glucksend lachten, sobald ihre Mutter ins Blickfeld kam.

Ich wollte nicht stören und blieb in der Tür stehen.

Lara stürzte zu ihrem Vater. »Dad, was ist passiert? Wie geht's deinem Fuß?« Sie beugte sich hinunter und umarmte ihn.

Er klammerte sich an ihr fest, als gäbe ihre Energie seinem alten, müden Körper neue Kraft. Dann nahm er ihre Hand und rief: »Meine Tochter! Meine Tochter! Wie schön! La ... La ...«

Er klopfte mit den Fingern auf die Stuhllehne, als müsste er angestrengt überlegen.

»Lara, Dad.«

Ihr Mund zuckte, als wollte sie ihrem Vater so vieles sagen, aber hatte keine Möglichkeit, sich in einer Weise auszudrücken, die er verstand. Man sah das Gefühlschaos in ihrem Gesicht, in dem sich Trauer, Liebe und Zärtlichkeit im Wechsel widerspiegelten.

Lara winkte mich zu sich. »Dad, das ist Maggie. Sie ist Nicos Frau.«

Er runzelte die Stirn. »Nico, Nico, Nico ...«

Lara gab ihm Zeit. Er überlegte konzentriert und wirkte dabei wie ein Goldgräber, der in den Untiefen seines Verstands nach einer Erinnerung schürfte.

»Du weißt schon, der Bruder meines Mannes.«

Er schüttelte den Kopf. »Dein Mann? Du bist verheiratet? Wann war die Hochzeit? Warum hast du mir nichts gesagt?«

»Das hab ich, Dad. Du warst auch bei der Hochzeit, erinnerst du dich nicht? Wir haben im Majestic geheiratet. Das große Hotel im Stadtzentrum von Brighton?«

Am liebsten hätte ich mich heimlich davongestohlen. Ich wollte nicht, dass sich dieser liebenswerte alte Mann, dessen Lächeln mich so sehr an Sandros erinnerte, vor einer völlig Fremden die Blöße geben musste, indem er preisgab, wie lückenhaft sein Gedächtnis war. Oder dass Lara sich gezwungen sah, ihre intimsten Qualen vor mir zu offenbaren.

»Aber Dad, du erinnerst dich bestimmt an Massimo, oder?«, fragte Lara. Ihre Stimme klang immer verzweifelter.

Er nahm sich ein Taschentuch und rupfte es in kleine Stücke. »Massimo, Massimo ...« Er erinnerte mich an die Greifautomaten in der Spielhalle, mit denen jemand sich den iPod schnappen wollte und die Klaue immer wieder danebengriff. Doch plötzlich richtete er sich auf und griff nach dem Gehstock, der an der Seite des Sessels lehnte. »Massimo! Massimo!«, rief er aufgebracht. Lara versuchte, ihn zu beruhigen, als eine Pflegerin hereingelaufen kam.

»Vorsicht, Mr Dalton, Ihr Fuß! Setzen Sie sich wieder hin.«

Zusammen mit Lara konnten sie ihn zurück in den Stuhl verfrachten. Es fiel mir schwer mitanzusehen, wie aufgewühlt er offensichtlich war.

Lara setzte sich neben ihn. »Nächstes Mal kommt Massimo mit. Er ist ein toller Mann. Er sorgt für uns.«

Laras Vater zupfte an seinen Ärmeln herum.

»Machen Sie nicht mehr allzu lang, er muss sich wirklich ausruhen«, flüsterte die Pflegerin.

»Ich lasse euch mal allein. Ich bin dann im Auto. Lasst euch ruhig Zeit«, sagte ich zu Lara und winkte ihrem Vater zu. »Mr Dalton, es hat mich gefreut. Ich hoffe, wir sehen uns bald wieder. Passen Sie auf Ihren Fuß auf!«

Er sah mich an, als wäre ich gerade erst zur Tür hereingekommen und grinste breit. »Auf Wiedersehen! Bringen Sie das nächste Mal Shirley mit. Meiner Frau tut es gut, Gesellschaft zu haben, bis ich wieder zuhause bin.«

Lara ließ die Schultern hängen. Sie setzte gerade erneut zu einer Erklärung an, wer sie war, als ich mich auf den Weg zurück zum Auto machte.

Zwanzig Minuten später setzte sich Lara auf den Beifahrersitz. Ihre Augen waren gerötet und sie wirkte in sich gekehrt.

Ich startete den Wagen und ließ sie mit ihren Gedanken allein. Auf halber Strecke drehte sie sich zu mir. »Ich muss Dad öfter besuchen kommen. Es geht so schnell bergab mit ihm. Ich wünschte, Massimo hätte mehr Zeit, um mich zu fahren.«

Die Lösung war so offensichtlich, dass ich mir Mühe geben musste, nicht ungeduldig zu klingen.

»Willst du, dass ich dir Autofahren beibringe?«

ACHTZEHN

LARA

Es fühlte sich an, als würde mein Herz zerbröckeln, bis nichts mehr übrig wäre als ein harter verschrumpelter Kern, der zu keinen komplexen Gefühlen mehr fähig war. Mein Vater, dessen Leben sich seit dem Tod meiner Mutter nur um mich gedreht hatte, würde in ein paar Jahren nicht mehr wissen, wer ich war.

Ich hatte Massimos Versprechen, Dad nach den Osterferien zu besuchen, nie eingelöst. Zu meiner Schande musste ich mir eingestehen, dass ich seit meinem letzten Besuch ein ganzes halbes Jahr hatte verstreichen lassen. Sechs Monate, seit ich Dads zerfurchte Hand gehalten und beobachtet hatte, wie sich der vernebelte Gesichtsausdruck lichtete, sobald er mich erkannte.

Ich ließ mich tiefer in den Sitz sinken und fragte mich, warum Dad sich so aufgeregt hatte, als Massimos Name gefallen war. Vielleicht ärgerte er sich einfach über sich selbst. Es musste sich schrecklich anfühlen, die dunklen, leeren Gänge des eigenen Verstands abzuklappern und nirgends die erleuchtende Antwort darauf zu finden, wie die eigenen Kinder hießen.

Noch hatte ich die Hoffnung, dass sich Massimo aus den richtigen Gründen für dieses Pflegeheim entschieden hatte. Meine Bedenken wegen der Kosten hatte er immer beiseitegeschoben. »Ginge es um meine Mutter, würde ich wollen, dass sie die beste Pflege bekommt. Das gleiche gilt für deinen Vater. Außerdem können wir es uns leisten.« Damals war ich so dankbar gewesen, dass Massimo darauf bestanden hatte, Dad einen Platz in einem Pflegeheim mit der bestmöglichen Ausstattung und einer großartigen Neurologieabteilung zu besorgen. »Es ist zwar etwas weiter weg, aber du willst schließlich nicht, dass er in einem staatlichen Heim den ganzen Tag vor dem Fernseher hockt und vor sich hinvegetiert, oder?«

Sein Versprechen, dass er alles dafür tun würde, damit ich Dad besuchen konnte so oft ich wollte, hatte mich beruhigt. Doch mit Dads Umzug nach »etwas weiter weg« war nur eine weitere Bezugsperson aus meinem Leben verschwunden. Ich wollte nicht nachzählen, wie oft wir uns im letzten Jahr gesehen hatten. Bestimmt war es Teil der Pflegeausbildung, ein neutrales Gesicht vor den Verwandten zu wahren, die ausschließlich in Krisensituationen aufkreuzten und es dem Personal überließen, den Bewohnern zu erklären, warum sie nie Besuch von ihren Kindern bekamen. Vielleicht war es besser, dass Dad sein Gedächtnis verlor, bevor er die Wahrheit herausfand.

Glücklicherweise war Maggie so rücksichtsvoll und ließ mich während der Fahrt mit meinen Gedanken alleine. Vor meinem geistigen Auge spulte sich eine Szene von vor zehn Jahren ab. Damals fuhr Massimo mich jeden Montag gleich bei Tagesanbruch von Brighton nach Oxford, damit ich mich mit meinen Klienten treffen konnte. Eines Tages schlug ich ihm vor, den Führerschein zu machen. Es schien sinnlos, dass er jede Woche die M25 entlangschleichen musste, nur um dann an seinem Laptop in der Hotelbar zu arbeiten, bis ich fertig war und wir wieder zurückfahren konnten. Und bis ich ihn in der Tasche hätte, würde ich einfach den Zug nehmen.

Aber er wollte nichts davon wissen. »Ich möchte nicht, dass du dein Leben riskierst. Es ist so hektisch auf den Autobahnen. Dann noch die Lkws. Ich hätte solche Angst um dich. Der Verkehr hat sich stark verändert. Als ich den Führerschein gemacht habe, war auf den Straßen viel weniger los. Heute ist es viel zu gefährlich.«

Ich fühlte mich so geschmeichelt, dass dieser charmante, attraktive Mann, der jede Frau aus unserem Büro mit links hätte haben können, um 5:30 Uhr aufstand, nur um mich umher zu kutschieren. »Du bist genau wie mein Dad. Er will mich am liebsten in Watte packen.«

Massimo klang verletzt. »Was ist so schlimm daran, dass ich die Frau, die ich liebe, beschützen will? Außerdem haben wir auf der Fahrt ganz viel Zeit zum Reden, nur wir zwei. Ich habe keinen Ort, an dem ich lieber sein will als hier mit dir. Wenn du natürlich deine Zeit lieber in der Dunkelheit auf Bahnhöfen verbringen willst, bitte schön. Meine Sekretärin bucht dir sofort ein Zugticket.«

Er verfiel in missmutiges Schweigen und ich bekam ein schlechtes Gewissen, aus Sorge, dass ich ihn nicht genug wertgeschätzt hatte. Damit konnte ich nicht umgehen. Dad hatte mir als Kind eingebläut, mich dankbar zu zeigen, wenn ich bei jemandem eingeladen war. Sein Lieblingsspruch: »Sag immer schön Bitte und Danke.« Eine seiner vielen Sorgen war es, dass die anderen Eltern mich für unhöflich hielten und ich als das seltsame kleine Mädchen ohne Mutter abgestempelt wurde, dessen Vater ihm nicht die Grundregeln der Höflichkeit beigebracht hatte.

Anstatt auf meine Unabhängigkeit zu bestehen, redete ich mir also ein, wie glücklich ich mich schätzen konnte, einen Mann an meiner Seite zu haben, der sich aufopfernd bereiterklärte, mich überall hinzufahren. Die meisten meiner Kolleginnen aus dem Büro waren darauf angewiesen, die Autobahn entlang zu hetzen oder auf Bahnsteigen zu frieren. Ich sagte mir, dass es schon irgendwann seinen Reiz verlieren würde, meinen Chauffeur zu spielen. Dann wäre immer noch genügend Zeit, um Fahrstunden zu nehmen. Das dachte ich zumindest.

Doch dann wurde Sandro geboren. Zuerst war Massimo überzeugt davon, dass ich einen Unfall bauen würde, weil mich das Babygeschrei zu sehr vom Autofahren ablenkte. Dann war er um meine Gesundheit besorgt. »Du machst weniger Sport als früher. Zu Fuß gehen hält fit. Und ich will, dass du lange lebst.« Dann nahm er meine Hand und versicherte mir, dass er mir immer zur Verfügung stand, wenn ich gefahren werden musste.

Die Jahre vergingen und es hatte sich nie die richtige Gelegenheit ergeben, das Thema Fahrstunden noch einmal aufzugreifen. Vor allem, weil es Massimo anscheinend in seiner Rolle als Versorger beleidigte und somit immer von einer unterschwelligen Anspannung begleitet wurde.

Aber die Zeiten hatten sich geändert. Mein Vater verschwand immer mehr in der Dunkelheit, während ich weit weg gestrandet war, völlig abhängig von Massimos willkürlichen Launen und seiner Bereitschaft, mich zu ihm zu fahren.

Dazu kam mir langsam die unangenehme Erkenntnis, dass Massimos gespielte Sorge um meine Sicherheit und das gönnerhafte Herumchauffieren nichts anderes war als eine weitere Möglichkeit, mich zu kontrollieren.

Sobald ich Massimo erzählte, dass ich Autofahren lernen wollte, würde er mir sofort einen Strich durch die Rechnung machen. Natürlich würde er es mir nicht offen verbieten, dafür war er viel zu durchtrieben. Stattdessen gäbe es aus heiterem Himmel irgendeine finanzielle Krise, wegen der wir kein Geld mehr für etwas ausgeben konnten, das nicht »absolut notwendig« war. Danach würde etwas Dramatisches passieren, das mich dazu zwingen würde, meine Fahrstunden zu stornieren.

All das gespickt mit Kommentaren, dass es mir an Koordination, Voraussicht und Reaktionsfähigkeit mangelte und ich die Fahrprüfung nie bestehen würde, nicht zu vergessen die ständigen Bemerkungen darüber, was mit meiner Mutter passiert war. Und am Ende würde ich mir nicht einmal zutrauen, einen Gemüseschäler zu verwenden.

Aber mein Vater brauchte mich.

Als Maggie mir also anbot, mir Autofahren beizubringen, ergriff ich die Gelegenheit sofort. Keine Ausreden mehr. Ich überlegte, wie ich den Drahtseilakt zwischen den vor mir aufgetürmten Hindernissen schaffen sollte. Ich konnte Massimo nichts darüber erzählen, weil er sich sofort irgendeine Möglichkeit ausdenken würde, mich aufzuhalten. Aber ich konnte Maggie auch nicht darum bitten, meinen Ehemann anzulügen.

»Das würdest du wirklich für mich tun?«

Maggie lachte beherzt auf, als fände sie es unterhaltsam, wie pessimistisch manche Menschen sein konnten. »Natürlich! Es wäre mir eine Freude. Mum hat nie den Führerschein gemacht, weil wir nicht das Geld hatten, und heute schränkt es sie sehr in ihrem Alltag ein. Außerdem solltest du nicht auf Massimo angewiesen sein, wenn er so oft unterwegs ist. So könntest du deinen Dad besuchen, wann immer du möchtest.«

Ich wollte auf keinen Fall so verzweifelt klingen, wie ich mich fühlte. »Super Idee, dann werde ich mich mal ans Autofahren wagen« wäre sicher eine bessere Antwort als etwas, das ebenso gut als Hilferuf eines über Bord gegangenen Passagiers der Ärmelkanalfähre durchgehen könnte, der sich verzweifelt an einen Rettungsring klammerte. Doch zu meinem Entsetzen bekam ich einen Kloß im Hals und Tränen stiegen mir in die Augen. Es war schon lange her, dass mir jemand aufrichtig helfen wollte, anstatt nur weitere Probleme zu verursachen. In Maggies Gesellschaft fühlte ich mich irgendwie so … glücklich. Ihre Lebensfreude war ansteckend, genauso wie ihre Art, die Dinge einfach anzupacken, auch wenn es schwierig werden könnte. Und tief drin wusste ich, dass sie mich auch dann mögen würde, wenn ich einfach ich selbst war und nicht die Version meiner Selbst, die sich Massimo vor zehn Jahren zurechtgeformt hatte.

Maggie fuhr rechts ran.

»Ach Gottchen, du Arme!«

Wie selbstverständlich löste sie ihren und meinen Sicherheitsgurt und umarmte mich. Meine letzte spontane Berührung mit einem anderen Menschen war lange her und ich musste mir erst bewusst machen, dass keine Gefahr bestand. Zuhause war ich ständig auf der Hut. Entweder, ich musste Massimo schnell aus dem Weg gehen oder mich auf einen anstrengenden Sexmarathon gefasst machen, der zwangsläufig auf Zärtlichkeit aller Art folgte.

Instinktiv zuckte ich kurz zusammen, doch dann ließ ich mich fallen.

Maggie streichelte mir sanft über den Kopf, während alles aus mir herausbrach. Mein Gefühlschaos und meine Wut auf mich selbst, weil ich zugelassen hatte, die Person zu werden, die ich war. Maggie wusste immer genau, was zu tun war, obwohl sie immer Dinge sagte wie: "Was weiß ich schon? Ich nähe nur Reißverschlüsse an. Du bist das Genie, Lara. Ich wünschte, ich könnte mit einem Abschluss in Wirtschaftsprüfung angeben. Dann würden mich alle bewundern und denken, ›Wow, die ist bestimmt intelligent.‹«

Ja, so intelligent, dass sie sich von Massimo davon abhalten ließ, ihren eigenen Vater zu sehen.

Ich zog mich aus Maggies Umarmung, weg von ihrer trostspendenden Wärme. Wenn ich ihr die Wahrheit erzählte, würde sie von mir erwarten, sofort meine Koffer zu packen und abzuhauen. Aber was sollte ich machen? Ich hatte kein Geld, keine Familie und dank Massimo auch keine Freunde mehr. Wohin sollte ich gehen? Welcher Ort würde Sandro nicht mindestens genauso traumatisieren wie Massimos widersprüchliches Verhalten?

Also tat ich, was ich am besten konnte. Ich schluckte meine Gefühle hinunter und ging die lange Liste an Ausreden durch, die ich normalerweise als Begründung nannte, wenn ich es gewagt hatte, meine Meinung zu sagen oder Massimo auf irgendeine andere Art gegen mich aufzubringen. »Ich bin müde.« »Sandro war heute schwierig.« »Tut mir leid, ich weiß, du hast es nicht so gemeint, ich bin heute etwas überempfindlich.« Alles, um den Hausfrieden zu wahren und eine Eskalation zu vermeiden, die nur dazu führen würde, dass Sandro mit zugehaltenen Ohren in sein Zimmer rannte oder dass Lupo anfing zu bellen und zu knurren, während Massimo ihn anstachelte, nach mir zu schnappen.

Ich räusperte mich. »Entschuldige bitte, Maggie. Ich habe überreagiert. Es ist immer ein Schock, Dad so zu sehen. Er hat geglaubt, ich wäre meine Mutter.«

Sie sah mich schief an und legte mir die Hände auf die Schultern. »Du hast nicht überreagiert. Dein Dad ist verwirrt und verletzt und das nimmt dich mit. Ist doch völlig normal. Um Himmels Willen, Lara, sei nicht so hart zu dir. Du bist ein Mensch, kein Ziegelstein.« Sie überlegte kurz. »Willst du Massimo anrufen und ihm erzählen, was passiert ist?«

Ich hatte nicht vor, ihm zu eröffnen, dass es Dad schlechter ging. »Nein, schon gut. Ich will nicht, dass er sich Sorgen macht und nach Hause kommt. Er hat in der Arbeit genug zu tun.«

Sie sah mich auf diese ganz spezielle Weise an, wie meine Freunde – früher, als ich noch welche hatte –, als wollte sie mit einem entnervten Seufzen sagen: »Lass dich nicht so herumschubsen.«

Und ich brauchte diese Freundschaft, den schwachen Funken an Normalität in diesem Wahnsinn, der sich mein Leben nannte. »Aber es wäre wirklich toll, wenn du mir Fahren beibringst. Könnte es nur vielleicht unter uns bleiben? Ich will

Massimo überraschen und mit dem Auto vorfahren, wenn es so weit ist.«

Ich hielt die Luft an und wartete, ob ich damit durchkommen würde und ich Maggie mit meinem unschuldig wirkenden Vorschlag überzeugt hatte.

Sie nickte eifrig. »Überraschungen sind immer gut, gerade wenn man meint, den Ehepartner in und auswendig zu kennen! Aber wir müssen uns in der Nebengasse treffen. Ich schwöre, Anna hat Überwachungskameras installiert, um sicherzugehen, dass ich nicht das Silberbesteck klaue.«

Ich spürte, wie ein rebellischer Funken in mir aufflammte und ein aufgeregtes Kribbeln auslöste, als strömten die Takte einer Siegeshymne durch meinen Körper, die weit entfernt begleitet von Fußstampfen und in die Luft geschwungenen Fäusten erklang. Ich würde genug Geld für einen Führerschein für begleitetes Fahren vom Lebensmitteleinkauf abzweigen, bevor ich es mir anders überlegen konnte.

Wenn Massimo merkte, dass ich bereit war, mein Leben selbst in die Hand zu nehmen und ihm die Stirn zu bieten, würde er mir mit mehr Respekt begegnen.

Da war ich mir sicher.

NEUNZEHN

MAGGIE

Die ganze nächste Woche überlegte ich, ob ich Nico erzählen sollte, dass ich Lara Autofahren beibringen würde, sobald sie ihren Führerschein für begleitetes Fahren bekam. Ich wollte nicht, dass er sofort zu Massimo rannte und die Überraschung verdarb. Doch nach der Sache mit der bescheuerten Schmuckschatulle hatte ich genug davon, ihm etwas zu verschweigen, und erzählte es ihm schließlich doch.

Er lachte. »Gott steh uns bei. Sie wird denken, auf fünf Zentimeter auffahren sei genug Abstand.«

Ich zog ihm eins mit der zusammengerollten Zeitung über. »Ihr Farinellis seid vielleicht ein Haufen Chauvinistenschweine. Es ist gut, dass Lara zur Abwechslung mal etwas für sich macht, anstatt nur Massimo und Sandro hinterher zu rennen. So kann sie ihren Vater öfter besuchen.«

Nico nahm meine Hand. »Und ich finde es großartig, dass du ihr dabei hilfst. Keine Sorge, ich schweige wie ein Grab. Massimo wird begeistert sein – und froh, dass er seine Frau nicht mehr jeden Samstag zum Supermarkt kutschieren muss.«

»Ja, das ist echt seltsam. Und überhaupt nicht zeitgemäß.«

Ich ging kurz in mich. Vielleicht war ich doch ein klitzekleines bisschen eifersüchtig, dass Massimo alltägliche Dinge mit Lara unternahm und es sogar gerne tat. Und, dass er überhaupt *Zeit* dafür hatte, im Gegensatz zu Nico, der Francesca jeden Samstag zu irgendwelchen Schwimmwettkämpfen begleitete.

Es war ein innerer Widerspruch: Einerseits wollte ich nicht, dass wir ständig aneinanderklebten, andererseits wünschte ich mir, dass Nico jede Sekunde mit mir verbringen *wollte*. Ich schüttelte den Gedanken schnell ab. Offensichtlich verursachte das Eheleben bei mir einen kleinen Dachschaden.

Nico zog eine Schnute. »Ich soll dir also nicht dabei helfen, die richtigen Blaubeeren und Himbeeren auszusuchen?«

»Gott bewahre. Vielleicht war ich zu lange Single, aber ich brauche keinen Mann, der mir sagt, welchen Salat ich kaufen soll. Es gibt ja Paare, die *alles* zusammen machen, aber Massimo und Lara sind nochmal ein anderes Level.«

»Vergiss nicht, dass Dawn ihn verlassen hat«, erklärte Nico zu Massimos Verteidigung. »Das hat ihn schwer getroffen. Er will nur seine Fehler von damals nicht wiederholen. Mit Lara gibt er sich viel mehr Mühe. Und ich glaube, sie hat es nicht leicht mit Sandro, deshalb braucht sie viel Unterstützung.«

Ich verschränkte die Arme vor der Brust. »Ich weiß, dass deine Mutter Lara gerne als absolut unfähig darstellt, aber stimmt das wirklich? Im Pflegeheim hat sie so souverän reagiert. Ich denke, sie ist kompetenter als ihr alle glaubt.«

Nico sah mich stirnrunzelnd an. »Woher kommt auf einmal die ganze Kritik an meiner Familie? Bist du etwa schon genervt von uns?«

»Sorry, so hab ich's nicht gemeint. Aber als Mutter hat man es verdammt schwer. Ständig wird man von allen Seiten verurteilt – weil dein Kind keine Erbsen isst, nicht weiß, wie man ›Onomatopoesie‹ buchstabiert oder, so wie Sandro, nicht schwimmen kann. Lara braucht einfach eine Pause. Niemand käme auf die Idee,

Massimo unter Beschuss zu nehmen. Und aus irgendeinem Grund ist es Laras Schuld, dass Sandro kein preisgekröntes Schwimmtalent ist wie Francesca oder dass er Angst vor Hunden hat.«

Nico fing an, den Tisch abzuräumen. Völlig unerwartet überkam mich das Bedürfnis, einen Streit mit ihm anzuzetteln. Ich fand es furchtbar ungerecht, dass Lara sich ständig so viel Mühe gab, alle Erwartungen zu erfüllen und niemand sah, wie überfordert sie eigentlich war.

Doch Nico war immer noch mein fürsorglicher Ehemann und verstand, worauf ich hinauswollte.

»Du hast vermutlich recht. Lara setzt sich sehr unter Druck, eine perfekte Mutter zu sein. Aber die beiden bekommen das schon hin. Wir müssen uns um unsere eigenen Kinder kümmern.«

Unsere Kinder. Wie wundervoll das in meinen Ohren klang. Vergangene Woche hatte Nico mich zum Elternsprechtag an Sams Schule begleitet. Ich hatte mich kaum darauf konzentrieren können, ob Sam nun den Unterschied zwischen Metapher und Analogie kannte, weil ich so stolz gewesen war, Nico an meiner Seite zu haben. Ich trug ihn zur Schau wie eine Siegesschärpe. Zum ersten Mal hatte ich das Gefühl, dass die Lehrer Sam nicht mehr als Sohn einer Alleinerziehenden beurteilten: kein Vater, lebt im Sozialbau, was kann man von dem Jungen schon Großes erwarten? Tief drin wusste ich, dass Sam von mir und Mum mehr Liebe und Zuneigung bekam, als die meisten seiner Klassenkameraden, deren Väter vielleicht prinzipiell anwesend waren, aber durchgehend auf ihre iPhones starrten und der Überzeugung waren, Bügeln sei Frauensache. Doch zur Abwechslung fühlte es sich gut an, jemanden an meiner Seite zu haben, den es ebenfalls interessierte, ob Sam Chancen hatte, aufs Gymnasium zu gehen. Jemand, der Bildung einen hohen Stellenwert beimaß und für den Bücher – anders als für meine Mutter - mehr zu bieten hatten als die Möglichkeit, einen gebrochenen Couchfuß zu stützen.

Die Gedanken über Laras Situation nagten an mir. Ich überlegte, ob ich mit Massimo unter vier Augen reden sollte, damit er hörte, wie aufgewühlt sie wegen ihres Vaters war. Lara schien sich selbst irgendeinen Stuss darüber einzureden, dass sie ihren Mann nicht belästigen wollte. Ich persönlich hoffte, dass Nico es wissen wollte, wenn mich etwas bedrückte. Selbstverständlich würde ich sie so oft wie möglich zu ihrem Vater fahren, aber sobald sein Knöchel verheilt war, könnte er uns vielleicht sogar hier besuchen, wenn ich Mum bat, ein wenig auszuhelfen. Sie würde sich bestimmt freuen.

Doch als ich gerade ins Bett gehen wollte, waren alle Gedanken an Lara schlagartig vergessen. Die Leiter zum Dachboden war heruntergelassen. Normalerweise klappte ich sie am Ende des Arbeitstages immer zu. Oben brannte Licht. Ich zögerte am Fuß der Leiter und stellte mir vor, wie Einbrecher mit Sturmhauben in der Luke erschienen und mit Maschinengewehren herumfuchtelten. Ich rief nach Nico. »Da oben ist jemand!« Ich hörte ein Krachen, dann fiel etwas auf den Boden. »Nico!« Er kam aus dem Bad gestürmt, mein Ritter ohne Rüstung, dafür mit gestreiftem Bademantel, und kletterte schnell die Leiter hinauf.

Ich hatte noch nie erlebt, dass Nico so laut geworden war. »Francesca! Was zum Teufel ist hier los?«, polterte er.

Als Antwort hörte ich nur ein leises Knurren, gefolgt von scharfen, dann etwas sanfteren Worten von Nico. Ich kletterte gerade nach oben, als Nico in der Luke auftauchte. »Bleib bitte unten. Ich kümmere mich um Francesca. Es scheint ein Missverständnis zu geben. Francesca denkt, du hättest eine Schmuckschatulle von Caitlin weggeworfen. Sie sagt, sie hat dich danach gefragt und du bist immer wieder ausgewichen. Aber morgen präsentiert sie ihren Schmuck in der Schule, deshalb wollte sie selbst danach suchen.«

Mein Puls beschleunigte sich. Ich dachte daran zurück, wie ich wie ein Verbrecher über die Schulter geschaut hatte, bevor die Schatulle in den Untiefen des Containers verschwunden war. Wie, um Himmels Willen, sollte ich zugeben, was ich getan hatte, ohne in diesem gigantischen Wespennest zu stochern?

Vielleicht könnte ich die Situation noch retten: »Ich hab wirklich überall gesucht, aber ich befürchte, die Schatulle ist unbeabsichtigt in einem der Kartons gelandet, die ich zum Second-Hand-Laden gebracht habe. Es tut mir wirklich leid, ich besorge eine neue.« Mir wurde schwindlig beim Gedanken daran, wie lange ich arbeiten müsste, um die Schatulle zu ersetzen.

Aber ich hatte mein Versprechen gebrochen. Jetzt war es an mir, es wieder gut zu machen. Als wir an jenem Morgen den Dachboden aufgeräumt hatten, hatte ich Francesca versprochen, nichts wegzuwerfen, ohne sie zu fragen. Ich hatte darauf gepocht, dass sie sich nicht dafür schämen müsste, Sachen ihrer Mutter aufzubewahren. Bis auf Lara wusste niemand in der Familie, wie es war, seine Mutter in jungen Jahren zu verlieren, und Francesca müsste ihren eigenen Umgang damit finden, wie auch immer er aussah. Damals hatte ich natürlich nicht damit gerechnet, unter Caitlins Sachen einen Blindgänger zu finden, der Francescas Erinnerungen an ihre Mutter in tausend Stücke sprengen könnte.

Ich hörte ein merkwürdiges Knirschen über mir, als Francesca und Nico über den Dielenboden liefen, den ich weiß gestrichen und mit Bootslack versiegelt hatte. Zuerst konnte ich das Geräusch nicht zuordnen. Dann fiel es mir wie Schuppen von den Augen. Sie hatte den alten Setzkastenschrank umgeworfen, in dem ich all meine Perlen, Pailletten und Schmucksteine aufbewahrte. Ein buntes Sammelsurium, das ich mir über Jahre hinweg mühevoll auf Trödelmärkten, Auktionen auf Ebay und in Second-Hand-Shops zusammengesucht hatte. Meine eigene kleine Schatzkammer, achtlos auf den Boden geworfen und mit Füßen getreten. In diesem Augenblick hasste ich Francesca. Ich hatte es so satt, die Erwachsene zu sein, ihr unsägliches Verhalten einfach hinzunehmen, mir jede Bemerkung zu verkneifen und Nico das Reden zu überlassen. Ja, es tat mir leid, dass ihre Mutter tot war und ich sie nicht ersetzen konnte. Und in diesem Moment tat es mir auch leid, dass die Farinellis überhaupt ein Teil meines Lebens waren. Aber sogar meine Geduld war irgendwann überstrapaziert. Wenn ein dreizehnjähriges Mädchen mutwillig mein Atelier zerstörte, obwohl ich sie nur davor beschützen wollte, die Wahrheit über die locker sitzenden Höschen ihrer verstorbenen Mutter zu erfahren, war die Grenze erreicht.

Ich wollte nach oben stürmen und Nico anschreien, weil er so verdammt blind gewesen war. Wie konnte er nicht bemerken, dass sich seine Frau jedes Mal, wenn sie mit ihren verdammten Operngläsern abdampfte, heimlich mit irgendeinem Typen traf und Earl Grey schlürfte, während Nico seelenruhig im Gartencenter ackerte und nichts anderes im Sinn hatte, als schnell den Preis für die Geranien zu senken, bevor sie verblüht waren?

Doch obwohl ich rasend vor Wut war, wusste ich innerlich, dass ich mein Wissen über Caitlins Vertrauensbruch nie als Waffe missbrauchen würde. Egal wie sehr Sams Vater mich enttäuscht hatte, ich hatte von Anfang an gewusst, auf wen ich mich da eingelassen hatte – auf einen verantwortungslosen, draufgängerischen Frauenhelden, der das Wort »Treue« nicht einmal in seinem Wortschatz hatte. Trotzdem hatte ich mich nach der Trennung todunglücklich in den Schlaf geweint, und mich, mit meinem Neugeborenen auf dem Arm, gefragt, wie das Leben weitergehen sollte.

Es müsste noch viel schmerzhafter sein, so über eine scheinbar perfekte Frau zu denken, die eine eigene Schublade für Kleiderbürsten, Schuhanzieher und Büroklammern gehabt hatte. Der Gedanke allein beruhigte mich jedoch nicht wirklich. Vor allem, als Nico vom Speicher kam und fast schon zufrieden aussah.

Er sprach etwas leiser. »Francesca entschuldigt sich für das Chaos, das sie oben angerichtet hat. Aber wir haben richtig Fortschritte gemacht. Sie ist endlich bereit, Caitlins Grab zu besuchen. Sie denkt, es wird ihr helfen.«

Ich starrte ihn entgeistert an, als wäre ihm ein zweiter Kopf gewachsen. Sie hatte mein Atelier zerstört, verdammt nochmal. Der Ort, an dem ich mein Geld verdiente, war völlig verwüstet, und Nico stellte es so dar, als wäre es ein Triumph? Ich musste mich mit jeder Faser meines Körpers an meine emotionale Reife klammern, um nicht selbst zum Kleinkind zu werden. Ich wollte nichts lieber tun, als in Francescas Zimmer zu rennen, jedes Poster von der Wand zu reißen, alle Nagellackfläschchen durchs Zimmer zu pfeffern, bis ihr Zimmer aussah wie ein Gemälde von Jackson Pollock, um zum krönenden Abschluss noch ein paar Daunenkissen zu zerreißen.

Als ich vor der Hochzeit ausprobiert hatte, wie das Wort »Stiefmutter« aus meinem Mund klang, hatte ich mich in meiner neuen Rolle immer als gelassen und kumpelhaft gesehen. Ich hatte mir vorgestellt, wie Francesca ihren Freundinnen gegenüber sagen würde: »Meine Stiefmutter ist so cool. Ich hab echt Glück gehabt.« Ich wollte die Stiefmutter sein, die Picknicks plante und Tage am Strand, an denen wir uns an den Händen hielten und über die Wellen sprangen oder an den Klippen der Seven Sisters Drachen steigen ließen, während unser Lachen im tosenden Wind unterging. Obwohl Francesca ihre Mutter selbstverständlich nie vergessen würde, hatte ich mir immer gewünscht, dass ich ihr Leben in irgendeiner Form bereichern würde.

Stattdessen saß ich hier und schluckte den heißen Ball der Wut hinunter – der wahrscheinlich auf seinem Weg in den Magen ein paar Arterien vergiftete, was mich in einem noch jungen Alter umbringen würde – und biss die Zähne zusammen, als wollte ich eine Kröte in meinem Mund verstecken. »Wie schön. Dann räumen wir eben morgen auf.«

Offenbar war ich bis jetzt zu gutmütig gewesen. Es war an der Zeit, mein inneres Biest rauszulassen.

ZWANZIG

MAGGIE

Am nächsten Morgen hatte niemand gute Laune außer Sam, der fragte, ob er eine Party zu seinem elften Geburtstag schmeißen dürfe.

»Massimo hat seine Hilfe angeboten, Mum. Er meint, er kennt ganz viele Spiele und er bereitet auch alles alleine vor, wenn du keine Zeit hast.«

Ich wusste nicht genau, ob ich mich ärgern sollte, dass Massimo Sams Erwartungen geweckt hatte oder dankbar, dass inmitten dieser vertrackten Situation mit Francesca wenigstens eine Person an Sam dachte. Er beschwerte sich nie, aber es schien lange her zu sein, dass ich ihm meine volle Aufmerksamkeit geschenkt hatte. Als wir noch bei Mum gewohnt hatten, hatten wir viel mehr Zeit miteinander verbracht, zusammen ferngesehen, gequatscht, einfach gelebt. Im Moment war ich so damit beschäftigt, eine Beziehung zu Francesca aufzubauen, dass es sich anfühlte, als hätte ich nur Zeit dafür, ihm ab und zu im Vorbeigehen über den Kopf zu streicheln – »Alles klar, mein Schatz?« –, dabei aber nie lange genug stehen blieb, um die Antwort abzuwarten. Vielleicht war es nicht schlecht, wenn er sich ein wenig von mir abnabelte und Beziehungen zu anderen aufbaute, die ihm eine Welt hinter meinem begrenzten Horizont zeigen konnten.

Doch falls Sam überhaupt bemerkte, dass ich ihm nicht mehr so viel Aufmerksamkeit schenkte wie früher, hatte es jedenfalls keinen negativen Effekt auf sein Selbstvertrauen. Er blieb hartnäckig. »Kann ich eine Fußballparty haben, Mum? Bitte, bitte!«

Angesichts der allgemein kühlen Stimmung am Frühstückstisch schien es gerade nicht der richtige Zeitpunkt zu sein, um Pläne für eine Geburtstagsparty zu schmieden, die Fußballspielen zwischen Nicos wertvollen und mühevoll gehegten Pflanzen beinhaltete.

»Lass uns bitte später darüber reden, Liebling. Ich muss gerade über was anderes nachdenken.«

Zum Beispiel, wie ich mich jemals in dieser Familie zurechtfinden sollte, die so unberechenbar war wie diese Wasserfontänen, die in keiner bestimmten Reihenfolge ansprangen, sondern mal dahin tröpfelten, um dann wieder einen Strahl wie aus einem Feuerwehrschlauch loszulassen, der mir den Boden unter den Füßen wegriss, gerade als ich dachte, ich hätte mich angepasst.

Francesca hatte sich nicht bei mir entschuldigt und Nico hatte sie auch nicht dazu gezwungen. Gestern Nacht war ich so aufgebracht gewesen. Wir waren mir nichts dir nichts schlafen gegangen, Nico hatte sich an mich gekuschelt und mir versprochen, dass sich alles klären würde und Francesca es vielleicht leichter fiele, unsere Ehe zu akzeptieren, sobald sie den Friedhof besucht hatte. Aber heute Morgen, während ich noch mit dem Reißverschluss meiner Jeans kämpfte, hatte Nico – perfektes Timing, typisch Mann – gefragt, was *wirklich* mit der Schatulle passiert war. Sein Unterton gefiel mir nicht. Es war als würde er glauben, ich hätte sie heimlich durch das Fenster im Flur einem Kleinkriminellen zugesteckt. Natürlich war ich in diesem Fall tatsächlich schuldig – aber ich konnte es nicht fassen, dass er die Möglichkeit überhaupt in Betracht zog.

Er sah mich stirnrunzelnd an. »Ich habe die Schatulle noch auf deinem Arbeitstisch gesehen, dann war sie irgendwann weg. War jemand anderes oben, der sie hätte einstecken können?«

Ich wusste nicht, ob er allen Ernstes Sam oder Mum meinte oder ob er dachte, ich hätte die Schatulle selbst gestohlen. Vielleicht wollte er auch nur mögliche Szenarien ausschließen. Eigentlich sollte ich nicht vom Schlimmsten ausgehen und darauf vertrauen, dass er mir nichts Böses wollte. Stattdessen wurde ich von einer Welle des Zorns überrollt. Caitlin hatte mir das verdammt nochmal eingebrockt und jetzt musste ich sie auch noch decken.

»Herrgott nochmal, ich hab keine Ahnung, wo sie ist! Ich hab sie zur Seite gelegt und sie muss irgendwie in einen der Müllsäcke gerutscht sein. Warum ist eigentlich alles immer meine Schuld, wenn es nicht so läuft, wie Francesca es will?«

Vor Schreck schwiegen wir beide. Noch nie hatte ich Francesca so offen angegriffen, egal wie sehr sie mich provoziert hatte. Selbst wenn sie sich wie eine verwöhnte Göre verhalten hatte, hatte ich ihr Verhalten immer entschuldigt. »Sie hat so viel durchgemacht.«

Doch langsam beschlich mich das Gefühl, dass wir bald in einem großen Scherbenhaufen stehen würden, wenn ich nicht im Alleingang alle Interessen der Familie Farinelli wie Teller in der Luft jonglieren würde.

Nico stand einfach da und band sich die Krawatte. Er sah müde und erschöpft aus.

Ich war wütend die Treppe nach unten gestapft. Sollte Nico doch glauben, was er wollte. Ich geriet in Versuchung, in den Sperrmüllcontainer zu steigen und nach der Schatulle zu wühlen, bis ich sie fand – und mit ihr all die Tickets für die Oper, die kleinen Liebesnotizen und Menükarten. Dann würde ich ihm die Beweise für Caitlins geheimes zweites Leben präsentieren. »Schau mal, wie die perfekte Ehefrau und Mutter *wirklich* war.«

Aber so ein Mensch war ich nicht.

Hoffentlich.

Schließlich dampfte Francesca Richtung Schule ab. Sie trat ohne Schirm und Regenmantel hinaus in den Sommerregen. Sam drückte mich, dann hüpfte auch er aus der Tür. Er hatte wohl gar nicht bemerkt, dass etwas nicht stimmte, ganz in Gedanken über das Fußballtrikot der Nationalmannschaft, das Massimo ihm zum Geburtstag versprochen hatte. Zum Glück konnte zumindest eine Person in dieser Familie mich und Sam leiden. Nico wirkte bei seiner Verabschiedung spürbar distanziert. »Ich bin so gegen sechs Uhr wieder da. Dann helfe ich dir auf dem Dachboden.«

Ich legte den Kopf auf die Tischplatte und überlegte, was ich tun sollte. »Zwischen den Stühlen«, war alles, woran ich denken konnte. Gerade als ich auf den Dachboden gehen wollte, um mir das Chaos anzusehen, das ich gestern von der fünften Leitersprosse aus nur erahnen hatte können, klingelte es. Durch die Milchglasscheibe sah ich die Umrisse eines Regenmantels, der wie ein kleines türkisfarbenes Zirkuszelt aussah.

Ich riss die Tür auf. »Mum! Alles in Ordnung?«

»Dachte, ich schneie mal kurz rein. Bin auf dem Nachhauseweg von Daphne.«

»Daphne?«, fragte ich stirnrunzelnd.

»Die alte Dame, die glaubt, die Deutschen kommen. Du weißt schon. Bisschen plemplem.«

»Ich erinnere mich. Komm rein. Du hast Sam gerade verpasst, er ist schon zur Schule.«

»Sam sehe ich oft genug, nur von dir brauche ich langsam ein Passfoto im Geldbeutel.«

Ich bekam ein schlechtes Gewissen. »Ich weiß, tut mir leid.

Es war nur … viel los.« Ich stutzte. Ich konnte ihr nicht gestehen, wie schlecht es momentan lief. An manchen Tagen sehnte ich mich so sehr nach unseren gemeinsamen Abenden: Alle drei auf dem Sofa vor dem Fernseher, auf dem *Deal or No Deal* lief und wir überlegten nacheinander, was wir wohl mit dem Hauptpreis anstellen würden.

Mum sagte immer dasselbe. »Ich bin wunschlos glücklich. Nur, dass du dir mit Sam irgendwo was Eigenes aufbauen kannst, das wär schön. Vielleicht ein kleines Erbe, damit ich weiß, wenn ich nicht mehr bin, ist für euch vorgesorgt. Und ein feiner Kerl für meine Maggs wär auch ganz nett.«

Dann zogen Sam und ich sie damit auf, dass sie mit Ende fünfzig ja schon mit einem Bein im Grab stand, und Mum kitzelte Sam, während Mr Emerson in der Wohnung über uns umherschlurfte und eine Gruppe Jugendlicher draußen gegen die Mülltonnen trat, und ich würde mich überglücklich fühlen, weil ich zu Hause war.

Ich brachte es einfach nicht übers Herz, ihr zu erzählen, dass nicht alles Gold war, was glänzte, auch wenn sich ihr Wunsch für uns erfüllt hatte. Ich konnte ihr kaum in die Augen sehen. Mum würde sofort erkennen, dass etwas nicht stimmte.

»Wie wär's mit einem Tee?«, fragte sie. Sie hatte noch immer den Mantel an und machte keine Anstalten, selbst in die Küche zu gehen und den Wasserkocher einzuschalten, wie sie es normalerweise tun würde.

»Lässt du den Mantel an?«

»Ich will keine Unordnung machen.«

»Sei nicht albern. Gib her.«

Ich half ihr aus dem Mantel und führte sie in die Küche. Sie ließ den Blick durchs Zimmer wandern, bis sie die neue Siebträgerkaffeemaschine entdeckte, ein zischendes, surrendes Edelstahlmonster, das Nico sich vor kurzem gekauft hatte. »Ich habe diese Woche ein paar Deluxe-Pavillons und Rasentraktoren verkauft, das muss gefeiert werden.« Die Maschine hatte so viel gekostet wie Mums Monatsmiete. Obwohl sie keine Ahnung hätte, wie viel man für ein Gerät ausgeben konnte, nur um »Kaffee wie in Italien« zu kochen, war sie auch nicht auf den Kopf gefallen.

»Nicos neues Spielzeug«, erklärte ich mit einem gezwungenen Lachen. »Du weißt ja, was für eine Wissenschaft er aus Kaffeekochen macht. Willst du einen?«

»Nur wenn du Zeit hast.«

Ich ließ die Schultern hängen. »Mum, komm schon. Für dich hab ich immer Zeit.«

Tränen stiegen mir in die Augen. Normalerweise kam meine Mutter fröhlich zur Tür herein und hatte tausend neue Geschichten über ihre Patienten auf Lager, aber heute stand sie irgendwie neben sich. Neben dem Wirrwarr aus Haken und Ösen auf dem Dachboden, der Auseinandersetzung mit Nico, ganz zu schweigen von meinen Problemen mit Francesca, gab mir meine schmollende Mutter endgültig den Rest.

»Es tut mir leid, dass ich mich so selten gemeldet habe. Ich hatte viel um die Ohren, mit dem Aufbau der Schneiderei und meinem neuen Kundenstamm.«

Mums Laune besserte sich sofort. »Ist die Werkstatt fertig? Darf ich mal sehen?«

Ich schaltete die Kaffeemühle ein, um mir einen Moment zum Nachdenken zu geben. »Fast fertig. Zur feierlichen Eröffnung wirst du natürlich noch eingeladen.«

Mum wüsste genau, wie sie Francesca aus dem emotionalen Abseits holen könnte, selbst nach dem Drama um das verschwundene Schmuckkästchen. Sie fand immer die richtigen Worte. Sogar die Hooligans auf dem Hof der Hochhaussiedlung schubsten einander aus dem Weg, um sie vorbeizulassen und hielten sich in ihren Gesprächen mit den schlimmsten Kraftausdrücken zurück, sobald Mum mit einem »Hallo, meine Lieben« angestiefelt kam. Als wären sie keine harten Jungs, sondern pflichtbewusste Pfadfinder, allzeit bereit, Müll aufzusammeln und Autos zu waschen.

Doch als ihre einzige Tochter, auf der all ihre bescheidenen Träume und Hoffnungen lagen, brachte ich es einfach nicht über die Lippen: »Die ganze Sache mit dem Bund fürs Leben läuft eher bescheiden.« Ich konnte mir noch nicht einmal eingestehen, dass Francesca mich so sehr hasste, dass sie absichtlich etwas zerstört hatte, das mir so wichtig war.

Ich reichte Mum den frisch gebrühten Kaffee und sah belustigt zu, wie offensichtlich sie sich zurückhalten musste, nicht auf den Boden der Tasse zu schauen, um die Marke herauszufinden.

Ich lächelte. »Hast du wieder etwas auf dem Flohmarkt verkauft?«

Mum klatschte in die Hände. »Erinnerst du dich an den komischen kleinen Hocker in der Wohnzimmerecke? Mit der Pflanze? Ein älterer Herr hat ihn mir letzten Samstag für fünfzehn Pfund abgekauft. Hab Sam die Hälfte davon gegeben. Für neue Torwarthandschuhe.«

»Das wäre nicht nötig gewesen. Du sollst dir auch mal was gönnen.«

Mum sah mich über den Tassenrand hinweg an. »Ich *will* Sam verwöhnen. Er ist schließlich immer noch mein Enkelkind, oder?«

Ich hatte Mum noch nie so schnippisch erlebt. »Niemand hat das Gegenteil behauptet, Mum! Was hab ich dir denn getan?«

Und meine Mutter, die sonst selbst an den dunkelsten Tagen immer eine gewissen Lebensfreude ausstrahlte, brach in Tränen aus. Ich hatte sie nicht mehr weinen sehen, seit wir unseren bissigen Jack Russell Terrier vor zehn Jahren hatten einschläfern müssen. Hoffentlich waren Sam und ich nicht der Auslöser. Sie zog ein Taschentuch aus dem Ärmel, das ich als eine Serviette von McDonald's wiedererkannte, von denen sie bei jedem Besuch mit Sam einige mitgehen ließ.

»Sorry, tut mir leid Maggs. Ich bin nicht gekommen, um dir die Ohren voll zu heulen. Ich freue mich für dich, wirklich. Wahrscheinlich vermisse ich euch einfach nur. Ohne euch ist es schon etwas einsam.« Ich hatte erwartet, dass sie sich freuen würde, endlich wieder ihre Wohnung für sich zu haben. Doch als ich mir vorstellte, wie sie alleine auf dem Sofa saß und mit niemandem über die grauenhaften Baisers herziehen konnte, die ein Kandidat bei *The Great British Bake Off* fabriziert hatte, fühlte ich mich schuldig, weil ich so egoistisch gewesen war, einfach auszuziehen, ohne großartig darüber nachzudenken. Ich wollte selbst losheulen.

Mum rieb sich nervös die trockenen Stellen an den Knöcheln, als wäre sie unsicher, ob unsere Beziehung es aushalten würde, was sie mir eigentlich zu sagen hatte. Sie schniefte. »Ich glaube, du schämst dich für mich, jetzt wo du eine Farinelli bist. Deshalb willst du nicht, dass ich zu Besuch komme.«

»Das habe ich doch nie gesagt!« Ich wappnete mich dafür, gleich zu erfahren, was ich schon wieder falsch gemacht hatte.

»Wann hast du mich zum letzten Mal angerufen und eingeladen?«

»Du gehörst zur Familie. Da braucht es keine Extraeinladung. Komm einfach vorbei, ganz egal wann.«

Ich erkannte ein Muster. Als ich das letzte Mal mit meinen Freundinnen abends um die Häuser gezogen war, hatten sie mich damit aufgezogen, dass ich wohl ihre Nummern gelöscht hatte, so selten wie ich mich meldete. Es hatte mir einen kleinen Stich versetzt, auch wenn ich wusste, dass ich nicht mehr so häufig unterwegs war wie früher. Aber war das nicht bei allen Verheirateten so? Sonst hätte ich gleich Single bleiben können.

Mum schüttelte nur den Kopf und ich spürte einen Stein im Bauch. Wir gingen uns manchmal auf die Nerven, aber einen wirklichen Streit hatten wir noch nie gehabt. Und ich wollte nicht, dass wir jetzt damit anfingen, wo es in meinem Leben bergauf ging. Oder zumindest bergauf gehen sollte.

»Du sagst zwar, dass ich immer willkommen bin. Aber wenn ich hier bin, heißt es nur: Häng deine Jacke auf, nimm dir einen Untersetzer, wasch dir vor dem Kochen die Hände, pass auf, dass du das Glas nicht umwirfst. Ich bin kein fünfjähriges Kind, dass kein Glas Wasser trinken kann, ohne etwas zu verschütten.«

Ich seufzte und mein Ärger verflog langsam. Wo sollte ich anfangen? Wie sollte ich ihr erklären, wie belastend es für mich war, ständig auf Caitlins Sachen aufzupassen, damit Francesca niemals behaupten könnte, dass ich oder meine Familie etwas zerstört hatte, das ihr wichtig war, sei es ein Tisch, ein Glas, eine Schüssel oder ein verdammter Kaffeelöffel? Wie sollte ich beschreiben, wie unangenehm es war, wenn Anna zu Besuch kam, und missbilligend auf Sams Haufen aus Schuhen, die halb vollen Einkaufstüten, die ich noch nicht ganz ausgeräumt hatte, die offenen Kugelschreiber auf dem Küchentisch und die schmuddelige zweite Ehefrau ihres Sohnes herabblickte? Dass ich den ganzen Tag hinter mir und Sam herräumte und trotzdem immer das Gefühl hatte, wir waren mit unserer Unordnung wie ein nerviger Kieselstein im Schuh der Farinellis?

Es ging nicht darum, dass Mum nicht hierhin passte.

Sondern ich tat es nicht.

Ich nahm ihre Hand. »Es tut mir leid, dass ich dir das Gefühl gegeben habe, unerwünscht zu sein. Ich denke, wir müssen uns alle erst an die neue Situation gewöhnen. Du, Sam und ich waren so lange ein Dreiergespann und ich stehe ein bisschen zwischen den Stühlen, weil ich es allen rechtmachen will.«

Das war noch untertrieben. Ich fühlte mich eher wie ein

zum Zerreißen gespanntes Bungeeseil, das gleich jemandem das Auge ausschlagen würde.

Mum entspannte sich sichtlich. »Weißt du, Daphnes Sohn fährt mit ihr für die ersten zwei Augustwochen in den Urlaub und ich habe zwei Wochen frei. Ich hab alles gespart, was ich mit den Flohmarktverkäufen verdient habe. Genug für einen Wohnwagen in Cornwall. Vielleicht wäre Nico einverstanden, wenn du, Sam und ich zusammen in den Urlaub fahren?«

»Natürlich wäre er das. Er will schließlich auch, dass wir Zeit zusammen verbringen. Und ich muss ihn auch nicht vorher um Erlaubnis bitten ... wir führen eine gleichberechtigte Beziehung.«

Sogar Mum war anscheinend der Meinung, ich müsste vor Dankbarkeit vor meinem Mann auf die Knie fallen, weil er mich geheiratet hatte. Dachte überhaupt *irgendjemand*, dass Nico dankbar sein konnte, *mich* zu haben? Aber Mum war viel zu aufgeregt über unser kleines Cornwallabenteuer, dass sie meinen scharfen Tonfall gar nicht bemerkte.

»Wir könnten uns das Eden Project ansehen – ich glaube, ich kann meine Tesco-Punkte für Tickets eintauschen – und ich hab im Fernsehen einen Beitrag über Surfer gesehen, vielleicht will Sam das mal ausprobieren? Es gibt auch so viele hübsche Strände. Bisschen Sonne tanken, wer braucht da schon Urlaub am Mittelmeer.«

Da klingelte etwas. Mist. Toskana. Die ersten zwei Augustwochen.

Mum pries gerade Scones aus Cornwall als die besten an und überlegte laut, einen Windschutz zu mieten, falls es zu stürmisch war. Ich brachte es nicht übers Herz, ihr zu sagen, dass wir doch nicht mitfahren konnten. Nicht jetzt. Nicht, wenn sie ohnehin schon das Gefühl hatte, dass ich auf sie herabsah.

Andererseits konnte ich nicht zulassen, dass sie weiter

Pläne schmiedete und die Enttäuschung nur noch größer ausfiel. Mir wurde heiß. Ich musste es hinter mich bringen.

»Mum, es tut mir total leid, aber mir ist gerade eingefallen, dass Sam und ich für die ersten zwei Augustwochen in der Toskana sind.«

Sie sah mich entgeistert an. Ich hätte ebenso gut sagen können, dass wir mit einem Privatjet in die USA fliegen. »In der Toskana?«

Ich nickte und verkniff mir die Information, dass wir in einem echten Schloss wohnen würden.

Ein seltsamer Ausdruck trat auf ihr Gesicht, als entfernten Sam und ich uns immer mehr von ihr. Ich wollte zurückrudern und sie zu uns ins Boot holen, damit sie nicht als unfreiwilliger Zuschauer dieses Lebens, das sie nicht teilen konnte, zurückgelassen wurde.

Weshalb mir wahrscheinlich der nächste Satz herausrutschte, bevor ich darüber nachdenken konnte. Die Idee war völlig irre, eine Ausgeburt meiner Unausgeglichenheit und ein Vorschlag, der unweigerlich eine Katastrophe nach sich ziehen würde.

»Warum kommst du nicht einfach mit?«

EINUNDZWANZIG

LARA

Nach fünf Tagen hielt ich meinen Führerschein für begleitetes Fahren in den Händen. Mein erschrockenes Gesicht blickte mir auf der Scheckkarte entgegen. Ich hatte damit gerechnet, dass die vorläufige Fahrberechtigung sicher erst nach einigen Wochen eintrudeln würde. Das Geld dafür hatte ich Massimo abgeluchst, indem ich behauptet hatte, Sandro bräuchte es für einen Schulausflug. Unter großen Schuldgefühlen hatte ich Sandro in meinen vermeintlichen Plan eingeweiht und ihn gebeten, mich zu decken, damit die Überraschung für Dad gelingen würde.

Ich machte mich auf den Weg in die Stadt, bevor ich die Nerven verlieren konnte. Die magnetischen L-Tafeln versteckte ich hastig in der Handtasche, als hätte ich einen Stringtanga im Leoparden-Look gekauft, den niemand sehen sollte. Danach ging ich schnurstracks zu Maggie und war etwas nervös, ob sie es sich vielleicht anders überlegt hatte. Als sie mich rein ließ, erschrak ich. Sie sah aus, als hätte sie eine Woche lang nicht geschlafen.

»Alles in Ordnung?«

Diesmal war sie diejenige, die in Tränen ausbrach.

»Was ist passiert?« Verlegen schaute ich mich im Flur um. Ich wollte sie umarmen, aber ich war so aus der Übung, was Freundschaften und zwischenmenschliche Interaktionen anging. Bei der Arbeit war ich wegen Trennungen, Abreibungen vom Chef und gescheiterten Kinderwunschbehandlungen als Trostspenderin regelmäßiger Gast auf der Frauentoilette gewesen. Doch jetzt war ich so damit beschäftigt, die Kontrolle über mein Leben zu behalten, dass ich zu dem Trugschluss gekommen war, alle anderen wären rundum glücklich und zufrieden.

Maggie erzählte mir, was gestern Abend passiert war.

»Oh mein Gott. Was sagt Nico dazu? War er sauer?«, fragte ich.

»Ich glaube, er versteht nicht, wie wichtig die Arbeit für mich ist. Ich verdiene sehr viel weniger als er, und auf andere macht es wahrscheinlich den Eindruck, dass ich nur ein paar blöde Knöpfe annähe. Aber ich will meinen finanziellen Beitrag leisten. Es denken sowieso schon alle, dass ich nur auf Nicos Geld aus bin.« Sie schluchzte leise.

Ich schämte mich, dass ich mich auf Annas Machtspielchen eingelassen hatte. »Niemand denkt so etwas.«

»Das ist lieb von dir, Lara. Aber ich kann dir mindestens eine Person nennen, die das anders sieht. Zumindest bei dir und Massimo fühle ich mich willkommen.«

Zum Glück hatte sie nicht gehört, wie Massimo reagiert hatte, nachdem Sandro herausgerutscht war, dass er letzte Woche nicht seinen Schwimmunterricht, sondern Beryl besucht hatte. »Die fette Kuh von nebenan heckt also den großartigen Plan aus, unseren Sohn in einer Drogenhöhle abzuladen, während ihr loszieht, um einen alten Sack zu besuchen, der nicht mal weiß, welches Jahr wir haben, und du machst auch noch mit?«

»Soll ich dir beim Aufräumen helfen?«, fragte ich sie.

»Ich hab keine Ahnung, wie schlimm der Schaden ist. Bis

jetzt habe ich mich nicht dazu durchringen können nachzusehen.«

»Dann lass uns jetzt hochgehen. Komm schon, sobald alles wieder ordentlich ist, wird dein Ärger verfliegen.«

Maggie lächelte schwach. »Danke. Und sobald wir fertig sind, fahren wir irgendwo an den Stadtrand und beginnen mit deinem Formel-1-Training.«

Als ich Maggies Werkstatt sah, hätte ich beinahe aufgeschrien. Wie musste sie sich dann erst fühlen? Andererseits ließ sich Maggie nicht so leicht aus der Fassung bringen. Sie schloss die Augen und atmete tief durch. Dann reichte sie mir einen Setzkasten.

»Könntest du hier bitte alle blauen und grünen Perlen und alle Strasssteine einsortieren?«

Eine Zeitlang räumten wir stumm nebeneinander auf, bis ich es nicht mehr aushielt.

»Gab es einen bestimmten Auslöser für Francescas Verhalten? Als ich euch das letzte Mal zusammen gesehen habe, hatte ich den Eindruck, ihr versteht euch ganz gut.«

Ich erinnerte mich daran zurück, wie die beiden die Köpfe über einem Schnittmuster für ein Sommeroberteil für Francesca zusammengesteckt hatten, Maggies lockige Mähne neben Francescas glattem, dunklem Haar. In diesem Moment war ich neidisch auf Maggie und ihren unbeschwerten Umgang mit Kindern gewesen. Mir fiel es schwer, als Mutter entspannt und spontan zu sein. Jede Form der Zuneigung war überschattet von Angst, eine von Massimos Regeln zu brechen.

Ich konnte Maggies Gesichtsausdruck nicht deuten. »Es ging um eine Schatulle, die ihrer Mutter gehört hat. Francesca dachte, ich hätte sie weggeworfen und sie war deshalb sehr aufgebracht.«

»War es eine besondere Schatulle?«

»Recht hübsch, aus echtem Gold und mit einem Herz aus kleinen Rubinen. War sicher nicht billig.«

Ein Schauer lief mir über den Rücken, als sich die Angst zurück in meine ohnehin zerbrechliche Welt fraß, und die nagende argwöhnische Stimme, die ich so viele Jahre unterdrückt hatte, erklang lauter denn je.

»Und was ist damit passiert?«

Sie zögerte. Es war offensichtlich, dass sie im Gegensatz zu mir keine geübte Lügnerin war. Sie antwortete mir mit dünner, hoher Stimme.

»Ich weiß es nicht. Wir können sie nirgends finden, also hab ich sie wahrscheinlich wirklich zusammen mit ein paar anderen Sachen weggeworfen – unabsichtlich, versteht sich.« Sie lachte verkrampft. »Seltsames Ding, hat beim Öffnen immer Opernmusik gespielt. Ganz schönes Gedudel.«

»Eine Oper?«

»Ja, ich weiß. Caitlin war wohl ein Opernfan. Ist glaub ich nicht so Nicos Ding. Oder er erzählt mir das nur, damit ich mich neben ihm nicht wie der größte Kulturbanause fühle.«

Ein Herz aus Rubinen. Opernmusik. Die Schmuckschatulle, die ich vor fünf Jahren ganz hinten in einer Schublade unter Massimos Pullovern gefunden hatte.

Mein Weihnachtsgeschenk, da war ich sicher gewesen. Aber ich hatte es nie von ihm bekommen.

ZWEIUNDZWANZIG

MAGGIE

Als wir das Atelier fertig aufgeräumt hatten, schien Lara es gar nicht abwarten zu können, sich aus dem Staub zu machen, unter dem Vorwand, sie müsse mit Lupo Gassi gehen. Vielleicht hatte sie einfach Panik vor unserer Fahrstunde bekommen, jedenfalls war der Hund, den sie verabscheute, auf einmal wichtiger, als den Unterschied zwischen Gas und Kupplung zu lernen.

Kaum zu glauben, aber früher war ich tatsächlich beliebt gewesen. Meine Kundschaft war noch zum Quatschen im Laden geblieben, lange nachdem sie mir ihre Änderungswünsche mitgeteilt hatten. Frauen, deren Kleider ich in letzter Minute für einen besonderen Anlass abgeändert hatte, schickten mir Dankeskarten. Ich bekam Blumensträuße von Männern, deren einziger guter Anzug gerissen war und den ich wieder geflickt hatte.

Heute schien jeder in meinem Umkreis nach spätestens fünfzehn Minuten das Weite zu suchen, als hätte ich eine ansteckende Krankheit.

Nico hatte ein paar Mal angerufen, um zu fragen, ob alles in Ordnung war. Er hatte mich angefleht, Francesca zu vergeben. »Ich weiß, es ist eine schwierige Phase, aber in ein paar Jahren können wir bestimmt drüber lachen.« Doch während ich den Saum eines Kleides reparierte, das Francesca in ihrem Blutrausch zerrissen hatte, sah ich keine Möglichkeit, wie ich daraus jemals eine lustige Geschichte spinnen sollte.

Ich wünschte, unsere Beziehung wäre wieder so wie vor der Sache mit der Schatulle. Wir waren schon so weit gewesen, dass Francesca ab und zu über meine Witze lachte oder mich sogar verteidigte, wenn Nico sich über meine Unordnung lustig machte. Vorbei waren die Zeiten, als ich mich innerlich wappnen musste, bevor ich den gleichen Raum betrat wie sie. Ich müsste einen Weg finden, wie wir dahin zurückkehren könnten, bevor es zu spät war und ich aus Selbstschutz aufgeben musste, die Gunst von jemandem erzwingen zu wollen, der mich offensichtlich hasste.

Schon klar, sie war noch ein Kind. Vielleicht reagierte ich selbst etwas unreif. Und Nico stand zwischen den Fronten und wusste nicht, zu wem er halten sollte. Nichtsdestotrotz wurde ich mit jedem unserer Telefonate an diesem Tag gereizter.

Mir fiel die Decke auf den Kopf, also machte ich mich auf den Weg zur Schule, um Sam abzuholen, auch wenn er mittlerweile lieber alleine nach Hause ging. Als ich am Schultor wartete, kam eine andere Mutter auf mich zu. Sie trug ein tailliertes 1950er-Kleid, dazu Ballerinas und einen Cardigan. »Sie sind Francescas Stiefmutter, nicht wahr?«

Ich bejahte misstrauisch, als hätte ich einen unangekündigten Anruf entgegengenommen: »Sind Sie die Hausherrin?«

»Ich wollte nur sagen, was für eine talentierte Schwimmerin sie ist. Ich habe sie am Wochenende beim Qualifikationswettbewerb gesehen. Großartiger Schmetterlingsstil. Und dann noch so ein liebes Mädchen. Und so höflich!«

Fast rutschte mir ein »Das ist ein Scherz, oder?« heraus, aber ich verkniff es mir in letzter Sekunde.

Stattdessen sagte ich einfach nur etwas kraftlos: »Danke.«

Ein leicht unzufriedener Schatten legte sich über das Gesicht der Frau. Offenbar hatte ich nicht genug Begeisterung gezeigt. Ich sammelte mich. »Oh, ja. Ich freue mich schon, wenn ich sie auch mal live erleben darf.«

»Sie hat sich für die Landesmeisterschaften qualifiziert, vielleicht sieht man sich ja dort?« Sie winkte mir zum Abschied, als Sam auf mich zu trottete und mir seinen riesigen Schulrucksack entgegenstreckte. Ehrlich gesagt würde es mich nicht überraschen, wenn die Kinder heutzutage irgendwann weitaus kleiner wären als ihre Eltern, weil die schweren Bücher, die sie jeden Tag mit sich herumschleppen mussten, ihr Wachstum behinderten.

Auf dem Nachhauseweg quasselte Sam ohne Unterbrechung, hauptsächlich darüber wie cool Massimo war. »Hast du gewusst, dass er für die Finanzen für einen der größten Fußballclubs in England verantwortlich war? Er darf nicht sagen für welchen, aber er kennt alle Spieler persönlich. Können wir heute rübergehen und meine Geburtstagsparty mit ihm weiterplanen?«

»Mensch, Sam! Jetzt hör doch mal damit auf! Es ist gerade so viel los und ehrlich gesagt steht diese Party auf der Prioritätenliste ganz weit unten.«

Gekränkt und enttäuscht stapfte Sam voraus, sodass ich ihn kaum einholen konnte.

Voller Schuldgefühle rannte ich hinter ihm her. »Sam. Sam!« Aber er marschierte einfach weiter.

Als ich ihn endlich eingeholt hatte, wischte er sich gerade mit dem Ärmel des Blazers seiner Schuluniform die Tränen aus dem Gesicht. »Es tut mir so leid, Sam. Ich hatte einen richtig bescheidenen Tag und hab meine schlechte Laune an dir ausgelassen. Natürlich können wir deine Geburtstagsparty planen. Ich bespreche das heute Abend mal mit Nico.«

Sams Blick versetzte mir einen Stich ins Herz. »Wir haben zum ersten Mal einen Garten zum Feiern. Ich hab's allen schon erzählt. Die ganze Klasse ist eingeladen. Heute Morgen war es noch okay für dich.«

Ein perfektes Beispiel dafür, dass in unserem Haus jeder nur das hörte, was er hören wollte. »Die ganze Klasse? Wie viele Kinder sind das?«

»So fünfunddreißig?«

Ich sagte nichts, um nicht wieder laut zu werden.

»Das geht doch klar, oder? Ich kann sie nicht *nicht* einladen. Niemand glaubt mir, dass wir jetzt ein schönes Zuhause haben. Matt Reynolds hat gesagt, ich soll nicht so einen Quatsch erzählen und dass ich sicher noch immer im Sozialbau wohne, zusammen mit den ganzen Junkies. Dann hat er so getan, als würde er sich Heroin spritzen, und hat sich auf den Boden fallen lassen.«

Wer auch immer dieser Matt Reynolds war, ich nahm mir fest vor, sein Burgerbrötchen schön über die Klobrille zu ziehen, bevor ich es ihm mit einem Lächeln servierte.

»In Ordnung, Liebling. Ich sehe mal, was sich machen lässt.«

Neben meiner Internetrecherche nach möglichst weichen Fußbällen, die keine Blumenbeete zerstören würden, beschäftigte mich in der kurzen Zeit, bis Nico nach Hause kam, die Frage, wie um alles in der Welt ich ihm beibringen sollte, dass eine Horde von über dreißig Kindern in zwei Wochen vielleicht seinen Garten stürmen würde. Genau dann, wenn seine geliebten Sonnenhüte ihre volle Pracht entfalteten. Sollten wir wirklich ein Massaker aus Pfingstrosen und Lupinen in Kauf nehmen, nachdem Nico stundenlang Pilzkompost in die Erde eingearbeitet und seine grausige Eigenkreation aus Blut-, Fisch- und Knochenmehl verstreut hatte? Vielleicht könnten wir einzelne Bereiche abtrennen oder ein paar Eltern einladen, um vor den Stockrosen Wache zu stehen.

Ich ging hinaus in den Garten und wandelte ziellos umher, auf der Suche nach einem Weg, wie eine Kinderschar zwei

Stunden lang Fußball spielen könnte, ohne Nicos Gärtnerherz zu brechen, als Massimo mit Sam im Schlepptau aus der Terrassentür trat. Mein Sohn sah selbstzufrieden aus, als wollte er sagen, dass er nun die schweren Geschütze auffuhr.

Massimo schlenderte zu mir, eine Hand lässig in der Hosentasche seines Anzugs.

»Du kannst sehr stolz auf deinen Sohn sein. Er wird es weit bringen. Schon jetzt weiß er, wie er seinen Willen bekommt.« Er wuschelte Sam durch die Haare und begrüßte mich mit einem typisch italienischen Küsschen links, Küsschen rechts. Zumindest in diesem Bereich war ich mittlerweile ein echter Profi. Es war schon lange her, dass ich die falsche Wange hingehalten und damit eine peinliche Situation verursacht hatte, und mir dabei vorkam wie eine Hinterwäldlerin, die England noch nie verlassen hatte.

Ich wandte mich Sam zu. »Bitte sag mir, dass du Massimo nicht mit deiner Party belästigt hast.«

Mein Sohn schien nicht das geringste Schamgefühl zu verspüren.

Massimo winkte theatralisch ab. »Sagen wir so, wenn dieser junge Mann einen Plan hat, zieht er ihn auch durch.«

Ich hatte gehofft, Massimo würde mir helfen, Sams Erwartungen niedrig zu halten, doch stattdessen schien er seine Hoffnungen nur weiter zu befeuern.

»Wir wollen Sam nicht enttäuschen, oder? Vor allem, nachdem diese widerlichen Monster, die sich seine Klassenkameraden nennen, es *gewagt* haben, sich über ihn lustig zu machen. Solche Rotzlöffel. Also veranstalten wir eine Party, die alle anderen Partys in den Schatten stellt und zeigen ihnen, wozu die Farinellis fähig sind.«

Sam hüpfte vor Freude auf und ab. Ich schielte zu Nicos Rosen und stellte mir vor, wie ihre wunderschönen Blüten abrissen und einen traurigen, wohlriechenden Teppich aus rosafarbenen Blättern hinterließen.

»Ich mache mir nur Sorgen um den Garten.«

Massimo klopfte mir auf die Schulter. »Meine liebste Maggie, jetzt ist der Zeitpunkt gekommen, an dem du dankbar bist, eine Farinelli zu sein. Natürlich soll mein allerliebster Bruder keinen Herzinfarkt bekommen, nur weil eine Hortensie daran glauben musste. Deshalb soll die Party nebenan stattfinden, in unserem Garten, wo Kind und Hund bereits ihren Tribut gefordert haben.«

»Massimo hat sich schon ein paar richtig coole Spiele für das Trampolin einfallen lassen«, platzte Sam heraus.

»Das ist wirklich sehr zuvorkommend. Aber was sagt Lara dazu? Sie möchte bestimmt nicht, dass über dreißig Kinder durchs Haus toben. Hat Sandro schon mal eine Party bei euch veranstaltet?«

Ein leicht genervter Ausdruck trat auf Massimos Gesicht. »Sandro wollte noch nie eine Party.«

Für einen kurzen Moment war es unangenehm still und ich fragte mich, ob ich etwas Falsches gesagt hatte. Doch dann fuhr Massimo fort. »Lara macht es nichts aus. Uns ist der Garten nicht so wichtig wie Nico.« Er rollte mit den Augen. »Als Caitlin noch lebte, haben wir uns kaum auf den Rasen getraut. Deshalb wollte sie auch nie einen Hund. Sie hatte Sorge vor gelben Stellen im Gras.«

Ich hätte ihn abknutschen können. Endlich traute sich jemand, etwas gegen die perfekte, unfehlbare Caitlin zu sagen. Es war ein bisschen, wie einen Zwanziger auf der Straße zu finden – keine lebensverändernde Erfahrung, aber im richtigen Moment wahnsinnig aufmunternd.

»Bist du dir wirklich sicher? Und Lara stört das bestimmt nicht?« Es machte mir noch immer etwas zu schaffen, dass sie vorhin so übereilt aufgebrochen war. Eine Party für Krawall-Kids auf sie abzuwälzen sollte nicht auf meiner Liste der Fehltritte landen.

»Glaub mir, es ist in Ordnung für sie.«

Ich hatte nicht das Gefühl, dass Spontaneität und Gelassenheit zu Laras Eigenschaften gehörten. Doch Massimo war so großzügig und enthusiastisch, dass ich schlecht nein sagen konnte, ohne wie der undankbarste Mensch überhaupt zu wirken.

»Wie wäre es mit übernächstem Sonntag? Dann könnte ich am Samstag alles vorbereiten. Vielleicht nachmittags von drei bis fünf Uhr? Die Eltern könnten beim Abholen einen Willkommensdrink genießen. Ich habe mir auch Spiele überlegt ... Oh, ich habe so viele Ideen.«

Da Sandro nie eine Party gehabt hatte, hatte Massimo – wie so viele Männer – keinen blassen Schimmer, dass zu einer Feier auch die entsprechenden Vorbereitungen gehörten. Lara war diejenige, die sich damit abmühen müsste, das Haus nach ihren hohen Standards zu putzen, damit die Eltern ihre Canapés theoretisch direkt vom blitzblanken Boden essen könnten, während Massimo durchs Haus schlenderte und lässig einen Fußball auf einem Finger drehte.

Ich konnte nicht zulassen, dass er Lara einfach vor vollendete Tatsachen stellte. Sie sollte nicht glauben, dass ich sie nur ausnutzen wollte. Ich startete einen neuen Versuch. »Lass uns doch gleich zusammen rübergehen und Lara fragen, bevor wir weiter planen. Ich will ungern als unbeliebtestes Familienmitglied in die Annalen der Farinellis eingehen.«

Völlig überraschend fiel Massimo mir um den Hals und wirbelte mich herum. »Du, liebste Maggie, bist das Beste, was meinem Bruder passieren konnte. Ein wohltuend erfrischender Windhauch in seinem verstaubten Leben! Kümmere du dich um ihn, ich kläre alles mit Lara.« Er wandte sich an Sam. »Das wird die beste Party, die du je hattest, Kumpel. Deine Klassenkameraden werden wochenlang über nichts anderes reden.«

Sam war sichtlich begeistert. Neben der Sorge, dass wir uns Massimo und Lara aufdrängten, spürte ich auch einen kleinen Stich im Herz, dass nicht Nico derjenige war, der sich so für meinen Sohn ins Zeug legte. Es schien immer unwahrscheinlicher, dass sich mein Wunsch nach einer großen, glücklichen Familie, in der uns beide Kinder einfach als ihre Eltern ansahen, egal ob blutsverwandt oder nicht, erfüllen würde.

Zum Glück könnte ich den Gefallen als Laras Fahrlehrerin in spe erwidern. Das hieß, falls ich sie in absehbarer Zeit dazu bringen könnte, ihren Hintern ins Auto zu schwingen. Ich konnte es kaum erwarten, Massimos Gesicht zu sehen, wenn sie um die Ecke gedüst kam und ihren frisch bestandenen Führerschein in der Hand hielt. Es wäre sicher eine große Erleichterung für ihn, sie nicht mehr überall hinfahren zu müssen. Und ich hätte endlich meinen eigenen kleinen Platz in der Familiengeschichte, wenn Massimo allen davon erzählte, während ich bescheiden lächelte: »Maggie hat Lara geholfen, die Fahrprüfung zu bestehen, und ich hatte keinen blassen Schimmer. Dieses ausgekochte Schlitzohr!«

DREIUNDZWANZIG

LARA

Seit ich nach meinem Besuch bei Maggie mittags nach Hause gekommen war, fühlte ich mich innerlich so leer, dass es vermutlich ein Echo verursachen würde, wenn ich nur eine einzige Erdnuss aß. Was hatte das alles zu bedeuten? Hatten Massimo und Caitlin eine Affäre gehabt? Oder hatte er ihr die Schmuckschatulle einfach so geschenkt? War ich wirklich blind gewesen und hatte nicht bemerkt, was direkt vor meiner Nase passiert war? Oder hatte Massimo mal wieder den aufmerksamen Schwager gespielt, der seiner Schwägerin das perfekte Geschenk besorgt hatte?

Ich durchwühlte mein Gedächtnis danach, wie die beiden miteinander umgegangen waren, doch auch das brachte nicht den ersehnten Aha-Moment. Alles, was mir in den Sinn kam, könnte Massimo mit meinem »Hang zur Übertreibung« entkräften. Steckte mehr dahinter als eine freundliche Geste, als Massimo ihr vorgelesen hatte, während sie todkrank im Bett lag? All ihre gemeinsamen Besuche in der Oper, weil Nico klassische Musik nicht ausstehen konnte: Ein Vorwand oder ein unschuldiger Gefallen? Und als Caitlin im letzten Familienurlaub Pilzrisotto nach Massimos Rezept gekocht hatte, und er sanft ihre Hand mit den Trüffeln über die Reibe führte, um ihr die richtigen Handgriffe zu zeigen: War das ein Beweis dafür, was hinter meinem Rücken geschehen war oder einfach ein Ausdruck von Massimos unbefangenem Wesen?

Ich machte mir einen Tee und versuchte, einen kühlen Kopf zu bewahren. Vor fünf Jahren, als ich die goldene Schatulle entdeckt hatte, war Sandro zweieinhalb gewesen. Man konnte durchaus behaupten, dass wir zu jener Zeit nicht unbedingt auf einer Wellenlänge waren. Aber nicht mal im Traum hätte ich daran gedacht, dass er Caitlin als Kummerkasten benutzen würde.

Die Weihnachtszeit fiel damals in eine schwierige Phase, in der das Schlafengehen mit Sandro – oder eher sein anhaltender Protest dagegen – zur täglichen Herausforderung wurde. Das Problem war ein zentrales Thema bei jedem Farinelli-Familientreffen. Anna vertrat die Ansicht, Kinder müssten immer um die exakt gleiche Uhrzeit zu Bett gebracht werden – »Um sieben Uhr ist Schluss, sonst bricht Chaos aus« – und sie schnaubte abfällig, als ich dagegenhielt, dass Kinder in Italien bis weit in die Abendstunden wach blieben. »Aber Sandro lebt in England, Lara.«

Dann stieg Caitlin mit ein, und verhöhnte mich mit irgendeiner »Es ist wissenschaftlich erwiesen, dass …«-Ansprache, bis ich mich völlig nutzlos fühlte und Massimo mir die alleinige Schuld dafür gab, dass Sandro nur einschlafen konnte, wenn ich bei ihm saß, bis ihm die Augen zufielen.

Aber als Weihnachten immer näher rückte, wollte Massimo seine freien Tage nutzen und diesem »Unsinn im Schlafzimmer endlich ein Ende bereiten«.

Ich nahm einen Schluck von meinem Tee und erinnerte mich an die »fröhliche Festtagsstimmung« in jenen Tagen zurück, bereute es aber sofort. Ich wollte nicht daran zurückdenken, wie Massimos Schritte vor dem Kinderzimmer erklungen waren. Ich lauschte gerade Sandros Atem, um zu hören, ob er eingeschlafen war und streichelte ihm sanft über das Köpfchen, als Massimo mich unsanft am Handgelenk packte.

»Du wirst nicht schon wieder die ganze Nacht hier sitzen.«

»Pssst. Er ist fast eingeschlafen.« Doch es war zu spät. Massimos rauer Ton hatte Sandro erschreckt und unser Sohn schlug die Augen auf. »Mummy, Mummy, bleiben, bleiben!«, quengelte er.

Massimo zerrte mich weg. »Okay Sandro, Schlafenszeit.«

»Daddy, nein, Mummy Bett bringen«, widersprach er. Sandro schlug die Decke mit Dinosaurierbezug zurück, als wollte er aus dem Bett hüpfen und in meine Arme krabbeln.

Ich versuchte, Massimo zu besänftigen. »Ich bring ihn schon ins Bett. Ich bin gleich unten.«

Doch Massimo steckte Sandro zurück unter die Decke, immer und immer wieder, bis unser Sohn so aufgebracht war, dass Massimo ihn anbrüllte, um ihn zum Schweigen zu bringen. Als Sandros Geschrei unerträglich wurde, drängte Massimo mich aus dem Zimmer in den Flur und knallte die Tür hinter uns zu. »Geh nach unten.«

Ich flehte ihn an, mich zurück zu Sandro zu lassen, versprach ihn zu beruhigen, aber egal was ich sagte, Massimo drohte nur, er würde Sandro eine Ohrfeige geben, wenn ich es versuchte. »Ich zeig dem Kleinen, wer hier im Haus das Sagen hat. Dann hält er ganz schnell den Mund.«

Ich sah, wie Sandro von innen an der Türklinke rüttelte, die Massimo fest hochdrückte. Mit jeder Faser meines Körpers wollte ich zurück in dieses Zimmer, meinen Sohn in den Arm nehmen und ihm sagen, dass er in Sicherheit war und er keine Angst haben musste, weil seine Mummy gleich hinter der Tür auf ihn wartete. Stattdessen war ich gezwungen, nach unten in die Küche zu gehen und vor mich hin zu summen, um das herzzerreißende Geschrei aus dem Kinderzimmer zu übertönen. Aber leise genug, um zu hören, ob Massimo zurück in Sandros Zimmer ging. Er hatte Sandro noch nie geschlagen, aber trotzdem wirkte er immer irgendwie angespannt, als müsste er sich bewusst zurückhalten, um nicht handgreiflich zu werden.

Von da an war es jede Nacht dasselbe Spiel. Schon beim Frühstück machte ich mir Sorgen, wie es an diesem Abend laufen würde. Doch nach zwei Wochen verkündete Massimo triumphierend, dass Sandro nur »eine strenge Hand brauchte« und das Zubettbringen von jetzt an ohne Trara vonstattengehen würde.

Ich verschwieg ihm, dass Sandro wieder angefangen hatte ins Bett zu machen, obwohl er schon gut zwei Monate windelfrei gewesen war. Um dieses Problem würde ich mich selbst kümmern. Ohne etwas zu sagen.

Aber nur weil Massimo bei den Schlafenszeiten eine autoritäre Linie verfolgt hatte, bedeutete das nicht, dass er mir fremdgegangen war. Ich konnte mich nicht daran erinnern, dass er jemals aus unerklärlichen Gründen lange Zeit nicht zu Hause gewesen wäre. Woran ich mich hingegen gut erinnern konnte, war das befreiende Gefühl, sobald er nicht da war. Als könnte ich wieder atmen, weil ich mir keine Gedanken darüber machen musste, ob ich zu sanftmütig war, obwohl »Sandro eine strenge Hand brauchte«. Stattdessen konnte ich einfach die Zeit mit meinem zweijährigen Sohn genießen und meinem Mutterinstinkt folgen, ohne einen Gedanken an Massimos Erwartungshaltung zu verschwenden.

Bestimmt hätte ich etwas bemerkt, wenn Massimo ein Verhältnis mit einer anderen gehabt hätte. Oder? Vielleicht war ich aber auch so erleichtert gewesen, Sandros Verhalten nicht ständig nach Massimos Vorgaben kontrollieren zu müssen, dass ich mir insgeheim gewünscht hatte, er würde noch später nach Hause kommen.

Ich stellte meine Tasse in die Spüle und holte meine Fensterputzutensilien aus dem Schrank. Manche Frauen sangen Lieder oder tanzten, um sich aufzuheitern. Ich putzte Fenster. Wenn ich Schmutz, Fingerabdrücke und alle Rückstände der Vergangenheit entfernte und nichts übrigblieb, außer einer glasklaren Sicht auf die Welt da draußen und der wohltuende, frische Geruch nach Sauberkeit, gab es für mich kein tröstlicheres Gefühl.

Ich fing mit dem Gästezimmer an. Es war erstaunlich, dass die Fenster hier drin überhaupt dreckig wurden. Der letzte Gast war Dad gewesen, bevor er ins Heim gezogen war, und das war schon einige Jahre her. Als ich Reiniger auf die Fensterscheibe sprühte, betrachtete ich das Haus von Maggie und Nico nebenan und bewunderte die Waldreben vor ihrem Schlafzimmerfenster. Nico hatte wirklich einen grünen Daumen.

Während ich die Ecken und Kanten des Fensterrahmens wischte, dachte ich weiter darüber nach, ob Massimo und Caitlin wirklich eine Affäre gehabt hatten. Aber Massimo würde Nico niemals so etwas antun. Er liebte seinen Bruder. Viel wahrscheinlicher war es, dass Massimo das Geschenk mir gegenüber sehr wohl erwähnt und ich es einfach vergessen hatte. Damals hatte er mich oft ermahnt, es sei höchste Zeit, dass sich mein »Schwangerschaftsgehirn« beruhigte und ich aufhörte, so vergesslich zu sein.

Ich schnalzte mit der Zunge. Wie konnte ich nur so blöd sein! Kein Wunder, dass Massimo oft so genervt von mir war. Ständig ging ich vom schlimmsten aus und machte mir Sorgen um nichts und wieder nichts. Doch nach den andauernden Predigten meines Vaters fiel es mir schwer, alte Gewohnheiten loszuwerden: »Angst hält dich am Leben, Liebling. Denn wir wissen, hinter jeder Ecke lauert die Katastrophe.«

Ich sollte mir eine Scheibe von Maggie abschneiden. Sie ging so optimistisch durchs Leben und lachte Enttäuschungen einfach weg.

Heute, mit fünfundreißigeinhalb, würde ich damit anfangen, mein eigenes Glück zu erschaffen. Ich würde Dad zu uns einladen, zuerst nur für einen Nachmittag, und wenn er gut damit zurechtkam, vielleicht sogar über Nacht. Wie wundervoll wäre es, wenn er wieder in diesem Zimmer schlafen könnte! Es bräuchte viel Vorbereitung, aber mit Beryls Hilfe würde ich das schon schaffen. Wenn ich den Besuch geschickt plante und Massimo gerade beruflich unterwegs war, könnte er es mir auch nicht wirklich verbieten. Auf seine eigene Art und Weise sorgte er sich auch um meinen Vater, ihm grauste es nur vor triefenden Nasen und kleinen Toilettenunfällen. Es gab nur wenige Männer, die dazu bereit waren, ein kleines Vermögen für die Pflege eines angeheirateten Familienmitglieds auszugeben. Wenn die Zeit reif war, würde ich mich trotzdem nach anderen Möglichkeiten umsehen, vielleicht ein Pflegeheim in der Nähe, das nicht so teuer war. Dad brauchte keine frischen Lilien an der Rezeption. Er brauchte seine Familie.

Vor Freude über meinen Plan wischte ich zum Abschluss mit einer munteren Bewegung über die Fensterbank. Fensterputzen, einen Besuch von Dad organisieren, Pflegeheime recherchieren, Fahrstunden nehmen und mir die lächerliche Idee, mein Mann hätte mit meiner Schwägerin geschlafen, aus dem Kopf schlagen ... Es schien, als wäre »Carpe Diem« schon bald mein zweiter Vorname.

Massimo trat durch die Haustür, als ich gerade nach unten ging. Mit meinem neu gefundenen Selbstbewusstsein fiel ich ihm um den Hals und küsste ihn.

»Womit hab ich das denn verdient?« Er zog mich zu sich und streichelte mir über den Rücken. »Wo ist Sandro?«, hauchte er.

»Zum Abendessen bei deiner Mutter.«

»Dann ab nach oben mit Ihnen, Mrs Farinelli.«

Da war er. Der Beweis, dass Massimo mich noch immer

liebte. Ich musste aufhören, an ihm zu zweifeln. Bei all seinen Fehlern und Unzulänglichkeiten hatte Massimo mich immer begehrenswert gefunden. Und selbst in unseren schlimmsten Phasen hatten wir niemals aufgehört, miteinander zu schlafen.

Das würde er mir nie erlauben.

VIERUNDZWANZIG

MAGGIE

Bevor ich überhaupt die Gelegenheit hatte, Lara selbst zu fragen, ob sie mit unseren Partyplänen einverstanden war, kam sie zu uns und hatte einen Haufen Ideen für Appetithäppchen im Gepäck. Wohl eher Schinken-Käse-Toasts. Fast hätte ich mir den Scherz erlaubt und vorgeschlagen, Sandwiches mit Salatcreme und Thunfischaufstrich zu servieren, so wie meine Mum sie gern aß.

»Massimo hat schon einige Stationen vorbereitet – Wasserfußball, das heißt, es wird vermutlich etwas matschig, Völkerball auf dem Trampolin und einen Hindernisparcours. Er hat auch Basketballkörbe und Hula-Hoop-Reifen besorgt ... keine Ahnung, was er damit vorhat, aber es steckt bestimmt ein Plan dahinter.«

Ich biss mir auf die Lippe. »Und du bist dir ganz sicher, dass es in Ordnung ist, wenn wir bei euch feiern? Das ist wirklich großzügig.«

»Selbstverständlich. Ganz ehrlich, Massimo kann toll mit Kindern umgehen. Er ist wie der Rattenfänger von Hameln. Wir können uns ganz auf die Essensplanung konzentrieren.«

Ich kramte Stift und Papier für eine Einkaufsliste aus einer

Schublade. »Alles klar. Ich kümmere mich natürlich um den Einkauf.«

»Nicht nötig. Massimo hat schon alles im Großmarkt bestellt.« Lara strahlte förmlich, sichtlich stolz darauf, dass ihr Ehemann so effizient war.

Ich fühlte mich verdammt kleinlich, aber ich war etwas enttäuscht. Sam hatte noch nie eine große Geburtstagsparty geschmissen – dafür hatten wir immer zu wenig Platz gehabt – und ich hatte mich schon darauf gefreut, das Essen gemeinsam mit ihm auszusuchen und ihm im Supermarkt dabei zuzusehen, wie er die Qual der Wahl hatte: Monster Munch oder Pringles? Margarita oder Salamipizza?

Die Freude wich aus Laras Gesicht. »Ich hoffe, das ist in Ordnung?«

»Ja, ja, natürlich, danke. Es ist mir nur ein bisschen unangenehm, wie viel Arbeit ihr habt und wie wenig ich dazu beitragen kann.«

Ich rutschte verlegen auf dem Stuhl herum. Ich hatte keine Ahnung, ob ich ihr einfach ein paar Zehner in die Hand drücken konnte oder ob ich damit gegen eine mir noch unbekannte Farinelli-Familienregel verstieß, weil Geld in dieser Familie nicht der Rede wert war. Aber darum sollte sich Nico kümmern, beschloss ich.

Am Tag der Party war Sam schon früh morgens auf den Beinen und flehte mich an, endlich nach nebenan zu dürfen. Auch wenn Francesca mir gegenüber noch immer so viel Wärme ausstrahlte wie eine kaum flackernde Kerze, ließ sie sich zumindest manchmal von Sams Begeisterung mitreißen. Er überredete sie zu einem sehr kompliziert wirkenden Ballspiel auf jenem Teil der Terrasse, den Nico nur für diesen Zweck von jeglichen Pflanzen freigeräumt hatte. Auch wenn ich bei ihren politisch unkorrekten Seitenhieben lieber weghörte, stand mir Sam so zumindest nicht mehr bei den Vorbereitungen im Weg. »Ich könnte das sogar einbeinig besser! Du bist eben ein Mädchen, mehr als ein bisschen Planschen im Pool hast du nicht drauf.«

Irgendwann ließ er sich nicht länger zu Hause festhalten, und wir gingen rüber, um Lara mit den Essensvorbereitungen zu helfen. Als wir in die Küche traten, sprach Mum aus, was ich mir heimlich dachte: »Mensch, ich hab nicht gewusst, dass wir eine Teeparty für die Queen veranstalten!«

»Wo sind die Chips?«, flüsterte Sam. Lara suchte gerade etwas im Kühlschrank und ich scheuchte ihn nach draußen in den Garten zu Lupo, bevor er die Frage wiederholen konnte und sie ihn hörte.

Ich warf Mum einen eindringlichen Blick zu und sagte laut: »Das sieht alles fantastisch aus, Lara.« Ich ließ den Blick über den Tisch voller aufwendiger Appetithäppchen schweifen. Ich war mir nicht sicher, ob Vol-au-vent, winzige Crostini mit – was zum Teufel war das, Tapenade? Sardellenpaste? – oder Tartelettes mit getrockneten Tomaten und Ziegenkäse bei einer Horde Zehnjähriger wahnsinnig gut ankämen. Meiner Erfahrung nach lautete die Devise, je dicker das Sandwich, desto besser.

Leider ging mein Wink mit dem Zaunpfahl völlig an Mum vorbei. »Ich würde sagen, wir machen noch Spieße mit Käse und Würstchen und schmieren ein paar richtige Brötchen. Die Kinder werden vom Herumrennen sicher einen Mordshunger haben.«

Massimo kam in die Küche, braun gebrannt und sportlich wie ein jung gebliebener Fußballtrainer. Er musterte die gedeckte Tafel. »Ich gebe dir Recht, Beryl. Eine wundervolle Vorspeise, aber die Kinder werden das im Nu verputzen wie ein Heuschreckenschwarm.«

Lara wurde rot. »Aber … du hast mir gesagt, es soll etwas

anderes geben als Sandwiches, Burger und Würstchen«, stammelte sie.

Massimo trat einen dramatischen Schritt zurück. »Im Gegenteil, ich sagte, es *soll* genau das zu essen geben! Aber die Erwachsenen freuen sich später bestimmt über deine raffinierten Amuse-Bouches.« Er wuschelte ihr durchs Haar. »Meine liebe Frau, ehrlich gesagt wirst du mit jedem Tag zerstreuter. Zum Glück liebe ich dich auch so.«

Lara lief hastig zum Gefrierschrank und fing an, Würstchen in der Mikrowelle aufzutauen. Sie fuhr sich hektisch mit den Händen über ihre Jeans und sah dabei so gestresst aus, dass ich die Party am liebsten abgeblasen und die Kinder stattdessen einfach zum Fußballspielen in den Park mitgenommen hätte, so wie all die Jahre davor.

Massimo schien nichts von ihrer Anspannung zu bemerken. Dafür vergrößerte er meine, als er fragte, wo Nico war.

»Er begleitet Francesca zu einem Wettkampf. Er sollte kurz nach Partybeginn wieder hier sein.«

Massimo runzelte die Stirn. »Am Sonntag? War er nicht schon gestern mit ihr unterwegs? Er hätte ruhig mal ein anderes Elternteil bitten können, sie zu fahren.«

Ich wollte ihm sagen, dass er damit verdammt nochmal recht hatte und wir uns heute Morgen gestritten hatten, weil ich mal wieder trotz Ehemann auf die Hilfe meiner Mutter angewiesen war. Aber offensichtlich war ich mehr 1950er-Jahre-Hausfrau, als ich mir selbst eingestehen wollte, vielleicht ohne Schürze, dafür mit einer unerschütterlichen Loyalität, dass ich kein böses Haar am Herrn des Hauses lassen durfte. »Ich weiß, aber Francesca ist immer noch sehr aufgebracht und sie muss Nicos oberste Priorität bleiben.« Ich spürte förmlich, wie sich unter mir die Hölle auftat, um mir die Heuchelei auszukochen.

Ich rechnete fast schon damit, dass Massimo mir zu Ehren in eine spontane Musicalnummer ausbrechen würde, um mir und meiner Selbstlosigkeit zu huldigen, aber er brummte nur und fing an, uns Anweisungen zu geben.

Mum schickte er in die Garage, um Papierbecher zu holen, Lara sollte den Backofen einschalten und mich führte er in den Garten, um mir alle Stationen mit Spielen zu zeigen, die er aufgebaut hatte. Eigentlich wollte ich lieber Lara zur Hand gehen, aber als ich sah, wie viel Mühe Massimo sich gegeben hatte, vergaß ich sie für einen Moment. Ich musste mich sehr zusammenreißen, um nicht in Tränen auszubrechen und ihm um den Hals zu fallen. Er hatte Basketballkörbe an die Hauswand genagelt, eine Mülltonne mit Fußbällen gefüllt, einen Hindernisparcours mit Hürden, Balken und Eimern aufgebaut und am Ende ein paar nagelneue Fußballtore aufgestellt. Ich hätte mich schon über ein paar billige Fußbälle und Plastikkegel zum drum herum Dribbeln gefreut.

»Das muss ein Vermögen gekostet haben, Massimo! Bitte sag mir, wie viel ich dir schulde.« Ich versuchte, mir den Schock über die horrenden Ausgaben für einen einzigen Tag nicht anmerken zu lassen. Er musste ein paar hundert Pfund ausgegeben haben. Ich rechnete schnell im Kopf zusammen, wie viel ich in den kommenden Wochen durch Aufträge verdienen würde, und versuchte mich ansonsten darauf zu konzentrieren, was für eine tolle Party Sam haben würde, statt darauf, wie lange es dauern würde, alles zurückzuzahlen.

Massimo lachte auf. »So weit kommt's noch. Sam ist ein toller Junge. Und ich will, dass er einen tollen Geburtstag hat.«

»Vielen Dank. Ich weiß nicht, was ich sagen soll.«

Er nahm mich an den Händen, neigte den Kopf leicht zur Seite und sah mir tief in die Augen. »Du musst überhaupt nichts sagen. Sam hat eine großartige Mutter. Mein Bruder kann sich sehr glücklich schätzen.«

Warum mussten Italiener immer so übertreiben? Woher kam dieser Hang zur hemmungslosen Gefühlsduselei? War es wirklich nötig, alle zwischenmenschlichen Beziehungen bis ins kleinste Detail zu untersuchen und zu kommentieren? Langsam verstand ich Mums Abneigung gegen öffentliche Liebesbekundungen. In unserer Hochhaussiedlung würde einem jeder Mann ohne weiteres die Bierflasche öffnen. Aber das wäre es dann auch mit körperlicher Nähe, es sei denn, sie wollten dir an die Wäsche.

Natürlich umarmten wir uns zu Hause auch mal, aber wir klebten auch nicht ständig aneinander. Es fühlte sich einfach falsch an, einen anderen als meinen Ehemann zu berühren.

Nach einem kurzen Augenblick befreite ich mich aus Massimos Griff. Ich sah noch, wie Lara uns genau in diesem Moment vom Fenster aus anstarrte.

FÜNFUNDZWANZIG

LARA

Ich war selbst schuld. Ich hätte wissen müssen, dass ein paar bescheuerte kleine Vol-au-vent nicht reichen würden. Vielleicht verlor ich den Verstand so wie Dad. Kein Wunder, dass Massimo lieber im Garten stand und Maggie tief in die Augen sah als mir mit den Burgerbrötchen zu helfen.

Doch ich wollte nicht eifersüchtig sein. Maggie traf keine Schuld. Es war seine typische Masche: Massimo ließ bei jedem seinen Charme spielen, sodass nichts mehr für mich übrigblieb. Ich wünschte, ich könnte die Zeit zurückdrehen. Vor unserer Verlobung hatten wir glückliche vierzehn Monate zusammen verbracht. Eine Zeit, in der Massimo kein böses Wort zwischen uns ertragen konnte und er sich so viel Mühe gegeben hatte, mein Vertrauen zu gewinnen, um mich davon zu überzeugen, dass er – ein zehn Jahre älterer Mann mit Geld, Autorität und Charisma – nicht ohne meine unscheinbare Wenigkeit leben könnte. Damals, als die kleinste Meinungsverschiedenheit eine Flut von Textnachrichten nach sich zog und Blumen auf meinem Schreibtisch standen, die die anderen Frauen im Büro neidisch beäugten. Als er sich noch ständig versichert hatte, ob zwischen uns alles in Ordnung war, um sicherzugehen, dass ich ihn nicht verlassen wollte. Nach der Verlobung im darauffolgenden Jahr bemerkte ich zum ersten Mal seine Stimmungsschwankungen und kleinen Wutausbrüche, die er auf die stressigen Hochzeitsvorbereitungen schob. »Ich will nur, dass alles perfekt ist. Für dich.« Ich hatte mir eingeredet, dass er sich ändern würde, sobald wir verheiratet waren. Aber heute wusste ich, dass »Ruhe« bei Massimo immer ein »vor dem Sturm« bedeutete.

Glücklicherweise schaffte es Beryl, mich mit einer Geschichte abzulenken, die sie heute Morgen beim Einkaufen beobachtet hatte. Vor dem Supermarkt war eine Frau über einen Korb voller Melonen gestolpert, woraufhin die Früchte den Berg hinuntergekullert waren. »Die Leute sind aus dem Weg gesprungen, als wären sie Kegel beim Melonen-Bowling«, gackerte sie und steckte mich sofort mit ihrem Lachen an. Sogar Sandro, der unbemerkt in die Küche geschlichen war und uns von einem Barhocker aus zuhörte, stimmte in ihr herzliches Gelächter ein. Bei Beryl war er lange nicht so schüchtern wie bei Anna. Kaum war sie mir in den Sinn gekommen, ging die Haustür auf und Anna stolzierte herein wie eine Medici-Königin. Es ärgerte mich, dass sie ihren Schlüssel selbst dann verwendete, wenn ich zu Hause war. Sofort als sie ihre Handtasche abgelegt hatte, ging auch schon das Gejammer los.

»Ich verstehe einfach nicht, warum Massimo sich so viel Arbeit aufhalst. Ihr seid nicht dafür verantwortlich, eine Geburtstagsparty für Sam zu veranstalten. Als wären die Geburtstagsfeiern unserer eigenen Familie nicht genug.«

Ich fragte mich, ob sie Beryl – Sams *Großmutter* – überhaupt registriert hatte oder ob sie so selbstgefällig war, dass sie tatsächlich durch andere Menschen hindurchsah.

Ich wollte Sam gerade verteidigen, doch Beryls Gesichtsausdruck änderte sich schlagartig: von dem einer friedlichen Kuh auf der Weide, die ganz mit sich selbst beschäftigt war, zu einem wütenden Stier, der zielstrebig auf das rote Tuch losraste.

Sie fuchtelte mit dem Buttermesser vor Annas Gesicht herum. »Weißt du was, Schätzchen? Ich hab Neuigkeiten für dich: Sam ist jetzt auch *deine* Familie. Also gewöhn dich dran, lass es gut sein und tu nicht so, als wärst du was Besseres. Du solltest deine Söhne ermutigen, sich und ihre Familien gegenseitig zu unterstützen, und nicht alles daransetzen, sie gegeneinander auszuspielen.«

Anna schaute drein, als wäre ihr ein Kartoffelchip im Hals stecken geblieben. Sie stierte Beryl mit offenem Mund an, aber gab keinen Pieps von sich. Ich hatte noch nie erlebt, dass jemand Anna *ehrlich* die Meinung gegeigt hatte und ich musste die Lippen aufeinanderpressen, damit ich keinen Jubelschrei losließ. Ich rechnete damit, dass sie einen lauten Gegenangriff starten würde, doch Anna kanalisierte ihre innere Maggie Smith, schüttelte sich die goldenen Armreifen zurecht und sagte nur: »Beryl, ich bin die größte Verfechterin meiner Söhne und ihrer Familien. Trotzdem ist es ungerecht, wenn Außenstehende sie von ihren eigenen Kindern ablenken. Nico muss seinen Fokus auf Francesca legen und Massimo hat mit Sandro genug am Hals.«

Ich zuckte zusammen. Annas Andeutung, Sandro wäre so »problematisch«, dass seine Erziehung ein zweiter Vollzeitjob für Massimo war, während mein Beitrag als Elternteil ganz klar ein Hindernis darstellte, tat weh. Ich hielt weiter ein Brötchen in der Hand und wartete, wo der nächste Schlag landete. Beryl hatte vermutlich viel Erfahrung mit Gegnern, die einen Streit etwas rabiater anfingen als mit »Ich will nicht unhöflich sein« oder »Versteh mich bitte nicht falsch, aber …«. Doch ich hatte keinen Zweifel daran, dass Annas gehässige Sticheleien sie alle in den Schatten stellten.

Beryl knallte das Messer auf den Tisch, wischte sich die

Hände an ihrem Oberteil ab und stapfte zu Anna, die weiter ungerührt dastand.

»Ich verstehe ja, dass Nico und Massimo sich um ihre eigenen Kinder kümmern müssen, keine Frage. Aber niemand spricht so über meinen kleinen Sam, als wäre er ein alter stinkiger Schuh, den man in den Schrank wirft und wartet, bis er achtzehn ist und endlich auszieht. Ihr reichen Leute seid alle gleich. Liebe und Wärme sind unerschöpflich! Nur, weil ihr nett zu Sam seid, heißt das nicht, dass nichts mehr für die anderen Kinder übrigbleibt.«

Anna ging einen Schritt zurück, als wäre Beryl ein nervtötendes kleines Nashorn, das sie mit ihrem Horn piesacken wollte. Doch in diesem Moment kamen Massimo und Maggie wieder in die Küche und sie kam nicht mehr dazu, etwas zu erwidern.

Maggie durchschaute die angespannte Situation sofort. »Mum? Ist alles okay?«

Ich bewunderte Beryl und ihre Furchtlosigkeit. Sie stemmte die Hände in die Seiten und sah Anna direkt in die Augen. »Anna ist anscheinend der Meinung, dass Massimo und Lara sich nicht so viel Mühe für Sam geben sollten, weil er kein richtiges Familienmitglied ist. Ich hab ihr nur gesagt, was ich davon halte.«

Maggie sah bestürzt aus, aber Massimo übernahm sofort das Ruder. »Contenance, meine Damen. Wir sind alle auf einer Seite.« Er legte Beryl den Arm um die Schultern. »Du bist meine Lieblings-Stief-Schwiegermutter. Und für uns gehören Sam – und natürlich Maggie – zur Familie. Ich denke, meine Mutter macht sich nur Sorgen um Lara, weil sie so schnell die Nerven verliert. Sie meint es sicher nicht böse. Oder, Mum?«

Anna wirkte kurz wie eine Kobra, die zum tödlichen Biss ausholen wollte, es sich dann aber doch anders überlegte, und sich wieder in der Sonne zusammenrollte. »Selbstverständlich. Beryl hat mich vermutlich missverstanden. Jetzt wo unsere geliebte Caitlin nicht mehr ist und alle einfach *weitermachen*, dachte ich, jemand sollte dafür einstehen, was sie gewollt hätte.«

Ich beobachtete Massimo genau. Bis jetzt hatte ich es nicht gewagt, Caitlins Namen in seiner Gegenwart auszusprechen, damit ich mich nicht verplapperte und meinen Verdacht äußerte.

Er ging zu seiner Mutter und legte ihr die Hand auf den Arm. »Ich weiß, wie sehr du sie vermisst, Mum. Aber niemand hat Caitlin vergessen. Sie war etwas ganz Besonderes. Aber das sind Maggie und Beryl auch.«

Ich durchschaute ihn einfach nicht, meinen Mann mit den vielen Gesichtern. War Caitlin »besonders« gewesen im Sinne von »Ich habe sie geliebt und das Leben ohne sie ist bedeutungslos« oder wollte er nur klarstellen, dass sie ein wichtiger Teil der Familie gewesen war?

Plötzlich ließ sich Anna gegen Massimos Schulter fallen und fing an, lautstark zu weinen. »Ich kann noch immer nicht fassen, dass sie fort ist. Eine so liebevolle Ehefrau und Mutter, es ist so ungerecht«, schluchzte sie.

Das war neu. Bis zu diesem Zeitpunkt war Anna mit ihrer Trauer immer sehr zurückhaltend gewesen, hatte einzelne Tränen geweint, die sie sofort diskret mit einem Stofftaschentuch abgetupft hatte. Ich schielte zu Maggie und Beryl.

»Herrgott, ich wollte nur ein paar Brötchen schmieren, stattdessen muss ich mir die Maulende Myrte geben«, murmelte Beryl.

Maggies Mundwinkel zuckten leicht nach oben, aber sie fing sich gleich wieder und zischte ihrer Mutter zu, sie solle den Mund halten.

Massimo führte Anna in den Garten, während wir drei zurückblieben. Wir sahen einander schweigend an, bis Beryl, mit ihrer wundervollen, respektlosen, unverfrorenen Art herausplatzte: »So ein Unsinn. Anna hat Caitlin nicht mal leiden können. Wer war denn die meiste Zeit an ihrer Seite, als sie krank wurde? Genau, dein wundervoller Massimo. Das ist mal ein Familienmensch. Ein echter Gentleman.«

Mir fiel das Messer aus der Hand. Entweder ich war endgültig verrückt geworden und sah Gespenster oder Massimo war so gewieft, dass er alle um sich herum erfolgreich getäuscht hatte.

Nach all den Jahren wusste ich das selbst nicht mehr so genau.

SECHSUNDZWANZIG

MAGGIE

Als Nico zwanzig Minuten nach Beginn der Party eintrudelte, war ich völlig durch den Wind. Von Farinellis umgeben zu sein raubte mir so schon den letzten Nerv, und Mum machte es mit ihrer speziellen Herangehensweise an Probleme nicht viel besser. Zu allem Übel ließ Anna uns weiterhin an ihrer verklärten Vorstellung von Caitlin teilhaben. Am liebsten hätte ich den Stift gezogen und die Granate, die ich in Form einer Schatulle auf dem Dachboden gefunden hatte, unter ihrem dürren Hintern platziert.

So groß die Versuchung auch war, heute war definitiv nicht der richtige Zeitpunkt dafür, während eine Horde Kinder durch Haus und Garten wütete und meine Höchstens-drei-Kinder-auf-dem-Trampolin-Regel komplett ignorierte.

Sobald ich ihnen den Rücken zugekehrte, hörte ich, wie die Federn des Trampolins unter den Saltos der Kinder gefährlich ächzten. Es schien also durchaus berechtigt, sich zu fragen, *wann* sich jemand verletzen würde, nicht *ob*. Vorausgesetzt natürlich, das verdammte Trampolin brach nicht komplett zusammen und begrub die Kinder unter sich. Ein paar andere Kinder kickten unaufhörlich Fußbälle gegen die Tür des

Gartenschuppens, während ein Junge in den mit Wasser gefüllten Mülleimer gefallen war, der daraufhin umkippte und den Garten, sehr zur Freude der Jungs, in eine Schlammrutsche verwandelte. Ein paar Mädchen, die den Hinweis auf der Einladung, für die Party bitte alte Klamotten anzuziehen, nicht befolgt hatten, standen den Tränen nahe etwas abseits an der Ligusterhecke, nachdem sie im Matsch ausgerutscht waren. Sandro stand gleich neben ihnen und sah aus, als wollte er sich lieber mit einem Buch über Fossilien in der Bücherei verkriechen.

Nico eilte zu mir und umarmte mich. »Womit kann ich dir behilflich sein?«

Allein die Tatsache, dass ich ihm auftragen konnte, die Kinder auf dem Trampolin zu bewachen, und wusste, dass er nicht nach zwei Minuten gelangweilt weggehen würde, um sich stattdessen mit seinen Kumpels zu betrinken, munterte mich auf. Ich fragte ihn, wie Francesca abgeschnitten hatte. Er grinste stolz und erzählte, dass sie den ersten Platz im Kraulen der U14-Liga belegt hatte. Mir wurde warm ums Herz. Ich freute mich, dass Nico dabei gewesen war, um sie anzufeuern. Ich würde mich furchtbar ärgern, wenn Sam bei einem Fußballmatch einen Hattrick schaffte, und ich nicht dabei gewesen wäre.

Ich gratulierte Francesca, die gerade an mir vorbeirauschte. »Gut gemacht! Dein Dad hat mir gerade erzählt, dass du die anderen um einige Armlängen geschlagen hast?«

»Yep«, antwortete sie, ohne stehenzubleiben. Sie lief schnurstracks auf Sam zu, der einen Fußball in ihre Richtung kickte. Sie duckte sich, umklammerte seine Knöchel und lief mit ihm Schubkarre durch den Garten. Wäre sie noch in der Grundschule und müsste ein Bild von ihrer Familie zeichnen, würde es wahrscheinlich Nico, Sam und Francesca händchenhaltend vor einem Haus zeigen, während ich weit weg traurig und allein unter einem Baum stand. Aber ich war so verdammt glücklich darüber, dass Sam und seine neue Schwester eine Beziehung aufgebaut hatten, dass mir das herzlich egal war.

Gerade als die anderen Jungs beim Schubkarre spielen mitmachen wollten – ein Wirrwarr aus dünnen Beinen und schrillem Gelächter –, fand das Chaos ein abruptes Ende. Massimo kam in einem echten Torwarttrikot in den Garten. Er klatschte in die Hände. »Alles klar, kommt mal her«, rief er.

Die ganze letzte halbe Stunde hatte ich vergeblich versucht, ihre Aufmerksamkeit zu erregen. Wir lebten wohl doch noch in einer Welt, in der Männer das Sagen hatten. Aber in diesem Moment war ich heilfroh über Massimo und sein Talent, Kinder in den Griff zu bekommen.

Er erklärte die Regeln des nächsten Spiels, bei dem es darum ging, Wasser von einem Eimer in den nächsten zu schütten und dann den Ball ins Tor zu schießen. »Zwei Teams. Nico, du bist Torhüter für das eine Tor und ich für das andere.«

Auf die Plätze, fertig, los geht der Spaß: Nicht mit Massimo. Er blies in seine Trillerpfeife und begann sofort damit, sein Team anzufeuern, als müsste er einen Marathonläufer auf der Zielgeraden motivieren und keine Gruppe Zehnjähriger, die mit einem Eimer voll Wasser herumlief. »Reiht euch auf, zurück, loslaufen, NICHT das linke Bein, neben den Kopf zielen, schieß mal in die andere Ecke …«

Massimo ließ keinen einzigen Ball ins Netz. Es wirkte weniger wie ein lustiger Nachmittag im Garten und mehr so, als wollte er sich für die Fußballnationalmannschaft qualifizieren. Nico wiederum ließ sich absichtlich fallen und auch die zarten Schüsse der Mädchen in hübschen Kleidern und glitzernden Sandalen ungehindert ins Tor rollen. »Guter Schuss, Charlotte! Hast mich kalt erwischt.« »Josh, wenn du so weitermachst, spielst du bald bei Manchester United!«

Am Ende des Spiels zählte Massimo kurz zusammen. »Nicos Team – drei Tore. Mein Team – siebenundzwanzig! Jungs und Mädels, wie sollen wir Nico bestrafen?«

Die Kinder machten allerhand Vorschläge, darunter ein besonders charmantes »Bring ihn um!«, doch bevor Nico es sich versah, kippte Massimo einen Eimer Wasser über seinem Kopf aus. Nico war völlig durchnässt. Den Kindern schien es zu gefallen, aber ich wusste nicht, ob mein Ehemann so begeistert war. Massimo stieß einen bewundernden Pfiff aus. Die Jungs stimmten sofort mit ein, wobei jeder versuchte, möglichst schrill zu sein, und verwandelten diese schicke Terrasse damit in eine Baustelle mit einer Truppe johlender Bauarbeiter.

Ich wartete, bis sie sich halbwegs beruhigt hatten und ging zu Nico. »Soll ich kurz nach nebenan gehen und dir ein paar trockene Klamotten holen?«

Er nickte. »Typisch Massimo. Er muss immer einen draufsetzen.«

Wäre ich an seiner Stelle, wäre ich auch ziemlich sauer. Trotzdem hätte ich gewollt, dass mein Partner es mit Humor nahm und meine schlechte Laune mit seiner unbekümmerten Art ausglich. So sehr ich von Massimo genervt war, so sehr irritierte es mich auch etwas, dass Nico nicht darüber lachen konnte.

Ich lief nach Hause, um ein paar trockene Sachen zu holen, widerstand der Versuchung, mich zehn Minuten aufs Sofa zu setzen und die Stille zu genießen, und eilte zurück zur Party. Während Nico sich umzog, gesellte ich mich zu den anderen in die Küche. Dank Mum und Anna herrschte an diesem sonnigen Julitag arktische Kälte. Lara gab ihr Bestes, um Mum abzulenken. Sie stellte ihr Fragen über die Frau mit Alzheimer, die Mum betreute und fragte nach Tipps, die ihr vielleicht auch im Umgang mit ihrem Vater helfen würden. Mum fasste es jedoch als Gelegenheit auf, weiter gegen Anna zu sticheln. »Ich kümmere mich gern um Leute, die am Ende ihres Lebens ein bisschen Wärme brauchen. Du kannst dir nicht vorstellen, wie kaltherzig manche Familien sind. Besonders wenn es um die Drecksarbeit geht.«

Annas Nasenflügel bebten wie die Nüstern eines Pferds, das gerade von einer besonders nervtötenden Wespe belästigt wurde. Spätestens jetzt wirkte meine brillante Idee, Mum in die Toskana einzuladen, völlig wahnwitzig.

Ich warf Lara einen vielsagenden Blick zu und war erleichtert, dass sie das Wortgefecht Italien vs. Großbritannien mit Humor nahm. Ich hatte sogar den leisen Verdacht, dass sie insgeheim zu meiner Mutter hielt.

Da pfiff Massimo schon wieder und ich ging nach draußen, um ein paar Fotos vom Hindernisparcours zu schießen. Massimo erklärte die Regeln: Bevor ein Team einen Punkt machen konnte, mussten sie Massimo beziehungsweise Nico mithilfe einer Schaumstoffhand von einem Balken stoßen. So entdeckte ich Nicos geheimes Talent: Balancieren. Massimo dagegen geriet schon bei der kleinsten Berührung ins Wanken, obwohl er mit vor Konzentration herausgestreckter Zunge auf dem Balken stand und einen Punkt in der Ferne anvisierte.

Nico meinte neckisch: »Solltest mal ins Fitnessstudio, liebster Bruder. Deine Körpermitte stärken. Jetzt wo du fünfundvierzig bist, geht der Verfall los. Bald kannst du deine Zehen nicht mehr berühren …« Er stellte sich auf ein Bein und kam nicht aus dem Gleichgewicht, obwohl ein paar Kinder nun sogar auf dem Balken herumsprangen, um ihn abzuwerfen. Er stachelte sie weiter an, drehte kleine Pirouetten und stellte sich einbeinig hin, während er angeflogene Fußbälle mit der Faust abwehrte.

Während Nicos Team das zwanzigste Tor feierte und sich Massimo zum gefühlt hundertsten Mal zurück auf den Balken stellte, riefen die Kinder des Gewinnerteams im Chor: »Loser! Loser! Loser!«

Ich beobachtete, wie Sam lachte und die Fäuste in die Luft schwang. Einerseits freute ich mich natürlich sehr, dass er eine tolle Zeit hatte. Andererseits wurde mir bei diesem Hooligan-Gehabe leicht unwohl. Sams Grundschule verfolgte eher die

Philosophie »Am Sporttag ist jeder ein Gewinner« und ich war mir nicht sicher, ob die Verantwortlichen vom »pädagogischen Konzept« dieser Geburtstagsfeier besonders beeindruckt wären.

Aus dem Augenwinkel sah ich, wie Massimo vom Balken rutschte und auf Nico landete, der mit einem dumpfen Aufprall hintenüber geschleudert wurde. Mit einem stöhnenden Ächzen, als würde jemand die letzte Luft aus einem Blasebalg pressen, schlug er mit dem Kopf an der Kante des Steingartens auf.

Panisch lief zu ihm und rutschte dabei fast im Schlamm aus.

Massimo sprang auf und streckte Nico die Hand entgegen. "Entschuldige, Kumpel. Alles in Ordnung? Hab das Gleichgewicht verloren.«

Nico blieb stöhnend auf dem Rücken liegen, ohne nach Massimos Hand zu greifen.

Die Kinder verstummten. Eines der Mädchen kicherte. Nico fasste sich an den Hinterkopf und betrachtete seine blutverschmierten Finger.

Ich kniete mich neben ihn, während Lara mit einem Geschirrtuch und Wasser herbeieilte. Bald darauf kam Anna angelaufen und schrie die Kinder an, gefälligst zurückzubleiben. Damit hätten sie wenigstens irgendwann ihrem Psychotherapeuten etwas zu erzählen, um ihre Angst vor Fußbällen zu erklären.

»Ich bin ausgerutscht und auf ihn gefallen. Er ist umgekippt und hat sich den Kopf gestoßen«, erklärte Massimo hastig. »Sehr unglücklich.«

Die Kinder ignorierten Annas Kreischen und rückten mit einer Mischung aus Faszination und Entsetzen näher ans Geschehen. Aus ihren Reihen tönten abwechselnd »Igitt!«, »Wie eklig!«, »Bäh!«, während ein besonders sympathisches Kind entzückt rief: »Krass!«

Ich untersuchte die Wunde an Nicos Hinterkopf. Er war

ziemlich blass. Ich sah ihm in die Augen, die glücklicherweise noch auf mich fokussiert waren. »Geht es dir gut? Vielleicht hast du eine Gehirnerschütterung. Sollen wir ins Krankenhaus?«

Nico schüttelte den Kopf und zuckte vor Schmerz zusammen. »Nein, das wird schon wieder. Gib mir eine Minute.«

Ich hatte Angst, dass er sich ernsthaft verletzt hatte und überlegte fieberhaft, wie ich ihn in die Notaufnahme bringen konnte, obwohl ich noch eine Stunde lang fünfunddreißig Kinder bespaßen musste.

Francesca stand neben ihm und sah aus, als würde sie gleich in Tränen ausbrechen. Ich zwang mich zu einem Lächeln, um sie zu beruhigen. »Deinem Dad geht es gleich besser. Könntest du bitte kurz Beryl aus der Garage holen? Sie wollte dort eine Schatzsuche vorbereiten.«

Kurz darauf stürmte meine Mutter durch den Garten. Die Sohlen ihrer Flipflops klatschten an ihre Fußsohlen. Mit vereinten Kräften halfen wir Nico, sich aufrecht hinzusetzen. Lara rief die Kinder zum Essen ins Haus. Ich fand es irgendwie witzig, dass die Aussicht auf ein Sandwich für fünfundneunzig Prozent der Anwesenden interessanter war, als herauszufinden, ob Nico die nächste halbe Stunde überleben würde.

Massimo setzte sich neben Nico und entschuldigte sich immer wieder. »Das wird schon wieder, Kumpel. Tut mir echt leid. Hab das Gleichgewicht verloren. Wenn es dir besser geht, kannst du mir als Revanche eins überziehen.«

Anna tätschelte Massimos Schulter. »*Amore*, es war ein Unfall.« Dann drehte sie sich zu mir. »Armer Massimo, er macht sich solche Vorwürfe. Nico macht immer so viel Lärm um nichts.«

Ich warf einen Blick zu meinem Ehemann, der vor Schmerz die Zähne zusammenbiss.

Bevor ich etwas erwidern konnte, ergriff Mum das Wort. »Zeig doch mal ein wenig Verständnis! Der arme Kerl hat eine ganz schöne Wunde davongetragen. Hab dich schon schlimmer als ihn jammern gesehen, wenn du dir die Zunge am zu heißen Kaffee verbrannt hast. Aber ich glaube, er hat keinen größeren Schaden davongetragen. Ich gehe mit ihm nach Hause und sehe mir die Wunde nochmal an, nachdem ich sie gewaschen hab. Bleib du hier bei Sam, Maggs.«

Tränen der Dankbarkeit stiegen mir in die Augen.

Ich drückte Nicos Hand. »Ist es in Ordnung, wenn du alleine mit Mum rübergehst? Oder soll ich mitkommen?«

Massimo schnitt ihm das Wort ab. »Du kommst klar, oder Nico? Verdirb Maggie und Sam nicht die Party. Geh ruhig nach Hause, ich kümmere mich um die beiden.«

Tief in mir formte sich leichtes Unbehagen. Ich hatte das diffuse Gefühl, dass hier etwas nicht stimmte, aber ich konnte nicht genau sagen, was es war. Wie ein Fünf-Pfund-Schein, den mir der Wind aus der Hand gerissen hatte, flatterte es vor mir her, ohne dass ich es zu fassen bekam, bis ich schließlich aufgab.

SIEBENUNDZWANZIG

LARA

Beryl ging mit Nico nach nebenan und Maggie blieb, um auf Sam aufzupassen. Sie wirkte hin- und hergerissen, als wollte sie eigentlich nach Nico sehen, uns aber nicht mit der Verantwortung für die Kinder allein lassen. Ich versuchte, sie dazu zu überreden, nach Hause zu gehen, aber Massimo ging dazwischen. »Nico würde nicht wollen, dass du den ganzen Spaß seinetwegen verpasst. Ein bisschen Ruhe und er ist wieder gesund und munter.« Maggie widersprach nicht, dafür war sie zu höflich. Aber sobald die meisten Eltern ihre Kinder abgeholt hatten, machte sie sich sofort auf den Weg.

»Tut mir leid, dass ich dich mit dem Aufräumen allein lasse. Ich komme wieder, sobald ich weiß, dass es Nico gut geht. Trotzdem vielen Dank schonmal.«

Massimo winkte ab. »Schon gut, wir kümmern uns um alles. Schließlich ist der Schlamassel meine Schuld. Es ist das Mindeste, was ich tun kann.«

»Es war ein Versehen. Nico wird schon wieder.«

»Bitte ruf doch an und lass uns wissen, wie es ihm geht. Und wenn er sich übergeben muss, fahrt sofort ins Krankenhaus!«, sagte ich.

Maggie nickte und warf noch ein kurzes Danke über die Schulter, bevor sie aus der Küche verschwand.

Ein paar Eltern blieben noch und nippten an ihrem Wein, den Massimo ihnen aller Proteste zum Trotz aufgedrängt hatte: »Nur ein Schluck, ich muss noch fahren!« Ein paar Mütter lauschten kichernd seinen Geschichten und zeigten ganz offen, wie neidisch sie darauf waren, dass mein Ehemann bei Kindergeburtstagen mithalf und sich sogar ganz alleine um den Einkauf und die Spiele gekümmert hatte. »Du solltest dich mit Kinderanimation selbstständig machen.« »Wenn du Tony siehst, sag ihm, dass er für Louis' elften Geburtstag zuständig ist. Der macht sich schneller aus dem Staub als du gucken kannst!«

Eine der Mütter beugte sich zu Sandro. »Na, bist du froh, so einen tollen Dad zu haben?«

Alle Augen waren auf ihn gerichtet, aber Sandro schaute nur verlegen zu Boden und antwortete nicht. Nach ein paar Augenblicken schlich er sich unbemerkt aus der Küche. Mein Herz wurde schwer. Später müsste Sandro sicherlich dafür büßen, dass er zu schüchtern gewesen war, um zu antworten. »Toll, jetzt denken alle, du hast den schlimmsten Vater aller Zeiten!«

Ich fing an, die Küche zu fegen, und Massimo erklärte in bester Zirkusdirektormanier: »Entschuldigt Lara und ihren Putzfimmel. Sie erträgt die Unordnung nicht. Setz dich doch, Liebling. Trink einen Champagner mit uns. Du hast heute so hart gearbeitet und einen wirklich tollen Job gemacht. Ich helfe dir später beim Aufräumen.« Er deutete auf den leeren Barhocker neben sich.

Die Frauen schnappten bewundernd nach Luft, während Massimo mit viel Tamtam eine neue Flasche Champagner öffnete und über den besonderen Jahrgang schwafelte: »Nur das Beste für meine wundervolle Frau.« Massimo machte ihnen den Hof, nannte jede Frau beim Vornamen und bewunderte offen die Geschicklichkeit ihrer Kinder.

Er genoss die ungeteilte Aufmerksamkeit seines sichtlich hingerissenen Publikums. Welche dieser Frauen, mit Diamantohrringen und säuberlich gewachsten Augenbrauen, würde glauben, dass Massimo seinen eigenen Bruder mit voller Absicht verletzt hatte?

Ich hatte mir gerade die Hände in der Spüle gewaschen, als die »Loser«-Rufe aus dem Garten immer lauter geworden waren. Angespannt hatte ich aus dem Fenster gesehen. Als älterer Bruder war Massimo ein furchtbar schlechter Verlierer. Wenn er es schon nicht ertragen konnte, Sandro beim Mau-Mau gewinnen zu lassen, wie sollte es beim Fußballspielen mit Nico anders sein, im Gegenteil. Schon gar nicht, wenn es mehrere Zeugen dafür gab, dass der gottgleiche Massimo von seinem unsportlichen Bruder geschlagen wurde. Ich hatte Massimo genau beobachtet. Seine Gesichtszüge, die mit jeder Minute angespannter wirkten, wie er gereizt die Lippen geschürzt und die Fußbälle immer heftiger abgewehrt hatte, und wie er mit jedem Mal, wenn er vom Balken fiel, wütender wurde. Ich war nicht im Geringsten schockiert gewesen, als er sich mit voller Absicht von seinem Balken auf Nico gestürzt hatte. Resigniert musste ich anerkennen, dass alles genauso passiert war, wie ich es befürchtet hatte. Sobald Nico nach Hause getaumelt war und die Kinder Massimo wieder wie einen Superhelden bewunderten, stand mein Mann - ganz sein fröhliches Selbst – endlich wieder im Rampenlicht.

Endlich verließ eine kichernde Frau nach der anderen zusammen mit ihren Kindern das Haus. Meine Erleichterung wurde von dem Wissen getrübt, dass das wahre Drama gerade erst losging. Als Massimo der letzten Frau zum Abschied gewunken hatte, drehte er sich zu mir. »Hör auf zu schmollen.«

Ich versuchte, ihn abzulenken. »Ich bin nur müde. Es war ein langer Tag.«

»Ich merke es an deinem Gesichtsausdruck. Du gibst mir die Schuld dafür, was mit Nico passiert ist. Es war ein Unfall. Aber das ist mal wieder typisch. Du denkst, es wäre Absicht gewesen. Immer gehst du vom Schlimmsten aus.«

Ich wusste, dass ich ihm nicht widersprechen durfte. Ich sammelte weiter Papierteller und Servietten ein und warf sie in den Mülleimer. »Vielleicht sollten wir rübergehen und nachsehen, wie es Nico geht.«

»Mach das ruhig. Ich bleibe hier und bringe Sandro ins Bett. Ich fühle mich schon schuldig genug, ohne dass alle mit dem Finger auf mich zeigen.«

Oh ja, Massimo war so am Boden zerstört, dass er es kaum ertragen hatte, die letzten zwei Stunden mit seinem Harem aus Müttern zu scherzen und zu lachen. Er schien darauf zu warten, dass ich wie immer die aufopfernde Ehefrau spielte und ihn aufmunterte: »Möchtest du einen Tee?« »Hier, die Zeitung.« »Such du das Fernsehprogramm aus.« So lange, bis er halbwegs normal mit mir sprach und mich nicht länger herrisch anblaffte.

Aber für heute hatte ich genug davon, ihn zu besänftigen. Und morgen würde ich nicht nur mit Maggie Autofahren üben. Ich würde einen Termin für die Fahrprüfung vereinbaren.

ACHTUNDZWANZIG

MAGGIE

Am nächsten Morgen waren meine Energiereservieren schon verbraucht, als ich mich nach dem ersten Klingeln des Weckers aus dem Bett quälte. Unglaublich, aber vor unserer Hochzeit hatte es mich nie gejuckt, wie spät ich ins Bett gegangen war. Viel eher hatte ich Angst davor gehabt, etwas zu verpassen, wenn ich mit meinen Freundinnen unterwegs war – einen neuen Insiderwitz oder eine Geschichte, die noch Wochen später Thema war, bei der man einfach dabei gewesen sein musste – als am nächsten Tag gerädert aufzuwachen. Mittlerweile hatte ich mich Nico angepasst und ging so wie er um spätestens halb elf ins Bett. Doch gestern hatten wir noch lange gekuschelt und bis kurz nach Mitternacht ferngesehen, damit wir sicher sein konnten, dass Nico keine Gehirnerschütterung hatte. Kaum zu glauben, dass ich nur deshalb so erledigt war. Vermutlich lag es eher daran, wie anstrengend es war, den ganzen Tag lang von Farinellis und ihrer offenen Abneigung wie auch ihren unterschwelligen Andeutungen umgeben zu sein.

Als die Kinder zur Schule aufgebrochen waren und ich kläglich daran gescheitert war, Nico davon zu überzeugen, wenigstens heute zu Hause zu bleiben, hoffte ich also, den restlichen Morgen in Ruhe in meiner Werkstatt ein paar letzte Aufträge abarbeiten zu können, bevor wir in den Urlaub flogen.

Doch diese Rechnung hatte ich ohne meine Schwiegermutter gemacht. Ich hörte, wie Anna die Haustür aufschloss und durchs Haus rief: »Halloooo? Jemand zu Hause?«

Ich geriet in Versuchung, ganz leise die Leiter hochzuziehen und mich hier oben zu verschanzen, bis ich mit der Anzugsjacke fertig war, die mir den letzten Nerv raubte. Aber dann ging ich doch nach unten – und bereute es sofort. Anna schimpfte drauf los, warum um alles in der Welt ich es Nico erlaubt hatte, arbeiten zu gehen.

»Aber Anna, wie soll ich einen erwachsenen Mann davon abhalten, in sein Auto zu steigen und loszufahren? Es ist seine Entscheidung. Er hätte sich zu Hause ausruhen sollen, aber du weißt ja, wie er ist, wenn es um die Arbeit geht. Er hat nicht gewirkt, als hätte er große Schmerzen.«

Sie schnaubte und schürzte die Lippen. »Massimo hat sich solche Sorgen gemacht, dass er kaum schlafen konnte.«

Ich hatte keine Ahnung, ob Anna solche Bemerkungen nur fallen ließ, um mich aufzuregen, aber als ich Massimo heute Morgen beobachtet hatte, wie er mit einem fröhlichen Pfeifen auf den Lippen zu seinem Wagen geschlendert war, hatte es eher nach erholsamen acht Stunden Schlaf und frisch gebackenen Croissants zum Frühstück ausgesehen. Und bis auf eine Textnachricht – »Na, siehst du noch doppelt?« – hatte er auch nicht gerade mit Blumen und Pralinen auf der Matte gestanden. Ich hegte den leisen Verdacht, dass Alphamännchen und Sportlerass Massimo in Wahrheit dachte, Nico wäre ein ziemliches Weichei.

Ich hatte es gerade geschafft, Anna hinaus zu bugsieren und wollte eben Nadel und Faden wieder aufnehmen, als es an der Tür klingelte. Eigentlich wollte ich es ignorieren, aber dann fiel mir ein, dass ich besser nachsehen sollte, ob es nicht doch Nico war, der schon auf allen Vieren angekrochen kam. Doch als ich einen Blick aus dem Fenster im oberen Stock warf, erkannte ich sofort Laras beiges Sommerkleid.

Ich seufzte. Bestimmt wollte sie nach Nico sehen. Auch ohne Anlass machte sie sich schon genug Sorgen: Ich konnte sie schlecht den ganzen Tag ihren Grübeleien überlassen, also ging ich nach unten und bat sie hinein.

Wir setzten uns in die Küche und ich kochte uns Kaffee. Obwohl sie müde aussah, strahlte sie eine Entschlossenheit aus, die zu sagen schien: »Packen wir's an«. Das bekam ich an ihr nicht oft zu sehen.

Der erste Punkt auf ihrer To-do-Liste betraf Nico. »Wie geht es ihm? Er war gestern Abend sehr blass. Ich bin nachts immer wieder aufgewacht und habe aus dem Fenster geschaut, um nachzusehen, ob eure Autos noch in der Einfahrt sind. Ich habe mir solche Sorgen gemacht, ob er ins Krankenhaus muss.« Sie überlegte kurz. »Massimo wollte gleich morgens vorbeikommen, aber er dachte, du hast sicher genug damit zu tun, die Kinder für die Schule fertig zu machen.«

Meiner Meinung nach hatte Massimo sich nicht sonderlich reumütig gezeigt, aber Lara war so ehrlich besorgt, dass sie es wieder wett machte. Um sie zum Lachen zu bringen, erzählte ich ihr davon, wie sich Anna gerade darüber beschwert hatte, dass ich Nico nicht zu Hause festgehalten hatte.

Obwohl Lara keinen Job hatte, wirkte sie immer so, als hätte sie etwas furchtbar Wichtiges zu tun. Meistens ging es dabei um etwas, das es bei mir nicht mal in die Nähe meiner To-do-Liste schaffen würde, zum Beispiel, ein raffiniertes Gericht für Massimo nachzukochen, das er auf einer seiner Geschäftsreisen probiert hatte. Ich erwartete also, dass sie spätestens nach fünfzehn Minuten wieder gehen würde, um einen dieser lächerlichen Punkte abzuhaken, wie zum Beispiel Wildlachs aus Alaska, Fleisch vom Weiderind oder eine andere Delikatesse zu besorgen, die man nicht im Supermarkt kaufen konnte. Doch sie kramte in ihrer Handtasche und holte einen Zettel hervor.

Sie sah verlegen zu Boden. »Ich wollte nur fragen, ob du weiterhin bereit bist, meine Fahrlehrerin zu sein? Ich weiß, ich habe bis jetzt nicht vor Eifer gesprüht.« Sie reichte mir den Zettel. »Aber ich habe nächsten Monat einen Termin für die theoretische Prüfung. Die praktische folgt dann hoffentlich im Oktober.«

»Oh mein Gott, das sind fantastische Nachrichten! Dann fangen wir am besten sofort an.« Und wenn ich bis zum Urlaub jeden Abend in meiner Werkstatt verbringen müsste – Lara musste schleunigst hinters Steuer, bevor sie kalte Füße bekam.

Sie grinste wie ein Kind an Weihnachten, als hätte sie das alles von langer Hand geplant. Gerade als ich befürchtet hatte, sie hätte das Interesse verloren. Sie steckte wirklich voller Überraschungen. So hatte ich immer sein wollen: dunkel und geheimnisvoll, eine Frau, die Männer nicht durschauten. Stattdessen war ich die unkomplizierte, kumpelhafte Frau im Hintergrund, während alle anderen ihre durchtriebenen Intrigen spannen. Vielleicht war ich auch einfach nicht clever genug für all die »Mal hü, mal hott«-Ratespielchen.

Aber immer, wenn ich Nico sagte, dass er mich bestimmt irgendwann langweilig finden würde, sobald er alle meine Geschichten zum tausendsten Mal gehört hatte, lachte er nur. »Maggie, ich will keine Spielchen. Ich *liebe* es, zu wissen, woran ich bin. Hör auf, an dir zu zweifeln. Und an mir.« Das stellte mich üblicherweise zufrieden und ich nahm mir immer fest vor, nicht in der ständigen Erwartung zu leben, dass alles den Bach runtergehen würde. Dieses Gefühl hielt meistens eine wundervolle halbe Stunde lang an, bis Anna mal wieder Caitlin in den Himmel lobte oder Francesca sofort auf ihr Handy starrte, sobald ich ihr etwas aus meiner Jugend erzählte, um eine Beziehung zwischen uns aufzubauen.

Die Aussicht auf die heimlichen Fahrstunden mit Lara

erfüllte mich mit einer ungeahnten Zufriedenheit. Vielleicht war ich doch nicht die vorhersehbare »ehrliche Haut« für die mich alle hielten.

So nahm unser gerissener Plan Formen an. Während der letzten beiden Juliwochen folgten wir immer dem gleichen Tagesmuster: Lara schlüpfte jeden Morgen unbemerkt aus dem Gartentörchen, nachdem alle Kinder zur Schule gegangen oder gebracht worden waren. Ich holte sie an der Straßenecke ab und wie zwei Ausreißer auf einem Roadtrip fuhren wir mit laut aufgedrehtem Radio aufs Land hinaus. Sobald wir eine ruhige, weite Stelle entdeckt hatten, tauschten wir die Plätze. Wieder einmal überraschte mich Lara. Ich hatte damit gerechnet, dass sie sich leicht entmutigen lassen und in ihre pessimistische Schiene abrutschen würde: »Ich hab's dir ja gesagt, ich kann das nicht, ich bin nicht gut darin.« Aber sie schien von einer unerschütterlichen Entschlossenheit gepackt worden zu sein. Sogar, als sie die Pedale verwechselte und uns damit fast in einen Graben beförderte, geriet sie nicht in Panik, während ich mit aller Macht versuchte, meine Angst zu verbergen. Sie drehte nur den Motor ab und ging alle Schritte noch einmal logisch durch, bevor sie einen neuen Versuch wagte. Wenn sie angehupt wurde oder jemand ihr wüste Gesten zeigte, ließ sie sich nicht davon beirren. Sie lachte nur und manchmal rutschte ihr sogar selbst ein »Verpiss dich!« heraus. Für mich war es eine Offenbarung. Lara war bei weitem nicht so gesittet, wie es schien. Ihre gelegentlichen Flüche öffneten auch bei mir die Schleusen. Ich schimpfte wüst drauf los und zeigte jedem den Mittelfinger, der es wagte zu hupen, was mir im Nachhinein immer furchtbar unangenehm war. Aber Lara schien es nicht zu stören. Sie wirkte ganz unbeschwert, als würde unser kleines Geheimnis sie von einer Last befreien, die ich nicht ganz benennen konnte.

NEUNUNDZWANZIG

LARA

Wir flogen am ersten August nach Italien. Ich hatte das Packen bis zur letzten Sekunde aufgeschoben und saß nun am Nachmittag vor dem Abflug auf dem Schlafzimmerteppich, strich über den Flor und versuchte mich dazu durchzuringen, die Koffer vom Dachboden zu holen. Allein das Geräusch des Reißverschlusses würde eine Flut von Erinnerungen an frühere Urlaube auslösen, ein Strom voller naiver Erwartungen und zerstörerischer Anschuldigungen.

Sobald Massimo nach Hause kam und sah, dass ich noch nicht einmal annähernd fertig gepackt hatte, würde der Urlaub schon mal gut losgehen mit einer seiner »Weißt du wie hart ich arbeite, damit dein fauler Hintern im Luxus schwelgen kann?«-Ansprachen. Vorhin hatte er mir Sandros Reisepass hingeworfen und gemeint: »Komm ja nicht auf blöde Ideen.«

Aber nun, da meine Gedanken hektisch umherirrten wie eine Kaninchenherde unter Gefechtsfeuer, fiel es mir schwer, nicht darüber nachzudenken. Wie würde unser Leben ohne Massimo und seine Launen aussehen, die so unbeständig wie das Wetter waren? Doch wie schon hunderte Male zuvor, verdrängte ich diesen Gedanken und konzentrierte mich darauf, alles für den Urlaub vorzubereiten. Denn ich wusste, dass jede Unachtsamkeit, jede vergessene Sonnencreme, jeder Hut oder Steckdosenadapter, den ich nicht eingepackt hatte, nur ein weiterer Beweis für meine »angeborene Dummheit« wäre.

Mit einem Seufzen stand ich auf und zwang mich dazu, auf den staubigen Dachboden zu gehen. Als ich die blauen Rollkoffer sah, spulte sich ein Horrorfilm vergangener Urlaubsschrecken vor meinem geistigen Auge ab. Wie sich die Mücken an Sandro labten, was natürlich meine Schuld war, schließlich hatte ich seine italienischen Farinelli-Gene mit meiner empfindlichen britischen Haut kontaminiert. Wie abfällig Massimo mich im Badeanzug betrachtet hatte und ich mir daraufhin allerhand Ausreden hatte einfallen lassen, um meine Sachen anzubehalten. Anna, die eine komplette Kehrtwende hingelegt hatte, was die Schlafenszeit um Punkt sieben Uhr betraf, und nun darauf bestand, dass Sandro bis Mitternacht wach blieb – »Wir sind immerhin in Italien!« – und ich die Konsequenzen am nächsten Tag alleine ausbaden musste. Massimo, der mal wieder die Beherrschung verlor, weil Sandro zu schüchtern war, um sein Erdbeereis auf Italienisch zu bestellen. Die braun gebrannte Caitlin bei einer Partie Scrabble, das nasse Haar mit einer eleganten Spange hochgesteckt, während ich mit Schorf auf der Nase und krausen Haaren danebenstand. Francesca, die den Pool im Delfinstil auf und ab schwamm, während Sandro im flachen Ende stand und wie am Spieß schrie, damit ich ihn herausholte. Massimo, der sich weigerte, auch nur einen Bissen der Pasta zu essen, die ich gekocht hatte, weil er sich angeblich unwohl fühlte und mir dann unbemerkt ins Ohr zischte, dass er meinen »ungesalzenen matschigen Fraß« nicht anrühren würde.

Doch es gab auch ein paar wenige schöne Erinnerungen. Kleine Momente der Zuneigung und Anerkennung, die ich mir bewahrt hatte. Massimo, der mein Kinn leicht anhob, mir in die

Augen sah und »*Bellissima*« raunte. Eine Nacht unter dem toskanischen Sternenhimmel. Sanftes Einmassieren der Sonnencreme auf meinem Rücken und zum Abschluss einen zarten Kuss auf die Schulter. Die Blüte einer Bougainvillea, die Massimo mir ins Haar steckte. Doch all diese kleinen Glücksmomente wurden mit jeder von Massimos unberechenbaren Gefühlswellen immer weiter weggeschwemmt.

Ich hatte gerade alle Koffer vom Dachboden gehievt, als Maggie an der Tür schellte. Sie wirkte angespannt und hatte nichts von ihrer üblichen Fröhlichkeit. Ich hätte erwartet, dass sie unbeschwert wie sonst auch an den Urlaub heranging und ihre größte Sorge darin bestand, eine Entscheidung zu treffen, welchen Sarong im Batikmuster sie mitnehmen würde.

»Kann ich kurz reinkommen?«

Ich ließ sie hinein, obwohl ich eigentlich dringend weiter packen wollte, bevor Massimo nach Hause kam.

Maggies Haare waren noch zerzauster als sonst und ihre weite Tunika aus Baumwolle war so schmutzig und zerknittert, als hätte sie sie aus den Untiefen des Wäschekorbs herausgefischt. Nervös wickelte sie sich eine ihrer Locken um den Finger, als würde sie mir gleich etwas sagen, das ich nicht hören wollte. Ich überlegte fieberhaft, ob ich irgendwann unachtsam geworden war. Kleine Bemerkungen, aus denen sie sich die Wahrheit zusammengereimt hatte, während ich die Straße entlanggezuckelt war und überlegt hatte, ob ich schon in den vierten Gang schalten musste. Es fiel mir schwer, mich Maggie nicht anzuvertrauen. Sie strahlte so eine natürliche Wärme aus und ich wusste, sie würde volles Verständnis zeigen und mir nicht unterschwellig zu verstehen geben, dass sie an meiner Stelle ganz anders gehandelt hätte. Ihre Meinung bohrte sich nicht zwischen jede meiner Unsicherheiten hindurch in meinen Verstand, um dort auf fruchtbaren Boden zu treffen und Wurzeln zu schlagen. Im Gegensatz zu den Farinellis, die davon ausgingen, dass jeder, der nicht ihrer Meinung war, ihren unumstößlichen Argumenten einfach nicht richtig zugehört hatte.

Maggies Blick huschte über mein Gesicht, und sie setzte gerade dazu an, etwas zu sagen. Ich wollte sie aufhalten, bevor sie es aussprechen konnte. Wenn mich irgendjemand fragte, warum ich mich noch immer mit Massimo abgab und ihn nicht einfach verließ oder in irgendeiner Form Andeutungen machte, dass er wüsste, wie Massimo mir Stück für Stück meine Identität raubte, bis ich schließlich wie ein Pawlowscher Hund darauf konditioniert wäre, nur noch mit Ja, Nein oder Entschuldigung zu antworten – ich wusste wirklich nicht, ob ich die Lüge von der glücklich verheirateten Ehefrau dann noch weiter aufrechterhalten könnte.

Beim Gedanken an einen möglichen Sorgerechtsstreit wurde mir angst und bange. Massimo würde alles tun, um zu gewinnen. Was, wenn ich Sandro wirklich zurücklassen müsste und er unter Tränen dabei zusah, wie seine Mutter davonging – oder fuhr –, der einzige Mensch auf der Welt, der ihn beschützen konnte? Das durfte ich nicht zulassen.

Ich machte mich bereit, Maggie schnell abzuwimmeln, bevor sie ihre Gedanken aussprechen konnte, die mich dazu zwingen würden, der Realität ins Auge zu sehen. »Ich packe gerade unsere Koffer. Du weißt ja, wie das ist. Ständig fällt mir etwas ein, das ich ›nur für den Fall‹ mitnehmen sollte, und wenn ich es nicht gleich mache, solange ich meine Ruhe zuhause habe, vergesse ich bestimmt etwas.«

Sie nickte. »Ich bleib nicht lang. Ich wollte dich nur etwas fragen.«

Ich wollte nichts davon hören. Am liebsten hätte ich mir die Ohren zugehalten. Aber nach allem, was sie für mich getan hatte, konnte ich nicht so unhöflich sein. Widerwillig führte ich sie in die Küche, wohl wissend, wie wenig einladend sie mit ihren weißen Wänden und sterilen Oberflächen wirkte. Seit Maggie zu Nico gezogen war, hatte sie Caitlins Küche Schritt für Schritt in einen gemütlichen Ort verwandelt, voller Zimmerpflanzen, flauschiger Kissen und bunter Keramikschüsseln, die Beryl ihr vom Trödelmarkt mitgebracht hatte. Eine wohlig warme Höhle, die zum Verweilen einlud und in der man bedenkenlos tiefe Gespräche führen konnte, ohne Angst davor haben zu müssen, verurteilt zu werden.

Maggie setzte sich auf einen Barhocker und spielte nervös am Saum ihrer Tunika. »Kann ich dir etwas anvertrauen? Aber du darfst es niemandem sagen.«

Statt zu antworten, bereitete ich mich auf die unausweichliche Frage vor, die gleich kommen würde. Ich legte mir meine Standardantworten zurecht, mein abwehrendes Lachen und das lockere »Hier gibt's nichts zu sehen«-Achselzucken, das ich im Laufe der letzten Jahre perfektioniert hatte. Ich könnte vielleicht sagen: »Er hat einen speziellen Sinn für Humor, er meint es nicht so.« Oder: »Das liegt an seiner italienischen Herkunft. Die mediterrane Leidenschaft. Die Farinellis haben alle etwas Feuer in sich. Aber er beruhigt sich auch schnell wieder.« Oder in Kombination mit einem nichtssagenden Blick: »Ich habe nichts bemerkt, keine Ahnung, was du meinst.«

Maggie rieb sich die Augen. »Es tut mir leid, dass ich dich damit belaste, Lara. Aber mich stresst dieser Urlaub total. Seit einem Monat ist Francesca wieder unmöglich zu mir. Es ist schlimm genug, wenn wir zu Hause sind, aber ich könnte jedes Mal losheulen, wenn ich mir vorstelle, wie sie mich vor Anna wie den letzten Dreck behandelt. Und Mum wird Francesca dieses Verhalten nicht durchgehen lassen, also wird sie sich einmischen und dann stehe ich wieder mal dazwischen. Ich will überhaupt nicht fahren«, sagte sie mit tränenerstickter Stimme. Und dann fing sie an, laut zu schluchzen. Es war kein unterdrücktes Wimmern wie bei mir.

All das Adrenalin, das ich mir für meine aufgesetzte Antwort gespart hatte, schoss mir in die Beine. Zitternd setzte ich mich neben sie und versuchte zu verstehen, warum Maggie, die Lebensfreude in Person, einen feuchten Dreck darauf gab, was Anna dachte.

Ich hatte mich schon so daran gewöhnt, meine eigenen Gefühle zu unterdrücken und wenn überhaupt nur in einer angepassten Form nach außen zu tragen, dass ich einen Moment brauchte, um zu verstehen, dass eine Frau wie Maggie ihr ganz eigenes Päckchen zu tragen hatte. Man musste mir die Verwunderung deutlich ansehen, denn Maggie stammelte weiter. »Tut mir wirklich leid, ich sollte dich damit nicht belasten. Aber ich kann nicht mit Nico darüber reden, weil er sich schon genug Sorgen um Francesca macht. Ich weiß, es ist nicht leicht für sie. Aber sie hasst mich.«

Endlich schaffte ich es, den Teil meines Hirns zu aktivieren, der nicht erst abwog, »was Massimo wohl dazu sagen würde«.

»Oh Gott, ich hatte ja keine Ahnung! Ich bewundere dich so sehr, Maggie. Du bist ein wundervoller Mensch, alleine wie du mit Sandro umgehst – er ist ganz hingerissen von dir – und ich hatte den Eindruck, dass du auch mit allen anderen gut klarkommst. Ehrlicherweise ist es wirklich nicht leicht, seinen Platz in einer Familie zu finden, in der alle ein so enges Verhältnis zueinander haben. Ich habe Ewigkeiten gebraucht, um mich halbwegs wohl zu fühlen. Aber Nico liebt dich wirklich sehr und Massimo findet dich ganz zauberhaft.« Ich versuchte, nicht zu hart zu klingen und lachte gequält. »Und was Anna angeht ... wir wären ganz schön blöd, wenn wir wirklich denken würden, irgendeine Frau wäre gut genug für ihre zwei Jungs.«

Maggie nahm eine etwas entspanntere Haltung ein. »Wirklich? Ich will nicht undankbar klingen und ich weiß, wie glücklich ich mich schätzen kann. Aber ich habe das Gefühl, ständig verurteilt zu werden. Am Anfang war es noch in Ordnung mit Francesca. Aber seit der Sache mit der Schmuckschatulle ist alles gelaufen.«

Meine Nerven waren zum Zerreißen gespannt, als balancierte ich auf einem mit Wasser gefüllten Ballon, der jederzeit platzen könnte. »Ach, das beschäftigt sie noch immer? Aber du weißt doch auch nicht, was damit passiert ist. Vielleicht war es nicht einmal deine Schuld, dass die Schatulle verschwunden ist.«

Maggie biss sich auf die Unterlippe. »Doch. Ich hab sie genommen.«

»Was? Warum?« Ich wollte die Frage sofort zurücknehmen. Es würde mir das Herz brechen, wenn der einzige Mensch, dem ich vertraute, die eigene Familie bestohlen hätte.

»Das kann ich dir nicht sagen. Aber ich hatte einen guten Grund.«

Ich wollte mir lieber selbst eine Meinung bilden, alleine schon, um sicherzugehen, dass mein Urteilvermögen nach zehn Jahren an Massimos Seite nicht so viel Schaden genommen hatte, dass ich in einer Herde schwarzer Schafe nicht mehr das weiße ausmachen konnte. Unsere Rollen schienen plötzlich vertauscht. Ich hatte immer zu Maggie aufgesehen und sie für ihre fröhliche, lebensfrohe und furchtlose Art bewundert. Jetzt brauchte sie meine Unterstützung. Und ich war es ihr schuldig. Sie war so großzügig zu mir gewesen – die Fahrstunden, ihr Umgang mit Sandro, das Hundetraining mit Lupo – und dank ihr war mein Leben ein bisschen weniger einsam.

»Warum kannst du es mir nicht sagen?«

Ich zuckte zusammen, als sie eine Lockensträhne so fest umwickelte, als wollte sie sie ausreißen. »Es würde Nico zu sehr verletzen. Und Francesca. Ich wollte sie nur beschützen.«

Mir wurde schlecht. Offensichtlich hatte Maggie herausgefunden, dass die Schatulle ein Geschenk von einem Mann war – aber nicht von Nico. Ich fühlte mich wie auf dem Deck einer Fähre während einer besonders unangenehmen Überfahrt, hin- und hergerissen zwischen dem Verlangen, den endgültigen Beweis dafür zu haben, dass Massimo und Caitlin eine Affäre gehabt hatten und dem Wunsch, den Kopf in den Sand zu stecken.

Ich musterte sie konzentriert. Verriet irgendetwas in ihrem Gesicht, ob Massimo in die ganze Sache involviert war? Aber es nutzte nichts. Ich musste gezielt nachbohren, um herauszufinden, was sie wusste. »Wie meinst du das?«

Maggie drehte an ihrem Ehering herum. »Ich hätte den Mund halten sollen … In der Schatulle war etwas, das … das Nico nicht gefallen würde.« Sie hopste vom Barhocker. »Tut mir leid, Lara. Ich hätte dich nicht mit reinziehen sollen. Vergiss es einfach, es ist unwichtig.«

Ich wollte sie an den Schultern packen und rufen: »Hatte mein Mann eine Affäre mit Caitlin?« Ich konnte nicht zulassen, dass sie mich fragend hier zurückließ. Ich würde nur den ganzen Tag grübeln und Massimo abends so lange auf der Suche nach Anzeichen anstarren, bis er mich anschnauzte, damit aufzuhören.

Ich schämte mich, für das, was jetzt kam, aber ich konnte sie nicht einfach nach Hause gehen lassen. »Wirklich schade, dass du mir nicht vertrauen kannst. Ich habe gedacht, wir sind Freunde.«

Maggie wurde rot. »Das sind wir! Darum geht es nicht. Aber ich kann dir diese Last nicht aufbürden. Du könntest dieses riesengroße Geheimnis nicht für dich behalten. Niemand darf davon erfahren. Wenn es rauskommt … Nico wäre am Boden zerstört. Ich bin fast wahnsinnig geworden, weil ich nicht wusste, was ich tun soll.«

Ich atmete tief durch. »Ich habe gedacht, du vertraust mir«, sagte ich und hasste mich selbst dafür.

Sie schien abzuwägen, aber ich konnte nicht deuten, ob es daran lag, dass sie mich nicht verletzen wollte oder daran, dass sie es sich von der Seele reden wollte. Ich wollte sie packen und an ihren Schultern rütteln. »Raus mit der Sprache!«

Aber sie schüttelte nur den Kopf.

Ich versuchte es weiter. »Mach dir keine Sorgen, ich erzähle Massimo nie etwas, das mit seiner Familie zu tun hat. Die Farinellis mögen es gar nicht, wenn Außenstehende die Nase in ihre Angelegenheiten stecken.«

Wir waren Verbündete. Damit hatte ich sie.

»Caitlin hatte eine Affäre«, flüsterte sie, als könnte sie es selbst kaum glauben.

Obwohl ich damit gerechnet hatte, strömte Schock durch meinen ganzen Körper. Ich gab mein Bestes, überrascht zu tun, aber meine Stimme klang selbst in meinen Ohren hohl und blechern. »Caitlin? Mit wem?«

»Ich weiß es nicht. Die Schatulle war voller Liebesbriefchen und kleiner Andenken. Und am Boden war eine Gravur. ›In ewiger Liebe, P.‹.«

»P.? Wer zum Henker ist P.?«, fragte ich. Nicht »M.« wie erwartet. Zu spät bemerkte ich, dass mich die Initiale am wenigsten schockieren sollte.

Doch der Hoffnungsschimmer war schnell verglüht, als Maggie mir haargenau aufzählte, was sie gefunden hatte. Eintrittskarten für die Oper, Mittagessen in teuren Hotels, Konzerte in der O2-Arena in London – ich fühlte mich so dumm und naiv wie ein junges Mädchen, das auf einer Party den ganzen Abend auf das Getränk ihres Freundes aufpasste, während er auf dem Parkplatz mit einer anderen rumknutschte. Ich hatte in der gleichen Firma wie Massimo gearbeitet und wusste, dass er beruflich viel unterwegs war, auch wenn die Geschäftsreisen seit Sandros Geburt noch häufiger geworden waren. Aber ich hatte nie einen Zusammenhang gesehen zwischen seinen Dienstreisen und Caitlins Yoga- und Pilates-Wochenenden. Nico genauso wenig. Aber wer würde so etwas schon ernsthaft in Betracht ziehen – Nicos Frau mit meinem Mann?

So verletzt ich auch selbst war, so schrecklich war der Gedanke daran, was Massimo seinem eigenen Bruder angetan hatte. Selbst Massimo könnte diesen Vertrauensbruch niemand anderem in die Schuhe schieben oder die Tatsachen so verdrehen, dass am Ende alle Mitleid mit ihm hatten und sein Verhalten für gerechtfertigt hielten.

»Wirst du Nico davon erzählen?« Ich bemühte mich um einen neutralen, mitfühlenden Ton, aber ich hörte selbst, wie neugierig ich klang, als wollte ich sagen: »Komm schon, spuck's aus!«

Maggie kaute auf ihrem Daumennagel herum und senkte den Blick. Tränen stiegen ihr in die Augen. »Nein. Wir können nicht einmal über die Schmuckschatulle reden, ohne dass ein Riesenstreit ausbricht. Immer, wenn ich darüber reden will, sagt er nur, ich soll es gut sein lassen. Ich glaube, er vermutet, dass ich die Schatulle in einem Anfall von Eifersucht weggeworfen habe, weil ich dachte, es war ein Geschenk von ihm. Oder vielleicht glaubt er, ich habe sie verscherbelt. Dabei wollte ich die beiden nur beschützen. Jedenfalls sind alle Beweise für die Affäre nun vernichtet.«

Ich reichte ihr ein Taschentuch und sie schnäuzte sich so geräuschvoll, dass ich lächeln musste. Es war eine erfrischende Abwechslung zu Anna, die jede unkontrollierbare Körperfunktion wie Niesen oder Husten für einen Mangel an persönlicher Disziplin hielt. Sandro hatte ihr mit seiner Eigenart zu schniefen, wenn er nervös war, wahrscheinlich fünf Jahre ihres Lebens geraubt.

Ich fühlte mich, als würde ich am Rande eines Berges stehen, auf die zerklüftete Masse unter mir blicken und müsste dem irrationalen Drang widerstehen, mich hinunterzustürzen. Ich wollte Maggie ermutigen, sich Nico anzuvertrauen. Ich wollte ihre Hand nehmen und sagen, dass ihr Mann ein Recht darauf hatte, die Wahrheit zu erfahren, wohl wissend, dass es danach nur eine Frage der Zeit wäre, bis Massimos Rolle in der ganzen Angelegenheit ans Licht käme, aber mit dem feinen Unterschied, dass ich ihn nicht selbst verraten musste. Endlich würden alle Massimos wahres Gesicht sehen und niemand würde mir einen Vorwurf machen, wenn ich ihn verließ. Ich könnte frei sei.

Ich spielte kurz mit dem Gedanken, wie es wäre, mit Sandro in einer kleinen Wohnung mit Meerblick zu wohnen. Ich stellte mir vor, welche Bilder ich aufhängen würde. Ein Leben, in dem ich nicht darauf Acht geben musste, jeden kleinen Legostein wegzuräumen, bevor Massimo nach Hause kam. Sandro könnte so viel und so lange malen wie er wollte und wäre nicht mehr gezwungen, zum Judo oder Rugby zu gehen. Nie wieder würde mir beim Betreten des Raums, in dem Massimo mit schwer einzuschätzender und vor allem wechselnder Tagesverfassung auf mich wartete, ein kalter Schauer über den Rücken laufen.

Aber wie immer verkümmerte die Vorstellung an ein anderes, besseres Leben sehr rasch. Massimo würde alles stur verleugnen und damit meine Überzeugung, im Recht zu sein, zerstören. Er würde jedem Vorwurf ausweichen und mir die Schuld geben - »Und selbst wenn? Mit einer Frau, die so fett, so nachlässig, so lieblos ist wie du, wer könnte mir da eine kleine Affäre verübeln?« - so lange, bis ein kleiner, von ihm vergifteter Teil von mir tatsächlich glaubte, ich sollte mich glücklich schätzen, ihn zu haben. Und sobald sich alles etwas gelegt hatte, würde er wieder den Sonnenschein spielen und so tun, als wäre ich die attraktivste und interessanteste Frau, die er je getroffen hatte.

Aber das hielt nie lange an.

Maggie schniefte ein letztes Mal in ihr Taschentuch. »Sorry. Eigentlich bin ich nicht gekommen, um mich auszukotzen. Ich wollte dich fragen, ob es für dich in Ordnung wäre, wenn Mum und ich Sandro in Italien ab und zu bei unseren Ausflügen mit Sam mitnehmen, damit er auch mal ein bisschen rauskommt. Ich will nicht, dass Anna denkt, wir sind undankbar, aber Mum kann sehr direkt sein. Ich brauche eine Möglichkeit, die zwei auseinanderzubringen, wenn's brenzlig wird.«

Sie war sichtlich erleichtert, als ich zustimmend nickte.

»Massimo wird bestimmt nichts dagegen haben, oder?«

»Nein, bestimmt nicht. Er mag dich sehr.« Im Nachhinein schämte ich mich dafür, dass ich eifersüchtig gewesen war, als Massimo bei Sams Party die Arme auf Maggies Schultern gelegt hatte.

Sie lächelte. »Danke. Ich will niemanden vor den Kopf stoßen. Massimo hat mir erzählt, wie sehr er sich darauf freut, im Urlaub Zeit mit Sandro zu verbringen. Man merkt wirklich, wie wichtig ihr und der Rest der Familie ihm seid. Er hat mich auch mit offenen Armen aufgenommen.«

Maggie hatte recht. Wer sollte ihr die Geschichte mit der Schatulle glauben, wenn es keine Beweise mehr gab?

Oder mir?

DREISSIG

MAGGIE

Am nächsten Tag reisten wir nach Italien. Hin und wieder überkam mich die Sorge, dass Lara etwas ausplaudern könnte. Es war schon schlimm genug gewesen, das Geheimnis für mich zu behalten – »Überraschung, Caitlin war nicht die perfekte Ehefrau, für die sie alle gehalten haben!« – ohne die Angst zu haben, dass es an anderer Stelle durchsickern könnte. Was hatte mich nur geritten, ihr alles zu erzählen? Dann wiederum war Lara wohl das personifizierte schweigsame Grab.

Als wir nach einer langen Autofahrt endlich in die Auffahrt der Anlage abbogen, machte Nico eine ausladende Handbewegung Richtung Schloss. »Willkommen im Castello della Limonaia!« Ich nahm seine Hand, heilfroh darüber, unserem Haus in Brighton und seinen Geheimnissen zwei Wochen lang den Rücken kehren zu können. Ich schmiegte mich an ihn und er gab mir einen Kuss auf die Wange. Im Rückspiegel sah ich, wie Mum uns beobachtete. Manchmal fühlte ich mich wie ein Versuchskaninchen: Bring zwei Menschen mit einem völlig unterschiedlichen sozialen Hintergrund zusammen und warte ab, welche Ehe-Mutation dabei entsteht.

Auf der Fahrt vom Flughafen hatte ich die Landschaft mit

ihren goldenen Sonnenblumenfeldern genossen, während Nico mir erklärte: »Auf Italienisch heißen Sonnenblumen *girasoli*. *Girare* bedeutet ›sich drehen‹ und *sole* bedeutet ›Sonne‹. Weil sich ihre Köpfe immer zur Sonne drehen.«

Statt mich in Tagträumen über den bevorstehenden Urlaub zu verlieren, hatte ich ihm extra aufmerksam zugehört, um ja nichts zu vergessen. Worüber auch immer die anderen sprachen, ich wollte zumindest wissend mitnicken können, damit Anna mich nicht anherrschte, dass Nico mir das doch schon alles erklärt habe.

Da Francesca hinter mir saß und mit ihrer jugendlichen Besserwisserei sicher nur auf eine Gelegenheit wartete, mich zu korrigieren, wagte ich es gar nicht, die italienischen Wörter laut nachzusprechen. Seit Wochen graute mir schon vor dem ersten Restaurantbesuch, bei dem die Farinellis in perfektem Italienisch bestellten, während ich mich mit der Bestellung einer *Pizza Fungus* völlig blamierte und die anderen Gäste in schallendes Gelächter ausbrachen. Als ich Nico davon erzählt hatte, hatte er mir einen Kuss auf die Nasenspitze gegeben und mich beruhigt. »Es ist ein Urlaub, kein Kreuzverhör. Wir werden euch dreien alles zeigen.«

Sobald Nico eingeparkt hatte, sprang Sam aus dem Auto. Es war noch nie im Ausland gewesen und furchtbar aufgeregt. Darauf sollte ich mich konzentrieren und mein seltsames Gespräch mit Lara einfach vergessen. Sie war ungewohnt neugierig gewesen, wollte unbedingt wissen, was mit der Schatulle passiert war und hatte mich mit Fragen durchlöchert. Manchmal wirkte sie so desinteressiert an anderen – unter anderem an mir –, dass ich mich fragte, ob es überhaupt irgendjemanden gab, den sie aufrichtig mochte. Vielleicht war sie aber auch – so wie ich – einfach nur erleichtert darüber, dass Caitlin doch nicht so perfekt gewesen war, schließlich war Lara auch nur ein Mensch. Selbst Massimo schien Caitlin zu verehren. Falls Nico vor mir ins Gras biss und ich noch einmal heiraten sollte, müsste ich aufpassen, ihn nicht auf ein Podest zu stellen – auch wenn die Chance auf zwei Hochzeiten in einem Leben zugegebenermaßen verschwindend gering war. Aber es war für den Nachfolger einfach viel zu anstrengend, in die Fußstapfen des Vorgängers zu treten.

Ich stieg aus und betrachtete ungläubig das Schloss. Wieder einmal bestand ein signifikanter Unterschied zwischen dem, was ich fühlen *sollte* und dem, was ich *wirklich* fühlte. Ich war zum ersten Mal in Italien und hatte noch nie ganze Felder voller blühender Sonnenblumen gesehen, nur die mickrigen Exemplare, die Sam als Schulprojekt vor dem dunklen Wohnzimmerfenster in Mums Wohnung gezogen hatte, wo sie schließlich ihr jämmerliches Ende gefunden hatten. Trotzdem wünschte sich ein Teil von mir nichts sehnlicher, als mit Mum, Sam und der Aussicht auf einen Urlaub in einem klapprigen Wohnwagenanhänger im vollgepackten Auto zu sitzen und Richtung Cornwall zu düsen, während wir lauthals *Summer Holiday* von Cliff Richard trällerten.

Doch ich konnte mir ein Lächeln nicht verkneifen, als Sam Sandro zurief: »Krass, ein echtes Schloss! Komm schon, schauen wir uns um!« Sam lief Richtung Gartenanlage. Sandro schlängelte sich an riesigen Terrakottavasen voller Geranien vorbei und trabte ihm hinterher. Francesca war viel zu cool, um sich etwas von ihrer Aufregung anmerken zu lassen. Sie warf einen Blick in den Rückspiegel, strich sich die Haare zurecht und stieg betont langsam aus.

Mum war ähnlich begeistert wie Sam. »Hab nicht mit einem echten Schloss gerechnet. Ist das zu glauben, es hat sogar Türme. Ob wir da wohl rauf dürfen? Die Aussicht muss der Wahnsinn sein. Schau mal, Maggs, eine Zugbrücke! Darüber sind früher bestimmt die Ritter auf ihren Pferden geritten.«

Nico legte mir den Arm um die Schultern. »Und, was sagen Sie, Mrs Farinelli?«

»Ein Wort: Wow!« Hoffentlich brachte der Urlaub unsere

Beziehung wieder ins Lot. Es war nun vier Wochen her, seit Francesca meine Werkstatt verwüstet hatte. Seitdem hatte sich Nico immer um Neutralität bemüht. Er hieß ihr Verhalten nicht gut, war aber scheinbar auch nicht hundertprozentig davon überzeugt, dass ich am Verschwinden der Schatulle völlig unschuldig war. »Schon seltsam, dass sie einfach weg ist. Vielleicht taucht sie ja noch auf.«

Falls es je den richtigen Moment für die Wahrheit gegeben hatte, hatte ich ihn verpasst. Mir fiel einfach keine Möglichkeit ein, wie ich Caitlins Affäre unter Verschluss halten und gleichzeitig eine nachvollziehbare Erklärung für das Verschwinden der Schatulle abliefern konnte. Ich hoffte, dass die ganze Geschichte irgendwann in Vergessenheit geriet und ähnlich mysteriös war, wie verschwundene Socken – etwas ärgerlich, aber nichts, womit man sich länger befasste.

Doch gerade, als ich diesen kurzen Moment der Zweisamkeit mit Nico genießen wollte, ein kleines Trostpflaster auf den erschreckend vielen Rissen, die sich in der kurzen Zeit unserer Ehe bereits gebildet hatten, wurden wir unterbrochen. Diesmal von Massimo.

»Na, Maggie, wie gefällt dir Italien bis jetzt? Entspricht es deinen Erwartungen? Soll ich euch auf die Festungsmauer führen? Die Aussicht von oben ist atemberaubend.«

Ich warf Nico einen fragenden Blick zu. Er nickte. »Geh nur. Ich kümmere mich mit Francesca um das Gepäck.«

Ich zögerte. »Sicher?« Ich war es nicht gewohnt, dass jemand anderes die Koffer schleppte, doch er winkte lachend ab.

In der Zwischenzeit hatte sich Mum damit beschäftigt, vertrocknete Geranien aus einer der Vasen zu pflücken.

Massimo legte ihr eine Hand auf die Schulter. »Aber, aber, Beryl. Du bist im Urlaub. Für so etwas gibt es Gärtner. Du sollst nur die Füße hochlegen und die Sonne genießen. Komm, ich zeige euch die Aussicht oben auf der Festungsmauer.«

Ich war Massimo unendlich dankbar dafür, wie viel Mühe er sich gab, Mum aktiv miteinzubeziehen. Am Flughafen hatte Anna eine spitze Bemerkung nach der anderen abgelassen. »Selbstverständlich fliegen wir nicht zum ersten Mal. Ich verstehe nicht, warum manche Leute nicht verreisen. Furchtbar engstirnig.«

Ich fand es völlig unmöglich, dass sie mich und meine Familie als Hinterwäldler darstellte und holte zum Gegenangriff aus, indem ich betonte, dass Fliegen die Umwelt zerstörte und moralisch unverantwortlich war: Flugmeilen waren nichts, worauf man stolz sein konnte und jedes Jahr starben zehntausende Menschen an den Folgen von Flugzeugabgasen.

Doch Mum hatte die perfekte Antwort gehabt. Sie hatte lautstark an dem Strohhalm in ihrem Milkshake gesaugt und trocken gesagt: »Egal wie sehr du es willst, ohne Kohle wird das nichts mit dem Reisen. Jeder möchte doch in der Weltgeschichte herumtingeln. Einfach in den Flieger hüpfen und los gehts. Zu einer Mittelmeerkreuzfahrt würde ich auch nicht nein sagen. Aber die Wahrheit ist: Wäre Nico nicht der wundervolle Mann, der er nun mal ist, und hätte kein Mitleid mit seiner alten Schwiegermutter gehabt, wäre ich jetzt nicht hier.«

Anna hatte keine Miene verzogen. Aber ich würde weiterhin ein Auge auf sie haben, falls sie noch immer nicht kapiert hatte, dass Beryl nicht länger Pflegerin, Putzfrau und Mädchen für alles war, sondern ein Teil der erweiterten Familie.

Bis auf Anna hatten alle Farinellis den zusätzlichen Urlaubsgast jedoch herzlich aufgenommen. Ich war schrecklich nervös gewesen, Nico davon zu erzählen, dass ich Mum eingeladen hatte, ohne vorher zu fragen. Ich war der felsenfesten Überzeugung gewesen, dass er dagegen wäre und ich Mum in einem sehr unangenehmen Gespräch wieder ausladen müsste. Doch er hatte mich nur umarmt und gesagt: »Natürlich darf

Beryl mitkommen. Ich hoffe, es ist in Ordnung, wenn sie sich das Zimmer mit Sam teilt.« Ich plapperte unaufhörlich weiter, versprach, dass ich für ihren Flug und ihren Anteil für die Unterkunft bezahlen würde. Und für das Toilettenpapier und die Seife, die sie verbrauchte natürlich auch, wenn wir schon dabei waren. Nico hatte mir nur einen Finger auf die Lippen gelegt. »Ganz ruhig. Ich kümmere mich um alles. Sam will seine Großmutter bestimmt dabeihaben und für Sandro wird es auch eine willkommene Abwechslung sein.«

Ich musste aufhören, mir so viele Sorgen zu machen. Vor Nico hatten meine Beziehungen nie länger als ein Jahr gehalten. In schwierigen Phasen hatte es da selten geheißen: »Lass uns daran arbeiten«, sondern eher: »Du weißt, wo die Tür ist, mach das du rauskommst«. Ich widmete meine Aufmerksamkeit wieder Massimo, der Mum noch immer Anweisungen gab, wie man im Urlaub den optimalen Entspannungszustand erreichte.

Mum wischte sich den Schweiß von der Oberlippe. »Ganz schön heiß, was? Ich weiß gar nicht, womit ich mich beschäftigen soll. War noch nie gut darin, die Füße hochzulegen. Aber ich werd's versuchen.«

»Wo ist Lara?«, fragte ich Massimo. »Vielleicht will sie mitkommen und die Aussicht genießen?« Ich wollte es mir nicht mit ihr verscherzen, weil ich ihren Ehemann gleich am ersten Urlaubstag unter Beschlag nahm.

Massimo winkte ab und führte uns in den sonnigen Innenhof, der von einem Arkadengang umsäumt war. An den Wänden konnte ich verblasste Fresken erkennen. »Lara kennt alles hier zu genüge. Sie packt gerade aus und später gehen wir ohnehin alle gemeinsam nach oben. Ich wollte meinen neuen Lieblingsgästen nur eine kleine Vorschau geben.«

Mum stupste ihn in die Seite. »Massimo, du alter Schmeichler.«

»Ich gebe mein Bestes, Beryl, ich gebe mein Bestes.«

Massimo steckte Daumen und Zeigefinger in den Mund und pfiff in bester Bauarbeitermanier nach Sam, der sofort aus dem Garten angelaufen kam. Hoffentlich ließ sich Nico im Urlaub etwas von Massimos Enthusiasmus anstecken. Ich sehnte mich nach der Zeit vor einem Jahr zurück: Nico hatte seine Trauer so weit überwunden, dass er sich nicht mehr schuldig fühlte, weil wir uns ineinander verliebt hatten, aber er war noch nicht mit der harten Realität konfrontiert worden, was es bedeutete, zwei völlig unterschiedliche Familien zu vereinen.

Massimo ließ uns die steile Treppe nach oben vorgehen.

Sam flitzte mit der unbändigen Energie eines Elfjährigen nach oben, während Mum sich am Geländer hochzog. »Herrgott, das sind wirklich keine Stufen für alte Moppel mit kaputten Knien wie mich.«

»Soll ich dich anschieben, Beryl?«, fragte Massimo und schaffte es, gleichzeitig frech und hilfsbereit zu klingen.

Mum gluckste keuchend. »Ach, hör mir auf!«

Langsam lösten sich meine Bedenken wegen des gemeinsamen Urlaubs in Wohlgefallen auf. Früher war ich optimistisch an solche Dinge herangegangen, aber ich hatte noch nie so viel zu verlieren gehabt wie heute. Nach ein paar Stufen drehte ich mich lächelnd zu Massimo um. Das Leinenjackett um die Schultern geschlungen, stand er am Fuße der Treppe im Sonnenlicht und sah dabei so klischeehaft italienisch aus, dass ich mir einmal mehr die Frage stellte, wie zum Henker das Zusammenleben zwischen einer so verklemmten Frau wie Lara und einem so unbekümmerten, abenteuerlustigen Mann wie Massimo funktionierte. Aber das ging mich wirklich nichts an. Außerdem wusste ich nun nur zu gut, dass eine Ehe von außen oft anders wirkte, als sie wirklich war.

Am oberen Ende der Treppe befand sich eine schwere Holztür. Massimo schob sich an uns vorbei, zog den schmiedeeisernen Riegel zurück und drehte einen riesigen Schlüssel herum, der auch gut an den Schlüsselbund eines Stadtschreiers gepasst hätte. Wir traten hinaus ins gleißende Sonnenlicht, unter uns ein gelbes Meer aus Sonnenblumen so weit das Auge reichte. Es war wirklich atemberaubend.

Massimo beobachtete uns mit verschränkten Armen, sichtlich zufrieden, dass es uns die Sprache verschlagen hatte. Er legte mir die Hand auf den Rücken. »Wenn du dich ein bisschen nach vorne lehnst, kannst du rechts die Weingärten sehen.«

Ich trat einen Schritt zur Seite und lehnte mich über die Mauer. Mein Rücken war völlig verschwitzt und ich wollte nicht unfreiwillig mitbekommen, wie er sich verstohlen die Hände an seiner Jeans abwischte. Ich erklärte Sam, wie aus den Trauben an den Reben später Wein gepresst wurde, aber er interessierte sich viel mehr dafür, ob die Schlossbesitzer von hier oben aus Pfeile auf ihre Gegner geschossen oder ihre Nachbarn mit Kanonenkugeln hochgejagt hatten.

»Beryl, begleitest du mich später in den Weinkeller? Der Sekt hier ist fantastisch. Schön spritzig.«

Mum grölte los. »Na, so ein Angebot kann ich schlecht ablehnen!«

Es war mir furchtbar peinlich, dass Mum in allem eine sexuelle Anspielung sah. Ich warf Massimo einen entschuldigenden Blick zu, aber er stimmte in ihr Gelächter mit ein. Ich schämte mich ein wenig dafür, dass ich mir insgeheim wünschte, sie hätte kein ärmelloses T-Shirt angezogen, das ihre schwabbeligen Oberarme noch mehr betonte. Neben ihr wirkte Anna in ihren wehenden Maxikleidern und luftigen Röcken wie eine engelsgleiche Erscheinung.

»Wir sollten wieder zurückgehen und Nico helfen. Ich habe ein ganz schlechtes Gewissen, dass er alles allein schleppen muss.«

Massimo sah mich an und seine dunklen Augen glänzten herausfordernd. »Für eine Frau wie dich tut er das bestimmt gerne.«

Ich war alt genug, um zu wissen, dass er mir nur Honig ums Maul schmierte, aber ich fühlte mich trotzdem geschmeichelt.

Ich ging an ihm vorbei, zog die schwere Holztür auf und rief Sam zu mir. »Komm Sam, wir suchen unsere Zimmer.«

Massimo überholte Mum eilig. »Lass mich zuerst gehen, Beryl. Die Treppe ist sehr steil.«

Sie stapfte hinter ihm her, die Füße in viel zu kleine Sandalen gequetscht. Sobald wir ausgepackt hatten, würde ich ihr die Zehennägel lackieren. Massimo reichte ihr die Hand, und half ihr die letzten paar Stufen nach unten.

»Du bist ein wahrer Gentleman. Anna hat ihre Jungs gut erzogen.«

In diesem Moment stolzierte Anna in den Innenhof. Sie trug ein makelloses weißes T-Shirt und eine enge Dreiviertelhose, in der ich ausgesehen hätte, als käme ich direkt von einem Bowlingturnier.

»Massimo, Lara braucht deine Hilfe. Sandro hat eine Eidechse in seinem Zimmer gesehen und weigert sich, hineinzugehen.«

Anna schaffte es, beide Namen mit einem leicht verächtlichen Unterton auszusprechen. Kein Wunder, dass die beiden überhaupt kein Selbstvertrauen hatten.

Massimo zuckte resigniert die Schultern.

»Dann spiele ich mal den Echsenbezwinger. Wir sehen uns später, meine Lieben.«

EINUNDDREISSIG

LARA

Während der Anreise war mir aufgefallen, wie mühelos Maggie jeden von Annas ungefragten Ratschlägen abgewehrt hatte. »Danke, Anna, aber Sam braucht wirklich keinen Pulli. Ihm wird nicht so schnell kalt.« »Ja, er darf während dem gesamten Flug auf dem iPad spielen.« »Ich weiß, dass es schlecht für die Zähne ist, aber ab und zu ist eine Cola okay. So haben die Zahnärzte wenigstens was zu tun.«

Ich bewunderte – und beneidete – Maggie für ihr Selbstvertrauen in ihre Erziehungsmethoden. Anna musste nur das Wort »Schal« in den Mund nehmen und ich machte mich sofort daran, Sandro wie eine Mumie einzuwickeln. Im Gegensatz zu Maggie hatte ich keine eigene Mutter, die mir zu Hilfe kam, wenn Anna mal wieder davon überzeugt war, dass ich auf ihre Ratschläge angewiesen war. Schon kurz nach Sandros Geburt hatte sie jedem meine Unfähigkeit unter die Nase gerieben. »Sandro ist ein schwieriges Baby. Sehr zimperlich. Lara macht sich generell viele Sorgen und die Schwangerschaft war nicht einfach. Wahrscheinlich haben sich ihre Ängste auf den Kleinen übertragen. Ein Glück, dass Massimo mit anpackt und sie unterstützt, sonst würde sie es nicht schaffen.«

Schließlich hatte ich das Gefühl gehabt, ohne fremde Hilfe würde ich alles falsch machen: das Fläschchen zu stark erhitzen, Sandro in zu heißes Badewasser legen, sodass er sich den Po verbrannte, zu viel stillen oder zu wenig. Das Gefühl saß noch immer so tief, dass ich nicht einmal selbst entscheiden konnte, ob Sandro eine Jacke brauchte, ohne jemand anderen um Rat zu fragen.

Als Sandro die Eidechse in seinem Zimmer entdeckt hatte, erklärte ich ihm, dass er im Bett schlafen konnte, das am weitesten von der Tür entfernt war und wir die Fenster ab sofort geschlossen halten würden. Ich versuchte, ihn damit zu beruhigen, dass Eidechsen nur kleine, harmlose Versionen der Drachen aus *Drachenzähmen leicht gemacht* waren. Aber natürlich war sofort Annas »Lara schafft das nicht«-Radar angesprungen und sie kam aus ihrem Zimmer nebenan, gerade rechtzeitig, um Zeuge von Sandros wachsender Kriechtier-Panik zu werden. Ich erklärte ihr, dass ich alles im Griff hatte und Sandro sich gleich beruhigen würde, aber es nutzte nichts. Sie machte sich sofort auf die Suche nach Massimo.

Das war es dann wohl mit meiner einfühlsamen Vorgehensweise.

Massimo stapfte ins Zimmer, hockte sich vor Sandro und zischte ihn an, gerade leise genug, damit die anderen ihn nicht hören würden: »Wag es ja nicht, so ein Theater wegen einer kleinen Eidechse zu machen! Eine verdammte Eidechse! Wie groß ist die im Vergleich zu dir, hm? Bald hast du dann auch noch Angst vor einer Ameise, oder was? Du musst aufhören, so eine Memme zu sein. Oder willst du mir den Urlaub ruinieren, weil du wegen solcher Kleinigkeiten herumheulst?«

Sandro schüttelte betrübt den Kopf.

»Wie war das? Sag schon, wirst du mir den Urlaub vermiesen, weil du wegen jeder Kleinigkeit zu heulen anfängst?«

Ich schluckte die Wut herunter, die seit gestern in mir brodelte, als Maggie meinen Verdacht bestätigt hatte.

Es war mir egal, wie Massimo mit mir umging. Aber Sandro war etwas anderes. Ich musste stark bleiben. Für ihn.

Ich warf Sandro einen eindringlichen Blick zu, damit er Massimo antwortete. Aus dem Augenwinkel schielte ich auf die schmiedeeiserne Nachttischlampe und stellte mir vor, sie Massimo über den Schädel zu ziehen. Meine Hand zuckte kaum merklich. Nur einmal wollte ich seinen angsterfüllten Blick sehen ...

»Nein«, flüsterte Sandro kaum hörbar, doch es schien Massimo zufriedenzustellen. Er stand auf und ließ den Finger sinken, den er gerade noch anschuldigend in die Brust unseres Sohnes gebohrt hatte. Und dann, als hätte sich ein innerer Schalter umgelegt, hob Massimo Sandro in die Arme, drehte sich im Kreis und gab ihm einen lauten Schmatzer auf die Stirn. »Braver Junge.«

Ein ängstlicher Ausdruck trat auf Sandros Gesicht und er sah sichtlich erleichtert aus, als Massimo ihn wieder auf dem Boden absetzte und ihm auf die Schulter klopfte. »Na los. Schau mal, wo Sam abgeblieben ist.«

»Das wird schon. Er braucht nur ein paar Tage, um sich einzugewöhnen«, sagte ich und packte weiter die Koffer aus, damit ich Massimo den Rücken zukehren konnte, um meinen »respektlosen« Gesichtsausdruck zu verbergen. Mein ganzer Körper verkrampfte, als er von hinten auf mich zukam, und ich bereitete mich innerlich auf einen Schlag in die Nierengegend vor.

Massimo legte den Kopf auf meine Schulter und gab mir einen Kuss in den Nacken. »Ja, das wird schon ...«

Für den Bruchteil einer Sekunde flammte ein kleiner Hoffnungsschimmer in mir auf, und ich entspannte mich. Doch dann packte er mich so fest am Handgelenk, dass meine Finger taub wurden. Ich hatte es mir abgewöhnt, mich zu wehren. Stattdessen ließ ich bewusst locker. Normalerweise bekam ich an den Handgelenken keine blauen Flecken. Ich hielt die Augen geöffnet, aber blendete ihn aus.

»Und zwar, weil *ich* für Disziplin sorgen werde. Du wirst ihn nicht länger bemuttern. Irgendwann hat er noch Angst vor seinem eigenen Schatten«, zischte mir Massimo ins Ohr, ließ meine Handgelenke los und verließ mit lauten Schritten den Raum.

Wie immer protestierte ich nur in Gedanken, ballte meine Hand zur Faust und stellte mir vor, wie ich meiner Wut freien Lauf ließ. Ich wollte ihn zu seinen fantastischen Erziehungsmethoden beglückwünschen. Es war wirklich eine tolle Leistung, seinen Sohn so lange zu erniedrigen, bis er nach seiner Pfeife tanzte. Aber diesen Gedanken dürfte ich niemals laut aussprechen. Massimo hatte meine Schwachstelle gefunden. Für jedes meiner Widerworte müsste Sandro büßen. Für einen Fünfundvierzigjährigen war es ein Leichtes, einen Siebenjährigen zu unterdrücken. Oder eine fünfunddreißigjährige Frau, wie man sehen konnte.

Wie oft war ich schon auf seine halbherzigen Entschuldigungen hereingefallen? Heute Nacht im Bett würde er mir über die Wange streicheln, sich langsam auf mich rollen und mir leise irgendeine lächerliche Ausrede ins Ohr flüstern, die ich früher tatsächlich einmal geglaubt hatte: »Ich bin nur so streng zu Sandro, weil ich den Gedanken nicht ertrage, dass die Leute dich für eine schlechte Mutter halten könnten.«

Nur ein weiterer Vorwand in einer langen Reihe an Sätzen, dich sich als Liebesbeweise tarnten, aber in Wahrheit nichts waren als leere Worte. »Ich sage dir, was du anziehen sollst, damit alle sehen, wie wunderschön meine Frau ist.« »Ich will nur dein Bestes. Aber manchmal schätze ich einfach falsch ein, was das ist.«

Die Vermutung lag nahe, dass er versuchen würde, mir einzureden, er hätte nur mit Caitlin geschlafen, weil ich ständig müde war und er mich nicht belasten wollte.

Ich hörte Maggies Stimme in meinem Kopf: »Oder irgendeinen anderen Mist.«

Ich hatte sie absichtlich nicht mehr auf das Thema angesprochen. Wie sollte ich ihr erklären, dass ich die Wahrheit kannte, und trotzdem mit Massimo zusammenblieb? Vermutlich würde sie mich für die armseligste Frau auf Erden halten. Vielleicht war ich das auch. Schließlich hatte ich zugelassen, dass Massimo mein Selbstwertgefühl mit jedem Ehejahr weiter erodierte wie eiskalte Wellen, die sich an Kreideklippen brachen.

Aber hatte ich mich nicht ganz bewusst von ihm blenden lassen? Hatte einfach nichts gesagt, wenn er brav fürs Foto lächelte und dann alles kurz und klein schlug, sobald der Deckel wieder auf dem Objektiv war?

Damals war ich stolz darauf gewesen, wie überrascht die Leute reagierten, wenn ich ihnen Massimo vorstellte, zuerst als meinen gutaussehenden italienischen Verlobten und später als meinen umgänglichen Ehemann. Selbstzufrieden hatte ich bemerkt, dass alle offensichtlich dachten, ich hatte alles richtig gemacht. Wie sehr ich die neidischen Blicke genossen hatte, wenn ich nach Feierabend in Massimos BMW gestiegen war, völlig eingenommen von diesem Mann, der alles über teuren Wein wusste und die besten Hotels kannte. Der es schaffte, dass sich ein ganz gewöhnliches Mädchen wie ich als etwas ganz Besonderes fühlte.

Doch seine anfängliche Begeisterung endete schlagartig, als Sandro geboren wurde. Die intensive Verliebtheit, die ich fälschlicherweise für echte Liebe gehalten hatte, verpuffte. Am Anfang unserer Beziehung war er von allem fasziniert, was ich tat, mit wem ich sprach, was ich dachte, wie sehr ich ihn liebte. Schon wenige Tage nach Sandros Geburt hatte es sich angefühlt, als hätte jemand auf einer ausschweifenden Party den Stecker aus der Anlage gezogen und wir wateten ziellos auf dem klebrigen Fußboden durch ein Meer aus halbaufgeblasenen Luftballons und bierdurchtränkten Luftschlangen.

Ich packte weiter unsere Koffer aus und unterdrückte die schmerzhaften Erinnerungen, die mit jedem Kleidungsstück zum Vorschein kamen. Das T-Shirt, das ich getragen hatte, als Sandro unabsichtlich Massimos iPhone vom Tisch geworfen hatte und der Bildschirm zersprungen war. Das Maxikleid, in dem ich auf dem Nachhauseweg von Massimos Firmenfeier auf dem Rücksitz eines Taxis gesessen und mir die Augen ausgeheult hatte. Meine Flipflops, in die ich schnell geschlüpft war, als Massimo mich auf der verschneiten Terrasse ausgesperrt hatte, während Sandro mit seinen kleinen Fäusten gegen die Glasscheibe hämmerte.

Ich legte das silberne Medaillon, das ich von meiner Mutter geerbt hatte, auf den Nachttisch und strich nachdenklich über die kleine Beule in der Kette, wo der Juwelier sie vor ein paar Jahren wieder zusammengelötet hatte. Die meisten von Massimos Wutausbrüchen waren mittlerweile zu einer einzelnen schwammigen Erinnerung verschmolzen. Aber diesen einen Streit würde ich wahrscheinlich nie ganz vergessen.

Ich schaute aus dem Fenster auf die Terrakottafliesen im Innenhof und versuchte mir das geschäftige Treiben vorzustellen, dass hier im sechzehnten Jahrhundert geherrscht haben musste. Doch so sehr ich mich auf die zahlreichen Fresken und die wunderschönen Bögen des Arkadengangs konzentrierte – die Erinnerung bahnte sich langsam ihren Weg zurück an die Oberfläche. Ich legte das Medaillon in eine Schublade, um nicht mehr daran zu denken, aber es war zu spät.

Sandro war ungefähr vier Monate alt gewesen. Ich hatte eine weitere schlaflose Nacht hinter mir gehabt. Meine Brustwarzen waren wund und eingerissen. Stillen, schreien, stillen: Das war der Ablauf. Immer wenn ich die Brust anlegte, tat es höllisch weh. Irgendwann war Sandro endlich in seinem Körbchen neben dem Bett eingeschlafen und ich ließ mich völlig erschöpft ins Kissen sinken. Mir war schwindlig vor Müdigkeit, aber ich musste wach bleiben. Falls Sandro wieder aufwachte, müsste ich mich erst aus meinem Zustand tiefster Erschöpfung kämpfen und ich war mir nicht sicher, ob ich das konnte.

Massimo schlüpfte leise ins Schlafzimmer. Er hatte keine Tasse Tee, kein Toastbrot, nicht einmal verdammte Kohlblätter gegen die Schwellung mitgebracht. Nein, er war gekommen, um sich zu beschweren, dass wir seit einer Woche keinen Sex gehabt hatten. Er schwafelte etwas von »männlichen Bedürfnissen«, die ich erfüllen musste. Es war ihm egal, dass ich Schmerzen hatte. Völlig entkräftet drehte ich mich zur Seite und deckte mich zu. »Heute nicht. Ich kann nicht.«

Aber Massimo hatte andere Pläne.

Noch heute war ich überrascht, woher ich die Kraft genommen hatte, mich zu wehren. Im weiteren Verlauf hatte mir Massimo die Kette vom Hals gerissen. Das Medaillon zeigte das letzte Foto von meiner Mutter, bevor sie gestorben war.

Ich erinnerte mich noch immer an das Gefühl, als sich die Kette um meinen Hals geschnürt hatte. Ich wollte gar nicht darüber nachdenken, dass Sandro aufgewacht war, als Massimo gerade in mich eindringen wollte. Doch nicht einmal er schaffte es, bei Babygeschrei weiter an Sex zu denken. Er hatte sich zur Seite gerollt. »Mach, dass er aufhört!«

Später hatte es ihm leidgetan.

Damals.

Und hunderte Male danach.

Ich hatte ihm geglaubt. Ich war mir so sicher gewesen, dass Massimo mich aufrichtig liebte; dass es mein Schicksal war, für diesen Mann da zu sein und ihn mit all seinen Schwächen vor sich selbst zu beschützen; dass er ohne mich verloren wäre, allein mit seinen dunklen Gedanken, die ihn dazu brachten, seine Liebsten so schrecklich zu behandeln.

Aber ich konnte mir nicht länger etwas vormachen. Er liebte mich nicht.

Er liebte nur sich selbst.

Und vielleicht hatte er Caitlin geliebt.

Der Gedanke riss mir den Boden unter den Füßen weg. Wie hatte ich so viele schwachsinnige Erklärungen dafür finden können, was mit der Schatulle passiert war? Wie hatte ich mir ernsthaft einreden können, dass er sie mir nur deshalb nicht geschenkt hatte, weil zu viele Klumpen in der Soße waren, ich eine einzelne Socke unter dem Sofa vergessen hatte oder Sandro nicht aufs Töpfchen gehen wollte? Eine Million lächerliche Gründe, warum sein Weihnachtsgeschenk für mich nicht unter dem Baum gelegen hatte. Aber das war das Problem, wenn man mit jemandem wie Massimo zusammenlebte. Völlig irrsinniges Verhalten wurde irgendwann zur Normalität, und man vergaß fast, wie andere Menschen wie Nico und Maggie ihre Beziehungsprobleme lösten. Alleine die Vorstellung, Massimo zu sagen, dass er mich verletzt hatte, wirkte so unwirklich wie eine Szene aus einer Liebeskomödie und nicht aus meinem eigenen traurigen Leben.

Ich hatte Massimo nie nach der Schatulle gefragt. Auch nicht nach den hundert anderen Kleinigkeiten, die mir im Nachhinein etwas merkwürdig erschienen waren. Dafür war ich zu feige. Es war leichter gewesen, sein Verhalten einfach hinzunehmen, als es infrage zu stellen.

Als ich hinaus in den Schlossgarten spazierte, rief ich mir unseren letzten Urlaub vor Caitlins Tod in Gedächtnis. Kurze Szenen, die meinen Selbsthass weiter schürten, tauchten vor meinem geistigen Auge auf. Massimo und Caitlin, die im Pool schäkerten, sich gegenseitig nass spritzten und sich voreinander versteckten wie turtelnde Teenager. Caitlin die im Bikini hinter Massimo stand und ihm die langen Finger sanft auf den Bauch legte, um ihm eine Pilatesübung zu zeigen: »Spann die Bauchmuskeln an, Massimo.« Wie sie ins Gespräch vertieft nebeneinander auf ihren Sonnenliegen gesessen hatten und Massimo Caitlin seine volle Aufmerksamkeit schenkte. Doch so war es schon immer gewesen. Caitlin stand immer im Mittelpunkt, egal ob es um Nico, Francesca oder – so schien es – Massimo ging.

Hatte ich es unbewusst geahnt und einfach verdrängt? Als Maggie den Inhalt der Schatulle aufgezählt hatte, war mir plötzlich ein Licht aufgegangen, das bis in die hintersten Winkel meiner verstaubten und vergessen geglaubten Erinnerungen strahlte.

Ich stellte mir vor, wie ich Massimo beim Abendessen konfrontieren würde. Wie ich mit dem Löffel an mein Weinglas klopfte, um die Aufmerksamkeit aller auf mich zu lenken. »Anna, Nico, Massimo ... Ich habe da eine Frage, die vielleicht jemand von euch beantworten kann ...«

Maggie und Nico spazierten vorbei. Sie wirkte so entspannt, ihre Bewegungen fließend und unbefangen. Sie war ungeschminkt, trug die langen Locken offen und eine ausgefranste kurze Jeans, mit der sie ebenso gut auf dem Weg nach Glastonbury sein könnte. Das Gegenteil von Caitlin mit ihren frisch gebügelten T-Shirts im Marinelook, weißen Jeans und einem Sonnenvisier, aus dem ihr glatter Pferdeschwanz schaute. Selbst vor Massimo hätte ich nie etwas mit jemandem wie Maggie zu tun gehabt. Zu ungepflegt, zu unverschämt, zu direkt. Selbst als ich noch Freundinnen gehabt hatte, war keine darunter gewesen, die keinen Lippenstift trug und statt einer Handtasche auch mal einen Jutebeutel benutzte. Doch all diese Dinge, die ich so an Maggie mochte, waren nur ein weiterer Grund, dass wir nie eng befreundet sein könnten.

Sonst würde ich in Versuchung geraten, ihr die Wahrheit zu erzählen.

ZWEIUNDDREISSIG

MAGGIE

Nach ein paar Tagen genoss ich *la Dolce Vita* in vollen Zügen. Ich hatte sogar den Eindruck, dass ich langsam Wurzeln schlug und wie Nicos »unkomplizierte Bodendecker« die Mauern der Familie Farinelli überwand und langsam aber sicher dazugehörte. Auch Sam hatte eine tolle Zeit, die er fast ausschließlich im Pool verbrachte. Massimo war der unangefochtene Meister für Spiel und Spaß im Wasser. Mal schleuderte er Sam in die Luft wie eine Rakete, mal hielt er Reifen unter Wasser, durch die Sam tauchen sollte, oder er schubste ihn von der Luftmatratze. Es tat gut zu sehen, dass Sam nun sogar zwei männliche Vorbilder in seinem Leben hatte. Mit Nicos ruhiger, fürsorglicher Art auf der einen und Massimos unbändiger Energie auf der anderen Seite bekam er das Beste aus zwei Welten mit auf den Weg. Ein Glück, dass ich mich richtig entschieden hatte.

Ich setzte auch große Hoffnungen in meine und Laras aufkeimende und zugegebenermaßen ungewöhnliche Freundschaft, besonders jetzt, nachdem ich ihr mein größtes Geheimnis anvertraut hatte. Abgesehen davon hatten uns auch die gemeinsamen Fahrstunden zusammengeschweißt. Nach den unzähligen Hupkonzerten, die ich auf dem Beifahrersitz über mich ergehen lassen musste, während Ampelphase um Ampelphase verstrich, hatte ich mir meiner Meinung nach ein bisschen harmloses Necken verdient, auch wenn es offenbar nicht zu ihren Stärken gehörte, über sich selbst lachen zu können. Beim Frühstück hätte ich mich fast angepinkelt vor Lachen, als sie mich allen Ernstes gefragt hatte: »Denkst du, Sandro ist von mir enttäuscht, wenn ich ihn nicht zum Mandarin-Unterricht schicke?«

Die meisten meiner Freundinnen machten sich Sorgen, ob ihre Kinder die mittlere Reife bestehen würden. Nachdem ich mich wieder beruhigt hatte, sagte ich: »Wow. Ähm, Sam hat gerade erst damit aufgehört, ›einzigstes‹ zu sagen und das auch nur, weil Francesca ständig darauf herumreitet. Chinesischer als Hummerchips und Süß-Sauer-Soße wird es bei uns in absehbarer Zeit nicht.«

Lara sah empört aus. »Aber Massimo sagt, je früher wir anfangen …« Doch dann erkannte sie selbst, wie irrwitzig der Vorschlag war, und sie grinste.

»Ich habe eine Million schlechte Entscheidungen getroffen, die sicher nicht das Beste für Sam waren«, fuhr ich fort, »angefangen bei nachlässiger Verhütung und Geschlechtsverkehr mit seinem idiotischen Vater. Aber ihm das Erlernen der chinesischen Sprache zu verweigern. Puh, das wäre selbst für mich der Tiefpunkt.«

Sie wirkte auch sehr glücklich darüber, dass sie in mir endlich eine Verbündete gegen Anna gefunden hatte. Neben mir wirkte Lara wie Supermum: Ich stoppte nicht auf die Millisekunde genau, wie lange Sam auf dem iPad spielte, verteilte keine streng abgezählten Süßigkeitenrationen und fiel nicht in Ohnmacht, wenn Sam zwei Tage hintereinander dasselbe mit Eiscremeflecken übersäte T-Shirt trug. »Nicht so schlimm wie Maggie« war Lara als Urteil vermutlich lieber als »meilenweit entfernt von Caitlin«.

Noch war es mir erspart geblieben, dass ich äußerlich mit

Caitlin verglichen wurde. Bestimmt war sie in knappen Bikini um den Pool geschwebt, während ich in meinem alten ausgeleierten Badeanzug durchs Wasser watete. Francescas angewiderter Blick, wenn Nico mir den Rücken eincremte, war auch nicht gerade erbaulich. Und vor lauter Angst, dass mein nasser Badeanzug verrutschen und einen Busch Schamhaare freilegen würde, zupfte ich ständig daran herum und warf lächerlich oft Kontrollblicke in meinen Schritt.

Aber heute war ein guter Tag. Mittlerweile hatte ich mich so lange und oft gesonnt, dass der bläuliche Schimmer auf meiner weißen Haut verschwunden war. Das warme Wetter wirkte Wunder und ich fand endlich wieder zu meiner alten Zuversicht zurück. Ich legte meinen Sarong ab und wandte den Blick von Annas flachem Bauch und ihren hervorstehenden Hüftknochen ab. Das kam davon, wenn man zu viel Brunnenkresse und zu wenig Schokoriegel aß. Wenn mir das nächste Mal einer dieser Magazinartikel unterkam, in dem es um die angeblichen gesundheitlichen Vorteile von Schokolade, Wein und Doughnuts ging, würde ich ihn ihr zu lesen geben. Und ihr gleich noch einen vor den Latz knallen, warum dünne Menschen viel unglücklicher waren.

Doch als ich ins Wasser stieg, verflogen all meine Sorgen über die Kombination aus Badeanzug und meinem fetten Hintern und ich spielte mit einer kindlichen Freude beim Volleyball und Abschießen mit. Wie sich herausstellte, war der Pool der perfekte Ort, um Beziehungen aufzubauen und miteinander warm zu werden. Früher war ich oft aufs Fahrrad umgestiegen, wenn das Geld am Ende des Monats nicht mehr zum Tanken gereicht hatte. Meine fehlende Körpergröße konnte ich beim Springen im Volleyball also durch meine trainierte Beinmuskulatur ausgleichen. Der »Sportplatz« meiner Schule war ein staubiges Stück Brachland gewesen und beim jährlichen Schulsporttag wurden eher Sackhüpfturniere als Sprintmarathons veranstaltet, weshalb ich nie herausgefunden hatte, ob sportlicher Kampfgeist in mir schlummerte. Wie sich herausstellte, motivierte mich die Aussicht auf den Sieg enorm, und ich schmetterte den Ball mit einer solchen Wucht über das Netz, dass mich sogar Sandro vom Beckenrand aus anfeuerte. »Los Maggie! Los Maggie!«

Völlig unerwartet wählte mich Francesca, die um jeden Preis gewinnen wollte, beim nächsten Spiel in ihr Team. Sie war mir gegenüber noch immer einsilbig, und als sie mich aufrief, dachte ich zuerst, ich hatte mich verhört. Aber als sie mich energisch zu sich winkte, verflog mein Ärger über die letzten Wochen. Vielleicht hatte ich alles viel zu persönlich genommen.

Als wir Massimo und Nico besiegt hatten und abklatschten, machte sich die leise Hoffnung in mir breit, dass es langsam wieder aufwärts ging. In Gedanken noch immer bei meinem spektakulären letzten Wurf, der uns den Sieg eingebracht hatte, sagte ich zu ihr: »Du hast klasse gespielt! Du verdienst eine Medaille.«

Francesca grinste breit. Doch dann verflog ihr Lächeln, als hätte sie sich daran erinnert, dass ich der Feind war.

»Schade, dass ich keine Schatulle habe, um sie aufzubewahren«, gab sie schnippisch zurück und schwamm im Schmetterlingsstil an die andere Seite des Pools. Typisch Farinelli. Brustschwimmen oder einfaches Paddeln war ja viel zu gewöhnlich.

»Ein kleiner Schritt nach dem anderen«, murmelte ich.

Nico warf mir ein verständnisvolles Lächeln zu, als wollte er mir sagen, dass ich mir keine Sorgen machen solle und am Ende schon alles gut werden würde. Doch langsam hatte ich genug davon, der Bösewicht zu sein.

Ich wünschte, er würde ihr das rotzfreche Benehmen nicht einfach durchgehen lassen und ab und zu etwas sagen. War das zu viel verlangt?

Schon war ich wieder in Gedanken versunken und mein

Plan, den sonnigen Tag ausnahmsweise ohne Schuldgefühle zu genießen, war Geschichte. Ich überließ es Nico und Anna, zum Markt zu fahren, obwohl ich laut Annas mit rosafarbenem Leuchtstift markierten Wochenplan mit dem Einkauf dran wäre. Aber das war mir herzlich egal: Heute wollte ich mich mit einem meiner »schrecklichen Klatschmagazine« auf der Sonnenliege fläzen und den quälenden Gesprächen über das Abendessen entgehen, in denen es meistens darum ging, ob heute Steinpilze, Spargelspitzen oder vielleicht doch ein verdammter Hauch von Trüffel das Tüpfelchen auf dem i wären. Außerdem war ich nicht in der Stimmung für Annas als Fragen getarnte Selbstbeweihräucherungen, auf die ich mit geheuchelter Ehrfurcht antworten musste: »Ja, das Schloss ist großartig. Ja, wir können uns glücklich schätzen, hier sein zu dürfen. Ja, das ist der schönste Ort, an dem wir je waren.«

Also winkte ich den beiden gut gelaunt zum Abschied, und schaute ihnen noch eine Weile hinterher, um zu sehen, ob Anna ihrem Sohn etwas ins Ohr flüsterte, das ganz bestimmt eine Bemerkung über mich war, sobald sie außer Hörweite waren. Sie enttäuschte mich nicht. Ich wollte ihr den gepflasterten Weg hinterherlaufen, mit meinen dicken Schenkeln schlackern, meinen Bauchspeck zu einem sprechenden Mund zusammenpressen und mit hoher Stimme quietschen: »Leck mich!« Ja, vielleicht könnte ich ein paar Kilos weniger vertragen. Aber im Gegensatz zu Caitlin war ich ihrem Sohn wenigstens treu. Ich hatte mir sogar einen eigenen Zungenbrecher ausgedacht, den ich nur allzu gerne für Anna aufsagen würde, wenn sie Nicos erste Frau mal wieder in den Himmel lobte: »Ach Caitlin? Du meinst die perfekte Pilatesprinzessin mit einer Präferenz für Penisse?«

Massimo kam mit ein paar Biergläsern an den Pool. »Ein kleiner Aperitif vor dem Mittagessen?«

Ein Glück, dass der Alkohol bei Massimo ohne Beschränkung floss. Ich hätte schwören können, dass Anna kleine

Markierungen auf die Ginflasche gesetzt hatte, falls ich mir unerlaubterweise einen Schluck genehmigte.

Doch gerade als ich dachte, der Tag würde sich langsam wieder zum Guten wenden, sagte Massimo aufgeregt: »Ich habe uns Eintrittskarten für die Oper heute Abend besorgt!« Er strahlte vor Begeisterung und sah den Emojis in Francescas Chatverlauf damit zum Verwechseln ähnlich.

Ich starrte ihn an. Das war ein Scherz, oder?

Leider schien er es ernst zu meinen. »Was ist los?«

»Ich war noch nie in einer Oper. Was, wenn ich nichts davon verstehe?« Ich bekam Schweißausbrüche, wenn ich daran dachte, zwei Stunden lang völlig ahnungslos neben den anderen Farinellis zu sitzen, die wissend nickend die Handlung verfolgten. Daneben würde ich mich ähnlich dümmlich fühlen wie Sandro, der zum Mandarin-Unterricht gezwungen wurde, ohne die Schriftzeichen für Marshmallow und Waschlappen unterscheiden zu können.

Mit gespielter Empörung warf Massimo die Hände in die Luft. »Noch nie in der Oper gewesen! Es wird dir gefallen … Universelle Lebensweisheiten unterlegt mit harmonischen Klängen. Du sitzt neben mir, ich erkläre dir alles.«

Hätte ich doch Nico zum Markt begleitet. Bestimmt wäre er auch nicht besonders begeistert von unserem Abendprogramm.

Um dem Gespräch zu entfliehen sagte ich, ich müsse mich abkühlen. Dann hopste ich in den Pool und paddelte rüber zu Mum. Massimo hatte sie überredet, ins Wasser zu gehen, obwohl sie nicht schwimmen konnte. Wie ein Buddha im blauen Badeanzug saß sie auf den Stufen im flachen Teil des Beckens und reckte den Kopf aus dem Wasser wie ein neugieriger Vogel Strauß. Massimo könnte ihr später selbst berichten, was er für heute Abend geplant hatte.

Mum versuchte gerade, Sandro ins Wasser zu locken. »Ist dir nicht heiß? Schlüpf in deine Schwimmflügel und setz dich zu mir. Ich kann auch nicht schwimmen, aber auf den Stufen hier ist es herrlich. Und neben mir kann dir überhaupt nichts passieren, weil ich jeden kalt mache, der mir zu nahekommt und mir Wasser auf die Haare spritzt.«

Wie schön, dass Mum ihre pazifistischen Ansichten auch der nächsten Generation näherbrachte. Zum Glück war Anna nicht da, um mit einer Schere bewaffnet Zeitungen zu durchforsten und Artikel über den negativen Einfluss aggressiver Sprache auf Kinder auszuschneiden.

Sandro schüttelte nur den Kopf. Er saß neben Laras Sonnenliege auf der Terrasse und legte Muster aus kleinen Kieselsteinen auf den Boden. Ich fragte mich, ob es ihm wohl etwas ausmachte, dass sein Vater mehr Zeit mit Sam und Francesca verbrachte als mit ihm.

Ich stieg aus dem Wasser und trocknete mich ab. Vielleicht wollte Sandro mit mir auf die Festungsmauer gehen und ein bisschen zeichnen, während ich ein paar Fotos schoss. Die Sonnenblumen- und Klatschmohnfelder hatten mich zu einem neuen floralen Patchworkmuster inspiriert.

Doch als ich gerade zu ihnen rübergehen wollte, brach ein Streit zwischen Massimo und Lara aus. Sie zischten sich leise an, so wie ich es bei Sam tat, wenn er in der Nase bohrte. Massimo stemmte die Hände in die Hüften und deutete mit dem Kopf Richtung Wasser, dann auf Sandro. Wieder mal war ich erleichtert darüber, dass ich Sam alleine großgezogen hatte. Die mitleidigen Blicke, weil ich »das alles ganz alleine stemmen musste«, waren mir egal – wenigstens musste ich nichts auf die Meinung einer anderen Person geben und konnte ganz alleine entscheiden, was das Beste für meinen Sohn war.

Lara und Sandro sahen beide aus, als warteten sie nur darauf, dass der Sturm vorüberzog. Ich konnte mir denken, wie frustrierend es für jemanden voller Ideen und Tatendrang sein musste, mit Lara zu diskutieren. Ich mochte sie wirklich, aber mit ihr an einer Lösung zu arbeiten müsste sich anfühlen, wie über einen zwei Meter hohen Gartenzaun zu rufen und nicht zu wissen, ob die Person auf der anderen Seite noch da war oder schon längst kaffeetrinkend in der Küche saß, während man seine Vorschläge ins Nichts brüllte. So wie seine Mutter kapselte sich auch Sandro eher von der Außenwelt ab. Erst, wenn er mir seine Zeichnungen zeigte, wusste ich, dass er meinen Vorschlägen wirklich zugehört hatte.

Schwerfällig stand Sandro auf und Lara ging hektisch herum, blies die Schwimmflügel noch ein bisschen auf, befeuchtete sie im Pool und stülpte sie ihm dann über die dünnen Ärmchen. Sandro wich erschrocken zurück, als er von ein paar Wassertropfen getroffen wurde, als Sam Francesca von ihrer Luftmatratze schubste. Ich bat sie, ein bisschen Rücksicht zu nehmen.

»Sandro ist so ein Loser. Der soll sich nicht so anstellen«, rief Sam, der das laute Organ meiner Mutter geerbt hatte.

Ich deutete ihm, den Mund zu halten, aber zu spät. Massimo trat plötzlich noch bestimmender auf und sein Ton wurde deutlich schärfer. »Alles klar, Sandro, wir gehen gemeinsam im flachen Teil ins Wasser und dann probieren wir aus, wie lange du untertauchen kannst.«

Lara sah aus, als wäre Sandro auf dem Weg zum elektrischen Stuhl, was vermutlich nicht der Zuspruch war, den ein so ängstlicher Junge wie Sandro gebraucht hätte. Vor allem dann, wenn es um ein bisschen Planschen im Pool unter der toskanischen Sonne ging und nicht um Schwimmen mit Alligatoren in Florida.

Sandro sträubte sich immer mehr, je näher sie den Stufen kamen. Er stand nie gern im Mittelpunkt, aber mit einem Publikum, das aus Lara, die nervös auf den Fingernägeln herumkaute, meiner Mum, die es zwar gut meinte, aber wenig hilfreiche Bemerkungen machte – »Willst du immer noch Schwimmflügel tragen, wenn du so alt bist wie ich?« – sowie Sam und Francesca bestand, die hinter vorgehaltener Hand kicherten, war jeder Schwimmversuch zum Scheitern verurteilt.

Plötzlich hob Massimo Sandro hoch, lief zum Beckenrand und sprang mit ihm ins Wasser. Lara schreckte auf. Ich wusste nicht so ganz, was ich davon halten sollte – so konnte man es auch angehen, aber wahrscheinlich würde Sandro nie wieder in eine Badewanne steigen.

Sandro tauchte an der Oberfläche auf und Massimo donnerte: »Und jetzt strampeln!« Aber Sandro ruderte nur panisch mit den Armen, prustete und verschluckte sich hustend am Wasser, bis ich fest damit rechnete, Lara würde gleich in voller Montur mit Sonnenbrille und Hut ins Wasser springen.

Ich wartete darauf, dass Massimo ihn in die Arme nahm und beruhigte. Zum ersten Mal hörte ich, dass Lara die Stimme erhob. Sie brüllte: »Hol in sofort da raus!«

Doch Massimo schien sie gar nicht zu bemerken. Er beobachtete einfach weiter, wie Sandro hilflos im Wasser zappelte. »Mach schon! Strampeln!«

Es wirkte wie eine Szene aus einem Waisenhaus in den 1960er-Jahren. Keine Wärme, keine Empathie, nur eine Methode – und eine Diagnose – für alle Kinder, ohne Rücksichtnahme auf ihre individuellen Bedürfnisse oder Eigenschaften. Ich sah rüber zu Lara. Sicher würde sie Massimo weiter anschreien und zur Not selbst ins Wasser hüpfen um einzugreifen. Aber sie schien selbst in Panik zu geraten, fuchtelte mit den Armen und sah aus, als würde sie gleich zu weinen anfangen.

Schließlich konnte ich die würgenden, krächzenden Geräusche nicht mehr ertragen. Wenn nicht bald jemand etwas unternahm, würde Sandro sich übergeben. Ich sprang ins Wasser. Ohne Massimo um Erlaubnis zu fragen oder ihn auch nur anzusehen schnappte ich mir Sandro, der mir augenblicklich die Arme um den Hals schlang und sich festklammerte. Er weinte bitterlich und hustete und spuckte.

Ich wollte mich gerade bei Massimo für mein Eingreifen

entschuldigen, doch er schnitt mir das Wort ab. »Maggie? Was soll das?« Kein Lächeln, kein beschämtes Eingeständnis, dass er sich wohl nicht die beste Lehrmethode ausgesucht hatte.

Ich brachte kaum einen Ton heraus, weil Sandros Griff mir die Luft abschnürte. »Sorry, aber er ist halb ertrunken.«

Massimo runzelte die Stirn. »Ich hatte alles unter Kontrolle. Frauen. Ihr seid immer so hysterisch. Das ist Sandros Problem. Er kann sich nicht durchsetzen.«

Ich spürte, wie Sandro zitterte. Massimo gab sich gerne besonders gebildet, schien dafür aber ziemlich ahnungslos zu sein, wie man seinem Kind Mut machte. Und auch von seinen Ansichten zu Frauen war ich nicht sonderlich begeistert: Wenn es einen Begriff gab, der mich zur Weißglut brachte, dann der vom »hysterischen Weibsbild«.

Doch statt selbst ausfallend zu werden, sollte ich erwachsen reagieren. War ich in meinen Zwanzigern noch ein kleiner Hitzkopf gewesen, hatte mich das Eheleben gelehrt, mir öfter mal auf die Zunge zu beißen. Ich versuchte, die Situation zu entschärfen. »Massimo, jeder weiß, wie toll du mit Kindern umgehen kannst, und Sandro ist da keine Ausnahme. Aber ich glaube, deine Methode verunsichert ihn mehr als sie hilft. Vielleicht darf ich es mal versuchen?«

Dann flüsterte ich Sandro ins Ohr: »Möchtest du mal mit mir schwimmen üben?«

Sandros Schluchzen klang langsam ab und er nickte.

Aber ich hatte die Rechnung ohne Massimo gemacht. »Nichts für ungut, Maggie, aber ich kann gut selbst einschätzen, was das Beste für meinen Sohn ist.«

Ich wollte gerade die Taktik wechseln, als Mum sich einklinkte.

»Was ist los mit euch beiden? Der arme Junge muss aus dem Wasser und sich von seinem Schreck erholen. Maggs, bring ihn zu mir, dann gehe ich mit ihm in die Stadt und wir holen uns ein Eis. Das ist genug Aufregung für einen Tag. Er kann's morgen nochmal probieren. Ich bin fast sechzig und hab überlebt, ohne Schwimmen zu lernen.«

Mum hievte sich mühsam aus dem Wasser. Lara stand am Beckenrand und ließ Sandro nicht aus den Augen, wie eine Entenmutter, deren schwächstes Küken in Gefahr war, gleich in einen Abfluss gesaugt zu werden. Ich fand es unmöglich, dass sie Mum und mich ihren Job machen ließ. Ich käme nie auf die Idee, regungslos dabeizustehen, wenn Nico Francesca halb ertrinken ließ – ganz zu schweigen von meinem eigenen Sohn. Sicher mischte sich nicht jeder einfach so in fremde Angelegenheiten ein wie meine Familie. Aber ich konnte mir nicht vorstellen, einfach nichts zu tun, während Sam in Lebensgefahr schwebte.

Massimo ließ sich nicht beirren. Er streckte die Arme nach Sandro aus, der sich so fest an mich klammerte, dass es sich anfühlen müsste wie das Abreißen eines Pflasters, wenn ich ihn schließlich losließ. Gerade als ich mich fragte, ob ich wirklich den Mumm hatte, meinem Schwager seinen eigenen Sohn zu verweigern, sprang Lara endlich ins Wasser.

Sie schwamm zu uns und schnappte sich Sandro. »Komm her, komm zu Mummy.«

Aber Massimo gab nicht kampflos auf. »Kein Wunder, dass es Frauen in der Wirtschaft nie ganz nach oben schaffen. Beim kleinsten Problem rennt ihr schreiend den Flur entlang.«

Laras Antwort verschlug mir die Sprache.

»Wenigstens muss ich keinen Siebenjährigen schikanieren, um mich gut zu fühlen.«

DREIUNDDREISSIG

MAGGIE

Nach dem »Vorfall« am Swimming Pool verschwand Lara mit Sandro auf ihr Zimmer und ich bekam sie den restlichen Tag nicht mehr zu Gesicht. Ich hatte auch nicht an ihre Tür geklopft, falls sie ungestört bleiben wollte. Kurz vor zwölf hörte ich, wie Massimo mit knirschenden Reifen davonfuhr und war wahnsinnig erleichtert, eine Stunde lang in Ruhe auf der Sonnenliege dösen zu können, während Sam und Francesca im Wasser nach Kieselsteinen tauchten.

Die Oper begann um neun, weshalb wir heute ausnahmsweise früher zu Abend essen würden, sehr zur Freude meiner Mutter, für die jedes Abendessen nach siebzehn Uhr als Mitternachtssnack galt. Wie gewünscht machten Nico und ich uns um Punkt achtzehn Uhr auf den Weg zum Esstisch im Innenhof. Als ich ihm vorhin von Massimos Vorstößen als Schwimmlehrer erzählt hatte, meinte er dazu nur, Massimo sei ein »Riesenarsch«. Obwohl ich ihm recht gab, hielt ich mich mit allzu überschwänglicher Zustimmung zurück. Aus Erfahrung wusste ich schon, dass die Farinellis sofort dichtmachten, sobald man als Außenstehender ein Familienmitglied kritisierte.

»Manchmal frage ich mich, was mit ihm los ist«, sagte Nico

jetzt, als wir in den Hof schlenderten. »Aber ich verstehe einfach nicht, warum Lara ihn nie in die Schranken weist. Du würdest mir so ein Verhalten niemals durchgehen lassen.«

Ich stupste ihn in die Seite. »Da hast du verdammt recht. Ich hoffe, er ist mir nicht böse. Hat sich ganz schön komisch angefühlt, ihm seinen eigenen Sohn zu verweigern.«

Nico schnitt eine Grimasse. »Massimo hat so ein großes Ego, er wird es überleben. Den Rest sollen die beiden unter sich ausmachen. Setz dich, ich mache uns einen Drink.«

Ich setzte mich an den Esstisch unter den Arkaden, während Nico in den Weinkeller ging. Ein paar Minuten später kam er mit einer Flasche Wein wieder, gepresst aus den Trauben der umliegenden Weingärten.

Er schenkte uns zwei Gläser ein und wir stießen an.

»Wo bleiben die anderen? Ich dachte, wir wollten um achtzehn Uhr essen?«, fragte ich.

»Entspann dich, liebste Gattin. In Italien ticken die Uhren anders.«

Ich nahm seine Hand. »Ich will mich gar nicht beschweren, im Gegenteil. Ich bin froh, dass ich dich ein wenig für mich habe.« In Gedanken fügte ich hinzu: »... und dass wir dadurch hoffentlich den Einlass verpassen.«

Er gab mir einen Kuss auf die Stirn und setzte sich neben mich. »Und ich bin froh, dich bei mir zu haben.« Ich hörte genau hin, versuchte herauszufinden, ob ein Hauch von Misstrauen in seiner Stimme lag, ob er dachte, dass ich mir mein Gehalt mit dem Einschmelzen von Edelmetallen aufbesserte. Aber zum Glück klang er so liebevoll und zärtlich wie immer.

Lara kam mit Sandro an der Hand aus ihrem Zimmer. »Abend«, sagte sie mit dünner Stimme, als müsste sie all ihren Mut zusammennehmen, um uns in die Augen zu sehen. Lara hatte wirklich das Talent, ans Leben heranzugehen wie an ein furchtbar kompliziertes Kreuzworträtsel, das sich nur schwer lösen ließ.

Nico reichte ihr ein Glas Wein.

Erstaunt beobachtete ich, wie sie einen großen Schluck davon nahm. Ich hatte Lara noch nie Alkohol trinken sehen. Für mich gehörte Wein zu einem lustigen Abend einfach dazu – manchmal auch Wodka oder Pernod, wenn es sein musste. Ich war neugierig, ob Lara ihre Hemmungen fallen ließ, sobald die Schnapsgläser auf dem Tisch standen.

Massimo war vor ein paar Stunden zurückgekommen und ich hatte insgeheim gehofft, dass der große Streit zwischen ihm und Lara lange genug andauern würde und sich der Ausflug in die Oper damit erledigt hätte. Wäre ich an ihrer Stelle und mein eigener Ehemann hätte mich als hysterisch bezeichnet, würde ich mir eine Strafe überlegen, die sich gewaschen hat. Kombination Heckenschere und heikler chirurgischer Eingriff, etwas in diese Richtung. Ich fragte mich, ob sie sich ihm widersetzte, sobald sie alleine waren. Jedenfalls hatte ich es noch nie erlebt, dass sie ihn so offen vor anderen die Stirn bot. Aber sollte der Plan noch immer stehen, dass wir später in die verfluchte Oper gingen, hatten sie hoffentlich alle Konflikte beigelegt, damit wir nicht gleichzeitig das Geplärre auf der Bühne und das Drama zwischen den beiden ertragen mussten.

Massimo hatte sich zweifellos wie der letzte Vollidiot benommen. Allerdings könnte Lara auch mal versuchen, ihre Mutterrolle etwas leichter zu nehmen. Sandro war von Natur aus eher schüchtern und unsicher, aber es war bestimmt keine große Hilfe, dass seine Mutter permanent wie ein Schatten hinter ihm herlief, als wäre die Welt ein einziger großer Elektroschocker. Lara war ganz versessen darauf, »das Richtige« zu tun. Klar, ein bisschen Obst und Gemüse sollte auf dem Speiseplan von Kindern stehen. Ich für meinen Teil war schlichtweg zu faul, um Sam ständig zu ermahnen, dass er doch bitte seine Erbsen aufessen solle. Dann noch das Theater um ausschließlich frisch gekochtes Essen: »Massimo will, dass Sandro die Zubereitung von Mahlzeiten als Teil seiner italienischen

Herkunft kennenlernt.« Schön für Massimo, aber ich hatte noch nicht mitbekommen, dass der Herr des Hauses sich damit abmühte, Zwiebeln und Knoblauch zu hacken oder Soßen zuzubereiten, die stundenlang köcheln mussten. Wenn Lara endlich das Abendessen auf den Tisch stellte, war Sandro vermutlich schon so am Verhungern, dass er drauf und dran war, sich ein paar trockene Hundekekse mit Lupo zu teilen.

In solchen Momenten war ich froh, dass wir keine wirkliche Esskultur hatten. Auch wenn ich es nicht an die große Glocke hängte, dass es bei uns manchmal einfach nur Pommes zum Abendessen gab, lag das hauptsächlich daran, dass ich keine Lust auf die »Quinoa über alles«-Moralpredigten mancher Mütter hatte, die scheinbar im ständigen Wettbewerb standen, welche ekelhafte tiefgekühlte Linsen-Kichererbsen-Avocado-Kombi sie ihren Kindern als Eiscreme verkaufen konnten.

Ich schenkte Lara nach. »Hast du am Nachmittag ein Nickerchen gemacht? Es war ganz schön heiß.«

»Zu heiß.«

Sie schwieg wieder.

»Alles okay?«, fragte ich behutsam. Sie sollte wissen, dass ich auf ihrer Seite war.

Sie biss sich auf die Lippe und wandte den Blick ab. »Ja, alles bestens.«

Obwohl Lara mir mehr als deutlich signalisierte, dass sie nicht darüber reden wollte, plapperte ich einfach weiter. Ich war Mum wohl ähnlicher als gedacht. »Mach dir keine Gedanken wegen heute Morgen. Du solltest sehen, wie Nico und ich uns manchmal in die Haare kriegen. Stimmts, Schatz?«

»Du schreist mich an, ich höre zu und versuche, etwas von deiner Weisheit zu absorbieren«, scherzte er.

Laras Mund zuckte leicht, aber sie brachte kein Lächeln über die Lippen.

Lara war wieder die Verschlossenheit in Person, fast wie ein Glas frisch abgefüllter Marmelade. Sie konnte nicht einmal zugeben, dass sie sauer war. Dabei hatte ich wirklich gedacht, dass eine Art Freundschaft zwischen uns entstanden war: Zwei Außenseiterinnen, die eine Allianz bildeten und sich über Familiengeheimnisse und die zweifelhaften Freuden als Teil der Farinellis austauschten. Aber offensichtlich hatte ich mich geirrt.

Von ihrer neu entdeckten warmherzigen Seite war im Moment nichts zu sehen. Sie wirkte abwesend, als würde sie sich in den Kalender eintragen, wann sie Gefühle zeigen durfte. Mittwoch, 16:30 Uhr: Sandro kommt von der Schule nach Hause – Freude. Donnerstag, 10:00 Uhr: Mal wieder Legosteine aufräumen – Ärger. Samstag, 23:00 Uhr: Aussicht auf Geschlechtsverkehr mit attraktivem Ehemann – Erregung. Ich fragte mich, ob sie jemals spontan Sex mit Massimo hatte. Sie machte nicht den Eindruck, dass sie jemals die Schlafzimmertür zuknallte und leidenschaftlich über ihn herfiel.

Die Stimmung am Tisch wurde immer unangenehmer. Lara redete ausschließlich über Belangloses, als säßen wir im Wartezimmer eines Arztes: »Hoffentlich kühlt es etwas ab« und »Die Bougainvilleas blühen herrlich«, was überhaupt nicht zu einem unbeschwerten Urlaub in der Sonne passte. Sandro saß neben ihr und malte. Wenn er ihr etwas ins Ohr flüsterte, war sie kurz aufmerksam, dann lehnte sie sich wieder mit leerem Blick im Stuhl zurück.

Nico versuchte, die Stimmung aufzulockern. »Was sagst du Lara, welche Sehenswürdigkeit sollen wir Maggie in San Gimignano zuerst zeigen, bevor wir uns die gefürchtete Oper ansehen?«

»Die Piazza.«

Wir warteten ab, ob sie ihre Antwort noch weiter ausführen würde, aber nach einem weiteren großen Schluck Wein verfiel sie wieder in Schweigen. Ich fühlte mich wie eine Verräterin, aber ich fragte mich, ob die Familienzusammenkünfte vielleicht mehr Spaß gemacht hatten, als Massimo noch mit Dawn verheiratet gewesen war. So abfällig wie Anna jedes Mal schnaubte, wenn jemand mutig genug war, den Namen von Massimos Exfrau in den Mund zu nehmen, ging ich davon aus, dass Dawn recht streitlustig gewesen war und Annas tyrannische Schreckensherrschaft über die Familie nicht einfach hingenommen hatte. Wir hätten bestimmt ein gutes Team abgegeben, Schwestern im Geiste, die sich gegenseitig den Rücken freihielten und Annas aufgeblasene Kommentare abschmetterten.

Da Nicos heldenhafte Versuche, Lara zum Reden zu bewegen, offensichtlich nicht funktionierten, versuchte ich mein Glück und stellte ihr einen Haufen Fragen über San Gimignano, auf die sie nur einsilbig antwortete. Die Situation war so absurd, dass ich mir kaum das Lachen verkneifen konnte.

Doch zum Glück kam in diesem Moment meine Mutter keuchend die Treppe herunter. Sie trug ein T-Shirt im Batikmuster, mit dem sie aussah wie eine menschliche Zielscheibe: in der Mitte ein großer roter Fleck, umschlossen von Ringen in türkis, rosa und gelb. Damit stand ersten Versuchen im Bogenschießen nichts mehr im Weg.

Nico schielte zu mir und fragte dann: »Auch ein Glas, Beryl?«

»Da sag ich nicht nein. Danke, Nico.«

Sie setzte sich und wandte sich an Lara. »Alles in Ordnung, Liebes? Was war denn heute Morgen mit Massimo los? Hab ihn noch nie so erlebt.« Wie immer war Mum der Inbegriff von Feingefühl.

»Hat sich alles geklärt.«

Ich bewunderte Lara. Irgendwann würde es auch mir gelingen, nicht alles auszuplaudern, nur weil mein Gegenüber erwartungsvoll die Augenbrauen hochgezogen hatte.

Mum schaute Lara über ihre Sonnenbrille hinweg an, mit der sie aussah wie der pummelige Geist von John Lennon. »Genau deshalb hab ich nie geheiratet. Ich brauch keinen Kerl, der mir vorschreibt, was das Beste für mich und meine Maggs ist. Man kann ein Kind doch nicht zu Tode erschrecken, halb ertrinken lassen und das Schwimmunterricht nennen. Nur meine Meinung.«

Nico rollte die Augen und nahm meine Hand. »Nicht alle Männer sind Ausgeburten der Hölle, Beryl. Jag Maggie keine Angst ein, sonst überlegt sie es sich doch noch anders.«

Mum machte eine wegwerfende Handbewegung. »Ach was. Als Schwiegersohn machst du dich gar nicht mal so schlecht.«

Nico lachte laut auf. »Da bin ich froh. Massimo ist auch kein übler Kerl. Er wird nur ungeduldig, wenn wir Normalsterblichen nicht so gut im Sport sind wie er. Aber am Ende des Urlaubs wirst du schwimmen wie ein Profi, oder Sandro?«

»Lasst doch den armen Jungen in Ruhe«, meinte Mum mit einem missbilligenden Schnauben. »Alles zu seiner Zeit, stimmt's Sandro? Aber stell dir mal vor, was dein Daddy für Augen machen würde, wenn du schwimmen lernst und ihn damit überraschst? Dann könntest du ihm eins auswischen und ihn so lange untertauchen, bis er Wasser schluckt.«

Um Himmels Willen. Ich wollte mir gar nicht ausmalen, welche moralisch verwerflichen Ansichten Sandro nach zwei Wochen mit meiner Mutter übernommen hätte.

In diesem Moment kam Massimo an den Tisch, und begrüßte uns reihum überschwänglich mit Küssen, Händeschütteln und Umarmungen. Als letztes gab er Lara einen Kuss auf die Stirn. »Hallo, meine Schöne. Hierher bist du also verschwunden. Ich habe schon befürchtet, du bist mit dem Gärtner durchgebrannt und hast mich einsam und gebrochenen Herzens zurückgelassen.«

Das war wohl Massimos Verständnis von einer öffentlichen Entschuldigung. Ich fand es bewundernswert, dass er seine Gefühle so offen vor anderen zeigen konnte, selbst wenn er sie humorvoll verpackte. Sein Bruder war da ganz anders. Ich wünschte, Nico wäre in dieser Hinsicht weniger zurückhaltend. Hier und da zu erwähnen, dass wir uns erst trennten, wenn einer von uns im Sarg lag, würde sicher nicht schaden, damit Anna mich endlich als Teil der Familie akzeptierte und nicht als optionales Extra betrachtete wie ein Schiebedach oder Navi in einem Leihwagen.

Lara schenkte Massimo kaum Beachtung. Sie umklammerte den Stiel ihres Weinglases etwas fester und wandte sich Sandros Zeichnung zu. Offenbar hatte sie beschlossen, ihren Mann nicht so einfach davonkommen lassen. Ich wünschte, sie würde ihm einfach die Meinung geigen und ihm nach einer kurzen Explosion vergeben. Schmollen und unterschwellige Wut brachten nichts außer angespannter Stimmung, die allen anderen den Abend verderben würde.

Doch Massimo schien davon nichts zu bemerken. »Wie ich sehe, habt ihr schon die erste Flasche geköpft. *Salute*! Mum kocht genug Pasta, um die gesamte Toskana einen Monat lang durchzufüttern.«

Er beugte sich zu Sandro, um sich seine Zeichnung anzusehen. Sandro klappte schnell seinen Block zu.

»Lass mich mal sehen, mein Großer.«

Sandro schaute fragend zu Lara. Sie nickte und sagte zu Massimo: »Er malt das Schloss.«

Massimo schnappte sich den Zeichenblock und blätterte durch die Seiten. Sandro wirkte angespannt, als würde eine unsichtbare Schnur durch seinen Körper laufen. Nervös kaute er auf seiner Lippe herum und wartete begierig auf Massimos Urteil. Sandro kam ganz nach seiner Mutter – er wirkte, als wäre das ganze Leben eine einzige Qual.

Massimo fing an, die Zeichnung nach technischen Aspekten zu analysieren, statt seinem Sohn einfach auf die Schulter zu klopfen. Typisch Mann. Hier war die Gelegenheit, die katastrophale »Schwimmstunde« von heute Morgen wiedergutzumachen und zur Abwechslung seinem eigenen Kind Anerkennung zu schenken, statt immer nur Francesca mit ihren

Meisterschaftsmedaillen zu loben. Ich wollte auf den Tisch hauen, bis die Keramikschüsseln mit Oliven auf dem Boden zerbarsten. Allen voran Anna, die ständig mit »wissenschaftlichen Erkenntnissen« um die Ecke kam, denen zufolge auf einem Fahrradsattel mehr Bakterien lebten als auf einer Klobrille, womit sie Lara nur einen weiteren Grund zur Sorge lieferte, würde die ganze Familie von einer Ausgabe *Selbstwertgefühl steigern für Dummies* profitieren.

Ich hielt es nicht mehr aus. »Er ist ein echter Künstler, oder? Ich bin immer ganz beeindruckt von seinen Zeichnungen.«

Sandro lächelte verlegen.

Massimo sah mich erstaunt an, als hörte er das zum ersten Mal. Meine Güte. Würde er irgendjemanden bitten, ihm drei Fakten über seinen Sohn zu nennen, wäre Sandros künstlerisches Talent mit Sicherheit einer davon.

»Ja, das ist er.« Sein Blick huschte zur Seite, als wollte er schnell zu einem interessanteren Thema übergehen. Unfassbar. Wie oft hatte Massimo seinen Bruder schon zu Francescas Schwimmmeisterschaften begleitet? Er wusste jedes verdammte Detail über ihre siegreichen Wettkämpfe, aber konnte sich keine zwei Sekunden mit den Erfolgen seines eigenen Sohnes beschäftigen.

Ich hatte Mitleid mit Sandro. Die meisten Menschen taten meine Schneiderei als bloßes Hobby ab, und verstanden nicht, dass ich damit mein Geld verdiente. Erst gestern hatte mich Anna gefragt, wie es mit meinem »kleinen Nähprojekt« voranging, als schneiderte ich auf dem Dachboden ein einfaches sommerliches Dreieckstuch für den Urlaub statt komplexer Auftragsarbeiten für meine Kundinnen und Kunden. Ich würde Massimo nicht so leicht vom Haken lassen.

»Hat er sein Talent von dir?«

Massimo lachte schallend auf. »Nein! Ich kann nicht mal ein Strichmännchen zeichnen. War schon immer eher ein

Zahlenmensch. Nico hat seine Zeit mit solchen Dingen verplempert. Zeichnen, Laub zusammenkehren, Blumen sammeln. Ich war dafür ein Ass in Mathe. Und im Schwimmen.«

Sandro ließ den Kopf hängen und wandte sich wieder seiner Zeichnung zu.

Entnervt nahm ich einen Schluck von meinem Wein und wollte meine Augen so weit nach hinten rollen bis ich aussah wie ein Zombie. Massimo tippte auf Sandros Zeichenblock.

»Würdest du dir so viel Mühe beim Schwimmen geben wie bei deinen Zeichnungen, wärst du in ein paar Jahren Olympiasieger!«

Sandro sah zu Lara, doch anstatt ihm zuzuzwinkern und aufmunternd zuzulächeln – wie ich es getan hätte –, zupfte sie teilnahmslos an ihren Nagelhäuten herum. Kein Wunder, dass Sandro sich wie ein Versager fühlte. Armer Junge.

Es brach mir das Herz, mitansehen zu müssen, wie Sandro unter der wachsenden Erwartungshaltung und dem ständigen Hin und Her seiner Eltern litt. Neben Massimo und Lara wirkten Mum und ich, als könnten wir mit etwas mehr Brokkoli und Spinat Erziehungstipps in einer Reality Show über Supereltern zum Besten geben.

Selten hatte ich mich so über Annas Anwesenheit gefreut wie jetzt. Geschäftig wuselte sie aus der Küche in den Hof, in den Händen eine riesige Schüssel Spaghetti Carbonara. Der verführerische Duft lockte schließlich auch Sam und Francesca aus den Tiefen des Gartens.

Anna setzte sich ans Kopfende – wohin auch sonst? – und verteilte Spaghetti auf die Teller, während Massimo sich auf den Weg in den Weinkeller machte. »Beryl, für dich hab ich einen besonders sinnlichen Tropfen.«

Ich bereute es sofort, dass ich zu Anna schaute und ihren Gesichtsausdruck sah, als Mum erwiderte: »Gut, in meinem Alter muss ich das noch ausnutzen. Letzte Chance vor dem endgültigen Verfall.« Doch Annas spöttisches Lächeln entfaltete erst seine volle Wirkung, als Mum ihre Spaghetti klein schnitt, während Sam geräuschvoll seine Nudeln schlürfte und damit Soße auf seinem ganzen Kinn verteilte.

Anna fasste sich an die Kehle, als hätte sie eine Gräte verschluckt. »*Dio Mio*! So isst man doch keine Spaghetti. Ich zeige euch, wie es richtig geht.« Mit einer dramatischen Handbewegung steckte sie die Gabel in ihre Spaghetti und wickelte eine kleine Portion auf die Zinken.

Zur Abwechslung gab Mum keine Widerworte und befolgte Annas Rat. Schmunzelnd drehte sie ihre Gabel herum und lachte, als die Nudeln mit einem Klatschen zurück auf den Teller rutschten. Sam stimmte mit ein und kurz darauf zeigte alle, wie gut – oder schlecht – sie im Aufrollen von Spaghetti waren.

Mum lehnte sich zu Sandro. »Zeigst du mir, wie es richtig geht? Ich bin nicht besonders gut darin.«

Es war wirklich entzückend, wie konzentriert Sandro meiner Mutter mit herausgestreckter Zunge und zusammengekniffen Augen ganz genau den Bewegungsablauf zeigte. Es tat ihm sichtlich gut, wie Mum ihn anfeuerte.

»Sieh mal einer an! Du bist erst sieben und kannst das schon! Ich bin schon neunundfünfzig und ich kann das nicht. Kluges Köpfchen.«

Zum ersten Mal an diesem Abend beteiligte sich Lara am Gespräch. »Hast du schon einmal eine Oper gesehen, Beryl?«

Mum schüttelte den Kopf. »Meine Karte ist vermutlich Geldverschwendung, aber Massimo meint, es wird mir gefallen. Also lasse ich es einfach auf mich zukommen. Zur Not mach ich ein Nickerchen.«

Massimo warf die Hände in die Luft. »Ein Sakrileg! Beryl, wasch dir den Mund mit Wein aus.« Dann nahm er selbst einen großen Schluck aus seinem Glas.

»Muss er nicht noch Autofahren?«, flüsterte ich Nico zu.

Massimo hatte offenbar Ohren wie ein Luchs. »Typisch Engländer! Maggie, wir sind in Italien. Im Land des Weins. Solange ich nicht doppelt sehe, ist alles in bester Ordnung. Außerdem hatte ich erst ein Glas. Aber da du ja offenbar den Weinkonsum am Tisch überwachst, werde ich von jetzt an Wasser trinken.«

Langsam hatte ich die Nase voll, von oben herab behandelt zu werden. »Es gibt aus gutem Grund Gesetze für Fahren unter Alkoholeinfluss. Irgendetwas mit tödlichen Unfällen, glaube ich?«

Massimo lachte spöttisch, als wäre ich ein einfältiges Landei, das keine Ahnung von Kultur hatte. »Ich wusste gar nicht, dass du so viel Wert auf Regeln legst, Maggie.«

Sein Ton war scherzhaft, aber trotzdem fühlte ich mich wie die Spaßbremse, die auf einer Party die leeren Flaschen einsammelte, während die anderen die Schränke nach geheimen Alkoholvorräten durchwühlten.

Zum Glück ließen sich Mum und Sam nicht von der leicht angespannten Atmosphäre beirren und unterhielten sich darüber, welche italienischen Wörter sie bereits gelernt hatten. Mum brachte uns alle zum Lachen, weil sie davon überzeugt war, der Ursprung des italienischen Wortes für Schwimmbecken – *piscina* – kam daher, dass die Leute es als Toilette missbrauchten.

Ich hoffte, dass alle Streitigkeiten des heutigen Tages mit diesem lockeren Ausklang des Abendessens vergessen wären, doch als wir schließlich zu den Autos gingen, bestand Massimo darauf, dass ich bei Anna mitfuhr, die schließlich nichts getrunken habe. Ich wünschte, ich hätte einfach den Mund gehalten – oder könnte ihm offen den Mittelfinger zeigen.

Doch als wir in San Gimignano ankamen, war mein Ärger sofort verflogen. Das malerische Städtchen sah aus wie die Kulisse für einen Hollywoodfilm. Vierzehn Türme ragten in den Himmel, und ich rechnete fest damit, dass sich Spiderman jeden Moment von den Zinnen schwingen würde.

Mum sah mich ungläubig an. »Mein Gott, das ist ja wie im Film. Viel schöner wie zu Hause.«

»Schöner *als*«, murmelte Francesca hinter uns.

Ich hoffte, dass Mum sie nicht gehört hatte, aber sie drehte sich um. »Ich bin eine Katastrophe, oder? Du sprichst so schön und korrekt. Für mich ist der Zug abgefahren, aber für Sam ist es noch nicht zu spät. Der kann noch was von dir lernen.«

Francesca hatte zumindest den Anstand, sich leise zu entschuldigen. Mum war so ein wundervoller Mensch. Anna verdrehte vielleicht die Augen, wenn Mum einen »Expresso« bestellte, aber ihr großes Herz war viel mehr wert als das Einhalten irgendwelcher Grammatikregeln, über die Anna liebend gern ausführliche Vorträge hielt, als müsste sie irgendwem beweisen, dass ihr Verständnis der englischen Sprache besser war als das eines Muttersprachlers. Während korrekte Aussprache und die richtige Verwendung des Genitivs auf Annas Liste der Luxusprobleme sicherlich unter den Top zehn waren, kamen sie bei mir ungefähr an zwölftausendzweiundsiebzigster Stelle, weit unter der Angst, dass mir eine Motte ins Ohr fliegen und qualvoll in meinem Gehörgang verenden würde.

Auf der Piazza war einiges los. Kinder tollten herum und bespritzten sich mit Wasser aus dem Brunnen, und auf den Bänken saßen schick gekleidete ältere Herren in Begleitung ihrer stattlichen Ehefrauen, die aufgeregt miteinander sprachen und die Hände rangen, als ginge es um Leben und Tod.

Als Nico und ich händchenhaltend durch die gepflasterten Gassen spazierten, schöpfte ich neue Hoffnung für die Zukunft. Am Ende würde schon alles gut ausgehen für unsere kleine Familie.

Wir blieben an einer Gelateria stehen, wo wir uns zwischen

ungefähr hundert Sorten entscheiden mussten. Francesca übersetzte für Mum und Sam.

»Das ist *Bacio*, das bedeutet ›Küsschen‹ und ist eine Art Haselnusseis. Und *Zuppa Inglese* da drüben, das heißt ›Englische Suppe‹, schmeckt ein bisschen nach Vanillepudding.«

Als Nico und ich über die Piazza schlenderten und unsere Eisbecher tauschten – Lakritz: eklig, Tiramisu: lecker –, fühlte ich mich zum ersten Mal seit dem »Schatullengate« wirklich unbeschwert und glücklich. Ich sah, wie Francesca und Sam schnell in einen Klamottenladen huschten, um Anna zu entwischen, die sich für die unangefochtene Modeexpertin hielt. Mum ging Arm in Arm mit Sandro voraus. Sie blieben vor einem der vielen Kunsthandwerkläden stehen, damit Sandro das Miniaturmodell der Stadt im Schaufenster begutachten konnte. Ich freute mich jetzt schon auf seine neuen Zeichnungen.

Immer wieder versuchte ich, etwas Abstand zwischen unser Grüppchen und Massimo zu bringen, damit er mir diesen wundervollen Abend nicht verderben würde. Wie Lara so neben ihm hertrottete, wirkte es nicht so, als würde sie ihrem Ehemann bald verzeihen. Doch Massimo ließ sich davon nicht beirren und scheuchte uns weiter, damit wir den Einlass zur Oper nicht verpassten.

»Es gibt nichts Schöneres, als unter dem klaren Sternenhimmel zu sitzen und dem Gesang zu lauschen, umgeben von den vierzehn Türmen. Es ist einfach magisch.«

Als kleines Friedensangebot zeigte ich mich interessiert, obwohl ich mich tausendmal lieber einfach in eines der Lokale auf der Piazza gesetzt hätte.

»Welches Stück war es nochmal?«

»*Pelléas et Mélisande* von Debussy. Es geht um eine Frau, die mit dem falschen Bruder verheiratet ist.« Er stupste mich in die Seite. »Wer weiß, vielleicht stellst du dadurch ja deine Entscheidung infrage.«

»Hey! Geht's noch?«, rief Nico und tat so, als wollte er Massimo eins überziehen.

Massimo fuhr sich durch die Haare und stellte den Kragen seiner Jacke auf. »Wer könnte da schon nein sagen? Charmant, sportlich, ein Mann von Welt?«

»Tja, dafür bin ich verständnisvoll und einfühlsam. Und ich gehe auf die Wünsche von Frauen ein.«

»Ich bin ein Bild von einem Mann.« Massimo spannte den Bizeps an. »Oder, Lara?«

Sie schwieg und sah mit einer Mischung aus Wut und Verzweiflung stur geradeaus.

Während Nico und Massimo weiter alberne Sprüche klopften, überlegte ich, ob Lara eifersüchtig war. Bis jetzt hatte ich sie nicht für eine Frau gehalten, die dachte, dass alle hinter ihrem Mann her waren. Auch wenn es sicher mehr als genug Frauen gab, die sich Massimo ohne zu zögern bei der erstbesten Gelegenheit krallen würden.

Nico merkte nichts davon, dass Lara das Thema offensichtlich unangenehm war, und fuhr fort. »Aber ich bin ein guter Zuhörer und das ist es, was Frauen wirklich wollen.«

»Dafür bin ich ein Sexgott. Wenn es hart auf hart kommt, entscheiden sich alle Frauen für Spaß im Bett und nicht für ein tiefgründiges Gespräch bei Tee und Keksen. Stimmt's, Maggie?«

Ich wusste nicht, wie ich das Thema wechseln sollte, und machte nur ein unverbindliches Geräusch.

Massimo legte den Arm um Laras Schultern, die ungefähr so einladend wirkten wir ein Stück Stacheldrahtzaun. »Komm schon, La-La. Sag ihnen, wie wichtig ein tolles Sexleben ist. Damit hast du doch Erfahrung ...«

Schweigen.

Er sah sie aus dem Augenwinkel an. »Keine Antwort? Vielleicht habe ich all die Jahre etwas falsch gemacht und ich sollte dir einfach mehr zuhören. Vielleicht würdest du es dann ja schaffen, schwanger zu werden? Probieren wir es doch aus: Ich setze mich mit dir an den Tisch und du erzählst mir von deinem wahnsinnig aufregenden Tag. Vielleicht ist das das Geheimnis für ein zweites Kind. Der herkömmliche Weg scheint ja nicht zu funktionieren.«

Schlagartig kippte die Stimmung. Vorbei war das harmlose Necken, stattdessen fanden wir uns in den Tiefen dieses komplizierten Beziehungsgeflechts wieder.

Lara wirbelte herum und sah unsicher zwischen mir und Nico hin und her, als wollte sie herausfinden, ob wir hinter ihrem Rücken Vermutungen darüber angestellt hatten, warum Sandro Einzelkind war. Ich war davon ausgegangen, dass sie keine weiteren Kinder wollten und Nico hatte nie etwas Gegenteiliges behauptet.

Sie zuckte die Achseln. »Wer weiß, woran es liegt. So ist das Leben«, sagte sie mit zitternder Stimme, als wäre sie kurz vorm Explodieren. Kein Wunder, zuerst der Vorfall am Pool und nun posaunte Massimo ganz ungeniert ihre Eheprobleme heraus. Damit war der Molotow-Cocktail der Gefühle perfekt.

Zugegebenermaßen war ich etwas neugierig, wie es wohl aussah, wenn Lara die Beherrschung verlor, aber ich wusste, wie sehr sie sich für einen Wutanfall in aller Öffentlichkeit schämen würde.

Ich überlegte kurz, ob es besser wäre, den Mund zu halten, bevor ich alles noch schlimmer machte. Aber wenn es etwas gab, dass wir Parkers nicht ertragen konnten, war es unangenehmes Schweigen. Also versuchte ich, die angespannte Stimmung etwas aufzulockern. »Ach, wer hat schon Lust auf noch eine Runde schlaflose Nächte, Windeln wechseln und Fläschchen sterilisieren?«

Massimo antwortete wie aus der Pistole geschossen. »Lara hat es geliebt zu stillen.« Was mir nicht nur das Gefühl gab, als hätte ich sie persönlich beleidigt, sondern auch, als verurteilte er mich dafür, dass ich der Meinung war, ein Baby würde nicht verhungern, wenn es nur mit dem Fläschchen gefüttert wurde.

Lara sah ihn mit versteinerter Miene an und ging zu Mum und Sam, die gerade vor einem Schaufenster standen und einen großen Modellnachbau der Altstadt bewunderten. »Siehst du die Tore in der Stadtmauer?«, sagte sie zu ihm. »Früher wurden sie nachts geschlossen, damit die Bösewichte draußen bleiben.«

Ich biss mir auf die Lippe und sah Nico entschuldigend an. Woher hätten wir das wissen sollen?

Massimo schien es völlig egal zu sein, dass Lara aufgebracht war. Er scheuchte uns weiter. »Kommt schon, es geht bald los. Dann wollen wir mal sehen, welcher Bruder als Sieger hervorgeht.«

VIERUNDDREISSIG

LARA

Massimo hielt sich für besonders schlau. Oder den Rest der Welt für dumm, so hochtrabend wie er über den Inhalt der Oper gesprochen und Nico sogar damit aufgezogen hatte, Maggie könnte sich ja vielleicht umentscheiden. Noch nie in meinem Leben war ich so wütend gewesen. Unweigerlich musste ich an den Hermann-Teig denken, den ich einmal geschenkt bekommen hatte. So wie der süße Sauerteig, der in der Küche vor sich hin gärte, wenn man ihn jeden Tag mit Zucker, Mehl und Milch fütterte, war auch meine Wut mit den Jahren gewachsen, genährt von Ungerechtigkeit, Eifersucht und Verbitterung. Normalerweise fiel es mir leicht, meine Gefühle verstecken und gute Miene zum bösen Spiel zu machen. Doch als wir in der Oper saßen und Massimo Maggie erklärte, was gerade auf der Bühne passierte, drehte sich mir der Magen um, als formte sich darin ein Ball aus Gift und Galle, den ich zusammen mit der Wahrheit in einem beeindruckenden Feuerwerk aus Schimpfwörtern und Beleidigungen in den Nachthimmel speien wollte.

Anna sang leise mit und dirigierte das unsichtbare Orchester. Ab und zu zischte sie Sam und Francesca an, dass sie aufhören sollten, die anderen Zuschauer mit kleinen, vom Programmheft abgerissenen Papierkügelchen zu bewerfen. Die Kinder wiederum kicherten aufgeregt, sobald sich jemand umdrehte, um nachzusehen, woher das mit Spucke befeuchtete Wurfgeschoss gekommen war. Beryl sah ständig auf die Uhr und drückte Sandro ein Toffee nach dem anderen in die Hand. Ich fand es wundervoll, wie sehr sie sich um ihn kümmerte. Nico sah aus, als schwelgte er in Erinnerungen. Sein Blick huschte über die Bühne, als wäre ihm jede Bewegung, jede Melodie vertraut. Bestimmt erinnerte ihn die Oper an Caitlin. Wie oft war die Musik aus ihrem Haus in unseren Garten vorgedrungen und hatte die Nachbarschaft mit Arien über vereitelte Romanzen, geplatzte Träume und tragische Todesfälle erfüllt?

Hoffentlich müsste Nico nie herausfinden, was sie getan hatte.

Was Massimo getan hatte.

Ich konnte es kaum erwarten, dass das Stück endlich vorbei war. Damit war ich nicht allein: Die Hälfte unseres Grüppchens wirkte beim finalen Applaus enthusiastischer als während der gesamten Aufführung. Überraschenderweise war Maggie hellauf begeistert. Ich versuchte, es nicht persönlich zu nehmen, als sie auf dem Weg zum Auto ins Schwärmen geriet.

»Oh mein Gott, das war großartig! Ehrlich gesagt hatte ich Angst, dass ich mich zu Tode langweilen werde. Aber du hattest Recht, Massimo. Die Schauspieler erzählen die Geschichte nicht nur mit Worten, sondern mit ihrem ganzen Körper. Es macht nichts, wenn man die Sprache nicht versteht. Und das Kostüm der Hauptdarstellerin? Unglaublich! Ich wüsste gern, welche Steine sie verwendet haben, damit es so schön funkelt. Aber irgendwie kam mir die Musik bekannt vor. Keine Ahnung, wo *ich* schon mal eine Oper gehört haben soll.«

Wie die Streberin in der Schule stellte sie endlose Fragen über das Stück. Massimo, ganz in seinem Element als allwissender Experte, erklärte ihr alles geduldig. Ich wollte Maggie schütteln und sie anflehen, dass sie sich auf keinen Fall von Massimos glänzender Fassade blenden lassen durfte, die bei der kleinsten Meinungsverschiedenheit zu bröckeln anfing und das rachsüchtige, widerwärtige Fundament freilegte.

An den Autos angekommen, schickte Anna die Kinder zu uns. »Nico, Beryl, Maggie – ihr fahrt diesmal mit mir mit. Ich stehe dieses Gekreische kein zweites Mal durch.«

Sam und Francesca hüpften in unser Cabrio und baten Massimo, mit offenem Verdeck zu fahren. »Wie bei James Bond!«

Kraftlos quetschte sich Sandro neben sie auf die Rücksitzbank. Er war blass, als hätte er schon vor Stunden zu Bett gehen müssen.

Massimo hatte schon immer einen eher waghalsigen Fahrstil, aber heute Abend ging das Testosteron mit ihm durch. Er raste durch die Straßen am Ortsrand und beschleunigte schließlich auf die Landstraße, wo er, zusätzlich angestachelt von Sam und Francesca, alle Kurven viel zu eng nahm. Durch den Seitenspiegel sah ich, wie Sandro die Augen vor Angst weit aufgerissen hatte, und seine Haare wirbelten im Wind herum wie die einer leblosen Puppe, die wild hin und her gerissen wurde.

Irgendwann hielt ich es nicht mehr aus. »Nicht so schnell! Hör auf!«

Massimo rief den Kindern nach hinten zu: »Lara ist so ein Angsthase, nicht wahr?« Sam jauchzte und wollte, dass Massimo noch schneller fuhr, und Francesca stimmte mit ein, auch wenn in ihrer Stimme ein Hauch von Angst lag. Doch Massimo betonte so oft, wie mutig sie sei – »Zäh wie Leder, ganz wie deine Mutter ... nicht so eine Memme wie mein Sohnemann« –, dass sie sich vermutlich immer auf Massimos Seite schlagen würde, auch wenn sie sich noch so sehr fürchtete.

Ich dachte an meine Mutter, die sich immer an Geschwindigkeitsbegrenzungen gehalten und nie den Spiegel-Spiegel-Schulter-Blick vergessen hatte. Doch gegen den Lastwagen, der durch die Mittelleitplanke auf ihre Fahrbahn gerast war, hatte sie keine Chance gehabt. Massimo hingegen verletzte gerade alle möglichen Verkehrsregeln mit seiner angetrunkenen Raserei, nur um anzugeben. Ich stellte mir vor, wie wir gegen ein Hindernis prallten und sich das Auto überschlug, und unsere ungeschützten Köpfe aufplatzten wie weich gekochte Frühstückseier. »Fahr langsamer! Stopp!«, flehte ich, aber Massimo trat noch härter aufs Gas und lachte, als er mit quietschenden Reifen um die nächste Kurve fuhr. Ich klammerte mich mit der rechten Hand an den Türgriff und streckte den anderen Arm nach hinten, wo ich nach Sandros Hand griff. Stumm und starr vor Angst hielten wir uns fest, bis wir endlich in die Auffahrt zum Schloss abbogen.

Als wir endlich auf dem Parkplatz zum Stehen kamen, war mein T-Shirt nassgeschwitzt und ich hatte Magenkrämpfe. Anna und die anderen waren natürlich noch nicht angekommen. So schnell es mein zitternder Körper zuließ, hob ich Sandro hoch und stolperte die Steintreppe nach oben, die zu unseren Schlafzimmern führte. Ich legte ihn ins Bett, deckte ihn zu und strich ihm die Haare aus der Stirn. Wehmütig dachte ich an meinen Traum von einer eigenen kleinen Wohnung. Ein Ort, an dem Sandro nie wieder Angst haben müsste.

An dem *ich* nie wieder Angst haben müsste.

Dann ging ich in unser Zimmer, machte mich schnell bettfertig und legte mich hin, in der Hoffnung, ich käme damit durch, so zu tun, als würde ich schlafen. Als Massimo sich schließlich entschloss, ebenfalls ins Bett zu gehen, hatte er offensichtlich noch ein paar Gläser getrunken. Ich hörte, wie er vor unserer Zimmertür stand und ganz in seiner Rolle als gönnerhafter Patron aufging. »Beryl, egal was du brauchst, du kannst Tag und Nacht zu mir kommen. Sam, mein wackerer Co-Pilot, schlag ein!«

Doch als er ins Zimmer kam, wo sein lautstarker Ärger durch das dicke mittelalterliche Gemäuer nicht nach außen vordringen würde, stürmte er zu unserem Himmelbett und schlug gegen den Pfosten. »Du hast mich wie den letzten Idioten aussehen lassen. Meine eigene Frau schweigt, wenn es um unser Sexleben geht? Bestimmt denken jetzt alle, dass ich keinen hochkriege. Warum habe ich nur so ein Pech mit meinen Ehefrauen? Die erste will keine Kinder und die zweite produziert eines, das vor allem und jedem Angst hat, und schafft es nicht, noch einmal schwanger zu werden.«

Müsste ich eine Mustervorlage unseres Urlaubs anfertigen, würde Massimos Teil jedes Jahr gleich aussehen. Anfängliche Freude darüber, eine Auszeit von der Arbeit zu haben. Zunehmende Gereiztheit, weil er nicht alleine war und andere es wagten, ihre eigenen Bedürfnisse und Wünsche zu äußern, die nicht in seinen Masterplan des perfekten Urlaubs passten. Zunehmende Kritik an Sandros Verhaltensweisen, die Massimo erbärmlich, schwach oder weinerlich fand. Ärger darüber, wie ängstlich sein Sohn war, »ganz anders als Francesca«. Eine Kleinigkeit, die ihn kurzzeitig aus der Fassung brachte, mit anschließender Entschuldigung und ein paar Tagen Ruhe. Schließlich dann die große Explosion, gefolgt von einer 180-Grad-Wende und dem Wiederaufbau der üblichen charmanten Fassade. Bei der Abreise dann die Beteuerungen, dass der diesjährige Urlaub einer der besten gewesen sei.

Ich lag stocksteif im Bett und machte mich innerlich darauf gefasst, aufzuspringen oder mich gegen ihn zu wehren, wenn nötig. Die Gespräche zwischen mir und Massimo verliefen ähnlich wie dieses Spiel in Quizsendungen, bei dem der Kandidat versuchte, ein Lied nachzusingen, während ihm über Kopfhörer eine andere Melodie vorgespielt wurde. Bei uns war der Effekt ähnlich – ein chaotisches Durcheinander von Botschaften –, nur leider ohne Hoffnung auf den Jackpot. Ich nahm all meine Kraft zusammen, um ihm zu widersprechen. »Ich habe noch nie mit jemandem über unser Sexleben gesprochen, also habe ich es auch heute nicht getan. Du warst derjenige, der alle Welt wissen lassen wollte, dass wir kein zweites Kind bekommen können.«

Zu spät bemerkte ich, dass ich einen großen Fehler begangen hatte. Eines meiner vielen Vergehen. Ich hatte es gewagt, ihn offen zu beschuldigen.

Massimo kam näher. Nur ein Hauch trennte seine Nasenspitze von meiner. »Du hast mich gedemütigt«, knurrte er.

Manchmal genügte es, einfach nichts zu sagen und abzuwarten, bis er genug Dampf abgelassen hatte. Doch heute erwartete er eine Antwort. Ich wusste genau, dass ihn keine Reaktion zufriedenstellen würde. Und ich hatte auch langsam genug davon, die Reumütige zu spielen. Vor meinem inneren Auge sah ich in Dauerschleife, wie er Maggie selbstgefällig die Handlung von *Pelléas et Mélisande* erklärte: »Vielleicht erkennst du ja auch, dass du mit dem falschen Bruder zusammen bist?« Normalerweise fand ich immer die richtigen Worte, um die Wogen zu glätten, aber heute reichte es mir. Es war pures Glück, dass wir es lebend nach Hause geschafft hatten. Er war absichtlich zu schnell gefahren, obwohl ich ihn angefleht hatte aufzuhören, nur um mich zu quälen. Ganz zu schweigen davon, dass er seinen eigenen Sohn und zwei unbeteiligte Kinder in Gefahr gebracht hatte.

Ich setzte mich auf. »Du Mistkerl. Du verdammtes Arschloch. Meine Mutter ist bei einem Autounfall *gestorben*. Mein Leben war danach *nie wieder* wie vorher. Aber natürlich erträgt es dein riesiges Ego nicht, dass ich nicht sofort durch die Gassen von San Gimignano gerufen habe, was für ein Hengst mein Ehemann im Bett ist. Und als Folge fährst du wie der letzte Vollidiot, was sonst?« Ich zuckte selbst etwas zusammen bei meiner Wortwahl, als wäre ich nur eine unbeteiligte Zuschauerin.

Massimo sähe vermutlich weniger verdutzt aus, wenn die Frau im Rüschennachthemd auf dem Gemälde neben dem Bett plötzlich lebendig geworden wäre und ihn sich vorgeknöpft hätte.

Die Ader an seiner Schläfe pochte gefährlich. Anscheinend hatten ihm meine Widerworte für einen Moment die Sprache verschlagen. Doch seine Brust hob und senkte sich, als wollte er nur genug Luft sammeln, um mir gleich eine lautstarke Lektion zu erteilen. »Wag es ja nicht–«

»Was?«, fuhr ich ihm dazwischen. »Dich zu beschimpfen? Meine Meinung zu sagen? Auszusprechen, was du wirklich bist – ein Tyrann, dem es Spaß macht, seinen eigenen Sohn einzuschüchtern, bis er vor Angst kaum atmen kann? Du solltest dich schämen. Der großzügige Massimo, der mit den Scheinen wedelt und sich mit allen blendend versteht. Dass ich nicht lache.«

Massimo ballte die Fäuste. »Halt gefälligst dein dummes Maul. Du wärst nichts ohne mich. Ein Niemand. Was denkst du, wer dir die Beförderungen verschafft hat, hm? Wäre ich nicht gewesen, würdest du noch immer fleißig meine Abschlussberichte kopieren und zu Hause bei deinem durchgeknallten Vater leben, der das Katzenfutter isst und Wasser aus der Badewanne trinkt.«

Eine leise Stimme in meinem Kopf flüsterte, dass ich nicht zum letzten Schlag ausholen sollte, wenn ich nicht wollte, dass die Welt, wie ich sie kannte, danach in Schutt und Asche lag. Doch Massimos gehässige Bemerkung über meinen Vater riss mein letztes bisschen Selbstschutz nieder wie ein Rammbock.

Ich schwang die Beine von der Matratze und stand auf. »Hör doch auf mit dieser ›Was wärst du nur ohne mich‹-Nummer. Es grenzt an ein Wunder, dass ich bis jetzt durchgehalten habe. Ich entschuldige mich vielmals für meine fehlende

Dankbarkeit dafür, dass der wundervolle, ach so großzügige Massimo sich für mich, die alte Langweilerin, entschieden hat. Aber weißt du was? Im Moment bin ich auch nicht besonders dankbar. Ich weiß, was du getan hast. Es hat eine Zeitlang gedauert, aber selbst eine ›dumme Kuh‹ wie ich hat das Geheimnis gelüftet. Du hattest deinen Spaß, jetzt bin ich an der Reihe. Morgen früh bitte ich deine Mutter, mit mir in die Stadt zu fahren. Dann bestelle ich ihr einen schönen großen Café Latte und erzähle ihr alles darüber, dass ihr geliebter Massimo eine Affäre mit Nicos erster Ehefrau hatte.«

Ich stellte mich aufrecht hin, presste die Lippen zusammen und schluckte. Wenn er auch nur einen Finger rührte, würde ich so laut schreien, dass ich das ganze Schloss aufweckte. Das Blut rauschte mir in den Ohren und meine Fingerspitzen kribbelten vor Aufregung. Jede Faser meines Körpers war kampfbereit.

Massimo stand mir gegenüber, die Brust bedrohlich herausgetreckt, die Hände zu Fäusten geballt. Mein Blick huschte zur Tür. Ich würde es nie an ihm vorbei schaffen, aber es war mir egal. Ich schwebte in einem seltsamen Zustand zwischen Erleichterung und Schmerz, wie in dem kurzen Moment, nachdem man eine Brandblase aufgestochen hatte, und das Gefühl der Erlösung noch nicht dem brennenden Stechen gewichen war. Ich hatte es tatsächlich geschafft und ihn konfrontiert. Augenblicklich füllte sich die Leere, wo ich zuvor all die unausgesprochenen Gefühle begraben hatte, mit Angst. Ich wollte die Arme vors Gesicht werfen und mich vor seinen Händen schützen.

Diese zärtlichen, sanften, grausamen Hände.

Massimo brach schluchzend zusammen. Dunkle, feuchte Locken klebten an seiner Stirn.

»Es tut mir so leid.«

FÜNFUNDDREISSIG

LARA

Nach gefühlt dreißig Sekunden Schlaf wurde ich von Sandro geweckt. »Mum«, flüsterte er und sah immer wieder ängstlich zu Massimo. Ich betrachtete den Hinterkopf meines Mannes, der das Gesicht in seiner Bettdecke vergraben hatte. War das wirklich das letzte Mal, dass ich neben ihm aufwachte? Wäre mein Leben, wie ich es kannte, nach den letzten Stunden Geschichte?

Ich musste Sandro nicht fragen, was los war. Ich sah es ihm an. Scham. Demütigung. »Ich ziehe mir schnell etwas an, dann komme ich.« Ich stand auf und schlüpfte in Jeans und T-Shirt, dann trat ich hinaus und ließ die Tür einen Spalt offen. Die Morgensonne blendete mich und ich blinzelte.

Ich rümpfte die Nase, als ich in Sandros Zimmer ging und fing an, das Bett abzuziehen. »Keine Sorge, in der Nähe der Küche steht eine Waschmaschine. Ich schmeiße schnell eine Wäsche an. Niemand wird etwas mitbekommen.«

»Bitte sag es nicht Daddy, okay? Auch nicht Sam und Francesca. Die glauben sowieso schon, dass ich ein Riesenbaby bin.«

»Komm her.« Ich umarmte ihn fest. »Das geht vorbei. Es dauert bei dir vielleicht ein bisschen länger. Aber wir haben alle unser eigenes Tempo. Manche Kinder brauchen viel länger als andere, um Laufen und Sprechen zu lernen, andere machen eben länger ins Bett. Aber am Ende schaffen es alle irgendwann. Und ich würde dich um nichts in der Welt eintauschen wollen.«

Ich hob die Bettwäsche auf und wollte gerade in die Waschküche gehen, als Sandro fragte: »Mum?«

»Ja?«

»Warum hast du gestern mit Daddy geschimpft?«

»Was meinst du?«, fragte ich und schämte mich, dass Sandro etwas von unserem Streit mitbekommen hatte.

»Ich hab ins Bett gemacht und wollte zu dir. Aber dann habe ich euch streiten gehört, also bin ich wieder zurück in mein Zimmer gegangen.«

»Hast du die ganze Nacht auf der nassen Matratze geschlafen?«

Sandro zuckte mit den Schultern. »Ich hab ein Handtuch drauf gelegt.«

»Hast du geweint?«

»Nicht wirklich«, meinte er trocken. Wäre meine gesamte Verzweiflung nicht bereits aufgebraucht, hätte es mir den letzten Rest gegeben, wie stoisch mein Sohn durchs Leben ging.

Sandro setzte sich aufs Bett und ließ die Füße von der Bettkante baumeln. »War es meine Schuld? Hast du Daddy angeschrien, weil er mir gestern schwimmen beibringen wollte?«

Es zerriss mir das Herz. Schon jetzt war Sandro genauso wie ich und änderte den Verlauf der Geschichte, weil die Wahrheit zu sehr wehtat.

Ich kniete mich vor ihn auf den Boden. »Es war absolut nicht in Ordnung, was Daddy getan hat. Statt dir zu helfen hat er dich zu etwas gezwungen, wofür du noch nicht bereit warst. Aber deshalb habe ich ihn nicht angeschrien.«

Ich wusste nicht recht, was ich sagen sollte. Weder hatte ich Massimo darüber informiert, dass ich ihn verlassen würde, geschweige denn mir die richtigen Worte zurechtgelegt, wie ich Sandro beibringen sollte, dass Mummy und Daddy nicht mehr zusammenleben würden. Meine Gedanken kreisten unsortiert durch meinen Kopf wie Motten ums Licht. Bevor dieses Gespräch überhaupt Gestalt annehmen könnte, müssten zuerst gefühlt eine Million Dinge passieren. Punkt eins: Sandros Reisepass unbemerkt aus dem Handgepäckskoffer holen. Punkt zwei: Überlegen, wie weit ich mit den zwanzig Pfund in meinem Portemonnaie käme. Aber ich – wir – könnten unmöglich länger hierbleiben.

Sandro umarmte mich. »Ich werde heute ganz brav sein, versprochen.« Er überlegte kurz und nahm einen tiefen Atemzug. »Glaubst du, Daddy freut sich, wenn ich mit Maggie schwimmen gehe?«

Ich spürte, wie sich sein ganzer Körper anspannte und drehte das Gesicht weg, damit er die Tränen in meinen Augen nicht sah. »Du hast nichts falsch gemacht, Sandro. Es ist nicht deine Aufgabe, uns glücklich zu machen. Darum müssen sich Mummy und Daddy selbst kümmern.« Und während ich den Satz aussprach, wurde mir klar, wie lange wir schon nicht mehr glücklich waren. Keiner von uns.

Tränen liefen mir übers Gesicht und tropften auf die Terrakottafliesen.

Sandro holte ein Handtuch und wischte den Boden trocken. »Nicht weinen, Mummy.«

Ich lächelte schwach. Es war, als hätte ich meine wahren Gefühle jahrelang in einem Käfig eingesperrt, und die Konfrontation mit Massimo hatte das Tor geöffnet. Nun flatterten meine Gefühle davon, der Freiheit entgegen, ohne zu wissen, ob sie in der unbekannten Welt da draußen überleben würden, aber bereit, das Risiko einzugehen.

Alles, um nicht länger in diesem Käfig aus Leid und Elend eingesperrt zu sein.

Sandro tippte mir auf die Schulter. »Nicht weinen, Mummy. Sonst ist Daddy sauer.«

Das stimmte. Doch diesmal müsste ich seiner Wut ins Auge sehen. Ich legte Sandro etwas Sauberes zum Anziehen bereit und ging in die Waschküche, wo ich Sandros Bettwäsche in die Maschine warf. Dann trat ich zurück nach draußen und sah durch den Innenhof Richtung Swimming Pool. Noch war niemand wach. Nach dem Streit hatte ich beschlossen, meine Abreise heute am Pool anzukündigen, wenn sich alle auf ihren Liegen sonnten. Doch was in den frühen Morgenstunden wie ein guter Plan gewirkt hatte, klang mittlerweile völlig abwegig.

Massimo hatte mich angefleht, doch ich hatte alle seine Ausreden und Entschuldigungen ignoriert. Er hatte geschworen, dass er niemals mit Caitlin geschlafen hatte; sie waren eher Verbundene im Geiste gewesen; eine besonders intensive Vertrautheit, mehr nicht; Caitlin war für ihn da gewesen, als er jemanden zum Reden gebraucht hatte, weil ich so distanziert und ganz auf das Baby fokussiert gewesen war; schließlich war es zur Gewohnheit geworden und dann, als Caitlin krank geworden war, hatte sie seine Unterstützung gebraucht.

Was für ein Schwachsinn.

Ich hatte meine Hände weggezogen, als er danach greifen wollte, und mir in Erinnerung gerufen, dass seine leeren Versprechungen früher oder später stumpf und trübe werden würden wir altes Silberbesteck. In Wahrheit hatte er nur deshalb geweint, weil er Angst hatte, dass ich sein Täuschungsmanöver durchschaute und der ganzen Familie eröffnete, wie er wirklich war.

Ich stellte mir vor, wie ich zum Pool ging und alle um ihre Aufmerksamkeit bat. Maggie und Beryl würden von ihrer Klatschzeitschrift aufschauen und aufhören, Kate Middletons neuen Haarschnitt zu kommentieren. Anna würde mich genervt ansehen, weil ich sie bei ihrem Kreuzworträtsel unterbrochen hatte. Nico würde sich aufrichten und sein Buch über ideale Pflanzen für saure Böden beiseitelegen. Alle würden erwarten, dass ich das heutige Abendessen ankündigte, bei dem ich selbstverständlich alles beachtet hatte: Francesca mochte keine Tomaten, Sam fand, dass Parmesan nach Kotze roch und Nico aß Lammfleisch nur dann, wenn es besonders mager war. Hätte ich wirklich den Mut, stattdessen zu sagen: »Ich weiß, es kommt überraschend, aber mein Ehemann, dein Bruder, dein Sohn hat uns jahrelang belogen …« Würde ich es übers Herz bringen, ihre schockierten Gesichter zu sehen, wenn sie nacheinander langsam begriffen, was ich ihnen erzählte? Und was war mit Sandro?

Entkräftet ließ ich die Schultern hängen. Vielleicht sollte ich den Urlaub bis zum Ende durchstehen und warten, bis wir wieder zu Hause waren, wo ich die Trennung ohne Publikum planen und vorbereiten konnte.

Ich öffnete die Tür zu unserem Schlafzimmer und blieb auf der Schwelle stehen. Massimo zog sich gerade seine Hose an. Er hatte kein Gramm Fett zu viel, das seinen trainierten Körper verunstaltet hätte. Instinktiv zog ich den Bauch ein und bereitete mich auf eine seiner vermeintlich harmlosen Bemerkungen vor, die in Wahrheit nur versteckte Drohungen waren, was passierte, wenn ich mich nicht so verhielt, wie er es wollte. Doch Massimo streckte die Hand nach mir aus. Er sah abgekämpft und gequält aus. Wortlos steckte ich die Hände in die Hosentaschen.

»Ich liebe dich, Lara. Ich weiß, ich kann dich nicht zwingen hierzubleiben. Aber triff jetzt bitte keine übereilte Entscheidung.«

Ich schüttelte den Kopf. »Dein Verhalten sagt etwas anderes. Du liebst mich nicht. Du liebst nur dich selbst.«

Ich ging hinein, aber hielt die Tür mit der Ferse leicht geöffnet, damit Maggie und Nico mich ein paar Zimmer weiter hören könnten, falls Massimo sich von seiner unangenehmsten Seite zeigte.

»Was kann ich tun, damit du mir eine Chance gibst, es wiedergutzumachen?«

»Mach einen Vorschlag«, meinte ich und überraschte mich damit selbst. Irgendwo in mir schien doch noch die Frau zu schlummern, die ich früher gewesen war, als ich noch gearbeitet hatte: verhandlungsstark, wachsam und offen für die Ansichten anderer, statt mit Scheuklappen durch die Welt zu gehen. Massimo redete mir schon so lange ein, wer ich war, dass ich die letzten verbliebenen Bruchstücke meiner wahren Persönlichkeit verloren geglaubt hatte. Ich müsste wieder lernen, selbstständig zu denken.

Er sah erleichtert aus. »Gib mir eine Liste mit allen Dingen, die ich ändern soll, und Zeit bis Weihnachten.«

»Du hattest zehn Jahre Zeit, Massimo. Unser Sohn hat letzte Nacht ins Bett gemacht, weil du ihn ins Schwimmbecken geworfen und damit zu Tode erschreckt hast. Er hat die ganze Nacht im nassen Bett geschlafen, weil er zu viel Angst hatte, uns zu wecken. Er wusste, wie wütend du wärst.«

Massimo fuhr sich durch die wilden dunklen Locken, die ihm das verwegene Aussehen verliehen, das ich so sehr an ihm mochte. »Es tut mir so leid. Ich habe so viele Fehler gemacht und dich dadurch verloren. Es klingt abgedroschen, aber man weiß etwas erst zu schätzen, wenn es fort ist … Bitte bleib zumindest, bis der Urlaub vorbei ist.«

Ich wollte nein sagen. Ich wollte meine Koffer packen und einfach nur fort von hier. Weit weg von Massimo, damit er mich nicht mit Komplimenten und falscher Reue überreden konnte, bei ihm zu bleiben. Ich musste endlich einsehen, dass er sich niemals ändern würde. Als ich ihn ansah, rasten mir unzählige Schnappschüsse aus unserem Leben durch den Kopf. Anstoßen mit Champagnergläsern und Porzellanteller, die er gegen die Wand geschmettert hatte. Zärtliche Küsse und unsanftes Zerren an meinem Arm. Seine lebensfrohe, optimistische Ausstrahlung, mit der er jeden Raum erhellte. Seine schlechten

Tage, an denen seine Laune wie eine schwarze Gewitterwolke über unseren Köpfen hing. Trotz allem hatte ich diesen Mann geliebt. Mit ihm gelacht, wenn er mich nicht zum Weinen gebracht hatte. War stolz darauf gewesen, seine Frau zu sein, wenn ich mich nicht für sein Verhalten schämte. Hatte ihn bewundert, wenn ich ihn nicht gerade verabscheute.

Doch bevor ich in meinem Strudel der Gefühle nach einer Antwort suchen konnte, drang ein Schrei durch den Hof in unser Zimmer. »Hilfe! Hilfe! Ist da jemand?« Ich hörte konzentriert hin. Vielleicht waren es Sam und Francesca, die im Pool ihr albernes Rollenspiel spielten, bei dem einer der Hai und der andere das Opfer war. Doch die Rufe kamen näher und wurden immer verzweifelter.

Ich riss die Tür auf und trat hinaus. Beryl kam keuchend aus Richtung Pool angelaufen. Sie hielt den bodenlangen Baumwollrock hochgerafft und hatte offenbar einen Schuh verloren.

»Sandro ist ohne seine Schwimmflügel im Wasser!«

Ich rannte sofort los. Massimo lief an mir vorbei in den Innenhof und sprintete barfuß über die Kieselsteine zum Swimming Pool, ohne sich umzudrehen. Ich rannte ihm nach, doch meine Beine wollten mir nicht mehr gehorchen, als ich voller Panik die zwei orangefarbenen Plastikschwimmflügel sah, die einsam auf einer Sonnenliege lagen. Massimo sprang sofort ins Wasser. Sandro schwamm kopfüber in der Mitte des Pools, die strohblonden Haare aufgefächert wie eine Pusteblume auf der Wasseroberfläche. Es sah aus, als würde er Arme und Beine bewegen, doch vielleicht waren es nur die Wellen, die zu ihm schwappten, weil Massimo auf ihn zu schwamm. Ich wollte schreien, aber brachte keinen Ton heraus. Als Massimo endlich bei Sandro war, hievte er ihn aus dem Wasser auf seine Schulter. Sandros Rücken war knallrot, obwohl ich ihn ständig mit Lichtschutzfaktor fünfzig eincremte.

»Atmet er?«, fragte ich mit wackliger Stimme. Es war kein

schrilles Kreischen, wie ich es mir in den abertausenden Horrorszenarien in meinem Kopf ausgemalt hatte, die mich oft nachts heimsuchten. Ich schlug nicht wild um mich, ich war nicht wütend oder in irgendeiner Weise aufgelöst. Es war schlimmer als das. Ich hatte unbeschreibliche, lähmende Angst. Eine Angst, die mir das Blut in den Adern gefrieren ließ und die sich in mir ausbreitete wie Gift, das nach und nach alle Organe zerstörte, bis es an meinem Herzen ankam, wo sich nichts mehr fand außer ein verkümmertes, dunkles Stück Fleisch, das jede Hoffnung für die Zukunft verloren hatte.

»Ich weiß es nicht«, presste Massimo erschöpft hervor. »Ruf einen Krankenwagen.«

Nur verschwommen nahm ich wahr, wie Beryl angelaufen kam und Maggie mir die Hand auf den Arm legte. Anna, die in eine Wegbeschreibung in ihr Telefon brüllte. Nico, der Sandro von Massimos Schulter über den Beckenrand hob und in stabile Seitenlage auf die Steinplatten legte. Sonst wirkte Sandro so leicht wie eine Feder, ein zarter Junge, kaum stark genug für die Welt da draußen. Nun beugten sich erwachsene Männer über seinen kleinen, widerspenstigen Körper und versuchten unter angestrengtem Ächzen, ihn wiederzubeleben.

Ich fiel neben Sandro auf die Knie. Unzusammenhängende Gedanken rasten mir durch den Kopf – wie gut, dass der Boden warm ist, ihm ist bestimmt kalt – und ich griff nach seiner Hand, damit er spürte, dass ich bei ihm war und ihn unendlich liebte, in der Hoffnung, das Band zwischen Mutter und Sohn würde ihn zurückholen.

Massimo gab ihm eine Herzdruckmassage und Mund-zu-Mund-Beatmung. »Komm schon«, sagte jemand mit erstickter Stimme. Ob ich es war oder Massimo konnte ich nicht sagen. Ich wusste nicht, ob ich meine Gedanken laut aussprach. Ich bemerkte die Härchen auf Massimos Handrücken, seine kräftigen Finger, die Sandros Brust massierten, um ihn wiederzubeleben. Beryl, deren Stimme ihren üblichen rauen Klang verloren hatte, und die laut mitzählte und Anweisungen gab. Eine Libelle, die über die Wasseroberfläche sauste. Ich fragte mich, ob die im Sonnenlicht schimmernden Flügel das letzte waren, woran ich mich erinnern würde, bevor mein Sohn starb.

Und dann ein Geräusch. So leise, dass ich nicht wusste, ob ich richtig gehört hatte. Im nächsten Moment riss Sandro den Kopf nach oben und übergab sich auf Massimos Schoß. Er rührte sich nicht, zuckte nicht angewidert zurück. »Oh Gott. Gott sei Dank.« Er sackte in sich zusammen.

Sandro sah mich an. »Mummy?«

Ich atmete tief ein, als hätte ich monatelang die Luft angehalten. »Ich bin hier, mein Schatz. Du bist ins Wasser gefallen. Aber Daddy hat dich gerettet. Es ist alles gut.«

Das Geräusch von Sirenen kam näher.

Sandro blinzelte und kniff die Augen zusammen. »Ich bin nicht ins Wasser gefallen, Mummy«, flüsterte er heiser. »Ich hab versucht zu schwimmen, weil ich Daddy glücklich machen wollte.«

SECHSUNDDREISSIG

MAGGIE

Während der letzten Urlaubstage war die angespannte Atmosphäre, die zuvor geherrscht hatte, wie weggeblasen. Massimo ging so zärtlich und behutsam mit Sandro um, dass mir jedes Mal die Tränen kamen, wenn ich die beiden zusammen sah. Massimo hatte immer schon Hummeln im Hintern gehabt und war auch im Urlaub ständig auf Achse: schwimmen im Pool, einkaufen in der Stadt, zum Kräutersammeln im Garten, damit wir für das Mittagessen frisches Basilikum und Rosmarin hätten. Jetzt war er nicht länger der König des Pools, sondern der Champion in Uno, Sandros Lieblingsspiel. Zuerst hatten Francesca und Sam gesagt, es sei ihnen zu »albern« und ein »Spiel für kleine Kinder«, aber schon bald bettelten sie darum, bei der nächsten Partie mitspielen zu dürfen. Egal welche Aktivität, mit Massimo war einfach alles viel unterhaltsamer.

Seit er fast ertrunken war, hatte sich Sandro geöffnet wie eine Blume im Zeitraffer: Eine fest verschlossene Knospe, die langsam ihre schützenden Blütenblätter öffnete und ihre ganze bunte Pracht entfaltete.

Ich stupste Lara auf der Sonnenliege neben mir an. »So

furchtbar es war, vielleicht hat die ganze Geschichte auch ihr Gutes.« Ich deutete auf Sandro, der gerade freudestrahlend seine letzte Karte auf den Stapel legte.

Sie nickte. »Wir haben unsere Lektion gelernt. Davor war uns überhaupt nicht bewusst, was in Sandro vorgeht, weil er immer so still ist. Ohne es zu wollen, haben wir ihm das Gefühl gegeben, ein Versager zu sein. Das hat Massimo sehr aufgewühlt. Er fühlt sich für den Unfall verantwortlich.«

Es sprach sehr für Lara und ihre wohlwollende Art, dass sie ihrem Mann keine Vorwürfe machte. Ich fragte mich, wie ich mit der Situation umgehen würde. Hoffentlich wäre ich nicht diejenige, die ihren Mann mitten in der Nacht wachrüttelte, um das schreckliche Erlebnis wieder und wieder durchzukauen, und ihm dann den schwarzen Peter zuzuschieben: »Und das war alles *deine* Schuld!«

Ich hatte selbst Albträume von Sandros bewusstlosem Körper neben dem Beckenrand und wollte mir gar nicht ausmalen, welche Bilder Lara und Massimo in Endlosschleife vor ihrem geistigen Auge abspielten. Lara betonte immer wieder Massimos schnelle Reaktion. »Zum Glück war er da. Meine Beine waren wie Wackelpudding. Wirklich beschämend. Ich weiß nicht, ob ich die Kraft aufgebracht hätte, ihn aus dem Wasser zu ziehen.«

»Unterschätz das nicht. Natürlich hättest du das, wenn Massimo nicht hier gewesen wäre.«

»Da bin ich mir nicht so sicher. Ich wäre völlig zusammengebrochen. Zum Glück ist es nicht so weit kommen. Es ist zum Teil auch meine Schuld. Ich hätte Sandro viel deutlicher sagen müssen, dass er nicht in die Nähe des Pools gehen darf, wenn keine Erwachsenen dabei sind. Aber weil er solche Angst vor Wasser hat, kam ich überhaupt nicht auf den Gedanken, dass ich ihn darauf hinweisen muss«, sagte sie laut.

Massimo warf seine restlichen Karten auf den Tisch und streckte Sandros Arm in die Höhe. »Hiermit ernenne ich dich zum offiziellen Uno-Champion von Castello della Limonaia!« Sandro grinste breit.

Massimo kam zu uns herüber und kniete sich neben Lara. »Wie geht es dir, mein Schatz? Begleitest du mich zu einem kleinen Spaziergang durch den Schlossgarten? Maggie, könntest du währenddessen vielleicht auf Sandro aufpassen?«

Lara zögerte.

»Geht ruhig. Ich werde ihn keine Sekunde aus den Augen lassen, versprochen.« Ich klang selbstbewusster als ich mich fühlte. Die Verantwortung, während der nächsten halben Stunde gleich drei Kinder am Leben zu halten, wog schwer auf meinen Schultern. Ich war nie eine dieser Helikoptermütter gewesen. Solange ich ungefähr wusste, wo Sam sich gerade aufhielt, war alles gut. Jetzt hätte ich gerne eine Kinderleine für ihn gehabt und zuckte bei Dingen zusammen, die mir vorher völlig egal gewesen wären: Saltos in den Pool, Schwimmen direkt nach dem Mittagessen, Weintrauben in die Luft werfen und mit dem Mund auffangen. Jedes Mal, wenn Francesca ein Rad in den Pool schlug, wurde mir flau im Magen, weil ich mir vorstellte, wie ihr Kopf auf der Betonkante des Beckenrandes aufschlug.

Ich war unendlich froh, einen verständnisvollen Ehemann zu haben, mit dem ich meine Sorgen teilen konnte. Sobald Nico spürte, wie unruhig ich nachts war, nahm er mich in den Arm und gab mir nie das Gefühl, dass ich übertrieben reagierte oder mich in den Mittelpunkt drängte, weil ich nicht aufhören konnte zu weinen, selbst als Massimo und Lara aus dem Krankenhaus zurückgekommen waren und Entwarnung gegeben hatten. Massimo hatte einen riesigen Blumenstrauß für Mum mitgebracht.

Obwohl Sandro ihr sein Leben zu verdanken hatte, wollte sie nichts davon wissen. »Ach was, ich wäre eine viel größere Hilfe gewesen, wenn ich wenigstens schwimmen könnte! Gut, dass Massimo so sportlich ist, er ist gerannt wie der Wind.«

Ich war froh, dass sie nach diesem hochemotionalen Tag, der unser aller Leben fast für immer verändert hätte, die Blumen einfach dankend angenommen hatte, statt wie sonst zu sagen: »So eine Geldverschwendung. Die armen Blumen wären im Garten besser aufgehoben als in einer Vase.«

Doch von diesem Tag an war die Stimmung viel gelassener und der Umgangston freundlicher. Wenn ich zum Abendessen ging, musste ich mir keine Sorgen mehr machen, dass Anna einen öden Monolog über Superlative halten würde, wenn Mum sagte: »Hab ich nicht den perfektesten Enkel überhaupt?« und dem Mum ohnehin keine Bedeutung schenken würde: »Wen interessieren schon Papperlative? Jeder weiß, was ich meine, der Rest ist schnurzegal.«

Etwas nervös, dass er nicht in greifbarer Nähe war, rief ich Sandro zu mir. »Na, alles klar? Was zeichnest du gerade?«

»Das ist die Krankenschwester, die sich um mich gekümmert hat. Und das bin ich, wie ich Wasser kotze.«

Sehr anschaulich. Was wohl die Lehrer an seinem ersten Schultag sagen würden, wenn er ihnen stolz sein Bild präsentierte: »Das bin ich im Krankenhaus, nachdem ich fast ertrunken bin.«

Vielleicht war es Zeit für ein anderes Motiv. »Möchtest du lernen, wie man Blumen malt? Ich glaube, du wärst darin richtig gut. Sollen wir in den Garten gehen und eine schöne Blume zum Üben suchen?«

Ich bat Nico, auf die anderen zwei Kinder aufzupassen, auch wenn Francesca die mit Abstand beste Schwimmerin von uns allen war, und ging mit Sandro an der Hand um die Ecke, wo ich ein paar große Rosensträucher entdeckt hatte. Ihre einfachen Blüten wären zum Üben genau das richtige. Der Himmel war strahlend blau und ich war unendlich froh, dass wir diesen wunderschönen Tag damit verbringen konnten, die richtige Blume für ein Motiv auszusuchen, statt einen Leichentransport nach England zu organisieren.

Als wir um die Ecke gingen, hörte ich Stimmen. Ich warf einen kurzen Blick Richtung Schlossgarten, doch er schien bis auf die Steinbüsten und Figuren auf dem Brunnen leer zu sein. Ich deutete auf den Rosenstrauch. »Schau mal, die habe ich gemeint.«

Aus dem Augenwinkel sah ich Massimo und Lara in dem kleinen Sommerpavillon sitzen, den Mum als »Bushaltestellenhütte« bezeichnet und sich damit einen strengen Blick von Anna eingefangen hatte. Massimo sah seine Frau eindringlich an und redete auf sie ein, als wollte er sie von etwas überzeugen. Vielleicht, dass es nicht ihre Schuld war? Oder seine? Sie strich sich die Haare hinter die Ohren und senkte den Blick. Dann zog Massimo sie zu sich und küsste sie leidenschaftlich auf den Mund. Ich sah schnell weg, falls Massimo ein kleines Nachmittags-Schäferstündchen im Freien geplant hatte.

Ich schob Sandro in die entgegengesetzte Richtung und sagte laut, dass die Rosen schon zu stark verblüht aussahen und ein Kaktus als Motiv vielleicht besser geeignet sei.

Während Sandro sich auf die Suche nach der perfekten Pflanze zum Abzeichnen machte, dachte ich über unser eigenes Intimleben nach. Ich wünschte, Nico käme auch mal auf die Idee, mich spontan in einen versteckten Winkel zu ziehen und zu verführen. Ich wertete es schon als Erfolg, wenn er außerhalb unseres Schlafzimmers überhaupt mal meine Hand hielt. Sobald Francesca uns beim Kuscheln erwischte, schaute sie noch immer drein, als hätte sie gerade einen verschimmelten Brotlaib in der Küchenschublade gefunden, was ein ziemlicher Stimmungskiller war.

Und mich jetzt seltsam neidisch auf Laras und Massimos kleines Rendezvous im Pavillon sein ließ.

SIEBENUNDDREISSIG

LARA

Sandros Schwimmunfall hatte Massimo sogar noch mehr erschüttert als mich. Abends waren wir uns in den Armen gelegen, viel zu aufgelöst, um uns weiter zu streiten. Wir hatten fast unseren Sohn verloren. Daneben wirkte die ganze Sache mit Caitlin lächerlich bedeutungslos. Mein Körper sehnte sich nach der Nähe des einzigen Menschen, der die tiefe Liebe zu meinem Kind teilte, auch wenn er sie nicht so zeigen konnte wie ich. Schließlich schliefen wir erschöpft ein, erleichtert und glücklich darüber, dass uns das Schicksal verschont hatte. Wenn ich mich bewegte, schreckte Massimo aus dem Schlaf und zog mich noch näher an sich.

Am nächsten Morgen hatten wir miteinander geschlafen. Es war leidenschaftlich und doch zärtlich gewesen, ein gefühlvoller Befreiungsschlag von der Angst und ein wortloses Vorspiel zu einem Gespräch, für das wir noch nicht bereit waren. Ich gab mich ihm hin, ohne zu hinterfragen oder darüber nachzudenken, was danach kommen würde. Massimo war so sanft und liebevoll wie schon lange nicht mehr. Ich wusste nicht, ob er es überhaupt je gewesen war.

Danach wollte ich die Zeit anhalten und für immer in

diesem Moment leben, in dem es so schien, als würde mich nie wieder eines seiner scharfen, boshaften Worte verletzen.

Die letzten ruhigen Urlaubstage verflogen viel zu schnell und schließlich trommelte Anna uns für das traditionelle Familienfoto zusammen, bevor wir zum Flughafen aufbrachen. Massimo legte mir den Arm um die Schultern und hielt mich so fest wie einen kostbaren Schatz, den er beschützen musste. Ich wiederum konnte nur daran denken, wie schrecklich der Urlaub um Haaresbreite geendet hätte, und drückte Sandros Hand so fest, bis er sie schließlich wegzog. Statt uns als Familie von Anna hinter der Kamera herumscheuchen zu lassen, müssten wir uns auf eine schmerzvolle Heimreise vorbereiten, bei der ein Familienmitglied fehlte. Die gewohnt herrischen Anweisungen meiner Schwiegermutter beruhigten mich irgendwie. Alles war wie immer.

»Näher zusammen! Nico, du stehst genau vor Lara. Sam, mach Sandro mehr Platz. Francesca, zieh dir den Rock runter. Ich brauche wenigstens ein Familienfoto, das ich meinen Freundinnen zeigen kann.«

Ich lächelte, als Maggie Francesca verteidigte. »Komm schon, Francesca hat eine tolle Figur. Glaub mir, an mir würde das nicht gut aussehen. Aber so trägt man es heutzutage.« Statt auch nur einen Hauch von Dankbarkeit zu zeigen, verzog Francesca keine Miene. Arme Maggie. Sie brauchte wirklich eine Engelsgeduld.

Als Anna endlich ein Familienfoto hatte, mit dem sie zufrieden war und das sie auf Facebook posten konnte, um mit den anderen Fotos von Sonnenuntergängen, Cocktails, perfekten Bikinifiguren und Enkelkindern, die musikalische und sportliche Ausnahmetalente waren, mitzuhalten zu können, drehten wir auf der Suche nach vergessenen Flipflops und Sonnenbrillen eine letzte Runde durch den Garten. Halbherzig schaute ich mich um. Ich machte mir ehrlich gesagt mehr

Sorgen darüber, dass Sandro dem Beckenrand zu nahekam, als eine Tube Sonnencreme zurückzulassen.

Massimo ging neben mir. »Und, bekomme ich noch eine Chance, Mrs Farinelli?«

Ich sah ihn an. Was, wenn in zwei Wochen wieder alles beim Alten wäre? Doch Sandros Unfall hatte alles auf den Kopf gestellt. Ohne Massimo, der im Gegensatz zu mir Ruhe bewahrt und Sandro aus dem Wasser gerettet hatte, wäre unser Sohn nicht mehr hier. Nur dank ihm waren wir noch eine Familie.

Aber ich würde mir nicht länger alles gefallen lassen. »Es kann nicht so weitergehen wie davor. Ich will meine Meinung äußern können, ohne mir Sorgen machen zu müssen, dass du explodierst.« Ich beobachtete genau, ob sich ein Schatten oder ein anderes Anzeichen für Ärger über sein Gesicht legte.

»Das kann ich verstehen«, sagte er. »Ich werde mich ändern. Alles, damit du mir wieder vertraust.«

Diese Augen. Dieser aufrichtige Blick. Bis auf die grau melierten Schläfen war Massimo kaum gealtert. Er hatte noch immer die jungenhafte Ausstrahlung, mit der er es nach wie vor schaffte, mich um den Finger zu wickeln.

»Aber wir dürfen nicht wieder alles unter den Teppich kehren. Irgendwann müssen wir ein ernsthaftes Gespräch führen.«

»Vielleicht können wir reden und ... du weißt schon ... uns ganz neu kennenlernen?«, raunte er und strich mir über die Brust.

Ich schob seine Hand weg. »Du bist immer so aufbrausend und gereizt, und gibst Sandro und mir die Schuld dafür. Willst du denn überhaupt eine zweite Chance?« Müsste ich eine Münze werfen, wüsste ich selbst nicht, auf welche Antwort ich hoffte. Kopf oder Zahl – gehen oder bleiben?

Massimo küsste mich innig, bis ich nachgab und den Kuss erwiderte. »Ist das Antwort genug?«, fragte er.

Ich musste auf mein Herz hören. Massimo hatte mich so lange getäuscht, erniedrigt und schikaniert, dass mir nichts anderes übriggeblieben war, als meine Gefühle hinter einer festen Mauer zu schützen. Trotzdem versetzte mir die Vorstellung daran, wie Massimo und Caitlin Pläne für gemeinsame Wochenenden, Opernbesuche und – egal was Massimo behauptete – leidenschaftliche Abende zu zweit geschmiedet hatten, einen Stich, als berührte ich einen hauchdünnen Riss in meinem Zahn. Doch dieser Schmerz wirkte im Vergleich zu der qualvollen Vorstellung, dass ich fast meinen Sohn verloren hätte, fast lachhaft.

So oft hatte ich mir falsche Hoffnungen gemacht und wirklich geglaubt, Massimo würde sich ändern, um am Ende wieder enttäuscht zu werden. Aber seit er Sandro gerettet hatte, begegnete Massimo unserem Sohn geduldig und ermutigend. Er war wieder wie der Mann, in den ich mich verliebt hatte. Nicht der, den ich die letzten Jahre ertragen hatte.

Paradoxerweise hatte unser Sohn erst beinahe tödlich verunglücken müssen, damit wir erkannten, was wir aneinander hatten. Es wäre absoluter Irrsinn, das wegzuwerfen, nur um es ihm heimzuzahlen.

»Gut. Eine letzte Chance.«

ACHTUNDDREISSIG

LARA

Zurück in England war Massimo so gut gelaunt wie selten zuvor. Der Mann, der mich manchmal so fest packte, dass er mir fast die Finger brach, der mich mit Caitlin betrogen hatte und Sandro so lange anschrie, bis unser Sohn starr vor Angst war, schien ein Produkt meiner Fantasie zu sein, mit der ich meine Entscheidung für eine Trennung hatte rechtfertigen wollen. Nach unserer Rückkehr aus Italien hatten wir beschlossen, uns auf die positiven Seiten unserer Beziehung zu konzentrieren. Seit Jahren musste ich mir immer wieder ins Gedächtnis rufen, warum wir überhaupt zusammengekommen waren, und hatte mich, meine Entscheidungen und meine ganze Persönlichkeit infrage gestellt. Jetzt bot mir Massimo zum ersten Mal seit langer Zeit einen sicheren Hafen, statt mich in Angst und Schrecken zu versetzen.

Wir verbrachten mehr Zeit zu zweit. Beryl bot gerne ihre Hilfe als Babysitterin für Sandro an: »Ihr müsst mich nicht bezahlen, ich mach das doch gern.« Aber Massimo drückte ihr immer ein paar Zwanziger in die Hand, wenn wir von einem unserer gemeinsamen Abende zurückkamen, bei denen wir in

Erinnerungen schwelgten und Pläne für die Zukunft schmiedeten.

»Sobald Sandro ein bisschen älter ist, sollten wir uns einen längeren Urlaub gönnen und durch Italien reisen.« »Vielleicht könnte ich etwas früher in den Ruhestand gehen oder auf eine Vier-Tage-Woche reduzieren, damit wir lange Wochenenden haben und ich die verlorene Zeit mit euch nachholen kann.«

Doch nachdem ich nach Sandros Unfall vor Erleichterung wie im Rausch gewesen war, kehrte ich langsam auf den Boden der Tatsachen zurück. Ich konnte nicht ignorieren, was passiert war, und einfach weitermachen, auch wenn unser Leben oberflächlich betrachtet um einiges besser lief als vorher. Egal wie sehr ich mich bemühte oder wie oft Massimo mir vorschwärmte, dass er unendlich froh war, seine Frau zurückzuhaben – »Es hat mir das Herz gebrochen, dich so niedergeschlagen zu sehen, ich hätte dir früher Hilfe suchen müssen« –, schaffte ich es nicht, über seine Affäre hinwegzusehen. Er hatte nicht mit irgendeiner Frau geschlafen, sondern mit der Frau seines Bruders. Das Wissen darüber könnte die gesamte Familie zerstören. Massimo wollte einen Neuanfang, aber bis ich nicht etwas Klarheit gewonnen hatte, könnte ich ihm diesen Wunsch unmöglich erfüllen.

Ich brauchte Gewissheit, dass der Mann, der mich eingeschüchtert und tyrannisiert hatte, nicht real, sondern nur ein Ausdruck seiner eigenen Hilflosigkeit war, weil er sich vor Einsamkeit, Angst und Ohnmacht nicht anders zu helfen gewusst hatte. Beflügelt von Champagner und Wein, den wir im gemütlichen Separee unseres Lieblingsitalieners tranken, zwang ich mich dazu, Massimo auf das Thema anzusprechen. Bis vor kurzem hätte er dabei unweigerlich die Beherrschung verloren, aber ich musste ihn testen.

Ich lehnte mich über den Tisch zu ihm. »Du hast mir nie erklärt, warum du ein Verhältnis mit Caitlin angefangen hast.«

Ich machte mich darauf gefasst, dass er mit der Faust auf

den Tisch schlagen würde. Doch Massimo schaute mich überrascht an, als käme die Frage aus heiterem Himmel. Er griff nach meiner Hand.

Zum ersten Mal, seit wir aus dem Urlaub zurück waren, wollte ich die Hände zu Fäusten ballen, die Arme vor der Brust verschränken und auf eine Erklärung pochen. Der Schreck, der mich nach Sandros Unfall in Massimos Arme getrieben hatte, ließ langsam nach. Im Glashaus meiner Ehe war eine bittere Saat zu einem zarten Pflänzchen des Ungehorsams herangewachsen. Und die Gespräche mit Maggie während unserer Fahrstunden, die ich noch immer geheim hielt, waren der beste Dünger.

Erst gestern hatten wir über Treue in Beziehungen gesprochen. Sie war so unverblümt ehrlich gewesen, dass mir fast die Spucke weggeblieben war.

»Versteh mich nicht falsch, ich war ganz sicher keine Heilige. Würde ich nachzählen, mit wie vielen Typen ich im Bett war, hätte ich bestimmt nicht genug Finger. Nico ist wahrscheinlich der letzte Zeh, der noch übrig war. Aber mit dem Eheversprechen sollte es das gewesen sein, oder etwa nicht? Sonst könnte man ja gleich Single bleiben.«

Sie hatte recht. Eine Ehe war ein Geben und Nehmen. Und warum sollte man verheiratet sein, wenn man seine Verpflichtung nicht ernst nahm?

Ich brauchte eine Antwort. »Wie hat alles angefangen?«

Massimo senkte den Blick. »Es war nicht so wie du denkst. Nach Sandros Geburt hast du dich immer weiter von mir entfernt, als wäre ich dir egal. Ich habe mich so unwichtig und vernachlässigt gefühlt. Caitlin war für mich da, und sie war die einzige andere Frau mit Baby, die ich gut kannte. Wir waren eher sehr enge Vertraute.«

Ich war erleichtert darüber, wie offen und ehrlich wir zum ersten Mal seit Jahren miteinander sprachen. Doch vieles an Massimos Erzählungen schockierte mich zutiefst. Offenbar hatte ich die Zeit nach Sandros Geburt völlig verdrängt und konnte mich auch jetzt nur bruchstückhaft daran erinnern. Er erzählte mir, dass ich den ganzen Tag im Bett gelegen und mich geweigert hatte aufzustehen und er nach der Arbeit sofort nach Hause gefahren war, wo Sandro seit Stunden weinend in seiner Wiege gelegen hatte.

Ich starrte Massimo bestürzt an. »Ich dachte, ich habe ihn beim kleinsten Mucks zu mir genommen, weil ich es kaum ertragen konnte, dass es ihm nicht gut ging.« Ich war mir sicher, dass Massimo und ich uns gestritten hatten, weil ich oft weich geworden war, statt Sandro einfach weinen zu lassen.

»Dich trifft keine Schuld, Lara. Du warst vermutlich zu erschöpft und hast ihn nicht gehört.« Massimo nahm meine Hand. »Ich hätte darauf bestehen sollen, mich aus familiären Gründen von der Arbeit freistellen zu lassen. Aber ich dachte, es wäre das Beste, wenn ich weiterhin arbeiten gehe und die Familie ernähre. Typische Jäger-Sammler-Denkweise. Oft bin ich in der Mittagspause nach Hause gefahren, um nach dir zu sehen.«

Für mich hatten sich die Tage damals endlos angefühlt. Ich konnte mich nicht daran erinnern, dass Massimo mittags nach Hause gekommen war. Vielleicht waren Sandro und ich irgendwann vor Erschöpfung eingeschlafen und ich hatte es deshalb nicht mitbekommen.

Die kurzen Besuche meiner Schwiegermutter waren mir wiederum sehr gut im Gedächtnis geblieben. Anna war immer nur so lange geblieben, um mir einzubläuen, wie glücklich ich mich schätzen konnte: »Keine Geldsorgen, ein wunderschönes Haus und einen Mann, der dich abgöttisch liebt – dafür würden andere Frauen über Leichen gehen.« Ständig hatte sie Sandros Windeln zurechtgezupft, sich ganz nah zu meiner Brust gebeugt, um nachzusehen, ob Sandro richtig trank, hatte ihm das Jäckchen ausgezogen und ein anderes angezogen, weil sie unabhängig vom Wetter nie mit meiner Kleiderauswahl zufrieden war. Aber wenn ich sie darum gebeten hatte, kurz auf Sandro aufzupassen, damit ich in Ruhe duschen gehen konnte, ohne mir Sorgen um das Baby machen zu müssen, das so laut schrie, als wäre es aus der Wiege gefallen, hatte sie immer einen Zahnarzttermin, die Handwerker im Haus oder einen Kuchen im Backrohr.

Massimo fuhr fort. »Ich wollte unbedingt eine Familie mit dir gründen und es hat mir Angst gemacht, wie unglücklich du warst. Ich wusste nicht, wie ich damit umgehen sollte und war zu stolz, um um Hilfe zu bitten. Nico, Caitlin und Francesca wirkten gegen uns wie das perfekte Dreiergespann, bei dem alles einfach funktionierte.«

Als Caitlins Name fiel, zuckte ich unweigerlich zusammen. Nun, da ich wusste, wie einsam und ängstlich Massimo sich nach der Geburt unseres Sohnes gefühlt hatte, verstand ich. Wir hatten einen Keil in unsere Ehe getrieben und damit erst den Spalt geschaffen, in den Caitlin mit dem richtigen Maß an Trost und Aufmerksamkeit geschlüpft war.

Damals stand ich immer kurz vor dem Nervenzusammenbruch: Ich sah in jeder Hautirritation Meningitisflecken und rollte panisch ein Glas über Sandros Haut oder zerbrach mir den Kopf, warum mein Baby nur fertige Gläschen aß und meine selbstgekochten Kohl- und Zucchinibreis verschmähte – worin ich den unumstößlichen Beweis dafür sah, dass ich als Mutter gescheitert war, immerhin konnte ich nicht einmal mein eigenes Kind ernähren. Und während dieser ganzen Zeit hatte sich Massimo hilflos und alleingelassen gefühlt.

Ich überlegte, was Maggie wohl dazu sagen würde: »Massimo ist wirklich arm dran, mit seinen acht Stunden Schlaf und dem frischen Kaffee, den ihm seine Sekretärin an den Schreibtisch bringt und den er auch noch trinken kann, bevor er eiskalt ist. Bist du völlig bekloppt oder warum lässt du ihm die Ausrede durchgehen?«

Maggie machte sich gerne über solche Frauen lustig, zu

denen leider auch ich gehörte: Jene, die niemals alleine ins Pub gehen würden, die das Reden mit den Handwerkern ihrem Mann überließen und die kein eigenes Konto hatten. Ich hätte vor ihr niemals zugegeben, dass mir Massimo erst seit unserer Rückkehr aus Italien meine Kreditkarten zurückgegeben hatte, statt mir jeden Morgen nach dem Frühstück einen Zehn-Pfund-Schein auf dem Tisch zu hinterlassen, bevor er zur Arbeit fuhr.

Brodelnde Wut stieg in mir hoch. Statt Unterstützung bei ihrem eigenen Mann zu suchen, hatte Caitlin mir meinen weggeschnappt. Ich erinnerte mich daran zurück, wie sie mir in engen Yogaleggings Vorträge darüber gehalten hatte, wie wichtig Beckenbodenübungen doch waren, während mir der Bauch gefühlt bis zu den Knien hing und ich es kaum schaffte, mir morgens frische Unterwäsche anzuziehen. Und hinter meinem Rücken hatte sie mit Massimo ihre kleinen Ausflüge in die Oper, ins Restaurant und ins Ritz – ins verdammte Ritz! – geplant, während ich froh sein konnte, um vierzehn Uhr mit Mühe und Not ein Stück trockenes Toastbrot hinunterzuschlingen.

Völlig verzweifelt war ich damals zu ihr gegangen, in der Hoffnung, sie würde mir gut zureden. Von allen Seiten bekam ich zu hören, wie überglücklich ich als frischgebackene Mutter doch sein müsse, und ich schämte mich, was mir beim Anblick des wütend schreienden Babys im Stubenwagen durch den Kopf ging. Ich sehnte mich danach, am Sonntag auszuschlafen und in ein schickes Restaurant zu gehen – oder einfach irgendwo zu essen, Hauptsache nicht zu Hause, wo ich bei jedem Bissen damit rechnen musste, dass das Gebrüll gleich wieder losging, und ich stundenlang mit meinem Baby auf dem Arm herumspazieren müsste, um es zu beruhigen. Caitlin war die einzige andere Mutter in meinem näheren Umfeld, also hatte ich sie um Rat gefragt, wie ich den ewigen Kreislauf aus

Füttern, Weinen und Schlafen durchbrechen konnte, der mich zunehmend in den Wahnsinn trieb.

Caitlin hatte nur die Stirn gerunzelt. »Francesca hat mit acht Wochen problemlos durchgeschlafen. Vielleicht ist deine Milch schlecht? Stell besser auf Fläschchen um.«

Es gab also keine schwierigen Babys – nur unfähige Mütter. Ich dachte daran, wie Caitlin und Anna die Nase gerümpft hatten, wenn ich Sandro einen Schnuller gab, und immer weiter an meinem Selbstvertrauen gekratzt hatten, bis ich ihnen und ihrem Urteil völlig schutzlos ausgeliefert gewesen war.

Alleine beim Gedanken an Caitlins verlogene Scheinheiligkeit wollte ich mein Besteck auf den Tisch knallen und aus dem Restaurant stürmen.

»Aber fünf Jahre? Warum so lange? Mir ging es schon lange vor Sandros Einschulung wieder besser und ich habe jahrelang keine Antidepressiva mehr genommen.«

Massimo stocherte in der restlichen Soße auf seinem Teller herum.

»Caitlin wurde krank. Sie hat mich gebraucht. Es war keine richtige Affäre, wir haben uns nur gegenseitig unterstützt.«

Ich wollte ihm entgegnen, dass alles, was ihn davon abhielt, für mich da zu sein, als ich ihn am dringendsten gebraucht hatte, eine verdammte Affäre war, aber ich musste mir anhören, was er zu sagen hatte. Alles war besser als die Gedanken, die mir durch den Kopf spukten.

Massimo fummelte an seiner Serviette herum. »Nico konnte nicht mit Caitlins Krankheit umgehen. Du weißt ja, wie er ist. Er war noch nie besonders gut darin, seine Gefühle auszudrücken. Caitlin hatte schreckliche Angst vor dem Tod, aber sie wollte Nico und Francesca schützen. Es fiel ihr leichter, mit mir darüber zu sprechen, weil ich alles mit etwas Abstand betrachten konnte.«

Ich wollte mich nachsichtig zeigen. Caitlin hatte sicher voller

Sorge und Angst in die Zukunft geblickt. Es musste sich schrecklich anfühlen, sich beim Anblick der eigenen Tochter zu fragen, wie viele große und kleine Momente man noch miterleben würde. Könnte man Uniabschluss, Hochzeit und Enkelkinder gemeinsam feiern? Würde sie ihr tröstend die Hand halten, wenn sie nicht zur Party des Jahres eingeladen wurde, eine Mandelentzündung überstehen musste oder einen dieser Tage hatte, an denen alles grau und düster schien? Aber von dieser fünf Jahre dauernden Affäre war Caitlin ein Jahr lang krank gewesen.

»Ich weiß nicht, ob ich dir verzeihen kann«, sagte ich etwas von mir selbst überrascht.

Massimo lehnte sich in seinem Stuhl zurück. »Ich war einsam und du hast mir gefehlt. Es soll keine Entschuldigung sein, aber du warst so distanziert. Auch wenn du mir nicht glaubst, aber Caitlin und ich haben nie miteinander geschlafen. Ja, wir waren füreinander da und haben uns gegenseitig unterstützt, aber es war rein emotional und nichts Körperliches. Wir haben beide jemanden zum Reden gebracht und uns so gefunden.« Er stutzte und runzelte die Stirn, als kalkulierte er die Wahrscheinlichkeit einer bevorstehenden Katastrophe. »Glaubst du, Maggie wird es Nico erzählen?«

Ich wollte ihn gerne ein bisschen zappeln lassen, aber das wäre Maggie gegenüber ungerecht gewesen. Ich hatte den allergrößten Respekt vor ihr. Sie trug so viel Last auf ihren Schultern, ohne mit der Wimper zu zucken: Das Wissen über Caitlins Affäre, Francescas Zorn über die verschwundene Schatulle und die fälschlichen Anschuldigungen. »Bestimmt nicht. Und selbst wenn, wüsste sie nicht, mit wem Caitlin ein Verhältnis gehabt hat. Wenn sie es ihm erzählen wollte, hätte sie es längst getan. Obwohl Nico und Francesca sie beschuldigen, einen von Caitlins persönlichen Gegenständen entsorgt zu haben, hält Maggie dicht. Sie ist so grundanständig, dass sie die beiden auch noch vor dem beschützen will, was Caitlin getan hat.« Ich ließ den stillen Vorwurf »Was du getan hast« unausgesprochen im Raum stehen.

Wir standen auf und machten uns auf den Heimweg. Draußen blieb Massimo kurz vor der Tür des Restaurants stehen. »Ich habe einen Fehler begangen und dich enttäuscht. Und ich werde alles geben, um es wieder gut zu machen. Aber ich flehe dich an: Bitte mach meine Familie nicht kaputt.«

Ich warf einen flüchtigen Blick ins Schaufenster nebenan. Zum ersten Mal seit langem wirkte ich ernst und entschlossen statt unterwürfig und kleinlaut. Wie die Frau, die ich vor Massimo gewesen war.

Hoffentlich würde ich sie nicht aus den Augen verlieren.

NEUNUNDDREISSIG

MAGGIE

Seit wir aus dem Urlaub zurück waren, wirkte Lara wie besessen. Ich musste sie nicht länger zu unseren Fahrstunden überreden und mich dabei ständig fragen, ob sie wirklich Autofahren lernen wollte oder ob sie mir damit nur einen Gefallen tat und zu höflich war, um etwas zu sagen. Mittlerweile besuchten wir ihren Vater zwei- bis dreimal in der Woche. Immer, wenn ich für ein paar Minuten mit ins Zimmer kam, bevor ich die beiden alleine ließ, schüttelte mir Laras Vater die Hand und stellte sich mir vor. »Robert Dalton, sehr erfreut. Aber Sie dürfen ruhig Bob zu mir sagen, Margaret.«

»Freut mich sehr. Sie dürfen gerne Maggie zu mir sagen, Bob.«

Einmal war mir im Laufe des Gesprächs unabsichtlich herausgerutscht, dass ich Lara Autofahren beibrachte.

Er war sofort aufgesprungen und hatte den Kopf geschüttelt. »Nein. Kein Auto, kein Fahren.« Er hatte sich so lange aufgeregt und mit der Zeitung nach mir geschlagen, bis eine Pflegerin gekommen war und ihn beruhigt hatte.

Lara war gelassen geblieben. »Mach dir keine Vorwürfe.

Wenigstens bist du hier und unterhältst dich mit ihm. Das kann man von den anderen Familienmitgliedern nicht behaupten.«

Robert schien es mir auch nicht vorzuhalten, denn beim nächsten Besuch begrüßte er mich auf die gleiche charmante Art wie immer. Bei unseren Besuchen ließ ich Lara nach einem kurzen Plausch mit ihrem Vater alleine, um ihnen etwas Privatsphäre zu geben, und verschwand mit meinem Nähkoffer im Aufenthaltsraum. Dann winkte mir ihr Vater fröhlich zum Abschied und ich hörte, wie er Lara fragte: »Wer war das?« Oft brachte Lara Fotoalben mit, um seinem Gedächtnis auf die Sprünge zu helfen. Einmal, als sie sich Kindheitsfotos von Lara mit ihrer verstorbenen Mutter Shirley angesehen hatten, meinte ich zu bemerken, wie sich der Nebel in seinem Kopf etwas lichtete. Dann sah er auf und fragte: »Wo ist Shirley? Kommt sie auch?«

Lara überspielte ihren Schmerz mit einem gequälten Lächeln und versuchte, ihn mit Fotos von Sandro abzulenken. »Schau mal, Dad. Sandro baut so gerne mit Legosteinen. Er ist genauso geschickt wie du.«

Doch Robert bohrte den Finger in ein anderes Foto. »Der da. Den hasse ich.«

Lara sah ihn erstaunt an. »Dad, das ist Massimo, mein Ehemann.« Dann gingen die Erklärungen von vorne los. Ja, sie war verheiratet und ja, ihr Dad war eingeladen gewesen.

Armer Massimo. Robert wirkte immer so sanftmütig und es war seltsam, dass er ausgerechnet etwas gegen den Mann zu haben schien, der Unsummen für seinen Platz in einem anständigen Pflegeheim bezahlte, wo er gute Chancen hatte, nach dem Waschtag seine eigene Hose statt einer fremden zurückzubekommen.

Als wir schließlich zurück zum Auto gingen, drehte sich Lara zu ihrem Vater um, der uns vom großen Fenster des Aufenthaltsraums aus nachsah und die Hände gegen die Scheibe presste. Sie lächelte breit und winkte, bis wir beim

Auto angekommen waren, wo sie in leises Schluchzen ausbrach.

»Ich fühle mich so schlecht dafür, ihn alleine hier zu lassen. Ich kann es kaum erwarten, den Führerschein in der Tasche zu haben, damit ich ihn besuchen kann, wann immer ich will.« Sie stutzte. »Bitte versteh mich nicht falsch, es ist unglaublich großzügig von dir, mit mir herzufahren. Dank dir habe ich Dad in den letzten Monaten öfter gesehen als all die Jahre davor zusammen.«

»Warum holst du ihn nicht mal für ein paar Tage zu euch, damit er Sandro sehen kann? Mum hilft gerne mit allem, was die Pflege angeht. Und dein Vater ist auch nicht gebrechlich, oder? Man müsste nur ein wachsames Auge auf ihn haben.«

Laras Blick verfinsterte sich. »Ich habe lange überlegt, aber ich befürchte, Massimo hätte etwas dagegen. Mit meinem Vater kann es mitunter sehr schwierig werden, so gerne ich auch hätte, dass Sandro und er Zeit zusammen verbringen. Aber ich kann Sandro nicht hierher mitnehmen, er hätte wochenlang Albträume. Es ist zwar ein tolles Pflegeheim, aber es hat trotzdem etwas von *Einer flog über das Kuckucksnest*, wenn du verstehst, was ich meine.«

Manchmal wollte ich sie einfach nur schütteln, damit sie endlich damit aufhörte, ja keine Umstände machen zu wollen. »Es geht um deinen Vater. Wenn Massimo ein Problem damit hat, solltest du ihm klipp und klar sagen, dass er deinen Dad höchstens alle paar Wochen sieht, während wir seine Mutter, die alte Hexe, dreihundertfünfundsechzig Tage im Jahr rund um die Uhr ertragen müssen.«

Lara nickte. »Guter Punkt.«

Zum Glück war meine eigene Mutter so wunderbar zurückhaltend und unaufdringlich. Nicht.

VIERZIG

LARA

Ich wollte herausfinden, ob Massimo es ernst meinte, also versuchte ich, ihn zu überlisten. Doch immer, wenn ich ihm erzählte, dass ich etwas getan, gekauft und entschieden hatte, ohne es vorher mit ihm abzusprechen, zog er nur eine Augenbraue hoch und umarmte mich. »Hauptsache, du bist glücklich.« Ab und zu verlor er noch die Beherrschung – schließlich war niemand perfekt –, aber es war nie gegen mich gerichtet. Wenn, dann regte er sich über die Arbeit und unfähige Kollegen auf, so wie Nico es oft tat, oder er fluchte, weil das Internet nicht funktionierte. Aber mir gegenüber war er wertschätzend und aufmerksam. Er massierte mir den Nacken, schenkte mir Blumen, machte mir laufend Komplimente, dass ich die schönste Frau auf Erden sei, und brachte mir von seinen Geschäftsreisen viel zu teure Geschenke mit: Handtaschen, eine Armbanduhr und sogar einen rot-grün-karierten Haute-Couture-Mantel, der für meinen Geschmack etwas zu ausgefallen war, aber in dem ich laut Massimo »stylish wie eine echte Italienerin« aussah.

Trotzdem traute ich dem Ganzen nicht. Es fiel mir schwer zu glauben, dass der Mann, der meine Katze überfahren hatte, plötzlich ein anderer war. Fast schien es so, als breitete sich das Misstrauen immer weiter in mir aus, je kräftiger ich an seinen tiefen, widerspenstigen Wurzeln zog.

Doch daran durfte ich heute keinen Gedanken verschwenden. Für meine praktische Fahrprüfung brauchte ich einen klaren Kopf. Dank Maggie, die mich bei jeder Fahrt ins Pflegeheim abgefragt hatte, hatte ich die theoretische Prüfung mit links bestanden. Aber jetzt ging es ans Eingemachte. Ich hatte mir den Termin absichtlich auf einen Freitag im Oktober gelegt, weil Massimo das ganze Wochenende beruflich unterwegs war. Es war schwierig genug, meine Selbstzweifel in Schach zu halten, ohne mir darüber Sorgen machen zu müssen, wie Massimo auf meine kleine Überraschung reagieren würde. Als Maggie mich an der Fahrschule absetzte, sah sie mich mit ihrem typischen durchdringenden Blick an. Instinktiv wollte ich ihrem ihm am liebsten ausweichen und es ihr so unmöglich machen, zu erkennen, was wirklich in mir vorging. Angst zu Versagen. Angst vor Veränderung. Angst, alles falsch zu machen. Sie trommelte auf dem Lenkrad herum.

»Du willst aufgeben. Ich sehe dir die Zweifel doch an. ›Was, wenn ich die Dreipunktwendung vermassle?‹, ›Dad wollte nicht, dass ich Autofahren lerne‹, ›Massimo wird so sauer sein‹. Komm schon! Mach es für dich. Und für Sandro. Und deinen Vater. Dann hast du endlich ein Stückchen Freiheit und bist nicht mehr von anderen abhängig. Dafür bist du ohnehin viel zu intelligent. Du musst nicht das Heimchen am Herd spielen. Herrgott, wäre ich auch nur annähernd so schlau wie du, würde ich mich als Premierministerin aufstellen lassen!«

Ich nickte nur und wischte mir verlegen die Hände an meiner Hose ab. Maggie drückte mich fest an sich und ich erwiderte ihre Umarmung, auch wenn ich manchmal noch Schwierigkeiten damit hatte. Ich beneidete sie dafür, wie leicht es ihr fiel, ihre Liebsten in die Arme zu schließen. Wenn Nico von der Arbeit kam, begrüßte sie ihn mit einer herzlichen Umarmung, die zu sagen schien: »Schön, dass du wieder da bist.« Nicht mehr und nicht weniger. Anders als Massimo, der zur Begrüßung einen leidenschaftlichen Zungenkuss bevorzugte, mit dem er mir eigentlich nur signalisieren wollte, dass er Lust auf Sex hatte.

Ich stieg aus. »Ich werde mein Bestes geben.« Entschlossen ging ich hinein und versuchte, die laute innere Stimme des Zweifels auszublenden, als ich am Empfang meinen Namen nannte.

Als ich zurück auf den Parkplatz fuhr, wartete Maggie mit einer Zigarette in der Hand vor der Fahrschule. Sie sprang sofort auf. Ich hatte sie nur ein einziges Mal rauchen gesehen, nachdem sie zu viel Wein getrunken hatte. Ich versuchte, mich aufs Einparken zu konzentrieren, und zog die Handbremse an. Maggie wollte unbedingt, dass ich meine Prüfung bestand – es würde mich nicht wundern, wenn sie gleich herüberkam, ans Beifahrerfenster klopfte und das Gesicht gegen die Scheibe presste, um zu sehen, was der Fahrprüfer notiert hatte. Ich lehnte mich im Sitz zurück und wurde unruhig, als er noch ein paar Kästchen auf dem Prüfungsbogen abhakte. War ich vielleicht an einer Kreuzung zu langsam angefahren? Hatte ich nicht oft genug in den Rückspiegel gesehen oder einen Radfahrer geschnitten? Und dann sagte er: »Herzlichen Glückwunsch, Mrs Farinelli. Sie haben bestanden.« Säße Maggie an meiner Stelle, wäre sie ihm bestimmt vor Dankbarkeit um den Hals gefallen, aber ich schüttelte ihm nur aufgeregt die Hand und sagte: »Danke, vielen Dank. Sie haben mir wirklich den Tag versüßt!«, was für mich schon Ausdruck höchster Euphorie war.

Ich hüpfte aus dem Auto und fuchtelte mit meinem Zertifikat. Maggie warf ihre Zigarette weg, lief zu mir und nahm mich an die Hände. Wie zwei kleine Mädchen hüpften wir im Kreis herum. »Bravo! Du bist echt der Hammer!«

Mit einem Mal waren all meine Zweifel wie weggeblasen. Ich war unfassbar stolz auf mich.

»Alles klar, dann holen wir gleich morgen früh deinen Vater ab, damit er Sandro sehen kann.«

Ich blieb abrupt stehen. »Wir können nicht einfach unangekündigt im Heim auftauchen. Sie brauchen bestimmt ein bisschen Vorlauf.«

Maggie zuckte mit den Schultern. »Ich hab letzte Woche angerufen, damit alles in die Wege geleitet wird und seine Medikamente bereit stehen. Ich wusste, dass du die Prüfung schaffst.«

»Ich dachte, die Mitarbeiter dürfen nur mit Familienangehörigen sprechen?«

Maggie lachte auf. »Von so etwas lasse ich mich nicht aufhalten. Ich hab einfach so getan, als wäre ich Lara Farinelli, die ihren Vater ›für einen Tag entführen will‹«, erklärte sie in einer Stimme, die meiner erstaunlich ähnlich war.

Wie anders mein Leben wohl verlaufen wäre, wenn ich nur halb so viel Mumm hätte wie Maggie. »Und wenn ich durchgefallen wäre?«

»Dann wäre eben ich gefahren. Mum weiß schon Bescheid. Sie kommt vorbei, um dir mit seinen Medikamenten zu helfen. Sie bleibt so lange du möchtest.«

»Und wenn er etwas Spezielles braucht?«

»Er sieht endlich seinen Enkel wieder. Ich denke, alles andere ist unwichtig.«

Ich ließ mich von ihrer Begeisterung anstecken. Massimo kam erst morgen Nachmittag zurück. Dad hätte also genügend Zeit, um sich an das ungewohnte Umfeld zu gewöhnen, und mein Mann müsste die Anwesenheit meines Vaters nur noch wenige Stunden ertragen.

Am nächsten Morgen fuhren Maggie und ich kurz nach Sonnenaufgang los, damit wir Dad gleich nach dem Frühstück um acht Uhr mitnehmen konnten, bevor der reguläre Tagesablauf des Pflegeheims losging. Alle Sorgen über Massimos Reaktion verflogen, als ich meinen Vater sah. Seine Augen strahlten vor Vorfreude. »Fahren wir nach Hause? Wo ist Shirley?«

Ich hatte gelernt, den Schmerz zu ignorieren, wenn Dad so hoffnungsvoll und optimistisch nach meiner verstorbenen Mutter fragte. Ich war so sehr daran gewöhnt wie an einen winzigen Glassplitter, der seit Jahren unter meinem Fingernagel steckte, dass ich den Stich kaum noch fühlte. »Wir fahren nicht zu dir nach Hause, wir besuchen Sandro.« Ich sprach den Namen betont langsam aus. Vielleicht würde sich Dad so leichter an seinen Enkel erinnern.

Aber er runzelte nur die Stirn und zupfte an der Knopfleiste seines Mantels.

Jedes Gespräch mit Dad war wie ein Ratespiel, welcher Schalter welche Lampe anschalten würde.

Ich versuchte es weiter. »Sandro – mein Sohn?«

»Du hast einen Sohn!«

Er sah mich so freudestrahlend an, dass ich mich kurz dem Tagtraum hingab, wie er und Sandro zusammen am Tisch saßen und malten.

Als er Maggie bemerkte, gingen wir zu unserer üblichen Vorstellrunde über, die Maggie so souverän über sich ergehen ließ, als wäre es das erste und nicht das einundzwanzigste Mal.

Sie hakte sich bei ihm unter. »Begleiten Sie mich zum Auto, Robert? Dann kann Lara kurz mit der Pflegerin sprechen.«

Dad schaffte es immer wieder, mich zu überraschen. »Es wäre mir eine Freude«, sagte er und machte eine kleine Verbeugung.

Ich hatte keine Ahnung, wie Dad reagieren würde, wenn ich mich hinters Steuer setzte, aber auf Maggie war wie immer Verlass. Sie saß mit ihm auf der Rücksitzbank und verwickelte ihn sofort in ein Gespräch über die verschiedenen Blumen, die die Auffahrt des Pflegeheims säumten. Sie war wirklich das komplette Gegenteil von Anna. Meine Schwiegermutter hatte meinen Vater zuletzt gesehen, als er schon ein bisschen konfus, aber noch nicht völlig dement gewesen war. Sobald er etwas gesagt hatte, das vielleicht etwas seltsam klang, hatte sie ungeduldig abgewunken. »Ich habe keine Ahnung, wovon Sie sprechen.« Mein armer Vater hatte verdattert dagestanden und nach den richtigen Worten gesucht, bis er schließlich aufgegeben und etwas über seine Vergesslichkeit gemurmelt hatte. Maggie hatte leider nicht das Vergnügen gehabt, meinen Vater kennenzulernen, bevor sich sein Zustand verschlechtert hatte – und trotzdem fand sie instinktiv ein Gesprächsthema, an dem er sich rege beteiligen konnte.

Ich widerstand dem Drang, die beiden im Rückspiegel zu beobachten und konzentrierte mich auf die Straße. »Bei mir zu Hause wachsen auch Sonnenhüte. Aber mein ganzer Stolz – und Shirleys Lieblingsblumen – sind meine Stockrosen. Sie sind ganz dunkel, fast schwarz«, erzählte Dad. Wie grausam, dass er sich an die Farben unserer Blumen erinnern konnte, aber nicht an sein eigenes Enkelkind.

Hoffentlich war all das kein schrecklicher Fehler. Maggie hatte zwar Recht damit, dass Massimo meinen Vater nur alle Jubeljahre sehen musste. Aber mein Mann war kein Fan von Überraschungen, bei denen er nicht selbst die Finger im Spiel hatte.

Dad sang leise vor sich hin und Maggie zwinkerte mir im Rückspiegel zu. So munter und fröhlich hatte ich ihn schon lange nicht mehr erlebt. Ich beschloss, mir keine Gedanken mehr über Massimo zu machen.

Ich sollte es so halten wie Maggie, frei nach ihrer Philosophie: »Sorge dich um Sorgen, wenn sie vor der Tür stehen.«

Wenigstens hätte ich nun endlich Gewissheit, ob Massimo sich wirklich geändert hatte.

EINUNDVIERZIG

MAGGIE

Ich hatte sehr selten das Gefühl, alles richtig gemacht zu haben. Viel öfter sagte ich mir im Nachhinein: »Du bist so eine Idiotin. Was hast du dir dabei gedacht?« Vor allem, wenn Tequila oder Wodka im Spiel waren. Aber als Sandro nach Laras perfektem Einparkmanöver von Annas Haus über die Straße hüpfte, so glücklich darüber, seinen Großvater zu sehen, wollte ich selbst vor Freude an die Decke springen.

Während Lara ihren Vater ins Haus führte, holte ich Mum. Als wir zurückkamen, brachte Sandro Lupo gerade bei, Robert das Pfötchen zu geben. Robert streichelte den Hund unentwegt. Es hatte bestimmt einen Grund, warum alte Menschen mit einem Haustier länger lebten. Ich war begeistert, wie selbstbewusst Sandro mit Lupo umging. Von dem kleinen ängstlichen Jungen, der sich im Baumhaus versteckt hatte, war nichts mehr zu erkennen. Lara filmte die drei und strahlte wie am ersten Strandtag eines zweiwöchigen Urlaubs.

Mum hatte einen echten Narren an Robert gefressen, sang Lieder aus den 1960ern und ermutigte ihn, miteinzustimmen. Man merkte ihm an, dass sein Kopf ratterte wie eine alte Jukebox, und er in einem Haufen alter Platten nach der richtigen suchte. Oft griff er daneben, aber manchmal erwischte er die richtige. Mum schwang die Hüften, während Robert *Twist and Shout* krächzte. Die Stimmung war so ausgelassen wie auf einer Parade. Fehlten eigentlich nur noch Kuchen und Girlanden für die perfekte Party.

Gerade als ich richtig in Stimmung kam, tauchte plötzlich Nico im Garten auf. Er wirkte angespannt. »In die Lagerhalle des Gartencenters wurde eingebrochen. Ich muss zur Polizei und angeben, was gestohlen wurde.«

»Was ist mit Francesca? Ist heute nicht die Regionalmeisterschaft?«

»Ich bin bestimmt nicht rechtzeitig zu Hause, also wird sie leider nicht mitschwimmen können. Wirklich ärgerlich, dass Massimo gerade heute nicht da ist.«

»Soll ich mit ihr fahren?«

Nico sah gleichzeitig erleichtert und besorgt aus, als wüsste er nicht, wie er Francesca davon überzeugen sollte, mit mir zu fahren. Langsam hatte ich es satt, dass wir noch immer ständig nach Francescas Nase tanzen mussten, um sie bei Laune zu halten.

Ich hatte keine Lust, an meinem freien Samstag mit einem schmollenden Teenager auf dem Beifahrersitz nach Portsmouth zu fahren. »Sie hat die Wahl. Entweder, sie fährt mit mir oder sie schwimmt nicht mit.«

Er nickte und gab mir einen Kuss. »Ich sage ihr Bescheid. Danke.«

Ich verabschiedete mich von den anderen, etwas enttäuscht darüber, dass ich, ganz die pflichtbewusste Stiefmutter, heute Chauffeurin spielen müsste, statt den Tag bei Lara zu verbringen.

Nico hatte Francesca offenbar scharf zurechtgewiesen, denn sie hatte zumindest den Anstand, sich bei mir zu bedanken. Es war wirklich lächerlich, wie wenig Anerkennung ich brauchte, um weich zu werden. »Soll ich dir ein Rührei machen, damit du zu Kräften kommst?«

Sie schüttelte den Kopf. »Danke, aber ich hab schon Nutellatoast gegessen.«

Ich zog die Brauen hoch und warf Nico einen Blick zu. Dieses »Frühstück« würde sie vielleicht für die ersten fünf Schwimmzüge satt halten. Aber er zuckte nur mit den Schultern. »Pack eine Banane ein.« Es hatte keinen Sinn, mit ihr zu diskutieren, so viel wusste ich schon.

Ich fragte Sam, ob er mitkommen wollte, doch meine Hoffnung auf ein freundliches Gesicht auf der Fahrt nach Portsmouth war vergeblich. Er lachte nur. »Warum sollte ich darauf Lust haben? Ich bleib lieber hier bei Grandma.«

Also stiegen Francesca und ich ins Auto und fuhren los. Die Stimmung war in etwa so herzlich wie bei einem ersten Date, nachdem das Gegenüber längst entschieden hatte, dass man zu dick, zu unattraktiv und zu langweilig war, und man sich trotzdem noch durch ein Sieben-Gänge-Menü quälen musste.

Ich gab mir einen Ruck. »Du kannst gerne den Radiosender aussuchen.«

Ich war mir zu hundert Prozent sicher, dass Francesca davor noch nie Heavy Metal gehört hatte. Bis zur A3 hielt ich durch, dann wurde das Signal glücklicherweise so schlecht, dass ich einfach auf BBC Radio 2 umschaltete. Zwischendurch stellte ich ihr Fragen, deren Antworten ich eigentlich schon kannte, um mir weiterhin tapfer einzureden, dass es zwischen uns auch nur den Hauch einer Beziehung gab, auf der wir aufbauen konnten.

»Bist du nervös?«

»Nicht wirklich.«

»Was ist deine liebste Wettkampfschwimmart?«

»Kraulen.«

»Darin hat dein Onkel Massimo einen Meisterschaftstitel,

oder?«

»Ja, aber das war 1986 oder so.«

Dann war es bis auf das Radio wieder still und ich musste mich zusammenreißen, um nicht mitzusingen. Francesca war das verlegene Schweigen anscheinend egal. Vielleicht wusste sie nicht, was sie mich fragen sollte. Oder sie dachte, sie hätte sowieso nichts Wichtiges beizutragen. Oder vielleicht stand ich auf ihrer Prioritätenliste so weit unten, dass sie gar nicht auf die Idee kam, mir fünf Sekunden ihrer Aufmerksamkeit zu schenken, damit ich mich ein bisschen weniger unwohl fühlte.

Schließlich kamen wir in Portsmouth an. »Kennst du hier jemanden?«, fragte ich sie, als wir ausgestiegen waren.

»Was meinst du?«, gab sie misstrauisch zurück.

»Andere Teilnehmer, Eltern, Schwimmtrainer?«

»Wahrscheinlich sind ein paar von der Bezirksmeisterschaft auch hier. Warum?«

»Ich wollte dich nur fragen, wie ich mich vorstellen soll. Als eine Familienfreundin? Als die Frau deines Vaters? Als deine Stiefmutter?« Als sie nichts erwiderte, fügte ich scherzhaft hinzu: »Stiefmutter klingt vielleicht ein bisschen altmodisch. ›Probier ein Stückchen von dem Apfel, mein Kind.‹«

Francesca sah mich an, als hätte ich versucht, ihr einen Abschiedskuss zu geben. Sie zuckte mit den Achseln. »Keine Ahnung. Ich muss jetzt in die Umkleide.« Dann huschte sie davon.

Leider wusste ich auch keine Antwort. Trotz meiner Bemühungen standen Nico und Francesca auf der einen Seite des Zauns und ließen mich einsam und allein auf der anderen Seite zurück.

Ich folgte der Menschenmenge ins Schwimmbad und suchte mir einen Platz auf der Zuschauertribüne. Rundherum saßen mit Klemmbrettern und Stoppuhren bewaffnete Eltern, die sicher nicht nur deshalb hier waren, um klein Johnny beim Planschen zuzusehen. Es herrschte drückende Hitze und als

Francesca herauskam und an den Startblock trat, war mein Rücken völlig nassgeschwitzt. Doch sobald sie sich bereit machte, war ich wie hypnotisiert. Sie hatte den gleichen entschlossenen, konzentrierten Gesichtsausdruck wie Nico, wenn er überlegte, wie er den Garten noch besser gestalten könnte. Oder wie Massimo, wenn er mit Sandro Rugby übte.

Die Trillerpfeife ertönte und Francesca sprang ins Wasser. Plötzlich wollte ich unbedingt, dass sie gewann. Mit jedem ihrer Züge spannte sich mein eigener Bizeps an. Den Großteil der ersten Bahn war sie Kopf an Kopf mit einem anderen Mädchen, dem ich einen schmerzhaften Wadenkrampf an den Hals wünschte. Dann holte Francesca eine halbe Armlänge auf. Ich konnte kaum stillsitzen. Die Menge um mich wurde lauter und jubelte den Teilnehmerinnen zu. »Komm schon, Katie!« »Schneller, Olivia!« Aber niemand feuerte Francesca an. Ich sprang auf, lief nach vorne und lehnte mich über das Geländer. »Mach schon, Francesca, sie kommt immer näher! LOOOOOS!«

Nach der Rollwende rutschte Francesca wieder auf den zweiten Platz. Hoffentlich würde sie nie bei den Olympischen Spielen mitmachen, ansonsten würde ich vor Aufregung ziemlich früh ins Gras beißen.

Ich rief weiter ihren Namen und jubelte ihr zu. Mein Gott, dieses Rennen war aufregender als das eine Grand National, bei dem Mum eine ganze Monatsmiete gesetzt und gewonnen hatte.

Kurz vor dem Ende der letzten Bahn, als vielleicht noch zehn Züge übrig waren, nahm Francesca noch einmal all ihre Kraft zusammen und überholte. Um Haaresbreite berührte sie den Beckenrand als erste. Es war knapp, aber sie hatte gewonnen.

Sie stieg aus dem Wasser und schaute suchend in die Menge. Völlig aus dem Häuschen winkte ich ihr zu und schrie aus Leibeskräften: »Toll gemacht!«, während sie über die Lautsprecher als Siegerin bekanntgegeben wurde. Francesca winkte grinsend zurück und streckte triumphierend die Fäuste in die Luft. Eine waschechte Farinelli.

Voller Adrenalin kehrte ich zu meinem Platz zurück und stellte etwas verlegen fest, wie die anderen Eltern mich mit abschätzigen Blicken straften. Typisch verklemmte Engländer. Wahrscheinlich sollte ich lieber lautlos die Fingerspitzen aneinander tippen, statt zu klatschen, damit ich ja keine Aufmerksamkeit auf mich zog. Am liebsten hätte ich mich auf meinen Sitz gestellt und noch einmal laut »FRAN-CES-CA!« gejubelt, um noch einen draufzusetzen. Ich holte den Flyer, der mir am Eingang in die Hand gedrückt worden war, aus meiner Handtasche, um nachzusehen, welcher Wettkampf als nächstes dran war.

Da bemerkte ich, wie mich eine Frau ein paar Plätze weiter ganz ungeniert anstarrte. Wären wir im Hof vor Mums Wohnblock, hätte ich ihr vermutlich ein »Was guckst du so blöd?« an den Kopf geworfen, aber das ging hier schlecht. Also schrieb ich eine Textnachricht an Nico und berichtete ihm kurz von Francescas Sieg. Ich wünschte, er wäre hier, damit ich mich mit ihm übertrieben laut über seine Tochter unterhalten konnte. Es überraschte mich, wie stolz ich auf ihren Sieg war, als hätte ich etwas dazu beigetragen. Dabei hatte sie ihr sportliches Talent überhaupt nicht von mir geerbt – zum Glück. Aus dem Augenwinkel sah ich, wie die Frau mich noch immer angaffte. Langsam, aber sicher machte sie mich nervös.

Plötzlich stand sie auf und kam lächelnd auf mich zu. Sie hatte braune Locken und Sommersprossen. »Hi, sind Sie mit Francesca Farinelli hier?«

Ich nickte.

»Sind Sie ihre Trainerin?«

Ich lachte schallend auf. »Oh Gott, so weit kommt's noch. Nein, ich bin ihre Stiefmutter. Vielleicht habe ich etwas zu enthusiastisch mitgefiebert.«

Die Frau runzelte die Stirn. Ich fragte mich, ob sie mir gleich ernsthaft eine Standpauke über angemessenes Verhalten auf der Zuschauertribüne halten würde. Wenn sie damit schon Schwierigkeiten hatte, sollte sie mal sehen, wie es bei Sams Fußballturnieren zuging, wo die Väter der Jungs anscheinend oft vergaßen, dass sie bei einem Spiel der U11-Mannschaft waren und nicht bei einem Relegationsspiel der Premier League.

»*Stiefmutter?*«, wiederholte sie überrascht.

Statt etwas Schroffes zu erwidern, nickte ich nur. Meine Güte. Nicht genug damit, dass Francesca mich ausgrenzte, jetzt hackten auch noch Wildfremde auf mir herum.

»Francesca Farinelli hat gewonnen, oder? Die Tochter von Caitlin und Nico?«

Ich musterte sie fragend. Worauf wollte sie hinaus? Ich hatte ein komisches Gefühl bei der Sache, was völlig untypisch für mich war. Offensichtlich hatte ich zu viel Zeit mit Lara verbracht. »Genau. Kennen Sie die beiden?«

»Ja, aber als ich Francesca zuletzt gesehen habe, war sie noch ein Baby. Sie ist ein paar Monate älter als mein Sohn. Als wir nach Newcastle gezogen sind, haben wir den Kontakt verloren. Ich habe sie nur am Namen erkannt.«

Ob sie wusste, dass Caitlin gestorben war? Ich hatte keine Ahnung, wie ich das Gespräch taktvoll in die richtige Richtung lenken sollte: »Wissen Sie, ich habe ihre Ehe nicht zerstört, Caitlin ist tot.«

Die Frau überlegte kurz. »Wohnt die Familie noch in Brighton? In der Siena Avenue? Anna und alle anderen auch?«

»So ist es«, antwortete ich und fügte gedanklich hinzu: »Nun ja, alle außer Caitlin.« Langsam wurde ich paranoid. Wenn sie mich weiter mit Fragen löcherte, würde ich auf dem Nachhauseweg ganz genau im Rückspiegel beobachten, ob sie uns verfolgte.

Ich war noch nie ein misstrauischer Mensch gewesen.

Einmal hatten Nico und ich abends im Bett herumgealbert und uns eine Liste mit zehn Dingen überlegt, die wir am meisten am anderen liebten. Er hatte gesagt: »Ich liebe es, wie vertrauensselig du bist. Du quatschst einfach mit jedem. Egal, ob es die Dame am Postschalter, der Hund vor dem Supermarkt oder der Typ an der Kasse mit dem Karamellwodka ist.«

Fünfunddreißig Jahre lang war ich erfolgreich durchs Leben gestolpert, ohne zu erwarten, dass mir jemand etwas Böses wollte. Doch seit ich am eigenen Leib erfahren hatte, wie es sich anfühlte, wenn jemand einem ausschließlich mit Gleichgültigkeit oder Feindseligkeit begegnete, war ich anderen gegenüber etwas zurückhaltender.

Die Frau tat mir ein bisschen leid. Wahrscheinlich war sie ganz einfach nur eine alte Bekannte, die wissen wollte, wie es der Familie in den letzten zehn Jahren ergangen war, und ich machte einen auf geheimnistuerisch. Trotzdem ärgerte ich mich ein wenig, dass es nun meine Aufgabe war, sie über Caitlins Schicksal zu informieren, weil es scheinbar niemand sonst aus ihrem Bekanntenkreis getan hatte. Aber ich brachte das T-Wort mit drei Buchstaben einfach nicht über die Lippen.

Fragend neigte sie den Kopf zur Seite. »Nico und Caitlin haben sich scheiden lassen?«

Spätestens jetzt musste ich mit der Sprache rausrücken. Hoffentlich würde sie nicht anfangen zu weinen. Welch Ironie des Schicksals, wenn ich nun auch noch diese wildfremde Person über Caitlins Tod hinwegtrösten müsste.

»Also, ähm, Caitlin ist vor drei Jahren gestorben.«

Die Frau zog erschrocken die Luft ein. »Oh Gott! Das ist ja schrecklich. Vor allem für Nico und Francesca.«

Ich hoffte, dass sie nicht zu den Menschen gehörte, die mich mit hochgezogenen Brauen musterte und sich dabei zweifellos dachte: »Wow, Nico hat wohl eine 180-Grad-Wende hingelegt, was den Frauentyp angeht.«

Bevor ich alles über Caitlin und ihre Krankheit näher

ausführen konnte, stieß ein Junge in Francescas Alter zu uns. Seine dunklen Locken waren noch nass und er hatte einen »tollen Body« wie Francesca sagen würde.

»Das wars für heute, Mum. Sie haben die letzten paar Wettkämpfe abgesagt, weil die elektronische Zeitmessung ausgefallen ist. Wir können also los«

»Das ist Ben«, sagte sie zu mir. »Mein Sohn. Er schwimmt im U14-Team für die Grafschaft Tyne and Wear.«

Ich winkte kurz und versuchte, ihn nicht anzuglotzen. Ich hatte das Gefühl, ihm schon einmal begegnet zu sein. Aber woher sollte ich ihn kennen? Er kam mir so bekannt vor: Wie er eine Augenbraue hochzog, wenn er lächelte; der Schneidezahn, der einen Hauch länger war als der andere; die großen dunklen Augen ...

»Heißt das, die U14-Mädchen schwimmen kein fünfzig Meter Freistil mehr?«, fragte ich ihn.

»Nope. Die sind alle schon in der Umkleide.«

Ich war ein bisschen enttäuscht, dass der Wettkampf vorbei war und ich Francesca nicht mehr schwimmen sehen würde, aber auch erleichtert, dass ich so wenigstens ein paar Stunden mit Lara und ihrem Vater verbringen konnte.

Bens Mutter kramte in ihrer Handtasche nach ihrem Geldbeutel. »Willst du dir noch ein Sandwich in der Cafeteria holen, bevor wir nach Hause fahren?«

Er nickte und sie drückte ihm fünf Pfund in die Hand. »Danke, Mum. Willst du auch was?«

»Nein, danke. Ich warte dann draußen auch dich.« Sie zog sich ihren Mantel an. »Hat mich gefreut. Gute Heimreise!«

Ich stand auf und streckte die Hand aus, um zu beweisen, dass ich Caitlin in Sachen Manieren um nichts nachstand. »Mich auch. Ich bin übrigens Maggie.«

Sie zögerte einen Moment und gab mir die Hand. »Dawn.«

ZWEIUNDVIERZIG

MAGGIE

Ich konnte nicht anders. Mir klappte die Kinnlade herunter. Fassungslos starrte ich sie an und deutete mit dem Zeigefinger auf sie. »Massimos Exfrau!«

»Genau die«, sagte sie etwas abwehrend, als dachte sie, ich hätte schon längst eine bestimmte Meinung über sie. Ich fühlte mit ihr. Mir ging es genauso, wenn mich mal wieder jemand mit einem »Ah, Sie sind also Nicos ... Frau« begrüßte, sichtlich erleichtert, dass die kleine Pause nicht unabsichtlich mit einem »zweite«, »neue« oder »letzte« gefüllt worden war.

Meine Gedanken rasten hin und her wie der Ball in einem Flipperautomaten auf der Jagd nach extra vielen Bonuspunkten. Plötzlich wurde mir klar, warum mir Ben so bekannt vorkam. Er war Massimo wie aus dem Gesicht geschnitten. Ich presste fest die Lippen zusammen, um nicht mit meiner Theorie herauszuplatzen, bevor ich meine Gedanken sortiert hatte. Ich beobachtete, wie Ben die Treppe zur Cafeteria hinaufging. Von den muskulösen Schultern bis zu seinem Gang war er eine etwas kleinere, schlankere Ausgabe von Massimo.

Dawn lächelte matt. »Er hat sicher herumerzählt, dass ich keine Kinder will, oder?«

Ich wollte Massimo nicht in den Rücken fallen, immerhin kannte ich sie gerade mal fünf Minuten. Auch wenn sie sympathisch wirkte und ich mir gut vorstellen konnte, wie wir in einem anderen Leben zusammen Wodka Lemon tranken und schließlich verglichen, mit wie vielen Männern wir im Bett gewesen waren.

Während ich noch überlegte, wie ich darauf ehrlich antworten sollte, ohne den Familienfrieden zu zerstören, stiegen ihr Tränen in die Augen.

Sie wischte sie weg. »Tut mir leid. Ich hätte nicht rüberkommen sollen. Aber als ich Francescas Namen gehört habe, konnte ich nicht anders. Dabei sabotiere ich mir nur selbst, indem ich mir einrede, dass mich das alles kalt lässt.«

»Ich nehme an, Massimo ist Bens Vater?«

Sie lachte trocken. »Es besteht eine gewissen Ähnlichkeit, oder? Der Apfel fällt nicht weit vom Stamm.«

»Weiß Massimo, dass er einen Sohn hat?«

»Natürlich«, erwiderte sie schroff. »Wenn es nach ihm ginge, hätte er zwar lieber keinen, aber er weiß von Ben. Auch wenn er nichts mit ihm zu tun haben will.«

»Ich dachte immer, Massimo wollte unbedingt Kinder?« Lara hatte mir erzählt, dass sie kurz nach der Hochzeit schwanger geworden war. Und seit unserem Urlaub wusste ich auch, dass Massimo ein zweites Kind wollte.

»Das stimmt auch. Er hat darauf bestanden, dass ich zur Pränataldiagnostik bei einem Privatarzt gehe, bevor wir allen erzählen, dass ich schwanger bin.«

Bevor Sams Vater von der Bildfläche verschwunden war, hatte er mir hundert Pfund in zerknitterten Zehn-Pfund-Scheinen hingehalten und gesagt: »Mach damit, was du willst, aber ich bin nicht wirklich fürs Vatersein gemacht.« Wie schön wäre es gewesen, wenn ich jemanden an meiner Seite gehabt hätte, der sich so um die Gesundheit des Babys sorgte, dass er für einen Ersttrimester-Test bezahlen wollte?

»Dabei wurde ein hohes Risiko für einen Herzfehler festgestellt«, fuhr Dawn fort. »Und Massimo hat mich gezwungen, die Schwangerschaft geheim zu halten. Er wollte kein ›kaputtes‹ Kind, wie er es so schön formuliert hat. Ich wollte das Baby auf jeden Fall behalten, aber er war furchtbar wütend und meinte, ich müsste abtreiben, wenn der Ultraschall in der zwanzigsten Woche noch immer auffällig war.«

Ich wollte ihr nicht glauben. Massimo – der Massimo, der meinem Sohn Fußballtricks beibrachte und extra früher aufstand, damit er vor der Arbeit mit Francesca trainieren konnte – soll seine Frau gezwungen haben, abzutreiben? Es war, als sprachen wir von zwei völlig unterschiedlichen Menschen. Ihre Erzählungen passten überhaupt nicht zu meinem Bild von Massimo, der mich mit Küsschen auf die Wange begrüßte und für einen Kaffee hineinbat, wo er mir immer Fragen zu meinen jüngsten Auftragsarbeiten stellte, weil er zu den wenigen Menschen gehörte, die meine Schneiderei nicht bloß als Hobby betrachteten.

»Aber Ben ist gesund, oder?«

Dawns Blick wurde sanfter. »Mittlerweile, ja. Er wurde ein paarmal operiert, als er noch klein war.«

»Also war Massimo schließlich einsichtig?« Es war, als hielte ich das letzte Puzzleteil in der Hand, aber es wollte einfach nicht passen. Niemand hatte jemals erwähnt, dass Dawn schwanger gewesen war. Ich durchforstete mein Gedächtnis nach Gesprächsfetzen, die einen Hinweis darauf geben könnten, aber es waren sich immer alle einig gewesen: Dawn wollte keine Kinder.

Eine Träne kullerte ihr über die Wange. »Nichts konnte ihn davon abbringen, dass ich abtreiben müsste. Am Tag vor dem Ultraschall bin ich ins Auto gestiegen und einfach gefahren. Denn am Ende hätte er seinen Willen bekommen. Niemand kann sich gegen Massimo durchsetzen. Ich fuhr immer weiter, bis wir schließlich in Newcastle landeten. Das war weit genug weg, damit er mich bis zur Geburt nicht aufspüren könnte.«

Ich dachte an Massimos spöttische Bemerkungen, wie furchtbar egoistisch Dawn doch gewesen war, sobald jemand ihren Namen sagte. Jetzt stand sie mir gegenüber, eine Frau, die bereit gewesen war, für ihren ungeborenen Sohn zu kämpfen und ihr ganzes Leben zurückzulassen, aus Angst ihn zu verlieren.

Ihr Ausdruck verfinsterte sich. »Mit Massimo kann man nicht auf Augenhöhe diskutieren. Er würde es nie akzeptieren, dass sein Kind nicht perfekt ist. Andere sind ihm völlig egal, Hauptsache er bekommt seinen Willen. Er ist genau wie seine Mutter.«

Ich hatte so viele Fragen, dass mir der Kopf schwirrte. Ich fühlte mich wie in einem Irrgarten, doch egal wie viele Wege ich entlanglief, ich fand einfach nicht den richtigen. Mein entgegenkommender Schwager und der Mann, von dem Dawn erzählte, passten einfach nicht zusammen.

Ich wollte nicht glauben, dass ich mich so sehr in Massimo getäuscht hatte. Ich überlegte, ob sich in Dawns Geschichte Widersprüche fanden, die beweisen würden, dass sie sich alles nur ausgedacht oder die Wahrheit bis zur Unkenntlichkeit verdreht hatte.

Dawn stand auf. »Es tut mir leid, ich wollte meinen Frust nicht bei dir abladen. Du denkst sicher, ich bin völlig durchgeknallt. Das Ganze ist schon so lange her, aber selbst heute wird mir ganz anders, wenn ich darüber nachdenke, was passiert wäre, wenn ich nachgegeben hätte. Ben ist mein ein und alles. Und Massimo hat ihm nicht einmal eine Chance gegeben. Ganz typisch Farinelli.«

»Hat Massimo Ben denn jemals kennengelernt?« Nicht nur er wäre stolz, einen Sohn wie Ben zu haben – groß, gutaussehend, sportlich und charismatisch.

»Nein. Nach der Geburt habe ich Massimo ein Foto von

Ben geschickt und geschrieben, dass sein Sohn operiert werden muss, aber niemand sagen konnte, ob er es schaffen würde.«

»Und?« Die Spannung war unerträglich. Ich hatte Angst vor der Antwort, aber ich brauchte Gewissheit. War Massimo wirklich in der Lage gewesen, seine Frau und sein eigenes todkrankes Kind zu verstoßen?

»Er hat mich ignoriert. Massimo hasst Krankenhäuser. Eigentlich hasst er alles, was irgendwie unangenehm ist.«

Ich musterte sie und suchte nach irgendeinem Anzeichen, dass sie mir gerade ein Märchen aufgetischt hatte.

Dawn schien meine Gedanken zu lesen. »An deiner Stelle würde ich auch kein Wort glauben. Massimo ist sehr gut darin, einem das Gefühl zu geben, man sei die aufregendste, interessanteste Person, die er je kennengelernt hat. Aber glaub mir, die Sache mit Ben war nur die Spitze des Eisbergs.«

Ich wusste jetzt schon zu viel. Und ich wollte mir eine halbwegs logische Erklärung für Dawns furchtbare Schilderungen zurechtlegen können, sobald sich unsere Wege trennten. Sonst würde ich mich in Zukunft im Kreis der Familie wie ein verdeckter Ermittler bewegen, ständig auf der Suche nach versteckten Hinweisen auf Hinterhältigkeit und Verrat. Ich fühlte mich wie das eine Mal, als ich mit Sam Fußball gespielt und den Ball mit so einer Wucht in die Magengrube bekommen hatte, dass mir die Spucke weggeblieben war. Immer wenn ich dachte, ich hätte meine neue Familie durchschaut, fand ich eine weitere Leiche im Keller.

Wieder einmal musste ich mich entscheiden, ob ich mich jemandem anvertrauen sollte. Langsam fühlte ich mich wie das Fundbüro für Koffer voller Familiengeheimnisse. Solche mit kaputten Reißverschlüssen und wackligen Rollen, die niemand haben wollte.

Einerseits wollte ich mehr erfahren, andererseits wollte ich am liebsten einfach alles vergessen, was sie mir erzählt hatte.

Wusste Nico Bescheid? Oder Lara? Was war mit Anna?

Steckten sie alle unter einer Decke? Oder kannte nur Massimo die Wahrheit und hatte sie aus Scham verschwiegen, in der Hoffnung, der Rest der Familie würde sie nie herausfinden? Es fiel mir noch immer schwer, meine Vorstellung von Massimo, der Sam lachend Huckepack nahm und immer ein Starthilfekabel parat hatte, wenn mein alter Ford Fiesta mal wieder zickte, mit Dawns Erzählungen zu verknüpfen.

Ich lächelte verlegen. »Ben ist ein toller Junge und es tut mir unendlich leid, was ihr durchmachen musstet. Mir fehlen ein bisschen die Worte.«

Völlig überraschend umarmte mich Dawn herzlich. »Pass auf dich auf. Nico ist wundervoll. Aber beim Rest der Familie fühlt man sich wie in der Schlangengrube. Eine Frage noch: Hat Massimo noch einmal geheiratet?«

Ich nickte und erwartete einen gehässigen Kommentar, aber Dawn seufzte nur. »Die Arme. Sie tut mir leid. Ihr Leben muss unerträglich sein.«

Schweigend machten wir uns auf den Weg in den Eingangsbereich, wo Ben gerade ein belegtes Baguette verschlang. Könnte Anna ihn sehen, hätte sie bestimmt tadelnd mit der Zunge geschnalzt. Ich versuchte, nicht zu lange hinzusehen, damit er sich nicht fragte, wer die komische Alte war, die ihn anstarrte. Aber es bestand kein Zweifel, wer sein Vater war.

Francesca kam aus dem Umkleidebereich und schwang sich die Sporttasche über die Schulter.

»Du warst spitze!«, schwärmte ich.

»Danke. Schade, dass sie die anderen Wettbewerbe abgesagt haben.«

Dawn gratulierte Francesca zum Sieg und die beiden plauderten noch ein bisschen. Ich war furchtbar stolz auf sie. Doch dann kam mir der unangenehme Gedanke, dass Francesca sich in Ben – ihren Cousin – verknallen könnte, also verabschiedete ich mich schnell und drängte sie Richtung Parkplatz.

Anders als sonst hoffte ich geradezu darauf, dass Francesca

sich gleich wie immer nach dem Einsteigen Kopfhörer ins Ohr steckte, damit ich in Ruhe nachdenken konnte. Aber es kam wie es kommen musste. Genau heute wollte sie sich unterhalten.

»Das war gerade Bens Mutter. Ben ist einer der Besten, er war im Freistil in allen Altersgruppen der schnellste. Irgendwann schwimmt er bestimmt für die Nationalmannschaft.«

Ich musste an Sandros leblosen Körper neben dem Swimming Pool denken. Es war völliger Irrsinn: Den einen Sohn, der panische Angst vor Wasser hatte, wollte Massimo auf Biegen und Brechen zum Olympiaschwimmer drillen, während er von dem, der eine realistische Chance hatte, genau das zu erreichen, nichts wissen wollte.

Was hatte Dawn wohl damit gemeint, dass Ben nur die Spitze des Eisbergs gewesen war? Vorausgesetzt sie erzählte die Wahrheit, ließ das Massimo in keinem besonders guten Licht erscheinen. Andererseits war das nur ihre Sichtweise. Vielleicht war Dawn nicht ganz unschuldig gewesen und die Geschichte mit Ben war nur das letzte Kapitel in einer unglücklichen, ohnehin schon zerrütteten Ehe. Mich beschlich eine beunruhigende Vorahnung, die ich am liebsten verdrängt hätte. Ich sollte mich auf die Tatsachen konzentrieren, statt einer vagen Eingebung zu vertrauen.

Doch das ungute Gefühl wurde stärker. Ich dachte an Lara. An ihre nervöse Wachsamkeit, als hätte sie ständig Angst, dass gleich der Topf mit Nudeln überkochte oder die Badewanne überlief, weil sie vergessen hatte, den Hahn abzudrehen. Daran, wie hektisch sie jeden Fleck sofort beseitigte, selbst, wenn er nur auf den Küchenfliesen gelandet war.

Aber war sie wirklich nur seinetwegen so? Massimo war immer so zärtlich zu ihr, dass es schon fast unangenehm war. Mir war nicht entgangen, dass er eher dominant auftrat und zu alles und jedem eine Meinung hatte, von der er auch keinen Millimeter abwich. Aber ich war mir auch sicher, dass eine zufällige Umfrage unter verheirateten Frauen ergeben würde, dass sich die Welt in dieser Hinsicht nicht ganz so drastisch weiterentwickelt hatte, wie man es vielleicht erwartete. Hätten Männer die Wahl und keine finanziellen Verpflichtungen, würden sie noch immer lieber einen auf Jäger und Sammler machen, und am Ende des Tages wartete zu Hause schon die Ehefrau in ihrer gepunkteten Schürze mit einem blutigen Steak und einem Stück Schwarzwälder Kirschtorte auf sie. Nico war in dieser Hinsicht eine wahre Offenbarung: Er wusste nicht nur, wie man den Staubsauger benutzte, er konnte sogar den Beutel auswechseln. Aber nur weil Massimo erwartete, dass Lara das Haus makellos sauber hielt, hieß das noch lange nicht, dass er seiner Exfrau die Pistole auf die Brust gesetzt und sich vor der Verantwortung für sein eigenes Kind gedrückt hatte.

Zum Glück konnte ich mein Geheimnis diesmal mit Nico teilen. Aber ich musste höllisch aufpassen, dass ich Massimo dabei nicht offen beschuldigte. Ich wusste Nicos Loyalität wirklich zu schätzen, aber wenn es um die Fehler der anderen Familienmitglieder ging, hatten alle Farinellis Scheuklappen auf. Vielleicht hatte ich ja Glück und es war keine große Sache.

Ich seufzte. Bei den Farinellis war *alles* eine große Sache.

Aber dieses Gespräch konnte warten. Dreizehn Jahre lang hatte niemand etwas von Ben gewusst, da machten ein paar Tage auch keinen Unterschied.

Andererseits kam ich ganz nach meiner Mutter. Ich kannte mich gut genug, um zu wissen, dass ich in den nächsten Tagen bei jedem Gespräch versteckte Hinweise auf eine große Verschwörung wittern würde, bei der alle schnell das Thema wechselten, wenn sie gerade über Ben geredet hatten und ich plötzlich den Raum betrat.

Ich war ganz in Gedanken versunken. Nur Francescas gelegentliche Fragen, wie lange es noch dauerte, holten mich zurück in die Realität.

Kurz vor halb fünf fuhr ich in unsere Einfahrt. Francesca drehte sich zu mir. »Ich kann's kaum erwarten, Onkel Massimo zu erzählen, dass ich gewonnen hab. Danke fürs Fahren, Maggs.«

»Immer gerne. Ich bin froh, dass ich dabei war. Du hast die anderen echt nass gemacht.«

Wir mussten lachen, als wir gleichzeitig sagten: »Buchstäblich.«

In meinem Kopf explodierte ein mittelgroßes Glücksfeuerwerk, das vielleicht ein paar wichtige Gehirnzellen verbrannte, in denen das Wissen über lebenswichtige Funktionen wie Zähneputzen und das Verschließen eines BHs gespeichert war, aber das war mir egal. Ich wollte jubeln und tanzen als ob es kein Morgen gäbe.

Doch damit hätte ich nur diesen wundervollen Moment ruiniert.

DREIUNDVIERZIG

LARA

Als Massimo mich von seiner Konferenz in Liverpool aus anrief, erzählte ich ihm, dass zu Hause gleich zwei Überraschungen auf ihn warteten, wenn er am Nachmittag zurückkommen würde.

»Dazu gehört hoffentlich, dass wir uns die Kleider vom Leib reißen und versuchen, ein Baby zu machen!«

Ich bekam ein schlechtes Gewissen, wie immer, wenn er auf das Thema eines Geschwisterchens für Sandro zu sprechen kam. Massimo gab sich zwar weiterhin viel Mühe, ein besserer Ehemann zu sein, aber ich hatte noch nicht genügend Vertrauen gefasst, um ein weiteres Kind mit ihm in die Welt zu setzen, das ich umsorgen – und notfalls auch beschützen – müsste. Auch wenn ich mich langsam daran gewöhnt hatte, dass ein zu durchgebratenes Steak, ein Hundehaar in der Butter oder eine unabsichtlich nicht aufgezeichnete Folge seiner Lieblingsserie keinen Weltuntergang mehr bedeuteten, konnte ich mich nicht dazu durchringen, die Dreimonatsspritze abzusetzen. Jedes Mal, wenn Massimo von Fruchtbarkeitstests sprach, wurde mir so mulmig, dass ich mich wirklich fast übergeben musste. Ich hatte mir in der Vergangenheit eine ganze Palette an Ausreden zurechtgelegt, mit denen ich ihn davon abhalten wollte, eine medizinische Fachmeinung einzuholen. Meine neueste Strategie war es, beiläufig zu erwähnen, dass die Qualität von Spermien ab vierzig stetig abnahm. Im Moment wurde sein Kinderwunsch also von der Angst überschattet, herausfinden zu müssen, dass das Problem nicht bei mir lag, sondern bei ihm. Ein Mann mittleren Alters mit unterdurchschnittlichen Spermien statt erfolgreichen, starken Schwimmern? Massimos Selbstbild wäre erschüttert.

Sobald ich wusste, dass Massimo auf dem Nachhauseweg war, wurde ich zunehmend unruhiger. Ich redete mir ein, dass er kein Problem damit haben würde, dass Dad zu Besuch war. Oder damit, dass ich heimlich meinen Führerschein gemacht hatte. Aber ich konnte einfach nicht stillsitzen. Immer wieder ging ich zum Fenster in der Diele, um nach seinem Wagen Ausschau zu halten. Vor Nervosität war ich in alte Verhaltensmuster zurückgefallen: Weißwein aller erdenklichen Rebsorten stand im Kühlschrank, alle Gästehandtücher waren frisch gewaschen und Sandro hatte die Vorhänge in seinem Zimmer sorgfältig mit einer Kordel zusammengebunden.

Zwischendurch beobachtete ich Dad und Sandro, die im Wohnzimmer saßen. Mein Vater hatte Gefallen an Sandros Keyboard gefunden und ließ sich gerade von seinem Enkelsohn zeigen, wie man *Alle meine Entchen* spielte. Doch als Dad sich an die Tasten setzte, spielte er aus heiterem Himmel *Hey Jude* und sang sogar mit.

Sandro winkte mich hinein. »Schau mal, Grandpa kann richtig gut Klavier spielen!«

Es war unglaublich schön, die beiden so zu sehen. Sandro schien es auch überhaupt nicht zu kümmern, wenn Dad behauptete, die Leute im Fernsehen persönlich zu kennen. Es war ihm auch egal, dass sein Großvater Lupo als Katze bezeichnete und Milch direkt aus dem Karton trank anstatt aus einer Tasse. Sonst hatte Dad vor Angst gezittert, wenn in den Nachrichten eine Explosion gezeigt wurde, jetzt genoss er die Zeit mit seinem Enkel und wirkte dabei so glückselig, dass ich nicht wusste, ob mir zum Lachen oder zum Weinen zumute war.

Um halb fünf hörte ich, wie Massimos BMW vorfuhr. Sofort wurden meine Beine schwer wie Blei. Ich wartete auf das vertraute Geräusch seiner Schritte auf dem Kiesweg, das Klimpern des Schlüssels, das Abstellen der Aktentasche auf der Treppe. Doch anstelle seiner Schritte nach dem Zuschlagen der Autotür ertönte Francescas Stimme, gefolgt von einem Jubelschrei von Massimo. »Bravo! Meine Nichte, Ladies und Gentlemen.« Dann sagte Maggie: »Sie hat im letzten Moment aufgeholt und die anderen ganz schön blass aussehen lassen. Einfach klasse.«

Maggie war auch da, das machte mir Mut. Sie wäre bestimmt eine große Unterstützung, wenn ich Massimo alles erzählte. Maggie hatte ein Talent dafür, jeden Konflikt im Keim zu ersticken. Egal, ob Anna Beryl konfrontierte, Sam sich mit Francesca zoffte oder Massimo Nico bis aufs Blut reizte – Maggie schaffte es immer, die angespannte Stimmung aufzulockern.

Ich öffnete die Haustür und winkte ihnen zu.

Massimo breitete die Arme aus. »Da ist sie ja, meine wunderschöne Gattin. Hast du mich vermisst?«

»Ich war zu beschäftigt, um dich zu vermissen«, platzte ich vor lauter Nervosität heraus.

Eigentlich sollte es nur die Überleitung zu meinem Geständnis sein, dass Dad zu Besuch war, aber so weit kam ich nicht. Massimo ließ die Arme sinken. »Hast du das gehört, Maggie? Zu beschäftigt! Reizend, oder?«

Maggie warf mir einen kurzen Blick zu und sagte dann: »Du weißt ja, ist die Katze aus dem Haus ... Du hast ja keine Ahnung, was wir machen, wenn du nicht da bist.«

Etwas in ihrer Stimme ließ mich aufhorchen. Normalerweise beneidete ich sie für den albernen, neckischen

Umgangston zwischen ihr und Massimo. Aber heute klang sie so anders. Mürrisch? Eingeschnappt? Angriffslustig? Ich konnte es nicht ganz benennen.

Mein Herz machte einen kleinen Sprung.

Massimo zog eine Augenbraue hoch, aber sein Ton war locker wie immer. »Klingt spannend. Ich ziehe mich nur schnell um, dann bin ich ganz Ohr.«

Massimo mochte es nicht, wenn andere Geheimnisse vor ihm hatten. Er brauchte immer die Kontrolle. Ein leicht verunsicherter Ausdruck huschte über sein Gesicht.

Ich ruderte zurück. »Ich nehme dich nur auf den Arm, Schatz. Natürlich habe ich dich vermisst. Wir hatten heute nur unerwartet Besuch ...« Eigentlich sollte wirklich nichts dabei sein, zu sagen: »Und er ist immer noch hier.« Aber ich konnte mich einfach nicht dazu überwinden. Denn ich wusste, dass es sehr wohl ein Problem wäre.

Seit Sandros Geburt hatten wir immer seltener Besuch. Zuerst hatte Massimo gemeint, es wäre mit dem Baby sicher zu viel für mich, auch noch zu putzen und zu kochen, wenn Gäste kamen. Mit der Zeit war mir klar geworden, dass eigentlich nur seine Familie bei uns willkommen war. Außer natürlich, er war gerade in der Stimmung, den großzügigen Gastgeber zu spielen wie bei Sams Party. Wenn wir doch Besuch hatten, schien ihn alles daran zu stören – vom Geräusch der Toilettenspülung über Wasserspritzer auf dem Waschbecken bis zur Angewohnheit, den nassen Teelöffel in die Zuckerdose zu tauchen. Jeder Gast, der Massimos Vielzahl unsichtbarer Regeln nicht kannte – und deshalb missachtete –, brachte ihn aus der Fassung. Für Sandro und mich war das Einhalten von Massimos Standards mittlerweile so natürlich wie atmen. Wenn jemand es wagte, beim Essen den Ellenbogen aufzustützen oder den Mund beim Kauen nicht zu schließen, warf mir Sandro sofort einen ängstlichen Blick zu. Denn wir wussten beide, dass wir später dafür büßen müssten.

Maggie hatte natürlich keine Ahnung, welche unzähligen möglichen Horrorszenarien sich durch die erwähnte Kombination aus einem unerwarteten Gast und einer geheimen Überraschung ergeben könnten. Wieder einmal machte ich mir Vorwürfe, dass ich dieses Spiel schon so lange mitspielte. Welche erwachsene Frau schlich sich nachts nach draußen, um Scherben in einem öffentlichen Mülleimer zu entsorgen, damit sie ihrem Mann nicht gestehen musste, einen Teller zerbrochen zu haben? Dabei konnte ich mich nicht einmal daran erinnern, dass Massimo jemals einen Aufstand gemacht hatte, wenn Geschirr zu Bruch gegangen war. Aber ich hatte es einfach nicht darauf ankommen lassen wollen.

Vielleicht bildete ich mir alles nur ein und die Antidepressiva, die ich nach Sandros Geburt genommen hatte, hatten meine Wahrnehmung nachhaltig beeinträchtigt. Womöglich sollte ich wieder anfangen sie zu nehmen, damit ich auf den Boden der Tatsachen zurückkehrte und aufhörte, überall Probleme zu sehen, wo gar keine waren.

Ich sagte mir, dass schon alles gut gehen würde. Mit einem gezwungenen Lächeln nahm ich Massimo Mantel und Aktentasche ab.

Er legte mir den Arm um die Schultern. Heute schien er besonders gastfreundlich zu sein. »Kommt doch alle auf eine Tasse Tee mit rein. Dann kann Francesca von ihrem spektakulären Sieg berichten.« Er drehte sich zu ihr um. »Ganz große Klasse. Ich bin so stolz auf dich, Cessie. Unser kleiner Star. Sandro sollte sich eine Scheibe von dir abschneiden.«

Maggie sah ruckartig zu ihm, als hätte er etwas Seltsames gesagt.

Massimo schmunzelte. »Was denn? Du willst mir doch nicht schon wieder einen Vortrag darüber halten, dass ich die Kinder nicht vergleichen soll? Wir Farinellis sind vom Wettbewerb getrieben, das weißt du doch. Wir können nicht anders, es liegt uns im Blut.«

Maggie wirkte, als müsste sie sich zusammenraufen. »Ja, so langsam wird mir das klar.«

Anders als der Rest der Familie war Maggie furchtbar schlecht darin, ihre wahren Gefühle zu verbergen. Hoffentlich würde ich nie dabei sein, wenn sie ein Geschenk von mir auspackte, das ihr nicht gefiel. Aber so schnippisch kannte ich sie gar nicht. Vielleicht war sie einfach erschöpft, weil sie den ganzen Tag mit Francesca verbracht hatte, bei der sie jedes Wort auf die Goldwaage legen musste, auch wenn die beiden harmonischer wirkten als sonst.

Ich blieb hinter der Tür stehen und überlegte noch, wie ich Massimo beibringen sollte, dass Dad unser geheimer Besucher war, als Maggie sagte: »Ich will mich nicht aufdrängen. Massimo hat deinen Vater ja noch gar nicht begrüßt.«

Ich konnte kaum hinsehen. Gleich würden sich die Vorboten eines Wutanfalls wie düstere Wolken über Massimos Gesicht legen.

Doch er riss nur erstaunt die Augen auf. »Dein Vater ist hier?«

Maggie entschuldigte sich hastig. »Oh mein Gott, ich wusste nicht, dass es eine Überraschung sein soll. Tut mir echt leid.«

Massimo lachte nur. »Stille Wasser sind tief, La-La. Das hast du mir schön verschwiegen. Es scheint ihm ja besser zu gehen, wenn er das Heim verlassen darf?«

Maggie versuchte, ihren Fauxpas wiedergutzumachen. »Es war meine Idee. Mum war vorhin schon hier und ist jetzt bei uns. Wenn ihr nochmal ihre Hilfe braucht, kann sie jederzeit rüberkommen.«

Massimo lockerte sich die Krawatte. »Schon gut, Maggie. Er wird schon zurechtkommen.«

Maggie wandte sich an mich. »Was sagst du, Lara? Ich will nicht, dass er überfordert ist, weil er so viele neue Gesichter sieht.«

Francesca meldete sich zu Wort. »Dürfen wir nur ganz kurz reinkommen? Damit ich Sandro meine Medaille zeigen kann.«

Diesen Wunsch konnte ich ihr schwer abschlagen, also bat ich sie hinein. Dad spielte gerade *Yellow Submarine* und sang voller Leidenschaft mit, was Sandro leicht verwirrt beobachtete. Seltsam wie der Songtext nun mal war, konnte ich es ihm auch nicht verübeln, dass er sofort die Chance ergriff, um mit Francesca ins Spielzimmer zu gehen und fernzusehen.

»Hi, Robert!», rief Maggie. »Tolle Stimme. Und wie Sie in die Tasten hauen, nicht schlecht!«

Mir wurde schwer ums Herz, als Dad sich zitternd erhob, unter der vergesslichen Fassade immer noch ganz der alte Gentleman, der aufstand, sobald eine Dame den Raum betrat. Er neigte den Kopf zur Seite und schien nicht zu wissen, wer sie war.

Maggie streckte ihm sofort die Hand entgegen. »Ich bin Maggie, Laras Schwägerin.«

Dad nickte. »Schwägerin«, sagte er langsam, als wäre es ein Wort in einer fremden Sprache, die er nicht verstand.

Massimo schritt auf ihn zu. »Hallo, lang nicht mehr gesehen. Was für eine schöne Überraschung.«

Mit einem Mal fiel die ganze Anspannung von mir ab. Ich hatte mich geirrt. Massimo wollte wirklich nur unser Bestes. Natürlich waren wir ab und zu aneinandergeraten, aber das war nicht so schlimm gewesen, wie ich es immer dargestellt hatte. Wahrscheinlich war ich einfach nur zu sensibel gewesen.

Dad sah mich mit versteinerter Miene an. »Wer ist das?«

Ich legte Massimo behutsam die Hand auf den Rücken und lächelte ihn entschuldigend an. Hoffentlich würde er es nicht persönlich nehmen. »Das ist Massimo, Dad. Mein Mann.«

»Nein. Das ist nicht dein Mann«, erwiderte Dad kopfschüttelnd.

Ich wollte meinen Vater nicht bloßstellen, aber Massimo hatte ihn so lange nicht mehr gesehen, und ich hatte das

Gefühl, dass ich Stellung beziehen müsste, wenn auch nur um meinem Mann zu beweisen, wie schlecht es wirklich um Dad stand.

»Ich glaube, du bist heute nicht ganz auf der Höhe, Dad.«

Ich bedeutete Massimo mit einem Blick, nachsichtig zu sein, und holte unser Hochzeitsfoto. »Sieh mal, das sind Massimo und ich bei unserer Hochzeit. Du hast mich zum Altar geführt, weißt du noch?«

Dad drehte an den Knöpfen seiner Strickweste herum. »Nicht er, nicht er, nicht er«, murmelte er.

Massimo streckte die Hand aus. »Na gut, trotzdem freut es mich, dass wir uns wiedersehen, Robert.«

Dad runzelte die Stirn und steckte die Hände in die Hosentaschen. »Nein.«

Massimo zuckte mit den Schultern. Ich wollte Dad an den Schultern rütteln und ihm erklären, dass Massimo ein toller Mann war, der sich um ihn sorgte und für seine Pflege bezahlte und es furchtbar unhöflich war, ihm nicht die Hand zu geben. Dad war noch nie unhöflich gewesen. Ich sah zu Massimo und verzog das Gesicht. Vermutlich erwartete er von mir, dass ich ihn in Schutz nahm, aber ich wollte Dad nicht weiter aufregen. Diese Seite seiner Krankheit war noch nie zum Vorschein gekommen. Die Ärzte hatten mich vorgewarnt, dass er mit der Zeit zunehmend aggressiver werden könnte.

Maggie versuchte, die Lage zu beruhigen. »Sollen wir etwas singen, Robert? Vielleicht *Amazing Grace*?«

Sie hatte eine wundervolle Stimme. Dad stimmte mit ein, und wenn ihm ein Wort nicht einfiel, summte er einfach. Ich war ihr wirklich unendlich dankbar. Zwischen den Strophen sagte sie zu mir: »Geh ruhig und kümmere dich um den Tee, ich bleibe bei ihm.«

Als ich in die Küche ging, ergriff mich eine unendliche Traurigkeit darüber, dass Dad nie wieder der Alte sein würde. Ich hätte ihn öfter besuchen sollen, als es ihm noch besser ging und sein Verstand noch keine Starthilfe gebraucht hatte wie ein Auto mit kaputter Zündkerze. Ich hätte nicht klein beigeben sollen, wenn Massimo mich wegen »zu vieler E-Mails« oder einer »Deadline am Montag« nicht hatte fahren wollen. Zum Glück konnte ich nun selbst fahren. Ich müsste mit Massimo darüber reden, dass er mir einen gebrauchten Kleinwagen kaufte, damit ich Dad mindestens zweimal die Woche besuchen konnte. Als ich darüber nachdachte, wann es wohl so weit wäre, dass Dad mich nicht mehr erkannte, stiegen mir Tränen in die Augen.

Massimo folgte mir in die Küche. »Seit wann ist er hier?«

»Wir haben ihn gleich heute Früh abgeholt. Am Abend geht es wieder zurück.«

Massimo zog die Nase kraus. »Sein Zustand hat sich stark verschlechtert, seit ich ihn das letzte Mal gesehen habe. Er wirkt ziemlich verwirrt.«

»Ich weiß.«

»Wir sollten ihn von einem anderen Neurologen untersuchen lassen, damit wir Gewissheit haben, wie fortgeschritten die Demenz ist.«

Ich ließ die Schultern hängen und schaltete den Wasserkocher ein. »Ich glaube, das will ich lieber gar nicht wissen.«

Massimo umarmte mich von hinten und gab mir einen Kuss in den Nacken. »Ich sorge dafür, dass er die bestmögliche Pflege bekommen wird, Liebling.«

Ich drehte mich um und nahm einen tiefen Atemzug. »Es gibt aber auch gute Nachrichten.«

Er zog die Brauen hoch. »Welche denn?«

»Ich habe die Fahrprüfung bestanden.« Meine Stimme klang eher entschuldigend und nicht einmal annähernd so enthusiastisch, wie ich gehofft hatte.

Massimo zog mich so fest an sich, dass ich mich kaum bewegen konnte. Ich wartete darauf, dass er mich losließ, aber er drückte mich nur noch fester. Panik stieg in mir hoch. Ich wollte ihn wegstoßen und mich aus seinem Griff befreien. Doch dann ließ er mich los und strahlte mich an. »Das ist ja großartig! Du steckst heute wirklich voller Überraschungen, mein kleiner Superstar.«

Ich musste wirklich damit aufhören, immer das Schlimmste zu befürchten.

Ich erzählte ihm alles über meine heimlichen Fahrstunden mit Maggie.

»Ich dachte immer, du hast kein Interesse daran, den Führerschein zu machen?«

Bildete ich mir das ein oder klang er leicht gereizt?

»Ich wollte Dad öfter besuchen, ohne dich damit belästigen zu müssen. Wenn ich selbst fahren kann, ist das leichter. Außerdem sind die Besuche nicht gerade ein Picknick.«

»Du hättest nur etwas sagen müssen, mein Schatz. Ich dachte, du willst ihn nicht öfter besuchen, weil es dich immer so sehr belastet, ihn zu sehen.«

Mein Gott, die Kommunikation zwischen mir und Massimo verlief ungefähr so effektiv wie ein Gespräch mit einem leeren Handy. Ich sollte langsam aufhören, ständig zu grübeln, was er denken könnte und ihn stattdessen einfach fragen.

Massimo nahm das Tablett mit Teetassen und Kanne und ging zurück ins Wohnzimmer. »Wir müssen dir ein Auto besorgen. Aber nicht zu klein und schön robust, damit du gut geschützt bist.«

Warum hatte ich je an ihm gezweifelt?

Massimo stellte das Tablett ab und Dad verstummte. Er sah zu mir und deutete auf Massimo. »Wer ist das?«

»Mein Mann. Sandros Vater«, erklärte ich sanft.

»Nein«, meinte Dad. »Das ist nicht dein Mann.«

Massimo zwinkerte mir zu und flüsterte: »Dann bin ich eben dein Liebhaber, soll mir recht sein.«

Aber Dad sollte wissen, wer die Menschen waren, die mir nahestanden. Also holte ich ein Foto von Sandros Taufe.

»Massimo ist mein Mann, Dad. Schau mal, da bist du. Daneben steht Anna, dann kommt Nico mit seiner ersten Frau Caitlin. Sie ist schon tot. Und da sind ich und Massimo.«

Dad deutete zuerst auf Massimo, dann auf Caitlin. Und dann sagte er so laut und deutlich, als hätte er sein ganzes Leben lang nur für diesen Moment geprobt: »Nein. Er hat Sex mit der Frau da.«

Mein Vater, der sich immer über die »vulgäre Ausdrucksweise« heutzutage beschwert hatte und dem gerade mal ein leises »Herrjemine« über die Lippen kam, wenn er sich den Zeh stieß, stand inmitten unseres Wohnzimmers vor mir, meiner Schwägerin und meinem Ehemann, und machte eine unanständige Hüftbewegung.

VIERUNDVIERZIG

MAGGIE

Im Wohnzimmer herrschte Totenstille. Einen kurzen Moment lang vergaß ich vor Verlegenheit, was Robert gerade gesagt hatte, während er immer wieder die Hüften vor und zurück stieß, soweit seine müden Knochen es zuließen. Völlig erstarrt standen wir da, als spielten wir Stopptanz und der DJ hatte gerade den Song abgewürgt. Ich warf Lara einen Blick zu. Ihr Gesichtsausdruck war völlig verkehrt. Nicht schockiert, verletzt oder wütend. Sie sah Massimo mit hochgezogenen Augenbrauen an, hielt die Arme vor der Brust verschränkt und lächelte triumphierend.

Pure Genugtuung.

Ich fühlte mich wie eine gigantische Straßenkehrmaschine, die alle möglichen Informationen aufsaugte, aber noch nicht auf dem neuesten technischen Stand war, um den Müll von den wirklich wertvollen Dingen zu trennen.

Massimo schüttelte den Kopf. »Ich glaube, du verwechselst da etwas. Das ist meine Frau«, sagte er und deutete auf Lara. Er lachte kurz auf. »Und sie wäre leider nicht besonders begeistert, wenn ich mit anderen schlafen würde.«

Robert stellte sich mit herausgestreckter Brust vor Massimo hin, der gut fünfzehn Zentimeter größer war. Er deutete noch einmal auf das Foto und dann auf sein Auge. »Ich sehe dich. Ganz genau.«

Massimo seufzte. »Du bringst da etwas durcheinander, mein Lieber. Du verwechselst mich mit meinem Bruder Nico.«

Er wandte sich an mich. »Ihr braucht wohl neue Vorhänge im Schlafzimmer.«

Ich überlegte gerade, womit ich Lara und Massimo von Roberts haarsträubender Fantasie ablenken konnte, um die Situation noch zu retten, als es klingelte. Wer auch immer es war – Zeugen Jehovas, Jugendstraftäter, die einem Bügelbrettbezüge andrehen wollten oder einer der Typen, die »Fisch in Restaurantqualität« aus dem Kofferraum verkauften –, ich würde denjenigen ins Haus ziehen und so lange hier festhalten, bis er kurz davor war, die Polizei zu rufen.

Francesca und Sandro trampelten aus dem Spielzimmer zur Haustür. »Es ist Dad!«, rief sie.

»Na, wie wars?« Nico war so damit beschäftigt, Francescas Medaille zu bewundern und sich alles über den Wettkampf erzählen zu lassen, dass er die kleine Versammlung im Wohnzimmer erst gar nicht bemerkte. Als er hineinkam, wollte ich ihn einfach nur umarmen, auch wenn noch ein bisschen Erde und Kompost an seinem Oberteil klebte.

Ich gab mein Bestes, Nico mit Blicken zu vermitteln, in welcher verzwickten Situation wir steckten. Ich erklärte: »Das ist Robert, Laras Vater«, doch weiter kam ich nicht. Massimo machte eine Handbewegung Richtung Nico. »Da, das ist der Mann, den du mit Caitlin gesehen hast. Mein Bruder.«

Ich beobachtete Robert, ob er eine Verknüpfung herstellen würde. Es war wie Jenga in umgekehrter Reihenfolge, bei dem man herausfinden musste, welche Bauklötze man zurück in den Turm schieben konnte, damit er nicht zusammenbrach. Robert kniff die Augen zusammen, als fischte er in seinen verschwommenen Erinnerungen nach den letzten verbliebenen klaren Bildern.

Langsam trat er ganz nahe an Nico heran, der einen Schritt zurückwich und Robert sanft die Hand auf den Arm legte. »Ich bin Nico, vielleicht erinnern Sie sich an mich. Wir haben uns auf Massimos und Laras Hochzeit kennengelernt.«

Plötzlich schien es, als hätte jemand in Roberts Kopf eine Schublade aufgerissen, die sich nach Jahren des Rüttelns und Zerrens endlich mühelos öffnen ließ. Robert wirbelte herum und bohrte den knochigen Zeigefinger in Massimos Brust.

Lara hielt ihn am Arm zurück. »Mach das nicht, Dad.«

Aber Robert war überraschend kräftig für jemanden, der aussah, als hätte er ein Skelett aus Pfeifenreinigern. Er riss sich los und fixierte Massimo mit seinen milchig blauen Augen. Immer wieder fuhr er sich mit der Zunge über die Lippen, als stünde er kurz vor dem ersehnten Durchbruch.

Dann rief er triumphierend: »Du! Ich habe dich gesehen. Im Schlafzimmer. Mit dieser Frau ... Cat ... Cat ...« Er deutete auf das Foto. »Das Schlafzimmer, violette Fenster. Violett, violett ...« Er fuchtelte mit den Händen, als wollte er ein Wort einfangen, das vor ihm durch die Luft schwirrte. Dann gab er auf und sagte nur: »Sex! Du und sie. Sex!«

Bevor ich Zeit hatte, mich zu sammeln, donnerte Massimo: »Halt den Mund! Du willst doch nur Ärger machen. Ich habe natürlich nicht mit der Frau meines Bruders geschlafen. Du bist doch völlig gaga.«

Nico ging auf die beiden zu und legte Massimo die Hand auf die Schulter. »Beruhige dich, Massimo! Er ist verwirrt. Er weiß doch gar nicht, was er da sagt.«

Doch Massimo zuckte kaum merklich, als wollte er einem Schlag ausweichen. Ich wurde stutzig. Caitlin hatte ein Verhältnis gehabt, so viel war sicher. Aber mit dem unbekannten »P«. Nicht Massimo. Er würde bestimmt nicht mit der Frau seines Bruders schlafen. Oder?

Während ich in meinen Erinnerungen nach Hinweisen suchte, die ich vielleicht übersehen hatte, standen sich Massimo und Robert gegenüber, ohne die anderen im Raum zu beachten. Robert schwankte leicht und stemmte die Hände in die Hüften. »Ich hab's gesehen! Du und sie! Sex!«

Massimo baute sich vor ihm auf. »Halt die Klappe!«

Doch Robert wiederholte immer wieder »Ich hab's gesehen« und nickte unaufhörlich, bis ich befürchtete, die wenigen Synapsen, die noch übrig waren, würden ihm aus den Ohren fallen, wenn ihm nicht bald jemand glaubte.

Nico packte Massimo am Arm. »Das reicht jetzt, Massimo! Er kann nichts dafür, er ist krank.«

Doch Massimo befreite sich aus Nicos Griff und schubste Robert. »Halt endlich den Rand!«

Laras Vater taumelte zurück und krachte in den Wohnzimmertisch aus Glas. Er ging zu Boden.

Lara stürmte sofort zu ihm und schrie Massimo an: »Lass ihn in Ruhe! Er sagt nur die Wahrheit, du Mistkerl.« Sie trat mit voller Wucht gegen Massimos Schienbein. »Verschwinde gefälligst!«

Erst da registrierte ich, dass Sandro und Francesca unbemerkt ins Wohnzimmer gekommen waren und nun in der Ecke kauerten. Sandro weinte. Francesca war starr vor Schock und hatte ihm den Arm um die Schultern gelegt. Sie beobachtete das Geschehen mit weit aufgerissenen Augen.

Robert lag stöhnend auf dem Boden. Als wüsste er genau, was er tat, packte Massimo Lara am Kinn und zwang sie damit, ihn anzusehen. Lara versuchte, sich zu befreien, aber er hielt sie nur noch fester und stierte sie bedrohlich an, während er die Knöchel in die Stelle über ihrem Schlüsselbein bohrte, bis sie schließlich aufgab. »Wag es ja nicht, mich noch einmal zu treten, du Miststück.«

»Mum!«, rief Sandro mit einem Schluchzen und wollte zu Lara laufen, aber Francesca hielt ihn zurück.

Und langsam, ganz langsam, klickte es. Wie bei einer Dampflok, die jahrzehntelang auf dem Abstellgleis gestanden hatte, fingen die Zahnräder in meinem Kopf an zu rattern. Als ich sah, wie Lara resigniert in sich zusammensackte, verstand ich plötzlich. Sie wehrte sich nicht und wurde nicht laut. Sie wirkte auch nicht schockiert oder entsetzt, sondern eher wie jemand, der diese Erfahrung nicht zum ersten Mal machte.

Das war kein einmaliger Ausrutscher. Es war öfter vorgekommen.

Nico lief zu ihnen und zog Massimo von Lara weg. »Was zum Teufel ist los mit dir? Hör auf, sie zu würgen!«

Lara rieb sich den Hals. Dann versuchte sie, Robert in eine aufrechte Position zu hieven, während ich mich dafür hasste, dass ich wie versteinert dastand und nicht wusste, wem ich zuerst helfen sollte. Lara sah aus, als hätte jemand die Schleusen zu ihrem Gefühlsleben geöffnet.

Sie schüttelte den Kopf. »Du hast wirklich keine Ahnung, wie dein Bruder wirklich ist, oder?«, sagte sie zu Nico. »In deinen Augen ist er einfach ein schlechter Verlierer. Aber es steckt so viel mehr dahinter. Massimo tyrannisiert alle, die ihm im Weg stehen, indem er sie einschüchtert und – wie man sieht – verletzt. Hast du dich mal gefragt, warum Sandro so schüchtern ist? Da hast du den Grund.«

»So ein Schwachsinn«, sagte Massimo. »Du hast mir fast das Bein gebrochen. Ich darf mich doch wehren, oder?« Er setzte sein typisches »Meine Frau ist völlig irre geworden«-Gesicht auf. Zu meiner Schande musste ich gestehen, dass ich es in der Vergangenheit als harmloses Necken abgetan und sogar mit ihm mitgelacht hatte. Doch jetzt wurde mir klar, woher Laras nervöse, angespannte Grundstimmung kam, als säße sie im Auto und müsste es mit dem Reservetank in die nächste Werkstatt schaffen. Sie war nicht einfach verklemmt oder übervorsichtig oder müsste – wie ich oft gedacht hatte – einfach mal locker lassen.

Sie hatte Angst.

Ich lief zu ihr und gemeinsam zogen wir Robert auf die Beine. Er zitterte am ganzen Körper und warf mir einen angsterfüllten Blick aus seinen wässrigen Augen zu. Ich legte Lara sanft die Hand auf die Schulter. »Es tut mir leid, dass ich nichts bemerkt habe.«

»Wie könntest du? Die meiste Zeit wusste ich selbst nicht, was vor sich geht.«

Zusammen brachten wir Robert in die Küche. Er wehrte sich vehement, als könnte er niemandem mehr vertrauen. Wir hörten, wie die Stimmen von Massimo und Nico immer lauter wurden. »Kannst du versuchen, die beiden zu beruhigen?«, sagte Lara. »Die Kinder sollten das wirklich nicht mit anhören müssen. Ich kümmere mich schon um Dad.«

Als ich zurück ins Wohnzimmer lief und gerade versuchte zu begreifen, in welche familiäre Atomkatastrophe ich hineingeschlittert war, erinnerte ich mich daran, was Dawn gesagt und ich als verbitterte Bemerkung abgetan hatte: »Ben war nur die Spitze des Eisbergs.«

Nico brüllte Massimo an: »Welcher Mann schlägt zuerst einen verwirrten alten Mann und erhebt dann die Hand gegen die eigene Ehefrau? Was zum Henker ist in dich gefahren, Massimo? Du bist wirklich armselig!« Doch dann zögerte er kurz und ein verletzter Ausdruck trat auf sein Gesicht, als wurde ihm allmählich bewusst, was es bedeutete, wenn Robert wirklich die Wahrheit gesagt hatte.

Verzweifelt sah ich zu Francesca und Sandro. Ich wollte sie schnell hier rausschaffen, bevor sie mitanhören mussten, was als nächstes kam. Doch ich war nicht schnell genug. Massimo baute sich vor Nico zu seiner vollen Größe auf und lächelte höhnisch. Er erinnerte mich an eine Katze, die eine Maus in den Klauen hielt und nicht sicher war, ob sie schon zum tödlichen Schlag ausholen sollte oder noch ein wenig mit ihrer Beute spielen wollte. Alles in mir zog sich zusammen.

»Sagen wir so: Es gibt durchaus Frauen, die mich nicht armselig finden.« Er zuckte mit den Schultern. »Zum Beispiel Caitlin. Während du lieber mit Lilien und Lavendel herumgespielt hast, war deine Frau ganz schön einsam. Also bin ich eingesprungen. Sozusagen.«

Mein Mann hatte ganz bestimmt noch nie jemanden geschlagen, aber in diesem Moment war sein ganzer Körper angespannt vor Zorn. Ich wollte ihn anfeuern, damit er Massimo den Kinnhaken verpasste, den er definitiv verdient hatte. Und wenn Nico ihm keine reinhaute, würde ich es liebend gern übernehmen.

Nicos Stimme zitterte vor Wut. »Du konntest es einfach nicht ertragen, dass mich jemand mehr liebt als dich, oder? Du musstest sie einfach haben.«

Ich zuckte innerlich zusammen. Ich redete mir gern ein, dass Nico Caitlin nie wirklich geliebt hatte und ihre Ehe neben unserer perfekten Beziehung wie eine unscharfe Kopie wirkte, aber natürlich stimmte das nicht. Offensichtlich war auch ich dem typischen Irrglauben der zweiten Ehefrau aufgesessen: Der Illusion, dass das Leben ihres Mannes vor ihrer rettenden Ankunft ziemlich trostlos ausgesehen hatte.

Massimo lachte höhnisch und ich wollte ihm so fest eine klatschen, dass ihm noch wochenlang die Ohren klingelten.

»Es war genau umgekehrt, Kumpel. Mal hat sie mich in die Oper eingeladen, mal zum Tee trinken, ganz beiläufig. Meine Frau hat die Titten nur noch für das Baby ausgepackt, also war es mir ganz recht.«

Ich hätte kotzen können vor Wut. Francesca schluchzte auf. Ich wirbelte herum. »Komm, wir gehen, Liebes. Du solltest das nicht hören.«

Ich nahm ihre Hand. Wider Erwarten wehrte sie sich nicht. Mit der anderen Hand nahm ich Sandro. Dann lief ich mit beiden Kindern nach nebenan, und schob sie durch die Haustür. »Keine Zeit für Erklärungen, bin gleich wieder da«, rief ich.

Als Mum aus der Küche kam, fiel Sandro ihr in die Arme. Er tat mir schrecklich leid. Ich bekam ein schlechtes Gewissen, weil ich ihn so oft insgeheim für eine kleine Spaßbremse gehalten hatte. Aber darüber müsste ich mir später Gedanken machen.

Ich rannte zurück und stürmte ins Wohnzimmer, wo Nico gerade zum Schlag gegen Massimo ausholte. Man sah sofort, dass er noch nie jemanden geschlagen hatte. Die Bewegung wirkte ungeübt und halbherzig, aber trotzdem traf er Massimo am Kinn. Massimo stolperte nach hinten und fegte dabei ein Tablett mit Kristallgläsern vom Sideboard. Als er sich wieder gefangen hatte, ging er auf Nico los.

Massimo war vielleicht der Stärkere von beiden, aber sein Bruder war flinker. Eine Zeitlang umkreisten sie einander wie zwei zähnefletschende Hunde. Ich versuchte, dazwischenzugehen, aber es war zwecklos. Wieder gingen sie aufeinander los, wobei ein Lladro-Figürchen und eine Porzellanschüssel dran glauben mussten.

»Aufhören!«, rief ich, aber meine Stimme klang so leise als stünde ich in einem Sturm auf einem weit entfernten Hügel. Ich trat näher heran. »Nico! Lass es gut sein. Du hast so etwas nicht nötig. Er ist es nicht wert.«

Nico blieb abrupt stehen, als hätte ihn ein Wecker plötzlich aus dem Tiefschlaf gerissen. Seine Brust hob und senkte sich rhythmisch. Massimo schaffte es trotz aufgeplatzter Lippe, das Gesicht zu einem spöttischen Grinsen zu verziehen, und er ballte die Hände zu Fäusten. Der charmante Mann, für den ich ihn immer gehalten hatte, war verschwunden. Ich stellte mich schützend vor Nico und fixierte Massimo.

»Was weißt du schon, Maggie? Außer, wie man sich einen reichen Ehemann krallt.«

Nico machte ein wütendes Geräusch und wollte wieder auf ihn losgehen, aber ich hielt ihn zurück. Massimo hatte also vor, in offenen Wunden zu bohren? Bitte schön. Aber diesmal wäre nicht ich diejenige, die sich schlecht fühlte. Ganz im Gegenteil.

Ich ging in den Angriffsmodus und ließ meine innere Beryl heraus. »Was ich weiß? Ich weiß, dass ich niemals andere verletzen würde, um zu bekommen, was ich will. Ich weiß, dass es völlig egal ist, was ich mache oder sage oder wie sehr ich Nico liebe, in dem vertrockneten Klumpen, den du dein Herz nennst, wirst du immer glauben, ich hätte Nico nur für sein Geld geheiratet. Weil Menschen wie du überhaupt nicht kapieren, was es bedeutet, ein Team zu sein. Sie interessieren sich nur für sich selbst.« Ich hielt kurz inne, bevor ich ihm dem Todesstoß versetzte. »Und ja, vielleicht hast du recht und ich bin nicht besonders schlau oder gebildet. Immerhin habe ich bis jetzt gebraucht, um dich zu durchschauen. Aber heute habe ich jemanden getroffen. Sie hat mir einiges erzählt. Zuerst wollte ich ihr nicht glauben. Ich habe gedacht, sie hat noch eine offene Rechnung mit dir und denkt sich alles nur aus.«

Massimos Augen wurden größer und das hämische Lächeln in seinem Gesicht verblasste.

»Genau. Ich habe Dawn kennengelernt. Wusstest du, dass dein ›anderer‹ Sohn ein erstklassiger Schwimmer ist? Du weißt schon, das ›kaputte‹ Kind, das du verstoßen hast. Er hat heute den Schwimmwettbewerb gewonnen, an dem auch Francesca teilgenommen hat.«

Nico stemmte die Hände in die Seiten. »Welcher andere Sohn?«

Die Erleichterung, dass der Rest der Familie nichts über Ben wusste, ließ meine Worte noch schärfer werden. »Na los, spuck's aus, Massimo. Erzähl ihm, dass Dawn keine andere

Wahl hatte, als wegzulaufen, weil du sie dazu zwingen wolltest, ihr Baby mit dem Herzfehler abzutreiben.«

Nico schüttelte fassungslos den Kopf. »Wie bitte? Ich dachte, sie wollte keine Kinder!«

Massimo senkte den Blick. Einen kurzen Augenblick lang tat er mir leid. Er war zwar immer noch ein Riesenarschloch, aber vielleicht hatte ihn die Sache mit Dawn doch nicht völlig kalt gelassen.

Aber anscheinend hatte er nur Kraft für den nächsten Schlag gesammelt. Er sah mich mit zusammengekniffenen Augen an, als überlegte er innerlich, wie er mich in die Knie zwingen könnte. »Sei nicht so selbstgerecht. Wenigstens habe ich meine eigene Familie nicht bestohlen.«

Ich wusste zwar nicht, in welchem Universum stehlen schlimmer war, als seine eigene Frau zu bedrohen, bis sie fliehen musste, um ihr Baby zu retten, aber heute war kein Tag für logische Argumente. Mit diesem Vorwurf hatte er aufs falsche Pferd gesetzt.

»Ich habe noch nie in meinem Leben etwas gestohlen. Geld ist mir scheißegal. Nico will mir immer Dinge kaufen, aber ich habe gesehen, was es mit Menschen anrichtet, wenn sie um jeden Preis mit anderen mithalten wollen. Glaub mir, ich bin wunschlos glücklich.«

»Und die goldene Schatulle, die du ›verloren‹ hast?«

Ich war etwas enttäuscht, dass Lara es ihm erzählt hatte. »Ich musste sie loswerden. Und du weißt auch genau, warum.« Ich warf Nico einen Blick zu. Ich wünschte, ich könnte ihn davor bewahren, die Wahrheit herauszufinden.

»Wieso denn? Komm schon, wir sind unter uns. Sag uns, warum du eine Schatulle im Wert von mehreren hundert Pfund loswerden musstest.«

»Woher weißt du, wie viel sie wert ist?«

»Francesca hat mir erzählt, dass sie aus echtem Gold war.«

Ich hätte wissen müssen, dass Lara mir nie in den Rücken

gefallen wäre. »Ach, halt doch die Klappe, Massimo. Du weißt es, weil du derjenige bist, der sie Caitlin geschenkt hat.«

Nico sah zwischen uns hin und her, als würden wir uns fließend in einer Fremdsprache unterhalten, die er gerade erst angefangen hatte zu lernen. Ich wollte ihn so gerne beiseitenehmen und ihm alles erklären, damit die Welt für ihn nicht länger Kopf stand, weil er von seinen engsten Vertrauten belogen worden war.

»Hast du dafür auch Beweise?«

War das sein Ernst? Er hatte ganz offen zugegeben, dass er die Frau seines Bruders gevögelt hatte, aber wenn es darum ging, ob er Caitlin die Schatulle geschenkt hatte, wurde er kleinkariert?

»Die Gravur. Aber warum ›P‹?«

Massimo zog überrascht die Brauen hoch und wartete, bis er unsere volle Aufmerksamkeit genoss. Eigentlich wollte ich ihm nicht die Genugtuung geben, dass wir an seinen Lippen hingen. Aber ich musste zugeben, dass er etwas Faszinierendes an sich hatte, ein dunkelhaariger Erzschurke, der uns absichtlich zappeln ließ, bevor er das Rätsel auflöste.

Dann lachte er und fing an zu summen. Es war die Musik aus *Pelléas et Mélisande*. Massimo sah sich nicht als ganz gewöhnlicher Liebhaber, er hatte sich selbst die Rolle des tragischen Titelhelden zugeschrieben, der sich in die Frau seines Bruders verliebt hatte. In seiner verzerrten Wahrnehmung war er Pelléas – der unbekannte »P«. Bestimmt hatte er einen Heidenspaß gehabt, als ich ihn während der Opernvorstellung in San Gimignano mit Fragen durchlöchert hatte.

Ich drehte mich zu Nico und fragte mich, wie ich den Schaden reparieren sollte. Nicht nur seine erste Frau, sondern auch sein Bruder hatte ihn jahrelang betrogen und belogen. Außerdem müsste ich ihn überzeugen, dass ich nicht der gewissenlose Langfinger war, als den Massimo mich hinstellte.

»Nico, ich habe die Schatulle nicht gestohlen. Ja, ich habe

sie genommen, aber ich habe sie nicht verscherbelt. Ich habe sie weggeworfen. In den Sperrmüllcontainer am Ende der Straße. Vielleicht hätte ich dir einfach zeigen sollen, was ich gefunden habe«, sagte ich leise. Ich klang so schuldbewusst, als hätte mich Nico mit einem mit »Beute« beschrifteten Sack voller Diebesgut erwischt. »Aber es erschien mir so sinnlos, dir zu erzählen, dass Caitlin dich betrogen hat. Du wärst am Boden zerstört gewesen. Und dann bekam ich Angst, dass du oder Francesca die Schatulle finden würdet und die Gravur entdeckt. Du hättest sofort gewusst, dass sie eine Affäre hatte. Ich wollte euch nur beschützen. Ich hatte keine Ahnung, dass Massimo ihr Liebhaber war.«

Nicos Gesicht war gerötet und er schluckte, als kämpfte er mit aller Kraft dagegen an, von seinen Gefühlen übermannt zu werden. Ich wünschte, ich könnte ihm den nötigen Raum geben, um zu weinen, mich anzuschreien, die Wut, den Schmerz und die Verzweiflung einfach rauszulassen. Aber nicht in Massimos Gegenwart. Er sollte nicht sehen, wie Nico trauerte. Oder wie ich versuchte, damit fertig zu werden, dass mein Mann seine erste Frau sehr geliebt hatte.

Ich nahm Nicos Hand und strich über die raue Haut. Er zog sie nicht weg. Ich wurde von einem unstillbaren Verlangen überwältigt, mich an Massimo zu rächen.

»Es tut mir leid. Ich habe die falsche Entscheidung getroffen, was die verdammte Schatulle angeht. Komm, lass uns gehen. Ich sehe nur kurz nach Lara. Geh schon mal rüber zu Francesca.« Ich brachte es nicht über die Lippen, »nach Hause« zu sagen.

Nach zehn Monaten fühlte ich mich dort fremder denn je.

Nico schüttelte den Kopf. »Ich warte auf dich.«

»Nein, ist schon gut. Francesca braucht dich. Sie ist in einem furchtbaren Zustand. Ich bin gleich bei euch. Ich will nur sichergehen, dass es Lara gut geht.« Und, nicht zu vergessen, dass sie in Sicherheit war.

Nico wandte sich an Massimo. »Du warst mein Vorbild. Ich habe zu dir aufgesehen. Ich habe dich beneidet. Aber vor allem habe ich dich geliebt. Ich hätte alles für dich getan.«

Dann verließ Nico kopfschüttelnd den Raum, als könnte er nicht fassen, was gerade passiert war. So viel war sicher: Meine Liebe zu Nico hatte rein gar nichts mit Geld zu tun. In diesem Moment wollte ich lieber mit Haut und Haaren verschlungen werden, um ihm den Schmerz zu nehmen, als ihn so zu sehen.

FÜNFUNDVIERZIG

LARA

Nach zehn Jahren hatte es nur eine halbe Stunde gebraucht, um mein Leben völlig auf den Kopf zu stellen.

Maggie kam in die Küche und legte Dad die Hand auf die Schulter. »Alles in Ordnung, Robert?«

Er erwiderte nichts. Mein armer Vater saß zusammengekauert auf seinem Stuhl und schaukelte leicht vor und zurück. Hoffentlich hatten wir keinen größeren Schaden angerichtet.

Maggie nahm seine Hand, bis er sich beruhigt hatte.

Dann sah er sie an. »Sie sehen bezaubernd aus.«

Statt ihrem üblichen breiten Grinsen, das sie so jugendlich erscheinen ließ, brachte sie nur ein trauriges Lächeln über die Lippen. »Das Kompliment gebe ich gern zurück, Robert.«

Er zwinkerte ihr zu. Seine eigene Tochter war daran gescheitert, ihn zu beschützen, und mein Vater hatte trotzdem genügend Kraft, um zu zwinkern. Noch nie hatte ich ihn so sehr geliebt wie in diesem Moment, als er mir bewies, dass sich hinter den Nebelschwaden seines Verstands noch immer ein kleiner Funken seiner unerschütterlichen Lebensfreude und Stärke verbarg.

Maggie nahm mich in den Arm, als sich meine Augen mit

Tränen füllten. Und endlich konnte ich loslassen. Ich musste nicht mehr unbeweglich dastehen wie eine Schaufensterpuppe, damit ich ihr nicht aus Versehen etwas anvertraute, das ich später schwer erklären könnte.

Sie strich mir beruhigend über den Rücken. »Es tut mir so leid, dass ich nichts bemerkt habe. Es ist genau vor meiner Nase passiert und ich war so blind, weil ich unbedingt dazugehören wollte.« Ihre Stimme gab nach. »Ich wünschte, du hättest etwas gesagt.«

»Es ist nicht deine Schuld, Maggie.« Ich durfte nicht zulassen, dass sie sich Vorwürfe machte. »Du warst meine Rettung«, presste ich hervor. »Davor war ich völlig verloren. Ich hätte mich dir anvertrauen sollen, aber ich dachte, du glaubst mir nicht. Und ich habe mir eingeredet, dass sich alles zum Guten wenden würde, sobald ich eine Lösung für unsere Probleme gefunden hätte. Es war nicht allein Massimos Schuld. Als Sandro geboren wurde, war ich keine besonders gute Ehefrau und Mutter.«

Maggie sah mir tief in die Augen. »Es war *ganz allein* Massimos Schuld. Viele Frauen sind nach der Geburt ein bisschen von der Rolle. Aber das gibt Männern noch lange nicht das Recht, sie fertigzumachen und zu erniedrigen oder ein Verhältnis mit ihrer Schwägerin anzufangen.«

Sie drückte mich fest an sich. »Zuerst werfen wir Massimo raus. Und dann sehen wir weiter. Ich bringe Robert mit dir zurück, sobald er den Schock verdaut hat.«

Mein Puls beschleunigte sich. So wie ich Massimo kannte, hatte er schon längst alle Überweisungen an das Pflegeheim eingestellt. Wohin sollten wir Dad also zurückbringen?

SECHSUNDVIERZIG

MAGGIE

Ich stapfte zurück zum Wohnzimmer. Ohne Nico fühlte ich mich nicht einmal annähernd so mutig. Das Geräusch von Massimos Schritten auf dem mit Scherben übersäten Fußboden verunsicherte mich noch mehr. Ich verdrängte den Gedanken daran, wie laut ich wohl noch schreien könnte, wenn er mir die Kehle zudrückte.

Ich öffnete die Tür und ging hinein. So angriffslustig ich mich auch fühlte, würde ich mir Mühe geben, nicht vorwurfsvoll zu klingen und mich darauf konzentrieren, ihn aus dem Haus zu schaffen. »Kannst du ein paar Stunden woanders verbringen, bis wir Robert zurückbringen können?«

Massimo lächelte. Er lächelte allen Ernstes. Nach allem, was er mir – ganz zu schweigen von den anderen – an den Kopf geworfen hatte. Was für ein Psycho.

»Ich entschuldige mich für das Theater«, sagte er mit seltsam säuselnder Stimme, als wäre er ein Z-Promi, der jemanden davon überzeugen wollte, aus einem Flugzeug zu springen, »aber ihr müsst mich doch nicht gleich rauswerfen. Es ist nur ein bisschen aus dem Ruder gelaufen.«

»Ein bisschen«? Dann wäre ich hoffentlich zehntausende

Kilometer weit weg in Australien, wenn es für sein Verständnis komplett aus dem Ruder lief.

»Ich befürchte, wir bekommen Robert nicht aus der Küche, solange du hier bist.«

Massimos Lächeln verblasste und er fuhr sich durch die Haare. »Du bist eine ganz schön harte Nuss, oder? Und was, wenn ich nicht bereit bin, mein eigenes Haus zu verlassen, nur damit mein Miststück von Ehefrau und mein durchgeknallter Schwiegervater ihren Willen bekommen?«

»Dann haben wir ein Problem«, sagte ich und musste mich zurückhalten, nicht »Houston« zu sagen und in schrilles Gelächter auszubrechen. Aber selbst dann wäre ich noch immer nicht die verrückteste Person im Raum.

Massimo hatte die Hände in die Seiten gestemmt und verengte die Augen zu Schlitzen. Sein Blick flackerte bedrohlich, als überlegte er, wo er zuerst zuschlagen sollte.

Mir blieb das Lachen im Hals stecken.

Ich tat so, als wollte ich die Scherben aufheben und duckte mich hinter den Ohrensessel. Dann zog ich mein Telefon aus der Hosentasche, zum Glück ein schäbiges altes Klapphandy ohne Passwortschutz. Ich hämmerte in die Tasten und wühlte mit der anderen Hand in den Scherben herum. »Anna? Komm bitte rüber zu Massimo und Lara so schnell du kannst. Es ist ein Notfall. Dein Sohn hat dir etwas zu sagen.«

Massimo machte einen Satz nach vorn. Ich hörte noch Annas schrille Stimme aus dem Lautsprecher, bevor er mir das Handy aus der Hand riss: »Was ist passiert? Maggie? Maggie?« Ich würde sicher nicht darum kämpfen. Es hatte vielleicht zehn Pfund gekostet, der Verlust war also zu verschmerzen. Ich schielte zur Tür und fragte mich, ob ich eine Chance hätte, ihn abzuhängen. Ich wimmerte leise, wie Lupo, wenn er ein Kaninchen durch den Garten hoppeln sah.

Massimo kam näher. »Du hältst dich für besonders schlau, oder?«

Mein Herz pochte wie wild. Aber ich würde vor ihm keine Angst zeigen. Ich hob das Kinn an. »Nicht wirklich. Aber das bisschen Grips, das ich habe, setze ich lieber zum Wohl anderer ein, statt damit mein Arschloch-Rating in die Höhe zu treiben.« Ich suchte einen festen Stand, falls er auf mich losging.

Aber Massimo verzog nur angewidert das Gesicht. »Dein freches Mundwerk wird dir eines Tages noch zum Verhängnis.«

Ich sah ihm in die Augen. »Du tust dir auch keinen Gefallen damit, andere zu demütigen und ernsthaft zu glauben, dass du damit durchkommst, mein Lieber.«

Das Adrenalin schwemmte jeden Anflug von Angst aus meinem Körper. Ich hatte schon fast vergessen, wie aufregend ein guter alter verbaler Schlagabtausch sein konnte. Bei den Farinellis versteckte man sich lieber hinter falschen Höflichkeiten. Aber ich war ein Kind des Sozialbaus. Und meine Freundinnen und ich hatten früh gelernt, immer eine schlagfertige Antwort parat zu haben, falls uns jemand vom Balkon aus oder im Treppenhaus anpöbelte.

Ich war fast ein wenig enttäuscht, als Anna dem Showdown ein jähes Ende setzte. Sie stürmte herein, sah sich kurz um und rief: »Ihr wurdet ausgeraubt!«

Ich hatte unfreiwillig wirklich Mitleid mit ihr.

»Massimo muss dir etwas sagen. Ich hole nur eben Lara.« Es war mir persönlich egal, ob ich dabei war, wenn der Lieblingssohn von seinem Podest gestoßen wurde.

Aber Lara hatte einen Platz in der ersten Reihe verdient.

SIEBENUNDVIERZIG

LARA

Als Anna den Flur entlang ins Wohnzimmer eilte, wurde mir klar, dass Massimo sich aus dieser Nummer nicht herauswinden könnte. Diesmal gab es keinen magischen Zauberspruch, mit dem er alle davon überzeugen würde, dass alles nur viel Lärm um nichts gewesen war. Ab heute wäre nichts mehr so wie vorher.

Ich wusste nur nicht, ob es damit auch besser wäre.

Maggie kam in die Küche und winkte mich zu sich. »Kannst du deinen Dad einen Moment allein lassen? Du solltest hören, was Massimo zu sagen hat. Ich kann währenddessen auf Robert aufpassen. Oder soll ich mit dir kommen?«

All die Aufregung hatte Dad merklich zugesetzt und er nickte immer wieder auf seinem Stuhl ein. Ich nahm ihm die Tasse mit lauwarmem Tee aus der Hand, führte ihn zum Ohrensessel im Flur und schüttelte ihm die Kissen auf, bevor er sich auf den Sessel sinken ließ. »Kannst du bitte mitkommen?«, sagte ich zu Maggie. Ich war zu feige, um Massimo allein gegenüberzutreten, aber das war nichts Neues.

»Klar. Wir lassen einfach die Tür offen, damit wir hören, falls Robert aufwacht und entscheidet, durchs Haus zu spazieren.« Sie lief zur Haustür und schob den Riegel vor. Wieder einmal fragte ich mich, was ich ohne sie tun würde. Maggie wirkte nach außen vielleicht quirlig und unkonventionell, aber sie wusste sich wirklich zu helfen.

Mir wurde übel, wenn ich an die gehässigen Worte dachte, die mir Massimo gleich an den Kopf werfen würde. Anna vielleicht ebenso. Ich konnte mir keinen Reim darauf machen, warum sie plötzlich auf der Bildfläche erschienen war. Wenn es hart auf hart kam, rannte Massimo immer noch zu seiner Mutter, damit sie ihrem Lieblingssohn aus der Patsche half, so viel war klar. Aber ich hatte keinen blassen Schimmer, wie er ihr die Sache mit Caitlin beichten sollte – selbst Anna könnte die Tatsachen nicht so verdrehen, dass Massimo als Unschuldslamm dastand. Ich bekam Panik. Massimo würde sich diese öffentliche Demütigung nicht gefallen lassen. Irgendwie würde er es schaffen, mir die Schuld an allem zu geben. Gerissen wie er war, würde ich am Ende vermutlich selbst glauben, dass ich im Unrecht war.

Bevor wir ins Wohnzimmer traten, legte mir Maggie ermutigend die Hand auf den Arm. »Ich bin für dich da. Alles wird gut, versprochen.«

Wenigstens hatte eine von uns Vertrauen.

Massimo stand am Fenster und wirkte weder niedergeschlagen noch reumütig, sondern wie ein trotziges Kind. Anna hatte die Hände in die Seiten gestemmt und sah uns mit übertriebener Entrüstung an.

»Was zum Teufel ist hier passiert?«, fragte sie und deutete auf das zerschmetterte Porzellan. »Massimo behauptet, es ist alles ein großes Missverständnis. Lächerlich! Für mich sieht das nicht nach einem Missverständnis aus. Hast du dich mit Massimo gestritten, Lara?«

Ich fühlte mich wie die Petze auf dem Spielplatz, die die anderen Kinder später zur Schnecke machen würden, weil sie nicht den Mund gehalten hatte. Während ich noch überlegte, wo ich anfangen sollte, fegte Maggie mit dem Fuß die Scherben aus dem Weg und führte unsere Schwiegermutter zum Sessel in der Ecke.

Massimos Gesichtszüge zuckten gefährlich, als lägen ihm schon die nächsten verletzenden Boshaftigkeiten auf der Zunge. Doch Maggie ließ sich davon nicht beirren und stand einfach da, unerschütterlich wie ein Fels in der Brandung, statt wie ich Schnappatmung zu bekommen und sich ständig zu verhaspeln.

»Tut mir leid, Anna, aber in unserer Familie sind ein paar Dinge passiert, die du wissen solltest. Setz dich doch.«

Anna schüttelte Maggies Hand ab und sah sie an, als hätte sie kein Recht, das Wort »Familie« in den Mund zu nehmen. »Was soll dieser Unsinn?«, sagte Anna mit einem Stirnrunzeln. »Ich erwarte Gäste. Meine Bridgedamen kommen in einer dreiviertel Stunde.«

Massimo ergriff das Wort. »Sie machen nur ein riesiges Drama um Kleinigkeiten, die Jahre her sind. Besonders Maggie steckt ihre Nase gern in Angelegenheiten, die sie nichts angehen.«

Jetzt reichte es mir. Mit einem Mal war meine Angst vor jeglicher Veränderung des schrecklichen, aber zumindest vertrauten, Status Quo verschwunden. Ich sah zu Anna. »Glaub mir, es sind *keine* Kleinigkeiten.«

Meine Schwiegermutter bebte vor Zorn und tippte ungeduldig auf ihrer Armbanduhr herum, falls wir noch nicht verstanden hatten, dass ihre Zeit kostbar war.

Und dann erzählte ich ihr alles. Mit jeder Minute ließ sich Anna weiter in den Sessel sinken. Ich hatte erwartet, dass es mir Genugtuung verschaffen würde, endlich die Oberhand zu gewinnen und zu sehen, dass sie auch mal einstecken musste, nachdem sie jahrelang Öl ins Feuer gegossen und Massimos Ungeduld mit mir und Sandro geschürt hatte.

»Nico, mein armer Junge«, hauchte sie. Da verstand ich,

dass sie das Beste für ihre Söhne wollte. Aus ihr sprach das instinktive Bedürfnis einer Mutter, ihre Kinder zu beschützen, zu verteidigen und alles wieder in Ordnung zu bringen. Aber wie sollte das funktionieren, wenn die beiden miteinander ein Problem hatten?

»Stimmt das wirklich, Massimo?«, fragte Anna.

»Es ist nicht so, wie es sich anhört«, gab Massimo etwas kleinlaut zurück. Keine Spur von der üblichen herablassenden Selbstgefälligkeit.

Maggie wollte etwas sagen, aber ich ließ sie mit einer Handbewegung verstummen. Es war an der Zeit, dass ich für mich selbst sprach. »Ich erspare dir die schmutzigen Details, Anna. Aber doch, es ist *genau*so wie es sich anhört.«

Doch plötzlich hatte ich kein Verlangen mehr, ihr zu erzählen, dass Massimo mich und Sandro jahrelang gequält und gedemütigt hatte. Nicht etwa, um Massimo einen Gefallen zu tun, sondern, weil ich es nicht übers Herz brachte, einer Mutter vor Augen zu führen, was für ein unglaublicher Mistkerl aus ihrem Sohn geworden war. Niemand betrachtete selig sein Baby und dachte sich: »Mein kleines Wunder. Ich werde dir beibringen, wie man seine Mitmenschen möglichst rücksichtslos und geringschätzig behandelt.«

Ich zögerte noch, welche Wahrheiten ich wie Geier auf die sterblichen Überreste unserer glücklichen Familie loslassen könnte, als mein Blick auf Maggie fiel. Sie sah mich entschuldigend an, als wäre es ihr unangenehm, was sie zu sagen hatte. »Es gibt da noch etwas, das du wissen solltest, Lara.« Sie schielte zu Massimo.

»Sandro hat einen Halbbruder.«

ACHTUNDVIERZIG

MAGGIE

Anna sprach als erstes. »Caitlin hat einen Sohn?« In ihrem Blick lag die verzweifelte Hoffnung, dass sie sich irrte.

»Nein. Aber Dawn.«

»Dawn?«, rief Lara ungläubig.

Sie wirbelte herum. »Du hast behauptet, sie will keine Kinder, weil sie zu egoistisch ist«, schrie sie Massimo an. »Hast du mir überhaupt jemals die Wahrheit erzählt? Wusstest du von ihm? Wie alt ist er?«

Es tat mir im Herzen weh, sie so tief verletzt zu sehen. In diesem Moment wünschte ich mir, ich hätte Dawn nie getroffen und wir alle hätten in völliger Ahnungslosigkeit weiterleben können. Es war, als durchtrennte das Wissen darüber endgültig den seidenen Faden, an den Lara sich bis zum Schluss geklammert hatte.

Ich versuchte, sie zu beruhigen. »Lara, es tut mir leid. Ich dachte, du hast ein Recht, es zu erfahren.«

Aber sie hörte gar nicht zu. »Hast du dich mit Dawn *und* mit Caitlin getroffen?« Ihr versagte die Stimme, nur um mit einem neuen Schwall wütender Fragen wieder an Fahrt zu gewinnen.

Massimo versuchte zu antworten, aber er kam nicht gegen Laras Fragenhagel an.

Plötzlich ging Anna zu Massimo und gab ihm eine Ohrfeige. Das Geräusch, als ihre Hand Massimos Wange berührte, ließ Laras Fragen und Anschuldigungen abrupt verstummen.

Es kam so unerwartet, dass ich fast lachen musste. Lara zog scharf die Luft ein. Massimos Reaktion war völlig überraschend: Er rieb sich bloß über die Wange und schwieg.

Anna hatte jedoch offenbar noch einiges zu sagen. »Du bist ein Lügner und Betrüger. So habe ich dich nicht erzogen!«

Da gab ich ihr Recht. Anna war für ihre schonungslose Ehrlichkeit berüchtigt und nicht gerade dafür bekannt, Dinge schönzureden. Wenn ich gemein sein wollte, könnte ich mich jetzt zurücklehnen und die Show genießen – die aufgeblasene italienische *Mamma*, die ihren arroganten Sohn zusammenstauchte. Doch mir wurde schlecht, wenn ich sah, wie diese Familie miteinander umging. Ich könnte es kaum ertragen, wenn Sam Francesca so in den Rücken fallen würde, wie Massimo es bei Nico getan hatte, und sie war nicht einmal mein eigenes Kind.

Anna wirkte außer sich vor Wut, doch darunter verbarg sich in Wahrheit eine tiefe Traurigkeit. Vergessen war ihr üblicher kühler, gleichgültiger Ton. Sie zischte ihren Sohn an, als sprudelten die Worte direkt und ungefiltert aus ihrem Herzen.

Gut zu wissen, dass sie doch eines hatte.

»Du hast deinen eigenen Bruder verraten. Du hast mir meinen Enkelsohn vorenthalten. Dreizehn Jahre lang! Ein Farinelli, der seine eigene Großmutter nicht kennt. *Vergognati*! Du solltest dich schämen. Habe ich dir nichts beigebracht? Familie ist alles. Wo lebt dein Sohn?«

Massimo wandte den Blick ab. »Ich weiß es nicht. Wir haben keinen Kontakt.«

Annas italienische Leidenschaft kam immer mehr heraus.

Sie sah mich händeringend an. »Maggie, woher weißt du von dem Jungen? Wie heißt er?«

»Ben.«

»Beniamino. Ein italienischer Name, sehr gut.«

Nach meinem Gespräch mit Dawn hatte ich nicht den Eindruck, dass es ihr besonders wichtig war, Bens italienischen Wurzeln irgendeine Bedeutung beizumessen. Viel eher hatte sie nach der Trennung von Massimo keinen Teller Spaghetti mehr angerührt. Aber wie immer sah Anna die Welt durch ihre ganz eigene Brille.

Als ich ihr alles erzählt hatte, wirkte Anna erschüttert. Und natürlich auch ein wenig stolz auf Bens erfolgreiche Schwimmlaufbahn.

»Ich will ihn kennenlernen. Mein Sohn versteht vielleicht nicht, was es bedeutet, Verantwortung zu übernehmen, aber ich schon. Maggie, könntest du Dawn ausfindig machen?«

Ich warf Lara einen Blick zu. Sie sah aus wie eine Zuschauerin beim Formel-1-Rennen, für die alle Autos zu einem verschwammen, bis sie nicht mehr wusste, welches vorne lag. Eigentlich hatte ich nur sichergehen wollen, dass alle Tatsachen auf dem Tisch lagen, damit Lara eine Entscheidung über ihre Zukunft treffen konnte.

Ich zögerte. »Vielleicht. Dawn hat erwähnt, dass sie irgendwo im Norden Englands wohnt.« Norden war als Ortsangabe vage genug, damit es hoffentlich eine Zeitlang dauern würde, bis Anna herausfand, dass die beiden in Newcastle lebten. Ich bräuchte vermutlich nicht lange, um einen Jugendchampion im Schwimmen auf Google zu finden, und mit Francescas Hilfe wäre ich noch schneller – bestimmt folgte sie ihm schon längst auf Instagram. Aber ich bekam Kopfschmerzen, wenn ich daran dachte, ein weiteres Familienproblem lösen zu müssen. Das konnte erst einmal warten. Lara brauchte meine Unterstützung und ganz sicher kein weiteres Sportler-Ass in der Familie, mit dem Sandro konkurrieren musste. Weiß Gott, ob Lara ihre Vorgängerin überhaupt kennenlernen wollte – die Frau, die ihr den Platz in der Schlangengrube schön vorgewärmt hatte.

In diesem Moment ging Robert im Flur an uns vorbei und versuchte, eine Banane zu schälen. Ich war erleichtert, der Situation für einen Moment entfliehen zu können.

»Ich mach das schon, Robert.«

»Danke. Mit wem habe ich das Vergnügen?«

»Ich bin Maggie.«

»Sehr erfreut. Ich bin Robert, aber Sie können mich ruhig Bob nennen.«

Ich hörte Anna sagen: »Pack deine Koffer, Massimo. Du kannst bei mir wohnen, bis die Schäden repariert sind, die du verursacht hast.«

Eine Pause. »Falls das überhaupt möglich ist.«

Und dann passierte etwas, das ich nie im Leben für möglich gehalten hätte.

Anna weinte.

NEUNUNDVIERZIG

MAGGIE

Zwei Jahre später

Anna nahm auf unserer Terrasse Platz, von der aus man in etwas Entfernung das Meer erkennen konnte. Beim Anblick des Piers bekam ich fast das Gefühl, als wohnten wir auf einer exotischen Insel. Anna hatte uns angefleht, nicht wegzuziehen, aber Nico war beharrlich geblieben. Zu Annas Verteidigung musste man sagen, dass sie das »Zu Verkaufen«-Schild ohne Widerworte zur Kenntnis genommen hatte. Glücklicherweise war sie ein paar Tage vor unserem Umzug nach Italien gereist und ersparte uns damit den traurigen Anblick, wie sie völlig aufgelöst dem Umzugswagen hinterherwinkte. Nun lebten wir schon seit neun Monaten in Moneypenny Cottage und Anna ließ sich bei ihren Besuchen sogar manchmal zu einem als Kritik getarnten Kompliment hinreißen: »Unglaublich, dass ein Haus mit so wenig Licht doch so gemütlich sein kann!«

Giftige Worte sparte sie sich nun ausschließlich für Caitlin auf oder wie sie sie nannte: »Nicos unsägliche erste Frau«. Als sie zum ersten Mal Caitlins pastellfarbene Kännchen im Flur sah, rümpfte sie die Nase. »Ich verstehe nicht, warum ihr das Zeug nicht wegwerft. Diese *Person* hatte absolut keinen Geschmack. Das sind ohnehin nur Staubfänger.«

Ich hatte Nico die Entscheidung überlassen, was wir aus dem alten Haus mitnahmen. Francesca hatte auf Nicos Frage, welche alten Schüsseln, Spiegel und anderen unnötigen Kram sie behalten wollte, nur mit den Schultern gezuckt. Vielleicht interessierte sich also doch nur eine ganz bestimmte Sorte Mensch für so einen nutzlosen Krempel: Jene, die eigene Staubwedel für die Heizkörper besaß, ihre Freizeit mit Fugen aufhellen verbrachte und Lavendelsäckchen in der Unterwäscheschublade verteilte.

Heute war Anna in bester Familienfeier-Laune und verteilte *Baci*-Pralinen an Francesca *und* Sam.

Nach kurzem Zögern reichte sie mir eine kleine, edel verpackte Schachtel aus ihrer Handtasche. »Alles Gute zum Geburtstag, Maggie.«

Mum sah mich mit hochgezogenen Brauen an, als dachte sie das gleiche wie ich. Sah ganz schön teuer aus.

Ich war mir ziemlich sicher, dass es zumindest keine Ergänzung zu dem Gartenzwerg sein würde, den Mum mir geschenkt hatte: »Ich konnte einfach nicht widerstehen. Als ich ihn gesehen hab, musste ich sofort an euren Garten denken.«

Ich wusste nicht, was ich witziger fand: Die Tatsache, dass Mum einen akkordeonspielenden Gartenzwerg entdeckt und ihn zum Must-Have für unsere Terrasse auserkoren hatte oder Nicos Gesichtsausdruck, als ich das Geschenk ausgepackt hatte. Er war bestimmt hoch erfreut, dass meine Mutter der Meinung war, wir bräuchten unbedingt einen Gartenzwerg, vor allem, nachdem er wochenlang im Garten geschuftet, Unkraut gejätet, den Rosenbogen mit Clematis bepflanzt und verschiedene Blumenkübel so aufgestellt hatte, um »den Blick auf die perfekte Höhe zu lenken«.«

Vorsichtig löste ich das Klebeband vom Geschenkpapier mit den leuchtend roten Mohnblumen, das Mum sich bestimmt gleich unter den Nagel reißen würde, um es irgendwann wiederzuverwenden.

Ich öffnete die Schachtel. Darin lag eine antike Silberhalskette mit einem Saphiranhänger. »Oh mein Gott, Anna. Sie ist wunderschön. Vielen Dank.«

Sie lächelte. »Sie gehörte meiner Mutter. Es hat sie immer sehr geschmerzt, dass ich keine Tochter hatte. Sie hätte gewollt, dass du sie bekommst.«

Tränen stiegen mir in die Augen. Ich drückte Anna so fest ich konnte. Sie ließ es mehr geschehen, als die Umarmung zu erwidern, aber allein die Tatsache, dass ich mich traute, Annas Halstuch zu zerknittern, war ein riesengroßer Fortschritt zu meiner Anfangszeit in der Familie.

Mit der typischen Taktlosigkeit eines dreizehnjährigen Teenagers gab Sam sich nicht einmal Mühe, sein Desinteresse an Annas »Willkommen in der Familie«-Geste zu verbergen und er funkte dazwischen: »Können wir jetzt endlich Kuchen essen?« Wie eine Dampfmaschine brauchte er ständig Feuer unterm Hintern. Wenigstens hatte sein Nichtsnutz von Erzeuger eine Sache hinbekommen: Sam überragte mich und Mum schon jetzt um ein paar Zentimeter und hatte den schlanken Körperbau seines Vaters geerbt. Als ich nickte, rannte er die kurze Steintreppe zum Cottage nach oben, um den Kuchen zu holen. Weil es mein Geburtstag war, schnalzte Anna nur ganz leise mit der Zunge, auch wenn es immer noch hörbar war. Bis heute hatte ich mich den diversen Farinelli-Verhaltensregeln rund ums Essen nicht gebeugt – ich aß Äpfel aus Prinzip geschält, beendete das Abendessen mit einer großen Tasse Milchkaffee und verspürte nie das Bedürfnis die Soßenreste auf dem Teller mit einem Stück Brot aufzutunken. Und es war mir auch herzlich egal, ob die Kinder meinen Geburtstagskuchen inhalierten, bevor wir den Grill angeworfen hatten. In welcher Reihenfolge wir Würstchen, Hamburger und Schokoladenkuchen aßen, spielte doch gar keine Rolle … im Magen kam sowieso alles zusammen.

Nico hatte ein breites Lächeln aufgesetzt, wie jemand, der mit sich und der Welt im Reinen war. Er wirkte längst nicht so angespannt wie früher, als lauerten hinter jeder Ecke schlechte Nachrichten und weitere Probleme auf ihn.

Er nahm meine Hand und flüsterte: »Willst du mit mir alt werden? Das Beste kommt erst noch.«

Normalerweise war ich nicht der Typ für kitschige Kühlschrankmagnetsprüche. Aber seit unserem Umzug in ein Haus, das wir gemeinsam ausgesucht hatten, dachte ich endlich nicht mehr, dass er mich jeden Moment durch eine dünnere, hübschere, intelligentere Frau ersetzen würde. Als ich ihm vorgeschlagen hatte, meinen Geburtstag mit der ganzen Familie zu feiern, hatte er überrascht die Wangen aufgeblasen. »Puh, an den Geburtstag wirst du dich bestimmt noch lange erinnern.«

»Du hältst mich bestimmt für völlig verrückt.«

Er lachte nur und küsste mich auf die Nasenspitze. »Nein, ich halte dich für ausgesprochen liebenswert und mutig.« Er zögerte. »Und manchmal für ein bisschen zu optimistisch. Aber das macht deinen Charme aus.«

Jetzt gab es kein Zurück mehr. Obwohl ich mir immer wieder gesagt hatte, dass schon alles klappen würde, ging ich nervös umher, zählte Servietten und rückte die Gabeln zurecht, als würde das irgendeinen Unterschied machen, wie die Party verlaufen würde.

Anna hatte sich zwar etwas für uns erwärmt, nachdem ihr Erstgeborener sich als absoluter Mistkerl entpuppt hatte, aber trotzdem konnte sie nicht ganz aus ihrer Haut. Als Sam mit der riesigen Schokoladentorte zurückkam, die er zusammen mit Mum für mich gebacken hatte, warf sie theatralisch die Hände in die Luft. »Um Gottes Willen! Dieses Ungetüm wollt ihr vor dem Abendessen anschneiden?«

Mum zündete die Kerzen an und tat so, als hätte sie Anna nicht gehört. Ich hatte nichts dagegen, den Kuchen zuerst zu essen. Und immerhin war es mein Geburtstag.

Ich stupste Nico an. »Wo ist Francesca?«

Er wollte aufstehen, aber ich hielt ihn zurück. »Ich mach schon. Könntet ihr kurz mit der Pyrotechnik warten? Vielleicht will sie dabei sein.«

Der Umzug nach Moneypenny Cottage – oder wie Sam es nannte, das James Bond Liebesnest –, mit dem Nico und ich nach den Ereignissen in der Siena Avenue einen Neuanfang wagen wollten, war in einer Hinsicht leider nicht ganz so positiv verlaufen wie erhofft. Francesca wirkte seither völlig in sich gekehrt, als wäre sie ein unwillkommener Gast, der gezwungen war, hier zu bleiben, weil er nirgendwo anders hinkonnte. Sie hatte keines der Poster aus ihrem alten Zimmer mitgenommen und die allgemeine Unordnung, die mich immer in den Wahnsinn getrieben hatte – dreckiges Geschirr, benutzte Socken auf Stapeln mit frisch gewaschener Wäsche, Makeup-Flecken auf dem Teppich –, war einer unpersönlichen, fast schon sterilen Atmosphäre gewichen, obwohl wir ihr angeboten hatten, ins Möbelhaus zu fahren, damit sie sich neue Bettwäsche, Lampen und einen Teppich aussuchen konnte.

Trotzdem gab es auch positive Entwicklungen: Francesca verhielt sich mir gegenüber um einiges respektvoller. Es war eine Wohltat, dass ich endlich Suppenwürfel verwenden konnte, ohne mir Geschichten über Caitlins frische Hühnerbrühe anhören zu müssen. Auch die verfluchte Schmuckschatulle kam nie wieder zur Sprache. Tatsächlich war Francesca so wütend über Caitlins und Massimos Affäre, dass sie ihre Mutter überhaupt nicht mehr erwähnte.

Nico hatte versucht, mit ihr darüber zu reden. Doch sie hatte entweder sofort abgeblockt oder ihn so laut angeschrien, dass er noch Tage später völlig durch den Wind war. »Wie konntest du das zulassen? Hast du nicht bemerkt, dass sie mit Onkel Massimo im Bett war? Oder war es dir einfach egal? Wäre ich nicht gewesen, hätte sie dich bestimmt schon längst verlassen. Wahrscheinlich hat sie sich gewünscht, ich wäre nie geboren worden. Dann hätte sie mit Onkel Massimo durchbrennen können.«

Ein klitzekleiner Teil von mir hatte sich gefreut, dass Caitlin nicht mehr als Gipfel der Perfektion galt. Doch als ich Francescas Fotos von Caitlin im Mülleimer fand, hatte sich doch noch meine innere Stimme der Vernunft zu Wort gemeldet. Francesca sah die Affäre ihrer Mutter als Beweis dafür, dass Caitlin sie nie geliebt hatte. Die Sorge, dass Francesca dadurch auf lange Sicht gesehen einen von Versagern, zu vielen Cocktails und anderen Substanzen gesäumten Weg einschlagen würde, war also durchaus berechtigt.

Ich nahm die Holztreppe ins obere Stockwerk. Da fiel mir auf, wie laut meine Flipflops auf den Eichendielen klatschten. Keine Musik aus Francescas Zimmer. Mein Herz klopfte schneller. Es war viel zu still. Bis auf Sam hatte Francesca in den letzten Monaten niemanden an sich herangelassen. Eine böse Vorahnung beschlich mich und furchtbare Schlagzeilen über jugendliche Selbstmörder poppten vor meinem geistigen Auge auf. Ich stürmte ohne anzuklopfen durch die Tür und sah sofort zu den Balken an der Decke. Erleichtert stellte ich fest, dass Francesca am Fußende ihres Bettes saß und durch die Fotos von Caitlin blätterte, die ich aus dem Müll gerettet und in einem Briefumschlag in Francescas Kommode gelegt hatte.

»Francesca!«, kreischte ich und sie sah mich erschrocken an. Ich sammelte mich. »Ist alles in Ordnung, Liebes? Es gibt Schokoladenkuchen, wenn du möchtest? Wir pfeifen heute auf die Regeln und essen den Kuchen vor dem Abendessen.« Vor Erleichterung plapperte ich weiter, ohne eine Antwort abzuwarten. »Es macht Anna wahnsinnig, aber bis jetzt verkneift sie sich den Kommentar …«

Francesca sah auf die Fotos in ihrem Schoß. »Danke, aber ich bleibe lieber hier.«

Ich gab nicht auf. »Ich hätte dich so gerne dabei. Du musst natürlich nicht. Aber Anna möchte dich bestimmt sehen und Lara und Sandro sind auch schon auf dem Weg. Mit ein paar Überraschungsgästen.«

Das schien ihr Interesse zu wecken, aber leider nur kurz. »Vielleicht später«, sagte sie und legte den Stapel Fotos neben sich aufs Bett.

Ich zögerte, aber letztlich siegte mein angeborenes Verlangen danach, alles offen auszusprechen. »Es ist okay, dass du deine Mum vermisst, obwohl sie etwas Schlimmes gemacht hat.«

Francesca sah mich zum ersten Mal direkt an. »Ich hasse sie dafür. Es ist so widerlich und … seltsam. Sie hat mit meinem Vater *und* mit meinem Onkel geschlafen.« Sie verzog so angewidert das Gesicht, wie nur Teenager es konnten, die gezwungen waren, über das Sexleben ihrer Eltern nachzudenken. Fast wäre mir ein Lachen herausgerutscht.

Ich setzte mich zu ihr aufs Bett und betrachtete Caitlins elfenhaftes Gesicht auf den Fotos. Sie und Francesca sahen sich so ähnlich – die gerade Nase, das markante Kinn, die schön geschwungenen Augenbrauen.

»Darf ich ehrlich sein?«

Francesca nickte.

»Es fällt uns schwer zu verstehen, dass unsere Eltern auch mal Fehler machen. In unseren Augen sind sie viel zu erwachsen, um falschen Entscheidungen zu treffen. Schon gar nicht so gravierende, wie sich in den Bruder deines Vaters zu verlieben.« Hoffentlich würde sich Francesca etwas besser fühlen, wenn ich Caitlin als Teil einer tragischen Romanze darstellte, und nicht als Flittchen, das bei jeder sich bietenden Gelegenheit nach nebenan gegangen und in Massimos Bett gehüpft war. »Aber das heißt nicht, dass sie deinen Vater nie geliebt hat. Oft ist das Leben nicht schwarz und weiß. Und es heißt schon gar nicht, dass sie dich nicht geliebt hat.«

Francesca wurde unruhig, aber ich war sicher, dass sie mir aufmerksam zuhörte.

Ich fuhr fort und hoffte, ich klang dabei nicht wie eine nervige Paartherapeutin, die alle Beteiligten bat, ihre Gefühle zuzulassen. »Erwachsene wissen manchmal nicht, was sie wollen. Oft haben sie einfach Langeweile, manchmal sind sie betrunken. Vielleicht sind sie unzufrieden. Manchen Menschen fällt es schwer, verheiratet zu sein. Sie fühlen sich eingesperrt und obwohl sie ihren Partner lieben, sehnen sie sich nach Freiheit und Abenteuer. Es kann einen ganz schön unter Druck setzen, sich ein Leben lang an eine Person zu binden und nie wieder jemand anderen scharf zu finden.«

Mist. Sie sollte nicht denken, dass ich in ein paar Jahren am Strand entlangspazierte und gierig jüngere Männer in Speedos musterte.

Ich ruderte zurück. »Also ich war ja schon ein bisschen älter, als ich deinen Vater kennengelernt habe, deshalb wird das für uns kein Problem sein.«

Sie sah mich an, als hätte sie keine Ahnung, wovon ich sprach. Mein Gott, wahrscheinlich war ich gerade drauf und dran, ihr das Heiraten für immer auszureden.

»Damit will ich nur sagen, dass niemand weiß, warum deine Mutter das getan hat. Oder warum Massimo es darauf ankommen hat lassen, deinem Vater wehzutun. Aber eines weiß ich *ganz* sicher: Deine Mutter hatte dich schrecklich lieb. Als sie todkrank im Bett lag, hat sie mit Beryl nur über dich gesprochen. Caitlin war nicht perfekt, aber wer ist das schon? Sei stolz darauf, wie sehr deine Mutter dich geliebt hat und umgekehrt. Nichts, was passiert ist, kann oder sollte daran etwas ändern. Hättest du sie nicht geliebt, würdest du sie nicht so sehr vermissen. Und es ist in Ordnung, einen Menschen zu lieben, obwohl er einen schrecklichen Fehler begangen hat.«

Ich hatte noch so viel zu sagen, aber Francesca legte den Kopf in die Hände.

»Danke«, flüsterte sie. »Wirst du mich irgendwann auch liebhaben können? Nachdem ich so gemein zu dir war?«

»Das tu ich doch schon, mein Schatz. Ich wollte immer eine Tochter.«

FÜNFZIG

LARA

Es zauberte mir immer wieder ein Lächeln ins Gesicht, wenn ich in meinen kleinen Fiat 500 stieg. Maggie hatte mich davon überzeugt, einen knallroten statt einen silbergrauen zu kaufen. »Knallige Farben! Deine grau-beigen Zeiten sind vorbei!« Auch bei der Gestaltung meiner neuen Wohnung an der Promenade hatte sie mich ermutigt, gewagter zu sein. Gemeinsam hatten wir einen farbenfrohen Stoff mit Schmetterlingsmuster ausgesucht, aus dem Maggie Vorhänge für die deckenhohe Flügeltür genäht hatte, die hinaus auf unseren Balkon führte. Wenn Sandro im Bett lag, setzte ich mich gerne nach draußen, lauschte den Geräuschen der Stadt und atmete die frische Meeresbrise ein, in dem Wissen, dass nichts und niemand diesen friedlichen Abend stören würde.

Wäre Maggie jemals zur Universität gegangen, hätte sie bestimmt eine exzellente Scheidungsanwältin abgegeben. Nur auf ihr Anraten hin hatte ich niemandem erzählt, dass ich keinerlei Interesse an Massimos Haus hatte. Alles an diesem Ort – von den Küchenschränken, gegen die er mich geschubst hatte, bis zu den Kissen, die ich jeden Tag hektisch zurechtgerückt hatte – erinnerte mich daran, wie ich panisch den Geräuschen seiner Schritte auf der Treppe gelauscht hatte, um herauszufinden, wie er an jenem Tag gelaunt war. Anna hatte furchtbare Sorge gehabt, dass ich Massimo zwingen würde, das Haus in der Siena Avenue zu verkaufen und er endgültig wegziehen müsste, also hatte sie ihn davon überzeugt, mir gleich eine Eigentumswohnung meiner Wahl zu kaufen.

Maggie hatte mich zum Termin mit dem Anwalt begleitet. Während sie völlig ohne Scham über Geld sprach und ihm allerhand detaillierte Fragen stellte, rutschte ich auf dem Stuhl herum und wollte auf keinen Fall geldgierig erscheinen.

Bis der Anwalt mir eröffnete, dass Massimo behauptete, er habe den Erlös von Dads Hausverkauf ausgegeben, um für den Platz im Pflegeheim zu bezahlen. Ich erinnerte mich daran zurück, wie Massimo jeden meiner Versuche abgeblockt hatte, die Finanzierung für Dads Pflege über seine Rentenkasse abzuwickeln, damit wir nicht von Massimo abhängig waren. Da verlor ich endgültig die Beherrschung und schimpfte so lautstark drauf los, dass der Anwalt mich erschrocken ansah. Es brauchte nur einen kurzen Brief, in dem Massimo mitgeteilt wurde, dass jede widerrechtliche Verwendung des Vermögens einer schutzlosen Person zu einer nicht gerade kurzen Gefängnisstrafe führte, und Massimo schickte uns innerhalb einer Woche alle Unterlagen zu Dads Konten, auf denen kein Penny fehlte.

Als ich Maggie erzählte, dass ich mich schuldig fühlte, weil Massimo mehrere tausend Pfund für Dad ausgegeben hatte, schüttelte sie nur den Kopf.

»Er hat doch ständig herumerzählt, dass er deinen Vater mitfinanziert und sich dabei aufgespielt wie der größte Samariter. Ja, was denn nun? Sieh es als deine Entschädigung für all die Jahre, die du es mit ihm aushalten musstest. Du bist ihm nichts schuldig.«

Maggie und ich fanden schließlich ein Pflegeheim ganz in der Nähe meiner Wohnung. Es war vielleicht nicht so luxuriös wie das andere, aber immer, wenn ich Dad besuchte, sang er gerade ein Lied oder die Belegschaft ermutigte ihn, sich ans Klavier zu setzen. Diesmal hatte ich nichts dem Schicksal überlassen. Mit anwaltlicher Unterstützung setzte ich einen eigenen Treuhandfonds auf, mit dem Dads Pflege für die Zukunft gesichert war.

Am Tag unseres Umzugs hatte ich den Blick von Annas Haus abgewandt und mich gefragt, ob Massimo gerade dabei zusah, wie Sandro sich gegen die Haustür lehnte und flüsterte: »Mach's gut, Zuhause. Bis bald.« Aber ich hatte noch nie durchschaut, was wirklich in Massimo vorging – und ich wusste auch jetzt nicht, ob er alles schrecklich bereute oder ob er mich dafür verfluchte, dass er es nicht geschafft hatte, mir alles zu nehmen.

Kurz bevor wir der Siena Avenue den Rücken kehrten, kam Anna heraus. Sie nahm meine Hände in ihre, die erste Geste der Zuneigung in all den Jahren. »Mir tut all das furchtbar leid. Ich wünsche dir nur das Beste. Massimo ist mein Sohn, und ich kann ihn nicht verstoßen, aber ich schäme mich zutiefst für sein Verhalten. Ich hoffe, wir sehen uns wieder.«

Ich nickte schweigend, damit ich nicht anfing zu weinen.

Sandro umarmte sie. »Klar sehen wir uns wieder, *Nonna*. Wir sind doch eine Familie! Du kannst uns in unserer Wohnung besuchen. Du darfst auch in meinem Bett schlafen.«

Der kleine Funken Mut in seiner Stimme gab mir fast den Rest.

Anna lächelte schwach. »Genau. Und du besuchst mich hier, damit du Daddy sehen kannst.« Sie warf mir einen Blick zu. Nur ihr Angebot, jedes Treffen zwischen Sandro und Massimo zu begleiten, hatte verhindert, dass unser Scheidungskampf noch bitterer wurde. Anna entsprach zwar nicht meiner Vorstellung einer liebevollen Großmutter, aber ich hoffte darauf, dass sie der Schock über Massimos Verhalten dazu bewegen würde, Sandro vor den schlimmsten Launen seines Vaters zu beschützen.

Als wir schließlich wegfuhren, drehte ich mich nicht mehr um.

Heute, zwei Jahre später, erkannte ich mich selbst kaum wieder. Früher hätte ich nie bei Maggies Plan für heute Abend mitgemacht. Für so ein riskantes Unterfangen hätte ich schlichtweg nicht die Nerven gehabt. Auch Nico war einverstanden gewesen und bewies damit einmal mehr seine Großherzigkeit. Auf dem Weg Richtung Bahnhof betete ich, dass Maggie Recht behalten würde, und versuchte, nicht darüber nachzudenken, was alles schiefgehen könnte. Was würde Anna sagen? Wie würde Francesca reagieren? Selbst Nico wäre in der Situation vielleicht nicht mehr so optimistisch, wie er es sich vorgenommen hatte. Sandro wiederum hatte heute alle fünf Minuten gefragt, wann wir endlich losfahren würden. Zuerst hatte ich überlegt, ihn zu überraschen. Obwohl er nicht mehr ins Bett machte und mir selbstbewusst seine Wünsche und Bedürfnisse mitteilen konnte, ohne vorher um Erlaubnis zu fragen, wollte ich einen kleinen Schritt nach dem anderen gehen. Endlich ging Sandro etwas mehr aus sich heraus. Dutzende seiner selbstgemalten Bilder zierten die Wände unserer Wohnung und es tat gut, ihm vom Strand aus dabei zuzusehen, wie er in aller Ruhe schwimmen übte, ohne dass ihn Massimo wegen seines Kraulstils zur Schnecke machte.

Wir parkten vor dem Bahnhofsgebäude. Sandro presste das Gesicht an die Fensterscheibe und beobachtete die Menschenmassen. Als wir gerade ausgestiegen waren, sah ich sie am Eingang stehen. Das waren sie, kein Zweifel. Sie sah genauso aus wie auf dem Foto, ein freundliches Gesicht voller Sommersprossen.

»Dawn!«, rief ich.

Ich drückte sie und sie erwiderte die Umarmung. Sie wirkte im echten Leben genauso herzlich und offen wie bei unseren Telefonaten. Maggie hatte Dawn über die Facebookseite des Schwimmclubs ausfindig gemacht. Sofort hatte sie angeboten, dass wir telefonieren könnten, aber ich war zu nervös gewesen. »Ich kann das nicht. Schlimm genug, dass du weißt, was für eine Idiotin ich bin.« Doch schließlich hatte mich Maggie davon überzeugt, dass mir ein Gespräch mit Dawn helfen würde, alles zu verarbeiten. Dawn war der einzige andere Mensch auf der Welt, der verstand, wie Massimo zwei intelligente Frauen jahrelang hatte kontrollieren und manipulieren können.

Und es hatte tatsächlich geholfen. Sogar so sehr, dass wir bald beschlossen hatten, uns persönlich kennenzulernen. Am Telefon hatte alles noch so einfach geklungen, aber jetzt bekam ich Herzklopfen, weil Sandro gleich auf seinen Halbbruder treffen würde. Ich hatte darauf geachtet, ihn auf alle Eventualitäten vorzubereiten: »Ben ist vielleicht ein bisschen schüchtern, aber das heißt nicht, dass er dich nicht mag.« Aber meine Sorge war unbegründet.

Dawn deutete auf ihren Sohn. »Das ist Ben.«

Sandro konnte seine Aufregung nicht länger für sich behalten. »Du bist mein Bruder!«, platzte er heraus.

Ich hatte mir schreckliche Sorgen gemacht, dass Ben Sandro gegenüber kühl und distanziert sein würde. Aber dieses Gefühl verschwand sofort, als Ben seinem Halbbruder andächtig die Hand schüttelte. »Hi! Wir sehen uns sogar ein bisschen ähnlich.«

In Wirklichkeit sah Ben mit seinen schwarzen Locken, dem markanten Kinn und den dichten dunklen Wimpern Massimo sehr viel ähnlicher als Sandro. Aber seine Gesichtszüge waren viel runder und weicher, nicht so kantig wie Massimos, und er hatte eine große Portion von Dawns fröhlicher Ausstrahlung geerbt.

»Bereit?«, fragte ich und nahm Dawn ihr Gepäck ab. »Maggie kann es kaum erwarten, euch wiederzusehen.«

Auf dem Weg zu Maggies und Nicos Cottage erzählte ich den beiden im Schnelldurchlauf das Wichtigste über die Familie. Ich versicherte ihnen, dass sie nicht verunsichert sein müssten, wenn Anna zunächst ein wenig ruppig wirkte und dass meine ehemalige Schwiegermutter in der Zeit nach der Trennung eine große Stütze für mich gewesen war. Ben erzählte von der Schule und seinen Wettkämpfen und beantwortete interessiert alle von Sandros zögerlich gestellten Fragen.

Als wir am Cottage ankamen, legte mir Dawn die Hand auf den Arm. »Ich bin ein bisschen nervös.«

»Musst du nicht. Ich passe auf euch auf.« Zum ersten Mal seit Jahren fühlte ich mich so stark und selbstbewusst, dass ich wirklich für jemand anderen da sein konnte.

Es stimmte also: Was dich nicht umbringt, macht dich stärker.

EINUNDFÜNFZIG

MAGGIE

Ich rannte sofort zur Tür, als es klingelte. »Wie schön, euch wiederzusehen«, sagte ich und winkte alle ins Haus. »Wie war die Zugfahrt?«

Ben hielt sich im Hintergrund. Er wirkte schüchterner als in meiner Erinnerung. Aber letztes Mal war er auch nicht kurz davor gewesen, die ganze Familie Farinelli auf einen Schlag kennenzulernen. Dawn hatte sofort eingewilligt zu kommen, als ich sie für heute eingeladen hatte. »Ben stellt mir seit Jahren Fragen über seinen Vater und seine Seite der Familie, aber ich bin immer wieder ausgewichen. Aber früher oder später wäre er sowieso mit Francesca ins Gespräch gekommen und hätte eins und eins zusammengezählt. Er trägt zwar meinen Nachnamen, aber er weiß, wie sein Vater mit Vornamen heißt und dass er aus Brighton kommt. Solange Massimo nicht zur Party kommt, bin ich dabei. Ich würde mich freuen, Francesca und Nico wiederzusehen.« Mit einem Lachen fügte sie hinzu: »Nur bei Anna bin ich mir nicht so sicher.«

Ich deutete ihnen, im Flur zu bleiben und ging hinaus auf die Terrasse. »Alles klar«, sagte ich und klatschte in die Hände. »Ich hab eine kleine Geburtstagsüberraschung für euch. Zwei

Gäste, die sich wahnsinnig freuen, euch alle kennenzulernen. Oder wiederzusehen, je nachdem.« Nico stand ins Gesicht geschrieben, was er dachte: »Ich hoffe, du weißt, was du tust.« Kurz schaffte ich es, Sam vom Kuchen abzulenken, gerade so lange, dass er mir einen fragenden Blick zuwerfen konnte, aber nicht lange genug, um aufzuhören, sich mit Francesca um das Stück mit dem orangefarbenen Smartie zu streiten. Nur Anna schien etwas zu ahnen. Sie richtete sich auf wie ein Hund, der darauf wartete, dass sein Herrchen jeden Moment den Schlüssel im Schloss herumdrehte.

Ich rief ins Haus: »Bühne frei!«

Lara ging voraus.

Ich beobachtete Annas Reaktion. Würde sie erkennen, wer unsere Gäste waren? Sie atmete überrascht auf. Volltreffer.

»Beniamino!«

Sie sprang sofort auf. Kurz hatte ich Angst, dass sie vor Aufregung einen Herzinfarkt bekommen und in meinem Garten zusammenbrechen würde. Aber dann trat sie an Ben heran und legte ihm die Hände auf die Schultern. »Mein Enkelsohn. Danke. Danke, dass du gekommen bist.«

Ben war überraschend offen für einen Fünfzehnjährigen. Er gab Anna ein Küsschen links und rechts und umarmte sie herzlich.

Als Dawn die Tränen kamen, nahm Lara sie in den Arm. »Ich wollte auf keinen Fall heulen.«

Mum platzte heraus: »Herrgott, und ich hab schon gedacht, Johnny Logan singt dir ein Geburtstagsständchen! Maggs, ich glaub, wir könnten alle einen Drink vertragen!«

Doch Anna kam ihr zuvor: »Nico! Champagner!«

Ich warf Mum ein dankbares Lächeln zu, als sie es sich merklich verkniff, Anna nachzuäffen.

Von da an war es ein wildes Durcheinander. Hände wurden geschüttelt, Wangen geküsst und frappierende Ähnlichkeiten kommentiert.

Nico reichte Dawn ein Glas Champagner. »Du warst also schon schwanger, als Francesca zur Welt kam?«

Ich ging etwas abseits, damit die beiden in Ruhe über alte Zeiten plaudern konnten. Nico sollte auch mal in Erinnerungen schwelgen, ohne darüber nachdenken zu müssen, was »danach« passiert war. Trotz Annas Bitten und Betteln verweigerte Nico bis heute jeden Kontakt zu Massimo. Lara hatte Dawn bestimmt von der Affäre erzählt, aber Nico hatte sicher keine große Lust, darüber zu reden. Doch anscheinend erwähnte er es schließlich doch, denn ich schnappte zufällig auf, wie Dawn sagte: »Dein Bruder kann sehr überzeugend sein, wenn er sich was in den Kopf gesetzt hat. Da fällt es schwer, nein zu sagen.«

Ich fragte mich, ob die tiefen Wunden jemals wieder heilen könnten und ob die Beteiligten überhaupt bereit dazu waren. Wenn ich mir vorstellte, dass Lara und Nico auf Massimo trafen, meldete sich sofort mein Beschützerinstinkt. Massimo würde sicher versuchen, uns alle davon zu überzeugen, dass wir überreagierten und alles halb so wild war. Ich für meinen Teil wäre sicher nicht so bald Teil des Teams *#VergebungFürMassimo*.

Außerdem hatten wir mit Ben unsere eigene, sehr viel nettere Mini-Version von Massimo gefunden.

Sam bombardierte ihn mit ungefähr einhundert Fragen – »Wie viele Medaillen hast du? Siebenundzwanzig! Francesca hat nur neun« – gefolgt von peinlicher Stille, die Ben mit einer taktvollen Antwort füllte. Francesca wirkte etwas eingeschüchtert, aber ich war mir nicht sicher, woran es lag: dass sie plötzlich einen neuen Cousin hatte oder dass Ben der gutaussehende Star seines Schwimmteams war. Jedenfalls würden ihre Freundinnen es Francesca sicher hoch anrechnen, wenn sie sie mit Ben bekannt machte.

Irgendwann wurden Sam die Gespräche über alte Familiengeschichten zu langweilig und er forderte Ben zu einer Partie

Tischtennis heraus. Ich sah ihnen zu und fand es sehr sympathisch von Ben, dass er Sams unkonventionelle Spielmethode nicht kommentierte, die ungefähr bei einem von zehn Aufschlägen funktionierte. Schließlich bat Ben Sandro, für ihn einzuspringen. Seit wir den Tischtennistisch diesen Sommer gekauft hatten, hatte Sandro sein verstecktes sportliches Talent entdeckt – sehr zu Sams Empörung. Er gewann beide Sätze und Ben gab ihm ein High five. »Spiel, Satz, Sieg! Gut gemacht, kleiner Bruder.«

Bei Sandros strahlendem Grinsen ging einem wirklich das Herz auf. Ich räusperte mich und versuchte, die Tränen zurückzuhalten, als er sagte: »Darf ich allen sagen, dass du mein Bruder bist?«

Ben fuhr sich durch die Haare. »Eigentlich bin ich dein Halbbruder. Aber das muss ja niemand wissen.«

Sam ließ es sich nicht nehmen, einen draufzusetzen: »Wenn du willst, kannst du auch mein Bruder sein. Und der von Francesca.«

Später müsste ich ein ernstes Wörtchen mit Sam reden, dass er die Geschwister anderer nicht für sich beanspruchen konnte.

Ich wollte diesen Moment festhalten und ein Foto unserer kleinen ungewöhnlichen Familie schießen, aber dafür war es gerade nicht der richtige Zeitpunkt – zu emotional war dieser Tag mit seinen Entschuldigungen, Erklärungen, Erinnerungen und Hoffnungen. Wer hätte gedacht, dass wir irgendwann so zusammensitzen würden? Anna, die früher nur ein abfälliges Schnauben für Dawn übriggehabt hatte, zupfte nun am Ärmel ihrer früheren Schwiegertochter und bat sie, unbedingt in Kontakt zu bleiben. Mum schmetterte voller Inbrunst *My Way* von Frank Sinatra, wie sie es bei ihrem letzten Besuch im Pflegeheim zusammen mit Robert gesungen hatte. Früher hatten mich die Farinellis eingeschüchtert. Aber eigentlich waren sie eine Familie wie jede andere – mit all ihren Stärken und

Schwächen. Ein bunt zusammengewürfelter Haufen aus Halbbrüdern, Exfrauen, zweiten Ehefrauen, Freunden und Vertrauten. Wie in Nicos Gartenschuppen, in dem Bäume veredelt, Stecklinge eingesetzt und halb abgestorbene Pflanzen mit ein bisschen Wasser zu neuem Leben erweckt wurden, entstand hier etwas Wundervolles.

Francesca tippte mir auf die Schulter. »Ich hab noch eine Geburtstagskarte für dich.«

»Oh, danke schön.« In ihrem Gesicht lag etwas, das mich zögern ließ, den Umschlag aufzumachen. Hoffentlich war es keine Karte mit einem scherzhaften Spruch über die »Böse Stiefmutter«, über die ich lachen müsste, obwohl ich in Wahrheit tief gekränkt war. Francesca sah mich erwartungsvoll an. Ich machte mich auf das Schlimmste gefasst und öffnete den Umschlag.

Die Karte zeigte eine große Deutsche Dogge. »Oh, ist der süß!« Meine Stimme klang seltsam hohl.

Ich fürchtete mich ein wenig davor, was drin stand. Letztes Jahr hatte sie nur ein nüchternes »Von Francesca« hineingeschrieben.

Ich nahm all meinen Mut zusammen und schielte vorsichtig in die Karte.

»Für meine zweite Mum. Alles Gute zum Geburtstag. Ich bin froh, dass Dad dich geheiratet hat.«

MEHR VON BOOKOUTURE DEUTSCHLAND

Für mehr Infos rund um Bookouture Deutschland und unsere Bücher melde dich für unseren Newsletter an:

deutschland.bookouture.com/subscribe/

Oder folge uns auf Social Media:

facebook.com/bookouturedeutschland
x.com/bookouturede
instagram.com/bookouturedeutschland

EIN BRIEF VON KERRY

Liebe Leser:innen,

danke, dass ihr *Die stumme Ehefrau* gelesen habt. Ich hoffe sehr, es hat euch gefallen. Wenn ihr sofort erfahren wollt, wann ich mein nächstes Buch veröffentliche, meldet euch gerne für meinen Newsletter an (siehe unten). Wir bombardieren euch auch nicht mit anderen Infos, versprochen.

deutschland.bookouture.com/subscribe/

Als ich Ideen für diesen Roman gesammelt habe, las ich viele Meinungsartikel und Forenbeiträge von Frauen. Ich wollte wissen, worüber sie sprechen, welche Probleme sie haben, was sie bewegt. Ein Thema wurde dabei immer wieder genannt: komplizierte Familiendynamiken. Ich war besonders erstaunt darüber, wie viel Kompromissbereitschaft – vor allem von Frauen – gefordert wird, damit das Familienleben harmonisch verläuft, und wie stark familiäre Konflikte viele Frauen belasten. Dieses Buch ist ein Roman – und jeder gute Roman dreht sich um Konflikte –, deshalb wollte ich mich mit der Frage beschäftigen, wie sich Beziehungen verändern und verkomplizieren, wenn Menschen zum zweiten Mal heiraten und sich in dem bestehenden Geflecht aus Expartner:innen (oder verstorbenen Partner:innen), Schwiegereltern und Stiefkindern zurechtfinden müssen. In meinem Freundeskreis wurden schon einige Tränen vergossen, weil die Familie des

Mannes die neue Frau an seiner Seite nicht akzeptierte. Viele verzweifeln an der Herausforderung, Eltern für ihre Stiefkinder zu sein. Aber ich habe auch erlebt, wie mit viel Geduld und Hartnäckigkeit neue Familien entstanden sind. Nicht ohne Herausforderungen, dafür mit neuen Traditionen, Festen und ganz viel Freude.

Ich wollte nicht nur zeigen, wie schwierig es für eine Frau ist, in die Fußstapfen ihrer verstorbenen Vorgängerin zu treten, sondern auch, dass niemand von außen beurteilen kann, wie es in Wahrheit um eine Ehe bestellt ist. Immer wieder habe ich erlebt, wie viel Frauen bereit sind zu ertragen, um ihre Kinder zu beschützen. Viel zu oft passieren schlimme Dinge in einer Ehe und Frauen bitten aus Angst nicht um Hilfe – Angst, dass ihnen nicht geglaubt wird, dass sie als Dramaqueens abgestempelt werden, dass ihre Kinder die Konsequenzen tragen müssen. Zum Glück ist der Roman frei erfunden und ich habe ihm ein glückliches – und hoffentlich glaubwürdiges – Ende verpasst. Ich weiß, im wahren Leben ist es leider oft nicht so einfach.

Wenn euch *Die stumme Ehefrau* gefallen hat, freue ich mich über jede Rezension, auch wenn sie noch so kurz ist. Rezensionen sind eine unglaublich große Hilfe für Autor:innen wie mich, damit viele weitere Menschen von unseren Büchern erfahren. Außerdem kann ich euch gar nicht sagen, wie sehr ich mich freue, wenn Leser:innen mich kontaktieren. Also schreibt mir gerne auf Facebook oder X. Nachrichten von Leser:innen sind meine größte Motivation!

Alles Liebe

Kerry xx

BLEIB IN KONTAKT MIT KERRY FISHER

www.kerryfisherauthor.com

facebook.com/kerryfisherauthor

x.com/KerryFSwayne

DANKSAGUNG

Dies ist mein vierter Roman und erst jetzt ist mir klar geworden, wie viel Arbeit es ist, ein Buch zu veröffentlichen. Deshalb gibt es einige Menschen, bei denen ich mich bedanken möchte. Allen voran beim ganzen Team von Bookouture, die mit Hochdruck an all den Dingen arbeiten, von denen Autor:innen keine Ahnung haben! Mein besonderer Dank gilt meiner wundervollen Lektorin Lydia Vassar-Smith, die mich immer angefeuert hat, sowie Kim Nash, meinem unermüdlichen PR-Wirbelwind. Ich kann mich auch glücklich schätzen, Teil der Autor:innen-Community von Bookouture zu sein – eine Gruppe toller Menschen, die sich immer gegenseitig unterstützt, wo es nur geht.

An die Buchblogger:innen und Facebookgruppen: Ihr wart wie immer großartig! Ich nenne euch nicht namentlich, damit ich niemanden vergesse, aber ich danke euch von ganzem Herzen und weiß es zu schätzen, dass ihr euch die Zeit nehmt, um Kommentare und Rezensionen zu meinen Büchern zu schreiben.

Einer der größten Vorteile als Autorin ist es, dass ich einen Haufen neuer, toller Freund:innen gefunden habe, die ich sonst nie kennengelernt hätte. An dieser Stelle möchte ich ganz besonders Jenny Ashcroft und Jane Lythell erwähnen, wie auch alle DWLC-Mitglieder, auf deren Unterstützung ich immer zählen kann. Adrienne Dines danke ich für ihre Gabe, jede Geschichte bis ins kleinste Detail zu analysieren, und mich damit auf den richtigen Weg zu bringen. Meiner Freundin

Allie Spencer danke ich für ihre tiefe Freundschaft sowie ihren umfassenden Einblick in die Welt der Scheidungsprozesse.

An meine wundervolle Agentin Clare Wallace: Du bist meine Heldin. Ich kann mich unendlich glücklich schätzen, eine Agentin zu haben, deren Urteil ich zu hundert Prozent vertraue. Dem ganzen Team von Darley Anderson möchte ich dafür danken, wie viel Mühe und Arbeit sie in meine Werke stecken.

Als ich dieses Buch verfasst habe, musste sich mein Sohn gerade auf die mittlere Reife vorbereiten, was unseren Familienalltag gehörig auf den Kopf gestellt hat. Deshalb danke ich meinem großartigen Ehemann Steve dafür, dass er erfolgreich den Laden geschmissen hat, wenn ich dachte, dass mir gleich der Kopf explodiert.

Und zum Schluss – ein riesengroßes Dankeschön an alle Leser:innen, die meine Bücher kaufen und weiterempfehlen. Ihr seid die Besten.

Printed in Poland
by Amazon Fulfillment
Poland Sp. z o.o., Wrocław

36418848R00237